La Villa de la Seda

Tabea Bach

La Villa de la Seda

Serie La Villa de la Seda 1

Traducción de Albert Vitó i Godina

Planeta

Título original: *Die Seidenvilla*

Adaptación de la cubierta: Booket / Área Editorial Grupo Planeta a partir de la idea original de © Bürosüd
Fotografía de la cubierta: © Atlantide Phototravel / Slow / Getty Images y © Nikaa / Trevilion Images
Primera edición en Colección Booket: enero de 2024

Depósito legal: B. 19.274-2023
ISBN: 978-84-08-28289-1
Impresión y encuadernación: CPI Black Print
Printed in Spain - Impreso en España

Biografía

Tabea Bach trabajó como dramaturga de ópera antes de dedicarse plenamente a la escritura. Creció en el sur de Alemania y Francia, y sus estudios la llevaron a Múnich y Florencia. En la actualidad vive con su marido en un pueblo idílico de la Selva Negra. Su trilogía La Villa de la Seda la ha consolidad como uno de los nombres más importantes de la literatura femenina contemporánea en Alemania. Tras *La Villa de la Seda* y *El esplendor de la Villa de la Seda*, *El legado de la Villa de la Seda* es la última entrega de la exitosa serie.

1
LA INVITACIÓN

Las flores resplandecían. Aunque Angela llevaba gafas de sol oscuras, aquellos brotes la deslumbraban; y aun así no podía dejar de mirar. A la vez que iba estrechando una mano tras otra, se dejaba abrazar y aceptaba el pésame de todos y cada uno de los presentes, igual que soportaba el ambiente extraordinariamente primaveral de ese día de principios de abril, lanzaba continuas miradas hacia aquella montaña de flores: rosas blancas, narcisos amarillos, tulipanes y peonías esplendorosas de tonos rosados y lila. Su aroma había atraído a abejas y abejorros, que habían acudido desde quién sabe dónde para revolotear alrededor de la tumba de su marido, como si la muerte no existiera en este mundo.

A Angela ya no le quedaban lágrimas, las había derramado todas varias semanas atrás. Durante dos años había presenciado cómo se iba apagando poco a poco la persona a la que había amado más que a su propia vida. Al final, la muerte había sido una liberación para ambos, aunque solo fueran capaces de comprenderlo quienes habían estado presentes durante todo ese tiempo. Aparte de su hija Nathalie, quien a sus diecinueve años seguía junto a ella como una roca entre el oleaje, dándole fuerza y apoyo, nadie más sabía lo que acababa de dejar atrás.

Por fin terminó la sucesión de personas que habían pasado a saludarla. Cuando acompañó a los invitados a tomar café y pastel en el restaurante preferido de Peter, a orillas del lago Ammer, tuvo la sensación de que alguien dirigía sus movimientos por control remoto, casi como si se contemplara a sí misma desde fuera: se observaba respondiendo a todo aquel que sentía la necesidad de compartir su pesar con ella e intercambiaba palabras agradables con ellos. Sentía una gran gratitud por la presencia de tanta gente, pero al mismo tiempo el proceso le pareció absolutamente abrumador, puesto que la cantidad de personas que habían acudido para despedirse de Peter era increíble.

—Siempre se van los mejores —decía una y otra vez uno de sus clientes más importantes, y todos los que lo oían asentían para darle la razón.

El amigo y socio de Peter, Markus, se encargó de consolarlo, y Angela agradeció no tener que hacerlo ella misma. Ya resultaba bastante fatigoso tener que encontrar siempre palabras distintas para confortar al enésimo amigo o pariente a pesar de que no había consuelo posible. Una vez que pasó todo y que los últimos invitados empezaron a despedirse, se dio cuenta de lo agotada que estaba.

La casa estaba vacía, reinaba el silencio. Todo un alivio tras un día tan doloroso. Angela era consciente de que, en realidad, ya se había despedido de su marido mucho antes. Aquel cuerpo vacío y desgastado cuyo corazón se había parado había dejado de ser Peter tiempo atrás para convertirse en una sombra del recuerdo de una vida pasada. «Quiero que sigas con tu vida —le había repetido una y otra vez su marido—. Quiero que vuelvas a ser feliz, ¡que puedas disfrutar de la vida también sin mí!» Angela no había sido capaz de imaginárselo cuando se lo había dicho, y en esos momentos tampoco le parecía una posibilidad.

Se tomó una pastilla para el dolor de cabeza, se quitó el vestido negro, lo colgó en el armario y dejó la puerta abierta, para que se aireara un poco, resistiéndose a la tentación de abrir el compartimento contiguo, el que contenía la ropa de Peter: trajes italianos confeccionados a medida, todos elegantes y sencillos por igual.

Angela se puso el pijama a pesar de que no había anochecido todavía, se preparó una infusión y entró en el salón. Todo le resultaba familiar: los cuadros de artistas amigos colgados en las paredes, los muebles tapizados de color beige, la mesa de diseño de acero y vidrio. Todo eran piezas que habían elegido entre los dos, aunque en esos momentos a Angela le parecían meros vestigios de una felicidad ajena que había dejado de existir.

¿Acaso no era así? Pero ¿por qué se sentía tan ajena a todo?

Se dejó caer sobre una butaca y se quedó mirando el jardín. Había brotes nuevos y flores por todas partes: campanillas blancas, rosas del azafrán, campanillas de primavera y los jacintos de la uva azules que tanto le gustaban.

Levantó la mirada por encima de los setos todavía pelados. A lo lejos divisó el lago y, por detrás, los Alpes cubiertos de nieve. Siempre se había deleitado con esas vistas. «Menudo paraíso», solía decir Peter, y ella siempre le daba la razón. Sin embargo, aquel día el suntuoso paisaje no consiguió emocionarla como de costumbre...

—Mamá, ¿estás ahí? —preguntó su hija, que al cabo de

un instante entró en el salón con su energía habitual—. ¡Puf! —exclamó Nathalie mientras ocupaba una butaca justo enfrente de su madre—. Tía Simone quería quedarse a pasar unos días. Decía que no podía dejarte sola en un momento así. Le he explicado que necesitabas un poco de calma; he hecho bien, ¿verdad?

Angela sonrió. Conocía bien a su cuñada. Por supuesto que su hija había hecho bien.

—Muy amable por tu parte —contestó—. Espero que no hayas sido grosera con ella.

—No, tranquila —respondió Nathalie con la voz cargada de afecto—. Le he dicho que no estabas sola ni mucho menos, que al fin y al cabo me tienes a mí. No ha podido replicar nada.

—Gracias...

Angela se quedó mirando a su hija con ternura. Ella también tenía ojeras, los últimos meses habían sido igual de duros para ella, y Angela era consciente de ello. Nathalie quería mucho a su padre. Aquella adolescente despreocupada se había convertido en toda una mujer segura de sí misma. Una joven especialmente atractiva, con los ojos de color verde oscuro y el pelo castaño casi hasta la cintura, aunque ese día lo había llevado recogido. Igual que ella, Nathalie también había perdido peso durante los últimos meses, de manera que su aspecto era algo frágil a pesar de la energía inagotable que alimentaba su cuerpo. Angela intentó recordar si ella también había sido así: tan llena de vida, con tantos planes en mente, tan optimista a pesar de la temporada tan difícil que acababan de dejar atrás. «En eso se parece a Peter», pensó antes de cerrar los ojos extenuada. Todo lo que había en aquella casa indicaba la presencia de su difunto marido. Y también su ausencia definitiva.

—¿Has visto? —preguntó Nathalie—. Nos ha escrito Tess.

Angela volvió la cabeza sorprendida.

—¿De verdad? Qué amable.

—La he abierto porque pensaba que sería una carta de condolencia más y que preferirías que me ocupara yo de ello. Pero resulta que es una carta personal para ti, mamá. ¿Quieres leerla?

—Tal vez mañana —respondió Angela—. Ya he oído suficientes pésames por hoy.

—Ya, me lo imagino —replicó Nathalie algo agitada—. Pero ¡esta carta es distinta! Tess te invita a la casa que tiene en el Véneto. Dice que necesitas unas vacaciones, alejarte un poco de..., bueno, de todo. ¿Quién sabe? ¡Yo creo que tiene razón!

La primera reacción de Angela fue de rechazo. Sin embargo, una expresión de claro desasosiego en los ojos de su hija le transmitió asimismo el amor que esta le profesaba. Nathalie estaba preocupada por ella y eso la conmovió.

—Me lo pensaré —dijo en un tono más suave—. Mañana.

—¿Me lo prometes? —insistió Nathalie.

Angela no pudo evitar reírse. Era un viejo ritual entre ellas desde que Nathalie había aprendido a hablar. Porque, desde aquel momento, esa había sido su manera de probar todas las cosas que a Angela le habían parecido demasiado peligrosas. En lugar de prohibirle nada, siempre le hacía prometer a Nathalie que iría con cuidado. Era evidente que en esa ocasión se habían intercambiado los papeles.

—Prometido —dijo.

Y mientras se dormía, la idea de marcharse unos días ya no le pareció tan absurda.

Al día siguiente Angela se levantó con una sonrisa en los labios. Tardó una eternidad en recordarlo, pero había estado soñando con las flores y las abejas que había visto zumbando a su alrededor. En el sueño, el sol le daba de lleno en la cara, alguien la cogía de la mano y se la llevaba a una casa, una casa grande, con flores pintadas en las paredes y el sol, la luna y las estrellas en el techo. Luego la mano desaparecía y la invadía una irreparable sensación de pérdida que, no obstante, duraba poco, puesto que de repente se abría una puerta que daba a una habitación. Había sucedido algo bonito, aunque una vez despierta no fue capaz de recordar de qué se trataba...

Cuando el sueño se disolvió, Angela abrió los ojos. Antes de dejarse atrapar por la tristeza y la desesperación, retiró decidida la colcha y se puso en pie. Mientras había durado la enfermedad de Peter se había ceñido a una férrea rutina que la había ayudado a no desmoronarse. Y aunque en ningún momento había pensado en el futuro más allá del sepelio, o tal vez precisamente por eso, ese día también se puso la ropa de deporte, se ató las zapatillas de correr y salió de casa.

Correr le sentaba bien porque suponía una pausa para su incesante torrente de pensamientos. Sus piernas encontraron solas el camino vecinal que la llevaba desde su localidad hasta el pueblo vecino, bajaba hasta el lago y recorría la orilla. Durante ese trayecto se topó de cara con dos hombres, uno de los cuales había sido compañero de clase de Peter. Cuando la saludó, Angela notó la mirada compasiva que le dirigió.

—Pobre mujer —oyó que le comentaba a su acompañante—. Acaba de cumplir los cuarenta y cinco, y ayer mismo enterró a su marido.

Fue como si alguien le hubiera pegado una patada detrás de la rodilla. Angela se tambaleó y estuvo a punto de tropezar consigo misma y caer al suelo. Se puso más furiosa de lo que lo había estado en mucho tiempo. ¿Acaso sería siempre así a partir de entonces? ¿Se había convertido en una viuda digna de compasión, una «pobre mujer» devastada por la desdicha?

Indignada, negó con la cabeza e intentó recuperar su ritmo de carrera habitual. Trató de convencerse de que no tenía que ser tan susceptible, de que la gente no decía esas cosas con mala intención. Sin embargo, justo antes de enfilar la cuesta de regreso a casa, llegó al quiosco en el que solía comprar el periódico. La propietaria, una anciana que la conocía desde hacía años, le dedicó una mirada muy parecida. Angela detectó su lástima, pero también el alivio de haber esquivado un destino tan doloroso. Y una curiosidad mal disimulada por saber cómo Angela sobrellevaba toda esa situación.

La última cuesta de su ruta requería toda su concentración. Gracias a eso había aprendido a anular los pensamientos nocivos y a centrarse únicamente en su cuerpo. Aun así, mientras abría la puerta de su casa, tomó la firme decisión de aceptar la invitación de Tess y acudir a visitarla. Poco después, bajo el chorro de agua de la ducha, supo por qué: necesitaba la compañía de personas capaces de aceptar su situación. Sería la manera de averiguar lo que había quedado de sí misma después de todo lo acontecido.

Nathalie ya se había marchado a Múnich, donde el otoño anterior había empezado a estudiar Historia del Arte. Le había dejado una nota llena de corazones para avisarla de que regresaría por la tarde. Las clases comenzarían al cabo de dos semanas, pero Nathalie ya había empezado a redactar un trabajo de investigación en la biblioteca del instituto. Angela asintió con satisfacción. Su hija era tan disciplinada como ella y había decidido ceñirse también a su propia rutina.

Pasó la mañana ocupándose de las desagradables obligaciones burocráticas que inevitablemente surgen tras un deceso. Angela llamó por teléfono a las compañías de seguros, a la funeraria, al cementerio y al servicio de jardinería. Hizo copias del certificado de defunción de Peter y redactó una serie de cartas formales. Lo hizo todo siguiendo la misma rutina que en el pasado le había permitido resolver los asuntos del seguro médico, la tramitación de la baja y los bancos o las clínicas especializadas. Sabía que, además, tendría que tomar una serie de decisiones importantes.

Peter había fundado con su amigo Markus una empresa de construcción que no había hecho más que crecer durante los últimos veinte años, de manera que se había acabado convirtiendo en un negocio próspero. Antes de morir había transferido su participación a su esposa y a su hija, pero de todos modos quedaban muchos temas por resolver. Angela supuso que Markus le daría un cierto margen de tiempo, pero, por su propio interés, deseaba aclarar la situación cuanto antes, aunque todavía no hubiera tomado ninguna decisión al respecto.

Por la tarde, cuando estuvo segura de que Tess ya debía de haberse levantado de la siesta, marcó el número de la casa que la anciana tenía en el Véneto italiano. Hacía muchos años que no veía a esa amiga de juventud de su madre que siempre había sido para ella como la tía que jamás había tenido. En realidad se llamaba Teresa, pero, después de enamorarse de John, un soldado estadounidense destinado a Mannheim, y de seguirlo a Estados Unidos, se hacía llamar Tess. Angela y Peter habían ido a visitarlos a Florida, pero desde entonces había pasado mucho tiempo. Hacía diez años que Tess había regresado a Europa, aunque en lugar de volver a establecerse en Alemania había elegido una pequeña ciudad que quedaba a una hora en coche de Venecia en dirección norte.

Angela no tenía la más mínima idea de qué había llevado a la anciana a escoger precisamente aquel lugar para su vejez. Antes de que Peter enfermara, Nathalie había pasado unas vacaciones de verano en casa de Tess. Había regresado fascinada, y con la determinación inquebrantable de estudiar Historia del Arte, tal vez porque Tess había recorrido con ella hasta el último monumento cultural de la región.

—¿Vendrás a verme? —le preguntó Tess sin rodeos—. ¡Me alegro mucho de oír tu voz!

—Pues me encantaría ir —admitió Angela—, si de verdad no es una molestia para ti.

—¡Mi casa es tu casa! —contestó la anciana—. Ya sabes que vivo sola, hay espacio de sobra. Puedes venir y quedarte todo el tiempo que te apetezca.

Angela reflexionó unos instantes.

—Primero tengo que hablarlo con Nathalie —objetó al

verse acuciada de repente por las dudas—. No sé si debería marcharme tan pronto, Tess... Después de todo, acaba de perder a su padre.

—Nathalie ya es mayorcita —le oyó decir a Tess—. Estoy segura de que sabrá cuidarse sola. Y si no fuera el caso, pues vienes con ella. —Hubo unos instantes de silencio—. Angela —añadió Tess—, siento muchísimo lo de Peter, pero no tengo previsto poner a prueba tus nervios con palabras de compasión. Sé lo que se siente en esa situación. Tras la muerte de John, era incapaz de quedarme encerrada en casa. No hay nada peor que ver cómo la gente te mira con compasión. ¿Tengo o no tengo razón?

Angela no pudo evitar reírse, aunque fue una risa triste, y de golpe se le llenaron los ojos de nuevo de lágrimas después de mucho tiempo.

—Gracias —dijo—. Tienes toda la razón —admitió. Durante un rato ninguna de las dos dijo nada, hasta que Angela preguntó—: Bueno, ¿cómo te va? ¡Hace mucho que no nos vemos!

—Pues un motivo más para venir a visitarme de una vez —respondió Tess—. Pero gracias por preguntarlo, estoy bien. De vez en cuando la rodilla derecha me da la lata, pero a mi edad eso no tiene nada de especial —explicó, y al ver que Angela no contestaba nada, prosiguió—: Bueno, le diré a Emilia que te prepare la habitación de la torre y tú simplemente ven cuando más te apetezca, ¿de acuerdo?

—Claro, Tess —dijo Angela con dificultad, puesto que se le había formado un nudo en la garganta—. Te avisaré. Gracias una vez más.

—De nada —señaló Tess riendo—. No olvides que soy una vieja egoísta y que lo único que busco es poder disfrutar de tu maravillosa compañía. ¡Te invito por interés personal, querida!

Se rieron y, al despedirse, Angela notó que la presión que sentía en el pecho se relajaba un poco.

Sí, eran justo esa clase de humor y esa franqueza lo que necesitaba en aquellos momentos.

—¡Claro que me las apañaré! —exclamó Nathalie casi indignada—. Necesitas cambiar de aires enseguida, mamá, y Asenza es un lugar de ensueño. ¡Además, hablas muy bien italiano! Lo que no entiendo es por qué no hemos ido juntas mucho antes. Es la región en la que Palladio construyó sus villas más famosas. El paisaje es fabuloso, y Tess tiene una casa increíble.

—Es que quedan todavía tantas cosas por resolver...

—Ya me encargaré yo de ello. Cuidaré de la casa y me ocuparé de todo lo que surja. Conociéndote, seguro que ya lo has resuelto tú casi todo. Tess tiene internet en casa, de manera que podrás estar al día de cómo van las cosas, si te parece.

»¡Ve a Italia, mamá! Ya verás lo bien que te sienta. —Angela siguió mordisqueándose el labio, la indecisión la reconcomía—. ¿Es por el trayecto en coche? —preguntó Nathalie preocupada—. ¿Quieres que te acompañe? Después puedo regresar en tren...

—No, no —se apresuró a aclarar Angela—. Puedo ir sola, tampoco es que esté tan lejos.

—Básicamente está al otro lado —dijo Nathalie señalando la ventana en dirección al paisaje alpino—. En cualquier caso, si fuera necesario tardarías solo unas horas en volver a casa —insistió, y al ver que su madre se quedaba callada decidió seguir—: Yo en tu lugar me largaría antes del fin de semana. Sobre todo porque algo me dice que el domingo se plantará toda la familia en la puerta para evitar que estés sola. Tía Simone mencionó algo al respecto —comentó sin poder evitar sonreír al ver que su madre reaccionaba abriendo los ojos como platos.

—Ahora sí que me has convencido. ¿Qué día es hoy? ¿Miércoles? Creo que voy a empezar a hacer la maleta.

Angela casi había terminado de preparar el equipaje cuando su hija entró en su dormitorio y se sentó en la cama.

—He estado mirando por internet y parece ser que la semana que viene hará muy buen tiempo en Asenza —dijo Nathalie mientras inspeccionaba con curiosidad el contenido de la maleta. Descubrió unos vaqueros cómodos, blusas, camisetas y, por supuesto, ropa para hacer deporte. De inmediato frunció el ceño—. Llévate también algo elegante —le aconsejó—. Tess conoce a gente realmente distinguida. ¿Quieres que te eche una mano? Si te parece puedo prepararte una maleta adicional, más pequeña. Para las ocasiones especiales, digamos.

Angela no acertaba a imaginar qué ocasiones especiales podían llegar a presentársele en casa de Tess, pero le dijo que sí para que su hija se quedara tranquila. En un abrir y cerrar de ojos Nathalie añadió una serie de vistosas prendas que Angela no se ponía desde hacía una eternidad. En los últimos dos años, ¿cuántas ocasiones había tenido de arreglarse un poco para salir?

Antes incluso de desayunar, el viernes por la mañana, a Angela le pareció casi absurda la idea de sentarse en el coche para marcharse sin más. ¿Cómo podía ser que tuviera tiempo libre? No estaba acostumbrada después de haber dedicado tanto tiempo a cuidar a Peter. Mentalmente intentó repasar de nuevo todos los preparativos que había hecho el día anterior. Le había pedido al jardinero que no se limitara a cuidar de las plantas de la tumba, sino que aprovechara su ausencia para darle un repaso al jardín. La mujer de la limpieza acudiría de vez en cuando a la casa, de manera que Nathalie podría regresar tranquila a la residencia de estudiantes de Múnich para el inicio del semestre. Y aun así era incapaz de librarse de aquella sensación de estar olvidándose de algo importante. Sin embargo, después de hacer una parada obligada en el cementerio y de pasar un buen rato frente a la tumba de Peter con la vana esperanza de notar que de algún modo todavía estaba presente, le quedó claro que ya no había nada que la retuviera allí. Cuando llegó a la autopista hacia Garmisch la invadió una gran sensación de libertad.

Angela respiró hondo, incapaz de recordar la última vez que se había sentido tan aliviada.

2
EL REENCUENTRO

El aire era tan puro y tan claro, el cielo tan azul y tan relucientes las cumbres nevadas que el trayecto por los Alpes le pareció como pasar de un invierno sombrío, lleno de tristeza y de dolor, a un reino ingrávido de luz y estío. La zona montañosa del sur del Tirol, con sus acusados valles y las paredes escarpadas de granito y hielo, con esas extravagantes formaciones que parecían cambiar de forma y de sitio continuamente, le recordó durante todo el trayecto lo pequeña e insignificante que era la vida humana en comparación con los millones de años que había tardado la Tierra en mutar y permitir la aparición de aquellas majestuosas montañas.

Pasó por Brennero y su coche empezó a rodar por las curvas cerradas que la llevaron cuesta abajo a Bresasona y luego hasta Bolzano y el valle del Adigio. Angela dejó atrás aquellos gigantes de piedra y se sumergió en una tierra cada vez más fértil, donde los árboles frutales estaban en plena floración y las cuestas orientadas al sur se teñían del verde de las vides plantadas en hileras regulares. Allí el sol brillaba con más intensidad y en el coche hacía calor.

Angela se detuvo en un área de servicio, se quitó la chaqueta de lana, se comió un *panino* de jamón y tomate, y se tomó un café antes de seguir conduciendo. El navegador del coche le indicó que le faltaban dos horas y cinco minutos para llegar a su destino.

El trayecto transcurría por un único jardín monumental. MONTE GRAPPA, leyó Angela en un rótulo, lo que le recordó que el famoso aguardiente del mismo nombre procedía precisamente de aquella región. Laderas rosadas y salpicadas con albaricoqueros floridos bordeaban la carretera, y Angela no paraba de ver grupos de esbeltos cipreses que se alzaban hacia el cielo como oscuros dedos amenazadores. Cuando por fin empezaron a aparecer en el paisaje algunos limoneros de follaje verde intenso, cargados no solo de flores, sino también de algunos frutos, suspiró aliviada. Casi lo había logrado. Le quedaban pocos kilómetros para llegar.

A lo lejos, sobre unas colinas cónicas, no tardo en descubrir una impresionante aglomeración fortificada de casas, torres y almenas de travertino que relucía como el oro puro con el sol del atardecer.

«Tess eligió una tierra realmente especial», pensó mientras conducía por las curvas cerradas de la carretera de acceso a Asenza. Cada viraje le regalaba unas vistas cada vez más espectaculares hacia el sur, donde un velo de contaminación permitía intuir la posición de Venecia. Luego cruzó el portal de una muralla y se encontró en el interior de una población medieval. La calle se estrechó cada vez más y, a pesar de lo despacio que avanzaba, los neumáticos sufrieron de lo lindo sobre el pavimento adoquinado.

Con cuidado, Angela cruzó una plaza con forma de trapecio y ligera pendiente siguiendo las indicaciones del navegador, y luego giró a la izquierda por una callejuela que, unos cien metros más adelante, describía una curva suave hasta llegar a una verja de hierro forjado. Angela apagó el motor y salió del coche.

Entre aquellos vetustos muros quedaba recogido el calor primaveral, y la fragancia de las rosas se mezclaba con el olor acre de la madera de cedro. Pudo oír el gorjeo de incontables pájaros ocultos entre el espeso follaje de los árboles que crecían a ese lado de la verja, donde también había un seto repleto de flores de color amarillo claro. Angela buscaba el timbre de la puerta cuando oyó que unos pasos se acercaban con premura. Una mujer rechoncha de unos cincuenta años aproximadamente, con el rostro surcado por graciosas arrugas de expresión alrededor de los ojos, se acercó por el camino de grava que bajaba hasta la puerta.

—¿Signora Angela? —preguntó mientras abría el cerrojo—. *Benvenuta!* Me llamo Emilia. La señora ya la está esperando.

Las dos hojas de la puerta se abrieron con un sonoro chirrido. Emilia le hizo señas para que entrara y Angela avanzó con el coche por el sendero de entrada bordeado por fabulosos rosales. Le sorprendió descubrir semejante jardín suntuoso en medio del casco antiguo, estrecho y apiñado. A lo largo del muro había una hilera de árboles de follaje oscuro, mientras que un majestuoso cedro de varios siglos de edad cubría con sus pobladas ramas parte de aquella fabulosa mansión. Al igual que el resto de la ciudad antigua, la propiedad de Tess estaba construida con travertino amarillento. En la parte trasera tenía una torre fortificada coronada con almenas.

—¡Puede dejar allí el coche! —le gritó Emilia en italiano a través de la ventanilla abierta mientras señalaba un aparcamiento flanqueado por glicinias.

Antes de que Angela pudiera sacar el equipaje del maletero del coche, se plantó frente a ella un joven al que Emilia presentó como su hijo Gianni, quien le aseguró que a partir de ese momento ya no tenía que preocuparse por nada.

—*Lei deve essere stanchissima* —dijo el ama de llaves en un tono de voz cargado de calidez—. ¡Seguro que está cansadísima, después de un trayecto tan largo! Acompáñeme, por favor.

Dicho esto, invitó a Angela a entrar en la casa y la guio por un largo y oscuro pasillo hasta una escalera; subieron al primer piso y abrió una puerta que daba a una estancia completamente inundada de luz. Angela cerró los ojos, deslumbrada por el contraste.

—¡Ya estás aquí! Bienvenida a Villa Serena —oyó decir a una voz muy familiar. Frente a un impresionante ventanal que ocupaba una pared entera de la sala y que solo quedaba interrumpido por unos arcos góticos, una figura se puso en pie con dificultad. Angela avanzó enseguida hacia Tess, y la anciana la acogió entre sus brazos, donde la estrechó un buen rato—. Me alegro de que hayas venido —añadió Tess—. ¡Deja que te vea! ¡Estás más delgada! Y pálida. ¡Cielo santo! Esto lo solucionaremos enseguida. Emilia es una cocinera excelente ¡y la primavera aquí en el Véneto te sentará mejor que bien! ¡Siéntate, querida! ¿Cómo te ha ido el viaje?

—Bien, gracias. Me lo he tomado con calma.

Fue entonces cuando Angela se dio cuenta de que estaban en la primera planta de la torre que había visto al entrar. Tomó asiento frente a Tess y miró por la ventana. Las vistas la dejaron sin aliento.

—Es bonito, ¿verdad? —preguntó Tess con una amplia sonrisa.

—*Bonito* se queda corto —exclamó Angela.

—Algunos días incluso se llega a divisar Venecia —explicó Tess—. Aunque la mayoría de las veces la Serenísima queda oculta tras un velo, como una mujer coqueta.

Un resplandor violeta casi irreal cubría el paisaje en dirección sur. Viñas, árboles frutales, prados y campos se extendían a lo largo de una sucesión casi interminable de niveles descendentes que se perdían en un resplandor dorado hacia el horizonte. Por el oeste, el sol se acercaba ya a la tierra para desaparecer como hacía todos los días, llevándose consigo la luz del cielo.

—¿Qué me dices? —preguntó Tess interrumpiendo el asombro de Angela—. ¿Te tomarás un *prosecco* conmigo para celebrar el día?

—¡Con mucho gusto! —respondió esta mirando con cariño a su anfitriona.

Tess había envejecido, pero bajo su media melena plateada seguían reluciendo aquellos ojos de color azul cobalto claro que siempre habían fascinado a Angela. A pesar de sus setenta y tantos años continuaba manteniéndose muy delgada.

—Bienvenida a Asenza —dijo Tess—. ¡Como si estuvieras en tu casa!

Emilia llevó un plato con almendras saladas y unos *grissini* crujientes que había horneado ella misma, además de un *prosecco* del valle vecino de Dobbiadene.

—*La cena è quasi pronta* —anunció Emilia—. ¿Hay

algo que no le guste a la signora Angela? —preguntó con cautela.

—A Angela le gusta todo —respondió Tess—. ¿No es cierto?

Ella asintió con una sonrisa. Siempre había sido cierto y el tiempo no la había cambiado en absoluto en ese sentido. Emilia respiró aliviada. «Lo único que evito son las raciones excesivamente grandes», pensó para sus adentros. Aun así, tuvo la precaución de no comentar nada en voz alta.

—¿Cuánto tiempo hacía que no nos veíamos? —preguntó Tess mientras Emilia servía el vino—. ¿Cinco años?

—Mamá murió hace cinco años —contestó Angela—. Por cierto, te agradezco mucho que vinieras a su funeral.

—¿Cómo querías que no estuviera presente? —la interrumpió Tess—. Fue como una hermana para mí. Y también me habría gustado acudir en esta ocasión, Angela, pero la rodilla...

—Lo entiendo perfectamente, Tess —se apresuró a decir ella para tranquilizarla—. A mí sí que me sabe mal no haber venido a visitarte antes.

—Pero al fin has venido —constató Tess mirándola a los ojos—. Eso es lo que cuenta.

Angela tomó un sorbo de vino. El *prosecco* le refrescó la garganta y le hizo cosquillas en la lengua.

—Nathalie siempre habla con entusiasmo sobre Asenza.

—Tu Nathalie es una chica fabulosa. Puedes estar orgullosa de ella —comentó Tess mientras mordisqueaba un *grissino*—. No olvidaré jamás el verano que pasé con ella. Por aquel entonces todavía no me dolían tanto las piernas

—añadió con aire melancólico—. ¡Hicimos un montón de cosas juntas!

—Justo después decidió estudiar Historia del Arte —confirmó Angela—. No hubo nada capaz de desviarla de ese objetivo. Incluso se puso a estudiar italiano por voluntad propia. Ahora mismo está escribiendo un trabajo sobre no sé qué aspecto de la arquitectura de Palladio, pero he olvidado qué era exactamente...

—Sobre las desviaciones de la estructura de las villas romanas en la obra de Palladio, tomando como referencia la Villa Barbaro de Maser —anunció Tess con clara satisfacción.

Angela abrió los ojos como platos.

—¿Cómo...?

—Tu hija y yo mantenemos el contacto por correo electrónico —le explicó Tess con una sonrisa pícara en los labios—. De vez en cuando también me manda algún mensaje por WhatsApp. ¿Sabes? —exclamó de repente—. ¡Deberíamos mandarle un selfi! Para que sepa que has llegado bien.

La anciana sacó un móvil protegido con una funda decorada con piedritas que imitaban brillantes, y le hizo señas para que se acercara. Angela no salía de su asombro. Tess hizo como que no se daba cuenta y tomó un par de fotografías donde salían las dos juntas. Luego se puso las gafas que usaba para leer y empezó a dar toquecitos en la pantalla.

—Bueno, ¡ya está! —comentó satisfecha—. ¿Te apetece ver tu habitación? Si quieres, puedes echarte un rato hasta la hora de la cena.

Emilia iba delante. La rolliza italiana subió las dos plantas con una agilidad impresionante hasta que no quedaron más escaleras por ascender. Una vez arriba, abrió una pesada puerta de madera oscura.

—*Eccoci!* —exclamó a la vez que encendía la luz. Angela cruzó el umbral y entró en otro salón decorado con muebles antiguos. Dos sillones de aspecto muy cómodo y un sofá de dos plazas a juego estaban agrupados frente a la chimenea. Delante de una ventana muy parecida a la del salón de Tess había una mesa rectangular de patas torneadas con unas sillas a juego—. El dormitorio está ahí delante —le explicó Emilia antes de cruzar el salón y abrir otra puerta que daba a una estancia en la que Angela descubrió su equipaje—. Y el baño está al lado. Ya le he dejado toallas preparadas, y acabo de cambiar las sábanas de la cama. En el armario encontrará un albornoz colgado, y también le he dejado una manta, que por las noches a veces refresca. Si le hace falta cualquier otra cosa, *per favore, signora*, dígamelo. Y ahora la dejaré tranquila un rato. Gianni la avisará a la hora de cenar. *Va bene?*

—Sí, ¡muchas gracias!

Emilia se marchó y Angela se dejó caer sobre la cama, agotada. De repente le pareció que la habitación daba vueltas a su alrededor. Cerró los ojos, pero la sensación no desapareció.

«Debe de ser el viaje», se dijo a sí misma encogiendo las piernas y rodando hacia un lado. Al cabo de un instante se quedó dormida.

Unos golpes titubeantes en la puerta la despertaron de repente. Se incorporó y vio que estaba a oscuras. Durante unos momentos no supo ni dónde estaba. Palpó la pared en busca de un interruptor y tiró la lámpara de la mesita de noche. Desorientada, se puso en pie y avanzó a tientas hacia la puerta que daba al salón, que seguía un poco abierta y permitía que entrara un tenue hilo de luz. Por fin encontró el interruptor, cerró los ojos para evitar deslumbrarse y abrió la puerta del todo. Gianni se la quedó mirando con cara de sorpresa.

—*La cena è pronta* —dijo apocado—. Me han pedido que la avise y la acompañe abajo.

Angela habría preferido volver a tumbarse en la cama. Estaba hecha polvo y acababa de despertarse de un sueño muy profundo. Sin embargo, no quería disgustar a Tess nada más llegar.

—Enseguida —dijo frotándose los ojos—. Solo necesito unos segundos.

Entró en el baño, se lavó la cara con agua fría y se quedó mirando su propia imagen reflejada en el espejo: tenía la cara hecha un mapa. Sacó rápidamente su neceser de la maleta y al menos se peinó un poco. Se limpió el rímel que se le había corrido y se retocó los labios con la esperanza de que esa noche Tess no tuviera a ningún invitado distinguido, aunque de todos modos estaba tan agotada que aquella posibilidad le importó más bien poco.

Tess ya estaba sentada a la mesa cuando Angela entró en el espacioso comedor de la planta baja de la torre. Como entrante había una crema de verduras que consiguió abrirle el apetito.

—He pensado que después del viaje te apetecería algo

ligero —dijo Tess cuando Emilia entró con una fuente de pescado al vapor sazonado con una deliciosa salsa de limón.

—Gracias —respondió aliviada—. No podrías haber elegido mejor.

Esa noche no hablaron mucho. Tess demostró el tacto necesario para respetar el cansancio de Angela. Después de cenar, Emilia les sirvió una infusión de tila y se la tomaron en silencio. Luego Tess se disculpó y se fue a la cama.

Cuando Angela volvió a entrar en su reino, le zumbaban los oídos por el cansancio. Se dio una ducha caliente, se puso el pijama y sacó la manta del armario por si acaso. Después de retirar la sábana para meterse en la cama, no pudo evitar sonreír: Emilia le había metido una bolsa de agua caliente dentro, junto a un par de suaves calcetines de algodón blanco con los bordes decorados con encaje de ganchillo.

Angela se sintió algo ridícula durante unos momentos, pero luego se puso los calcetines y se acomodó en la cama. Se planteó si debía cerrar los postigos de las ventanas, pero no le apeteció nada volver a levantarse, por lo que apagó la luz y aguzó el oído unos instantes para escuchar los sonidos de ese entorno desconocido. Frente a la ventana, un pájaro cantaba una melodía cansada que a Angela le pareció preciosa. Y con ese pensamiento en la cabeza, se sumergió en un sueño profundo.

3
LA ESTOLA ROSADA

Se despertó porque un rayo de sol le caía justo encima de la cara, y se dio cuenta de que estaba en la misma posición en la que se había quedado dormida. Su reloj de pulsera le indicó que faltaba poco para que dieran las siete. Había dormido casi diez horas.

Angela había descansado bien, se sentía muy despejada. Se levantó de la cama y fue a echar un vistazo al exterior. La ventana daba al este, donde el sol ya estaba un palmo por encima del horizonte. Cuando abrió la ventana y se asomó hacia fuera notó una leve sensación de vértigo. Igual que la Rapunzel del cuento de hadas, estaba en la habitación más elevada de la torre, justo por encima del jardín. Observó la copa del viejo cedro desde el que los pájaros entonaban su canto matutino.

Las baldosas de barro esmaltado que tenía bajo los pies descalzos eran tan antiguas que la superficie desgastada tenía un tacto aterciopelado. La ventana del baño le ofrecía una vista privilegiada de las estribaciones del monte Grappa. Angela pasó a la habitación que daba al sur, cuya panorámica la cautivó de nuevo. Como tantas otras veces, tuvo el impulso de llamar a Peter para que también él pudiera verlo. ¿Cuándo aprendería de una vez que él ya no volvería a estar a su lado nunca más? El dolor se le instaló tras el esternón como si quisiera ensancharse ahí dentro, pero Angela no se lo permitió: se dio la vuelta y decidió activarse, como siempre que la acuciaba esa sensación desagradable. Algo en ella intuía que le resultaría insoportable abrir algún día la puerta interior que daba acceso a ese dolor, por lo que se aseguraba de mantenerla cerrada a cal y canto.

La mañana previa a su partida no había salido a correr, y después de haber conducido varias horas se había notado las extremidades muy tensas. Lo mejor sería salir a hacer un poco de ejercicio.

Angela abrió la maleta y buscó su equipación deportiva. Cinco minutos después bajó la escalera y miró a su alrededor en la planta baja. Encontró el comedor en el que había cenado la noche anterior con Tess y, justo al lado, descubrió una espaciosa cocina, muy bien equipada y con una salida al jardín. La puerta, no obstante, estaba cerrada.

Angela titubeó un momento antes de regresar al pasillo. Se dio cuenta de que la cocina y el comedor estaban también dentro de la torre, y que los niveles de la torre y de la villa no coincidían del todo. Por consiguiente, tenía que bajar todavía un par de escalones más hasta el vestíbulo de entrada. Una vez allí, encontró una pesada cómoda en la que habían dejado una hoja de papel con una nota. «Tu llave de la casa, Angela —rezaba, con la caligrafía que tanto caracterizaba a su anfitriona—. Pásalo bien haciendo deporte.»

Lo primero que hizo fue familiarizarse con su entorno más próximo. En el lugar por el que había llegado el día anterior empezaba una calle principal que subía en una pronunciada pendiente hacia una iglesia, y Angela decidió comenzar por allí. Tras pasarla descubrió un pequeño cementerio con esas lápidas tan típicamente italianas, en las que, aparte del nombre del fallecido, grababan asimismo fotografías de los mejores momentos de su vida. Angela dejó el cementerio a su derecha y siguió subiendo durante un buen trecho hasta el punto más elevado del casco antiguo, ocupado por un impresionante *palazzo* que tenía también dos torres de defensa. La propiedad estaba rodeada por un muro alto, y el hecho de que estuviera coronado por una capa de cemento con cristales rotos daba a entender que los intrusos no eran bienvenidos.

Angela se detuvo y miró a su alrededor. Sobre el pavimento adoquinado no se corría especialmente bien, pero enseguida descubrió un camino vecinal tras el *palazzo* que parecía transcurrir paralelo a la cuesta. Decidió probar suerte y comprobó que, en efecto, recorría toda la fortificación de la ciudad antigua, que en muchos puntos todavía era visible. Tras algo más de un kilómetro, se desvió y siguió en dirección a una estribación de la colina, pasando por huertos y viñas para luego bajar hasta un riachuelo. De repente Angela se encontró a los pies de la colina, rodeada de construcciones modernas que no eran visibles desde la ciudad antigua. Estuvo corriendo por una zona de propiedades con piscina, grandes jardines e incluso una pista de tenis en la que ya se estaban enfrentando dos jugadores a pesar de lo temprano que era. Los movimientos de los hombres parecían rutinarios, como si llevaran una eternidad jugando en la pista. Angela recordó que de joven había sido una tenista notable, hasta el punto de haber ganado algún trofeo. Peter y ella habían jugado juntos en un torneo del club, pero no se acordaba de por qué motivo lo habían dejado. «Por el trabajo», pensó. La empresa siempre había sido la prioridad máxima.

En un lugar especialmente bonito, poco antes de tomar el camino de vuelta cuesta arriba en dirección a la *città vecchia*, Angela se fijó en una villa que tenía una mitad blanca, lisa y limpia, y la otra, de piedra basta de travertino. Entre esas dos mitades tan dispares, un muro de cristal. «La casa de un arquitecto», pensó Angela. Durante los últimos veinte años se había encargado del trabajo de oficina de la empresa de construcción de Peter y Markus, por lo que había reunido la experiencia suficiente para darse cuenta de que aquella casa respondía al capricho personal de alguien. De hecho, mucho tiempo atrás Angela había estudiado en la Academia de Artes Aplicadas de Stuttgart la especialidad de Diseño Textil, aunque después de casarse se había incorporado a la empresa de Peter. Simplemente había tenido más sentido, al menos mientras Nathalie todavía era pequeña, y en algún momento dejó de cuestionarse lo que deseaba hacer de verdad.

El ascenso le recordó a los últimos kilómetros de su ruta habitual, aunque solo por la cuesta. Aparte de eso, Asenza verdaderamente le parecía otro mundo. «Nathalie tenía razón —pensó mientras abría la verja del jardín de Tess—. Este lugar es de cuento de hadas.»

Esa impresión quedó confirmada a lo largo del día.

Para desayunar, Emilia la sorprendió con una macedonia de naranja, mango, papaya y las primeras fresas de la temporada, además de tortitas de maíz y queso fresco de leche de cabra. Por si fuera poco, había horneado también unos diminutos brioches rellenos de pistacho y espolvoreados con un poco de azúcar glas.

—Esto es demasiado —protestó Angela, que en los últimos dos años se había acostumbrado a desayunar apenas una cucharada de muesli con leche por las mañanas.

—Prueba al menos un poquito de cada cosa —le pidió Tess—. Estás demasiado delgada. ¿Te has mirado al espejo últimamente?

Angela admitió que era algo que evitaba desde hacía un tiempo. Más que nada porque no soportaba seguir viendo la infelicidad patente en su rostro, los ojos enrojecidos y envueltos por oscuras ojeras, los pómulos hundidos y el pelo áspero y largo hasta los hombros que, por algún extraño motivo, ya no le crecía tanto desde que Peter había enfermado. Era consciente de que se le marcaban los huesos de las caderas y de que se le podían contar las costillas por la espalda. Siempre había sido delgada, nunca había compartido la preocupación de tantas otras mujeres que se quejaban del sobrepeso. Sin embargo, con su metro setenta de altura, los cincuenta y dos kilos que pesaba eran claramente insuficientes.

—No pasa nada —dijo Tess para apaciguar a Angela al ver su expresión infeliz y lo mucho que le costaba tragar la segunda mitad de su tortita de maíz—. No tienes que obligarte a hacer nada.

»*Una ciliegia tira l'altra*, como dicen por aquí. El apetito llega comiendo. Serías la primera en poder resistirse a las artes culinarias de Emilia. —Dicho esto, cambió de tema y propuso dar una vueltecita por la población después de desayunar—. Hace tiempo que no paso de la verja —explicó—. Si tienes la paciencia suficiente con la vieja Tess y nos tomamos un *cappuccino* en casa de Fausto, seguro que llego hasta la iglesia.

Y así fue. Tess necesitó ayudarse de un bastón para evitar sobrecargar la rodilla, y se aferró bien a Angela por el otro lado. La anciana demostró conocer entretenidas historias acerca de cada una de las casas que iban viendo al pasar, sobre todo de las que estaban en la Piazza della Libertà, que era como se llamaba la plaza de forma trapezoidal que había cruzado el día anterior. Entretanto, la población había ido cobrando vida y de vez en cuando se iban encontrando con gente que conocía a Tess. No se cansó de presentar a Angela como la hija de su mejor amiga, ya fallecida, que por fin se había decidido acudir a Asenza a visitarla y pensaba quedarse unas semanas con ella. Al principio Angela estuvo a punto de protestar, pero luego se dio cuenta de que ni siquiera se había planteado el tiempo que iba a pasar allí con ella, de manera que decidió que no estaba mal describirlo como «unas semanas». Al fin y al cabo acababa de llegar. Tenía que ver cómo iban las cosas.

Emprendieron la cuesta hacia la iglesia. A medio camino hicieron una parada en el bar del hotel Duse, donde Fausto saludó amistosamente a Tess desde detrás de la barra y enseguida la recibió con un verdadero torrente de palabras que superaron con mucho los conocimientos de italiano de Angela. Entretanto iba manipulando las palancas de una antigua cafetera que, después de traquetear y humear bastante, soltó un silbido mientras goteaba una cantidad minúscula de café concentrado en una taza que el barista completó con leche espumada. Era tanta su habilidad con la espuma que en ella se podía distinguir con claridad una T con un corazón.

—Simplemente me adora —le explicó Tess conmovida, quien pidió lo mismo para Angela—. Hacía tiempo que no venía por aquí, parece ser que estaba empezando a preocuparse por mí —dijo con una sonrisa.

La luz de la mañana le permitió comprobar a Angela que su anfitriona se había maquillado de un modo pulcro pero comedido, y que seguía siendo la misma mujer atractiva de siempre.

Después de un poco más de *chiacchiere*, una palabra ciertamente onomatopéyica para referirse a los chismorreos, se tomaron el *cappuccino*, calmaron la sed con un trago del agua con la que siempre se acompaña el café en Italia, y luego prosiguieron su camino. El trecho que les quedaba hasta la iglesia era empinado, y Tess lo recorrió en silencio y con mucha concentración.

Por fin llegaron arriba del todo. Sin embargo, Angela se sorprendió del poco interés que mostró Tess por la iglesia.

—¿Ves esa casa de ahí arriba? —le preguntó mientras señalaba en dirección al impresionante *palazzo* rodeado por el muro con cristales rotos—. La legendaria actriz Eleonora Duse la compró en 1920 —le explicó Tess—. Estaba locamente enamorada del poeta Gabriele d'Annunzio, un viejo fascista. Fue su gran amor, aunque en realidad él no se la merecía en absoluto porque enseguida la mandó a la porra. Luego ella vino aquí, se enamoró del lugar tanto como yo, adquirió esa casa y la mandó reformar de arriba abajo durante su ultimísima gira por Estados Unidos. Durante el viaje enfermó de gravedad de forma súbita y murió, por lo que no llegó a vivir aquí jamás.

Tess guardó silencio unos instantes y dejó que su mirada vagara por la gigantesca propiedad con una expresión extraña, como si estuviera valorando una decisión, frunciendo las cejas muy concentrada.

—Consiguió hacer soñar a miles de personas —añadió—. Sin embargo, no pudo cumplir su propio sueño: convertirse en la esposa del hombre al que tanto amaba, mudarse a la casa que tanto había deseado, vivir en paz de una vez... Por cierto, que su última voluntad fue estar enterrada aquí, en este cementerio, y así se hizo. Recibió un funeral de Estado.

—Y ¿qué pasó con la casa? ¿Quién vive allí?

—Un viejo chalado que se llama Lorenzo Rivalecca. Tiene más de ochenta años y las piernas aún peor que yo.

—¿Lo conoces?

—¡Por supuesto! —respondió Tess riendo—. Aquí nos conocemos todos. Pero al viejo Lorenzo lo conozco desde hace más que al resto de la gente.

Antes de que Angela pudiera preguntarle cómo era posible, la anciana se dio la vuelta y empezó a descender poco a poco por la cuesta. Ella sabía que aquello resultaría más doloroso todavía para su rodilla que el ascenso, por lo que se apresuró a ofrecerle el brazo. Agradecida, Tess se aferró a él y Angela notó la fragilidad del cálido cuerpo de la amiga de su madre. Pensó en ella, en su madre, que había fallecido repentinamente víctima de un derrame cerebral, con un álbum abierto sobre el regazo repleto de fotografías de unas vacaciones que había pasado muchos años atrás en Italia. Así fue como se la encontró Angela.

Una vez más, fue consciente del carácter efímero de la vida y le vino a la cabeza Peter. El dolor punzante que sentía en el esternón se reavivó de repente. Angela respiró hondo y se preguntó dónde debía de estar su marido en esos momentos, si había quedado algo de él tal como afirmaba la Iglesia. Contemplaba esa clase de creencias con escepticismo, sobre todo tras el lento y absurdo sufrimiento de Peter, pero de todos modos no podía concebir que durante el doloroso proceso de paulatina extinción física y mental que había tenido que presenciar a lo largo de muchos meses no hubiera quedado nada en absoluto de él.

Cuando por fin llegaron a la *piazza*, para gran sorpresa de Angela, Tess no giró por la callejuela que llevaba hasta su casa, sino que siguió tirando levemente de ella en sentido contrario.

—Ven —dijo Tess—. ¡Quiero enseñarte una cosa!

La calle transcurría paralela a la cuesta, y pasaron por delante de una peluquería y una tienda de lencería. Angela se iba fijando en las fachadas de las casas color miel y descubrió muchos balconcitos, con las barandas de hierro forjado, llenos hasta los topes de macetas con geranios, petunias y otras plantas de hojas verdes repletas de brotes que crecían buscando el sol.

Tess se detuvo frente a una tienda que fascinó a Angela de inmediato. En el escaparate había dispuestas telas con drapeados que permitían percibir su caída, y el ojo entrenado de Angela reconoció al instante que eran tejidos sumamente especiales. Tess le lanzó la típica mirada que se dedica a alguien a quien le has preparado una sorpresa antes de abrir la puerta de la tienda. Una alegre campanilla anunció su presencia.

Angela miró a su alrededor. La luz era suave, pero las numerosas telas que llenaban los estantes se encargaban de reflejarla teñida de todos los colores posibles del arcoíris. Había pañuelos de gran formato colgados de unos percheros, de manera que caían formando ondas cuidadosamente estudiadas sobre mesitas bajas.

—¿Son de seda? —preguntó con los ojos como platos.

—Tejida a mano —añadió Tess.

Angela extendió la mano hacia un chal rojo carmesí y lo acarició con sumo cuidado. Le pareció tan increíblemente suave y delicado que se sintió conmovida de inmediato. Lo cogió, se acercó al escaparate para percibir mejor la intensidad del rojo a la luz del día y asintió en señal de reconocimiento. Luego volvió a dejar el chal en su sitio y palpó un pañuelo cuadrado. Una cara le pareció más bonita que la otra, y en cada tejido apreció un tacto diferente.

La mirada de Angela recayó sobre una estola. Era del color de los pétalos de rosa más claros, un rosado muy delicado casi blanco, aunque sin llegar a serlo del todo. Parecía fresca y cálida al mismo tiempo y, cuando Tess se la puso por encima de los hombros para probársela, Angela se sintió envuelta por una segunda piel.

—Te queda fabulosa —comentó Tess instándola a volverse un poco, de manera que pudiera verse en el espejo—. Combina a la perfección con tu pelo rubio y tu tono de piel.

—*È vero* —oyó decir Angela a una agradable voz femenina, tras lo cual procedió a buscarla mirando a su alrededor. Una joven que debía de rondar la veintena, con los ojos del color del ámbar y el pelo castaño y rizado cortado a lo *garçon*, había aparecido tras el mostrador con una amplia sonrisa en los labios—. ¡Da la impresión de que la hayan tejido especialmente para usted, signora!

—¿Qué os parece si os presento? —intervino Tess—. Esta es mi sobrina Angela. Me permites que te llame así, ¿verdad? En realidad es la hija de mi mejor amiga. ¡Y esta es Fioretta!

—¡Qué alegría! —exclamó la joven italiana—. ¡Bienvenida! ¿Es la primera vez que visita Asenza?

—Sí —respondió Angela sin poder evitar seguir acariciando la estola para apreciar su textura—. ¡Este lugar es precioso! ¡Comprendo muy bien que Tess no quiera marcharse de aquí! Pero, por favor, cuénteme: ¿de dónde son estos tejidos?

—De nuestra propia *tessitura*, naturalmente —respondió Fioretta—. Nuestra tejeduría de seda, que ya tiene casi doscientos años de antigüedad. Todas estas piezas sin excepción han sido elaboradas a mano en telares históricos. También esta bonita estola. En concreto, esta la tejió Maddalena. Fíjese, lo pone aquí...

Fioretta se acercó a Angela y le señaló una pequeña etiqueta cosida discretamente en el borde del tejido. Esta reconoció una estilizada lanzadera de telar y, debajo, las palabras «*Tessitura di Asenza. Fatto a mano da Maddalena*».

—Cada tejedora tiene su propio símbolo —siguió explicando Fioretta—, porque cada pieza contiene la esencia de quien la ha tejido. Y a Maddalena se la conoce sobre todo por la suavidad de sus obras.

—Y ¿dónde se encuentra exactamente esa tejeduría?

—Aquí, en la Villa de la Seda —respondió Fioretta señalando hacia la puerta por la que había aparecido—. Si lo desea, puedo organizar una visita para que pueda verla. Creo que tú tampoco has visto el taller todavía, ¿verdad, Tessa? Antes tendría que avisar a las tejedoras. No les gustan nada las visitas sorpresa.

«Qué bonito es el nombre de Tessa», pensó Angela. Sabía perfectamente que los italianos preferían rematar los nombres alemanes que terminaban en consonante con una *a* o una *o*, según si se trataba de una mujer o de un hombre.

—Eso estaría muy bien —respondió enseguida—. Cuando les venga mejor, al fin y al cabo la casa de Tess está a la vuelta de la esquina. No hay prisa.

Sin embargo, sintió verdadera impaciencia en su interior por poder comprobar con sus propios ojos cómo se fabricaban piezas tan suntuosas como la que en esos momentos llevaba sobre los hombros.

El corazón le latía con fuerza cada vez que miraba a su alrededor en la tienda. Había suaves tejidos de seda, pero también piezas de tela más tupidas. Algunas parecían más lisas y brillantes que otras. Las había de un solo color y otras en las que se combinaban diferentes tonos. Un paño que ofrecía un efecto parecido al de las olas del mar le llamó la atención. Estaba tejido con hilos de color petróleo, turquesa, celeste y verde botella, y brillaba con más intensidad que el resto de las telas.

—En este, Anna mezcló seda con fibras de lana procedentes de Indonesia —le explicó Fioretta—. ¿Lo ve? El hilo celeste tiene un brillo distinto. A Anna le encanta experimentar. Fíjese en este de aquí —dijo mientras sacaba de un estante una pieza de tela verde oscuro—. ¿No le parece que es como un fragmento de un prado florido? Para ello empleó seda sin tratar y cáñamo hilado. Por cierto, las fibras de nuestra tejeduría se tiñen todas con pigmentos naturales. Por eso son todas piezas únicas.

—¡Qué maravilla! —exclamó Angela fascinada.

—Tienes que saber, Fioretta —intervino Tess—, que Angela estudió Artes Textiles. Si alguien sabe apreciar un buen trabajo artesanal frente a los artículos fabricados en masa, es ella.

Angela se acaloró de repente. Hacía mucho tiempo que no se dedicaba a las artes textiles. Aunque Tess tenía razón en algo: le encantaba esa clase de artesanía tan inusual. De ahí que estuviera tan emocionada por conocer a las mujeres que se dedicaban a elaborar aquellas piezas extraordinarias.

—Y ¿quién se encarga de planificar los diseños? —le preguntó a Fioretta.

La joven se quedó desconcertada.

—Nadie —respondió—. No hay diseño. Cada tejedora hace lo que le apetece. A veces acaban saliendo cosas como esta —explicó mientras, de un compartimento que quedaba bajo el mostrador, sacaba un trabajo especialmente abigarrado que no debía de haber complacido a su creadora en absoluto, puesto que no pasaba de ser una colcha de *patchwork* penosa, elaborada a partir de los materiales más selectos—. Aquí se nota que alguien no tuvo un buen día —comentó intentando alisar el tejido infructuosamente—. A veces las cosas salen así —constató, y acto seguido se encogió de hombros y volvió a guardar aquella pieza invendible bajo el mostrador.

No obstante, Angela supo apreciar el valor de la materia prima y el tiempo de trabajo dedicados al intento. No en vano durante veinte años había participado en el éxito de una próspera empresa. Errores como el que acababa de ver no podían suceder muy a menudo sin poner en peligro la existencia del taller.

—¿Cuánto tiempo tarda una tejedora en elaborar algo como esto? —preguntó mientras señalaba la estola rosada que todavía llevaba sobre los hombros.

—Tranquilamente dos días —respondió Fioretta—. Solo para preparar el telar que permite tejer varios paños ya es necesario un mes entero. Por no hablar del tiempo que requiere teñir los hilos de seda con anterioridad.

Angela guardó silencio impresionada. Mentalmente se dedicó a calcular los salarios e intentó estimar el precio de la materia prima. Aquella estola debía de costar una verdadera fortuna, sin duda no podría permitírsela. Con sumo cuidado, se la quitó de los hombros y, cuando volvió a dejarla sobre el mostrador doblándola con delicadeza, constató con sorpresa que tenía frío.

—¿Qué haces? —preguntó Tess—. Esa estola la hicieron para ti, Angela. Nos la llevamos.

Ella rechazó el gesto.

—Es que todavía no me he decidido —le dijo a Tess dándole largas—. Volveremos para que nos enseñen la tejeduría. Y me lo pensaré de nuevo.

Se volvió para marcharse y vio a Tess y Fioretta intercambiar una mirada. Pensó en explicárselo a Tess más tarde. «Qué lástima», pensó con un extraño pesar mientras se despedía de Fioretta. Le encantaban las cosas bonitas. Y sin embargo no era de las que querían tener enseguida todo lo que deseaban.

Ella también había creado tejidos antes de casarse y durante los primeros años de matrimonio, antes de que naciera Nathalie. Habían sido sobre todo obras murales elaboradas a partir de materiales poco habituales, y habían pasado a formar parte de alguna que otra colección privada o pública. Durante la carrera había aprendido a tejer, y había regalado la mitad de sus primeros intentos a parientes más o menos lejanos, hasta que hubo depurado su técnica y pudo dedicarse a ello de forma profesional. Sin embargo, de eso hacía ya mucho tiempo. La estola rosada le había despertado recuerdos de esa vieja pasión por los hilos especiales. La sensación que le había transmitido era comparable a un cariñoso abrazo.

Angela pasó la tarde en su planta de la torre, donde por fin se decidió a deshacer el equipaje y guardar sus cosas en el armario y en la espaciosa cómoda del dormitorio. La maleta grande no tardó en quedar vacía del todo, y la dejó en el rellano de la escalera, frente a su puerta, tal como se lo había pedido Emilia. A continuación abrió la maleta pequeña que le había preparado su hija. Arriba del todo había dejado, cuidadosamente doblados, dos pañuelos de algodón suave. Debajo encontró su bolso de mano de color crema, que combinaba bien con cualquiera de sus vestidos.

Angela tuvo la sensación de que contenía algo, por lo que lo abrió antes de proseguir. Dentro había varias de las joyas que más le gustaban a su hija: su collar de perlas largo, un sencillo collar de oro que realzaba su esbelto cuello, una delicada cadena con un colgante de ópalo turquesa que Peter le había regalado para celebrar su decimoquinto aniversario de boda y el ancho brazalete de eslabones de oro rojo que había heredado de su madre. Conmovida, Angela guardó las joyas en el cajón de la cómoda y volvió a deshacer la maleta con curiosidad por saber qué vestidos habría elegido Nathalie. Encontró su cómodo vestido de tubo, de punto de seda gris piedra, y el estrecho cinturón de gamuza de color antracita, así como el conjunto de falda y chaqueta de cachemira fina de color rosa palo que se había puesto para la fiesta de graduación de secundaria de Nathalie. Una atemporal falda tubo de lino azul humo que ya había olvidado que tenía, y también otra más ligera de color berenjena, confeccionada con algodón mako, junto con varias blusas y tops con los que combinarla. Por último Angela sacó dos vestidos de cóctel finísimos y sin mangas: uno de chifón color crema con una combinación opaca, y el clásico vestidito negro de Chanel. Nathalie también había pensado en incluir medias y zapatos a juego para todo ello.

Angela negó con la cabeza, asombrada. Por más que se exprimió los sesos, no consiguió imaginar qué ocasiones podrían presentarse para vestir aquellas prendas en ese lugar. Todo lo contrario, en esos momentos deseó más bien haberse llevado otro chándal de punto. Y, sin embargo, se sorprendió pensando que la estola rosada de la tejeduría de seda le habría quedado genial con cualquiera de aquellas prendas de la maleta pequeña.

Se rio de sí misma, pero dejó también la segunda maleta en el rellano de la escalera, se puso la ropa de estar por casa y se acomodó en el sofá. Al cabo de un rato sintió una extraña inquietud. El guardarropa elegante que Nathalie le había preparado le había despertado viejos recuerdos. Se visualizó ataviada con el vestido de chifón crema en la ópera de Múnich, al lado de Peter.

—¿Sabes? —le oyó decir en voz baja, notando su aliento junto al oído mientras empezaba a sonar la obertura de *Las bodas de Fígaro*—. Eres la más guapa de todas.

Antes de que el dolor se le extendiera por el pecho y la desgarrara por dentro en un abismo de tristeza y desolación, Angela se puso en pie de un salto y decidió familiarizarse con la casa. Tess le había dicho que en la parte frontal de la villa había una biblioteca, y que podía andar a sus anchas por allí. Tal vez encontrara algún libro sobre la región o alguna buena novela. O al menos algo con lo que pudiera refrescar un poco sus conocimientos de italiano.

Angela bajó la escalera hasta la planta baja preguntándose si una casa en forma de torre y sin ascensor era realmente la opción más práctica para una mujer de setenta y pico años con problemas de rodilla.

En el vestíbulo había una puerta que daba a un espacioso salón con chimenea y un cómodo tresillo que recordaba haber visto ya durante la visita que le hizo a Tess en Florida. Sobre un delicado secreter colocado en una esquina había un sinfín de marcos de diferentes tamaños con fotografías de John, o bien solo o bien acompañado de Tess. ¿Acabaría ella también en algún momento decorando un rincón de su casa de ese modo? ¿Con fotografías que atestiguaran en silencio una felicidad pretérita? Angela respiró hondo y recordó que Tess no respondía en absoluto a la imagen que se tiene de una viuda triste a pesar de lo mucho que había amado a su esposo. Tras la muerte de John se había aferrado a la vida con las dos manos hasta el punto de empezar de nuevo en un país extranjero. Y eso que cuando había enviudado ya tenía veinte años más que ella en esos momentos.

Angela se apartó del secreter y miró a su alrededor. Se dio cuenta de que en la pared de la chimenea estaba colgada una de sus primeras obras. Se la había regalado a Tess hacía muchos años, y el hecho de volver a verla tanto tiempo después le provocó una alegría inesperada. Se acercó para examinarla con ojo crítico. En aquella obra había entretejido varias hierbas secas. Recordaba haber tenido que someter el material a un procedimiento de secado especial para que no se volviera quebradizo, de manera que le permitiera trabajar con él sin que perdiera color ni calidad. Angela comprobó con satisfacción que había logrado el objetivo propuesto. Los tallos de paja seguían reluciendo con sus tonos originales: amarillo en varias gradaciones, verde y violeta rojizo oscuro.

En su momento se había inspirado en los ornamentos tradicionales de las tribus del norte de África, y había trabajado esos materiales naturales tan poco habituales para crear patrones geométricos abstractos. Según el grosor, los tallos ganaban más o menos relevancia plástica, de manera que el conjunto parecía cobrar vida y ofrecía un efecto tridimensional en función de cómo incidía la luz en la superficie. Tess había mandado enmarcar la obra con cristal, lo que sin duda alguna había sido una buena idea, puesto que las obras de arte textil son muy sensibles a las condiciones de su entorno y a la acumulación de polvo. De ese modo, la obra de Angela se había conservado en óptimas condiciones, lo que le provocó una sensación que había permanecido olvidada durante mucho tiempo: la satisfacción de haber conseguido un buen resultado después de muchas pruebas y esfuerzo. Era algo que no había experimentado en mucho tiempo. Sin duda, el hecho de haber contribuido al éxito de la empresa de su marido también le había proporcionado cierto orgullo a lo largo de los años. Pero ¿qué era la organización administrativa en comparación con la alegría de haber creado una obra de arte?

Se apartó de la chimenea y siguió examinando la estancia. El salón estaba conectado a un espacioso invernadero, y Angela contempló con asombro la cantidad de palmeras, helechos y otras plantas exóticas que extendían sus hojas en abanico y sus brotes hacia el techo acristalado. Una puerta de doble hoja separaba el salón de una especie de despacho en el que había un valioso humidificador de madera de nogal, unido a una mesita con el sobre de latón repujado. A su alrededor había tres elegantes sillones club de cuero envejecido. Aquel salón parecía un vestigio de otro tiempo. Angela se preguntó si Tess lo utilizaría alguna vez. Descubrió una mesa de ajedrez de marquetería de ébano y nácar con piezas esculpidas en mármol blanco y negro. Unas preciosas alfombras cubrían el parqué y amortiguaban sus pasos. De repente se sintió una intrusa. Le pareció como si el anterior propietario de la sala se hubiera marchado de viaje y en cualquier momento pudiera aparecer de nuevo.

Regresó al salón que daba al invernadero y encontró otra puerta más que, por fin, le permitió acceder a la biblioteca de la que Tess le había hablado. Las librerías que cubrían las paredes se extendían del suelo al techo. Angela vio numerosos libros encuadernados en piel con relieves dorados. En el centro de la sala había una mesa con un atril de lectura y varias sillas y, por encima del conjunto, una claraboya cuadrada, dividida en segmentos de vidrio esmerilado emplomado y que describía formas que recordaban a piedras preciosas talladas, se encargaba de proporcionar la luz necesaria. Frente a una de las estanterías había un diván de cuero de apariencia cómoda y estilo Liberty, la variante italiana del Modernismo. Un soporte abatible lateral permitía leer sin tener que sostener el libro en la mano. A Angela no le habría sorprendido que esa pieza de mobiliario hubiera surgido del taller del artista Eugenio Quarti.

La estancia invitaba literalmente a buscar un libro, ocupar un lugar, encender la lámpara si la luz de la claraboya no bastaba y ponerse a leer con comodidad. O a cogerlo y salir al invernadero con él. ¿Cuándo había podido Angela leer por última vez algo que no fuera el periódico o alguna que otra revista durante las horas que había pasado en el hospital, esperando la llegada de un médico o sentada junto al lecho de Peter? Había tenido tiempo de sobra para leerse media biblioteca, pero no había estado lo bastante centrada para sumergirse en una lectura realmente exigente. Los artículos breves habían sido lo máximo en lo que se había podido concentrar en esas circunstancias, y de todos modos a menudo tenía que leerlos varias veces para comprender de verdad su contenido.

De repente Angela se sintió muy cansada. Tenía claro que no era por falta de sueño, sino en todo caso por el agotamiento acumulado a lo largo de los meses. Recorrió los estantes e intentó descifrar los títulos de los lomos de los libros, entre los que reconoció los nombres de varios escritores famosos que había deseado leer desde hacía tiempo, pero ninguno de ellos la sedujo lo suficiente. Cerró los ojos unos instantes y luego miró de nuevo a su alrededor en la biblioteca. Cerca de la puerta de entrada le llamó la atención un estante repleto de libros con los lomos de varios colores, así que se acercó para comprobar qué eran. Era bibliografía sobre la región, y Angela sacó uno de los libros al azar. *La historia de la tejeduría de seda de Asenza*, leyó. De inmediato se dio cuenta de que tenía en las manos la lectura más adecuada que podría haber encontrado.

4
SOMBRAS DEL PASADO

Angela perdió la noción del tiempo y no se dio cuenta de lo tarde que era hasta que notó el descenso de la temperatura en el invernadero y la falta de luz. Cerró el libro a regañadientes y se lo llevó a la habitación de la torre. Una vez fuera se percató de que el cielo había adoptado tonalidades doradas, y Angela se acordó de que Tess debía de estar esperándola para tomar el aperitivo. De repente le apeteció quitarse aquella ropa de estar por casa y ponerse una falda. Optó por la de color berenjena y decidió combinarla con una blusa. La cinturilla de la falda se le quedó a la altura de las caderas, y sintió que dentro de la blusa también sobraba demasiado espacio. Se propuso preguntarle a Tess si en Asenza había algún taller de costura que se dedicara a los arreglos. Aquellas prendas le quedaban al menos dos tallas demasiado grandes.

Con un suspiro decidió quitarse de nuevo la falda y la blusa y enfundarse unos vaqueros. Luego se puso una camiseta blanca de viscosa que era bastante más indulgente con su figura excesivamente delgada, se apartó del espejo y bajó las dos plantas hasta la habitación de Tess.

Al igual que el día de su llegada, Tess estaba sentada en su lugar preferido, junto al ventanal panorámico. Frente a ella, sobre la mesa, relucían varios líquidos en botellas de cristal tallado.

—¿A ti también te apetece una copa de jerez? —le preguntó Tess con una mirada cargada de afecto—. Lo tengo seco y extraseco. ¿O tal vez prefieres una copa del limoncello casero de Emilia?

Angela se decidió por el licor de limón. Se deleitó aspirando el aroma ácido que salía de la copa, y su sabor la hizo creer que verdaderamente era posible embotellar el verano italiano.

—¿Has pasado una tarde agradable?

—¡Ya te digo! En la biblioteca he encontrado un libro sobre la tejeduría de seda. ¡Es de lo más fascinante! ¡Jamás se me habría ocurrido que el Véneto pudiera haber sido uno de los baluartes de la producción de seda! Ni que esas manufacturas hayan sobrevivido hasta ahora...

—Parece casi un milagro, ¿verdad? —replicó Tess dedicándole a Angela una sonrisa por encima de la copa justo antes de tomar un sorbito de jerez—. Enseguida me dio la impresión —prosiguió— de que te parecería interesante. Por cierto, antes ha llamado Fioretta. Si te apetece, mañana a mediodía podríamos ir a echar un vistazo a la Villa de la Seda. ¿Qué me dices?

—¡Que sería estupendo! —exclamó Angela entusiasmada—. Dime una cosa: ¿es cierto que antiguamente casi todas las familias de Asenza tenían su propio criadero de gusanos de seda?

—Eso me contaron —le confirmó Tess—. Esta casa perteneció a la familia Serena, una de las más prósperas de la población. E hicieron fortuna precisamente gracias a la seda. Fíjate en los árboles que crecen a lo largo de mi finca, ¿los ves?

—¿Te refieres a los que tienen la copa redondeada y las hojas de color verde oscuro?

—Exacto, esos. Pues son moreras. Su follaje servía para alimentar a los gusanos de seda. Son muy antiguas, y eso que año tras año les quitaban casi la mitad de las hojas. Todos los veranos Emilia prepara mermelada con los frutos, y el licor también es delicioso. ¡Deberías probarlo algún día!

—Moreras... —dijo Angela ensimismada—. Creía que era una especie oriental. Me suena haber leído algo en algún cuento de *Las mil y una noches*.

—Pues aquí las verás por todas partes —replicó Tess—. Por lo que sé, dos monjes persas del siglo VI fueron los primeros en llevarse de China dos larvas de gusano de la seda de contrabando, un delito que por aquel entonces se pagaba con la vida. Y con los gusanos se llevaron también semillas de morera, para que los gusanos pudieran desarrollarse como es debido. Llegó un momento en el que casi cada casa tenía unas cuantas cajas de gusanos de seda.

—Pero ¿qué dimensiones tenía la producción de seda casera? —preguntó Angela con genuino interés—. Y ¿dónde se llevaba a cabo?

—En el jardín todavía hay un edificio alargado, en la parte más baja de la cuesta. Está bastante cubierto por vegetación. Gianni lo utiliza para guardar el cortacésped y otros enseres del jardín. Cuando adquirí la finca todavía había viejas cajas de gusanos y otros accesorios destinados a la cría y la manufactura de hilos de seda. Simplemente lo dejaron todo allí abandonado durante años. Los utensilios los cedí al museo de historia local. El dottore Spagulo se alegró muchísimo, y para mí fue un alivio verlos a él y a sus ayudantes despejar el edificio —explicó Tess, y acto seguido se agitó presa de un escalofrío—. Llevaba más de cien años acumulándose polvo sobre todo eso, no quiero ni saber la cantidad de camadas de gatos que deben de haber nacido entre todos esos cachivaches. Bajo el tejado todavía anidan los murciélagos, aunque eso me da igual. Me gusta cuando al caer la noche revolotean alrededor de la torre. Y encima se comen a los mosquitos.

—Me gustaría ver ese museo del que hablas —comentó Angela.

—Sí, te aseguro que vale la pena —convino Tess—. Siempre que te interese saber cómo vivía la gente aquí hace años, claro. La mayoría de los turistas solo quieren visitar las casas de la familia real. Y, de hecho, también podemos ir a Valdobbiadene en coche, si quieres conocer la viticultura de la región, y cómo se descubrieron la *grappa* y el *prosecco* —continuó Tess con un brillo especial en los ojos—. Es una tierra fascinante. Tan llena de cultura... y no me refiero solo a las galerías de arte, el teatro y la ópera. Lo que quiero decir es que la gente que vivía aquí consiguió elaborar algo muy especial con lo que la tierra les proporcionaba, que no se limitaron únicamente a matar el hambre.

Angela se la quedó mirando con cariño. Le encantaba ver a Tess tan apasionada.

—¿Por eso decidiste venir a vivir aquí? —le preguntó.

Tess le lanzó una mirada que Angela no supo descifrar.

—También —respondió al fin.

Angela esperó, pensando que a continuación le revelaría el verdadero motivo por el que había decidido mudarse a Asenza, pero en ese instante Emilia las avisó de que la cena estaba lista y Tess se puso en pie.

Mientras le ofrecía el brazo para ayudarla a bajar los escalones hasta la planta baja, notó con sorpresa algo parecido al apetito, una sensación que llevaba mucho tiempo sin experimentar. La escalera olía a tomate, ajo y romero. Se le hizo la boca agua enseguida.

—¿Te has planteado alguna vez —preguntó al ver las muecas de dolor que Tess hacía con cada paso— la posibilidad de instalar un ascensor?

Angela tenía muy claro que la anciana no quería renunciar de ningún modo a las maravillosas vistas que le proporcionaba el ventanal de la torre, al menos mientras pudiera seguir viviendo en la primera planta. Y le pareció que tampoco era necesario. Solo faltaban dos escalones y llegaron abajo. Tess respiró hondo y soltó su brazo con alivio.

—Sí, claro que se me ha pasado por la cabeza —respondió levantando la mirada hacia ella—. Aquí hay un buen arquitecto, y de hecho quería invitarle a cenar un día de estos para preguntarle qué le parece.

—¿Qué te pasa en la rodilla? —quiso saber Angela.

—Desgaste —se limitó a responder Tess—. Casi no me queda cartílago. Tarde o temprano tendrán que ponerme una prótesis, una articulación artificial —añadió con una sonrisa triste en los labios al ver la mirada horrorizada de Angela—. Me toca ir al médico pronto, entonces sabremos algo más.

Como entrante, Emilia sirvió *vitello tonnato*, asado de ternera cortado en finísimas lonchas y recubierto con una deliciosa salsa a base de atún, nata y alcaparras. La carne estaba tan tierna que prácticamente se deshacía sola en la boca. Angela siguió pensando en la rodilla de Tess, y casi sin darse cuenta se zampó la ración que le habían servido. Tomó un trozo de pan blanco recién horneado para mojar en la salsa, y Tess quedó más que satisfecha cuando lo vio de reojo. A continuación había pasta casera con flores de calabacín, pecorino rallado y ajo, y una vez más Angela se terminó una ración considerable.

Cuando le preguntó a Tess si en Asenza había alguna costurera capaz de hacerle unos arreglos en la ropa, antes de asentir la anciana sonrió como si supiera algo que ella todavía ignoraba.

—Hay dos —respondió, aunque acto seguido desvió la conversación en una dirección completamente distinta.

Emilia les sirvió la tila y poco después se retiraron a sus respectivas habitaciones.

Todavía era temprano. Angela se duchó y se puso el pijama, pero se dio cuenta de que no estaba ni mucho menos cansada. De repente echó de menos a su hija y marcó su número de teléfono sin pensárselo dos veces.

—¡Mamá! ¡Por fin me llamas! ¿Cómo estás?

—Bien, estoy bien —respondió.

Fue justo después de decirlo cuando se dio cuenta de que realmente era verdad, y de inmediato se sintió culpable. ¿No se suponía que estaba de luto?

—Me alegro —le oyó decir a Nathalie con claro alivio—. Disfruta —añadió—, te lo has ganado.

«¿Cómo?», quiso replicar Angela. En lugar de eso, le preguntó por el trabajo que estaba redactando y se limitó a escuchar la voz de su hija, que le hablaba de un fallo informático y de unos archivos que creía haber perdido pero que, de forma milagrosa, había conseguido recuperar del disco duro.

—Sin la ayuda de Nico los habría perdido —dijo Nathalie con un suspiro—. No conozco a nadie que sepa más de ordenadores que él. Suerte que me ha echado una mano.

—¿Es que no guardas copias de tus archivos? —preguntó Angela.

Nathalie se rio.

—Mamá, me acabas de decir lo mismo que me ha dicho Nico —respondió—. A partir de hoy pienso grabarlo todo cada diez segundos. ¡Puedes creerme!

Hubo un momento de silencio y Angela supo de inmediato que a Nathalie le ocurría algo. Conocía a su hija demasiado bien para no notar un leve desasosiego al otro lado de la línea telefónica.

—¿Qué te ocurre, cariño? —quiso saber.

¿Había hecho bien dejando a su hija sola poco después de haber perdido a su padre?

—Mamá —empezó a decir Nathalie—. Es que... quería preguntarte una cosa.

Se quedó callada de nuevo y Angela se la imaginó perfectamente mordisqueándose el labio inferior.

—¿Qué es? —dijo la madre con preocupación.

—Pero tienes que prometerme que no te enfadarás conmigo, ¿de acuerdo?

—Claro que no me enfado contigo, Nathalie. ¿Qué te ocurre?

—Es sobre... los trajes de papá —explicó Nathalie al fin—. Es que... ya no los necesitaremos más, ¿verdad?

Angela contuvo el aliento unos instantes. Ahí estaba de nuevo esa presión torturadora en el pecho.

—No —respondió—. Claro que no. ¿Por qué me lo preguntas?

—Es que... —empezó a decir Nathalie titubeando—. Bueno, es que quería proponerte una cosa. Pero solamente si estás de acuerdo, que conste. Y si... si no te parece demasiado pronto...

—Suéltalo de una vez —la animó su madre—. ¿Qué pasa con los trajes?

Oyó claramente que su hija tomaba aire para armarse de valor.

—¿Te acuerdas de Farid? —preguntó Nathalie.

Angela tuvo que pensarlo.

—¿El estudiante sirio que trajiste a casa una vez?

—Sí —respondió Nathalie—. Llegó a Múnich hace dos años como refugiado. Nico, Benny y yo nos hemos hecho amigos suyos y de unos cuantos más. Farid acaba de graduarse, y con buena nota, además. Ahora necesita un puesto de trabajo. Pero el caso es que no tiene ropa decente para presentarse a las entrevistas y he pensado...

Nathalie se quedó callada, pero Angela ya lo había comprendido.

—Me estás diciendo que los trajes de papá... podrían servir para ayudarle.

—Sí, mamá. He pensado que podríamos crear un fondo de ropa —explicó Nathalie con entusiasmo— para la gente que tenga entrevistas de trabajo o una cita importante que requiera cierta elegancia. ¿Qué te parece?

Angela evocó en su mente el ropero de Peter, aquellos trajes que tan bien conocía, chaquetas y pantalones, las camisas caras, elegantes y atemporales. Todavía tenía su aroma en la nariz, esa loción para el afeitado que tanto le gustaba. Tragó saliva y la presión que sentía en el pecho creció un poco más. Algún día tendría que desprenderse de las cosas de Peter, pero se horrorizó de solo pensarlo. ¿No debería sentirse agradecida de que su hija hubiera tenido aquella idea? ¿Por qué le dolía tanto, entonces? Respiró hondo antes de hablar de nuevo.

—Me parece un plan fantástico —murmuró, aunque la voz se le quebró un poco y tuvo que aclararse la garganta—. Y a tu padre también le habría gustado. Coge lo que necesites.

Angela oyó a Nathalie respirar aliviada.

—No te duele que te lo haya pedido, ¿verdad, mamá? —preguntó algo temerosa.

—¡En absoluto, cielo! —le aseguró Angela—. ¡Estoy orgullosa de ti! ¡Y espero que a Farid y a los demás les vayan realmente bien esas entrevistas de trabajo!

De repente el dolor del pecho remitió y dejó en su lugar una gran sensación de alivio. Que los trajes de su difunto marido acabaran sirviendo para algo tan noble era más de lo que hubiera podido desear.

—¡Gracias, mamá! —exclamó Nathalie—. Eres la mejor, ¿lo sabías?

—¡Tú sí que eres la mejor, cielo!

Acto seguido se aseguraron mutuamente que se querían y que se cuidarían mucho.

Angela se quedó mirando el techo de vigas oscuras durante un buen rato, aunque sin fijarse en nada. Sabía que lo de los trajes de Peter no era más que el principio. Pensó en las muchas otras cosas que la esperaban en casa y que le recordarían a su marido cuando regresara. ¿Acaso no era la casa que habían planificado y construido juntos para luego llenarla con sus vidas, y que eso le recordaría día tras día la ausencia de Peter? ¿Qué significaba eso, en última instancia?

Angela no conseguía dejar de pensar en ello.

Al final cogió el libro sobre la tradición de la tejeduría de seda de Asenza y procedió a leerlo con tenacidad, palabra por palabra, aunque no comprendiera lo que decía. Hasta que se le cerraron los ojos.

A la mañana siguiente, cuando pasó frente a la pista de tenis de la urbanización durante su carrera matutina, vio de reojo cómo uno de los jugadores se la quedaba mirando un buen rato antes de sacar y de que el sonido del intercambio en la pista rompiera de nuevo el silencio de la mañana. Eso la incomodó, por lo que aceleró el paso sin siquiera proponérselo. Mientras subía de nuevo hacia el casco antiguo, pensó en una ruta alternativa para el día siguiente. Sin duda debía de haber tramos con vistas más agradables que las que podía proporcionar aquella urbanización.

Había dormido mal, una vez más se había despertado sobresaltada por sueños extraños que enseguida olvidaba. Algo relacionado con habitaciones y puertas que se abrían y se cerraban mientras ella no tenía ni idea de dónde estaba. No recordaba nada más que eso. No había soñado con Peter, todavía no había aparecido en sus sueños ni una sola vez, y Angela a veces incluso lo lamentaba. A pesar de que seguía sintiendo un tremendo alivio por el hecho de que ese largo sufrimiento por fin hubiera quedado atrás, al mismo tiempo eso mismo le parecía una traición. Una traición al amor y al tiempo que habían compartido.

Sabía que no tenía sentido. Había mantenido largas conversaciones con la psicóloga de la unidad de paliativos en la que Peter había pasado sus últimas semanas, y la encargada de atender a los familiares de los pacientes le había insistido una y otra vez en que no tenía el más mínimo motivo para reprocharse nada en absoluto. Había hecho todo cuanto había estado en sus manos. Primero, apoyando a Peter para intentar superar la enfermedad y, cuando vieron que no podría vencer al cáncer, permaneciendo a su lado y acompañándolo hasta el inevitable final. Podía estar orgullosa de sí misma, según la psicóloga. También le había dicho que pocas veces había conocido a una acompañante tan fuerte y leal como Angela. Pero ella no quería halagos, quería a Peter. Quería recuperar su vida, aun sabiendo que no era posible.

Paso a paso logró subir la pronunciada cuesta. ¿Había hecho bien viajando a Italia? ¿Podía considerarlo un viaje o era en realidad una especie de fuga? ¿Estaba huyendo de los problemas en lugar de enfrentarse a ellos?

La vista del jardín a través de la verja de hierro forjado de la casa de Tess resultó ser un alivio. Angela se maravilló con las rosas recién abiertas, por lo que hizo unos cuantos estiramientos sobre el césped que quedaba entre los rosales. Un grupo de pájaros que gorjeaban con entusiasmo alzó el vuelo desde la morera y se posó sobre el frontón de la casa de al lado. Angela respiró hondo y aspiró el aroma de la tierra, las rosas y el cedro.

«Quiero que sigas con tu vida», creyó oír que le decía Peter. Las lágrimas se le empezaron a acumular en los ojos hasta un punto incontenible antes de empezar a recorrerle las mejillas. «Tienes que prometerme que no guardarás luto mucho tiempo. Yo voy a morir, pero me gustaría que tú volvieras a ser feliz algún día...»

Dio media vuelta y se dirigió hacia la casa corriendo. Sin embargo, en lugar de entrar, rodeó la villa motivada por una idea que acababa de instalarse en su cabeza. Quería ver el viejo edificio que servía para criar gusanos de seda. Aunque en realidad lo que quería era evitar encontrarse con Tess o con Emilia con los ojos llorosos. Antes prefería calmarse, recuperar el autocontrol. No pretendía ser un motivo de preocupación para ellas, y por encima de todo no deseaba el consuelo de nadie. Porque no podía ni imaginar lo que ocurriría en ese caso.

Tras la villa había un patio de losas de piedra antiguas, medio cubierto por las ramas del cedro. El lado que daba hacia la cuesta estaba delimitado por un muro de piedra seca sobre el que el terreno ascendía describiendo una pronunciada pendiente. A lo largo de ese muro Angela descubrió una hilera de cobertizos bajos, de piedra, con una sucesión regular de puertas y ventanas deslucidas. Se acercó a uno de ellos para echar un vistazo y divisó un pequeño tractor cortacésped, palas, rastrillos y otros enseres de jardinería. Olía a tierra húmeda, musgo y moho, y donde el cedro protegía más el terreno con su sombra había un corro de setas de color amarillo pálido.

Angela había leído que la única manera de poder seguir gozando de los apreciados tejidos de seda era sacrificando a los gusanos que creaban los hilos. La naturaleza dictaba que su destino era terminar envolviéndose en un capullo tejido por ellos mismos, formado por hilos de hasta novecientos metros de longitud, para luego convertirse en mariposas. No obstante, una semana antes de que los gusanos pudieran abrir un agujero en el capullo con la ayuda de unas enzimas de su cuerpo y arruinar así el hilo que lo formaba, intervenían las personas. El procedimiento empezó a emplearse hace cuatro mil años en China, y consiste en eliminar las orugas justo antes de que se conviertan en mariposas cociendo sus crisálidas para lavarlas y reblandecerlas hasta que se pueden desenredar las finísimas hebras de seda, que luego se someten a un proceso de tinte y de hilatura. Desde entonces esos hilos se emplean para tejer suntuosas telas irisadas, ligeras como el papel, frescas como una brisa marina y cálidas como la lana, telas que han servido para confeccionar la vestimenta de ricos y poderosos, que recurrían a ese espléndido material para diferenciarse de las clases populares.

Al principio eso había desilusionado un poco a Angela. A pocos ejemplares de gusano se les permitía completar su ciclo natural, y era solo para asegurar que hubiera otra generación. Una hembra ponía unos cuatrocientos huevos después de aparearse durante un periodo de entre seis y ocho horas, tras lo cual moría habiendo cumplido su función.

Sí, la muerte planeaba por encima de todo ello. El nacimiento, la vida, el crecimiento y la transformación tenían que sucederse millones de veces con esa interrupción súbita que permitía que el ser humano obtuviera algo que le complacía. Angela tampoco quiso engañarse a sí misma. ¿Acaso no comía carne? ¿No llevaba piel de animales muertos en los pies? ¿Y acaso no vivían también las plantas? ¿Qué pasaba con las diminutas alcaparras, cuyo aroma había podido disfrutar la noche anterior en la salsa que le habían servido para aderezar la ternera que tanto le había gustado? No dejaban de ser como los capullos de las flores, destinados a abrirse para luego convertirse en un fruto que Angela todavía no conocía.

Se alejó de aquellas viejas edificaciones y regresó a la casa. En la parte posterior había una puerta entreabierta. La cruzó y se encontró de nuevo en la cocina, donde Emilia estaba cortando fruta. La cocinera la saludó con alegría, y le sirvió una taza de café recién hecho mientras le preguntaba si ese día le apetecía una tortilla para desayunar. Angela pensó de nuevo en Peter y en su deseo de que siguiera con su vida, por lo que respondió que sí. Y cuando Emilia le ofreció acompañar el café con un cruasán todavía caliente, recién salido del horno, tampoco se negó.

Lo mordió intentando frenar de una vez ese carrusel de pensamientos acerca de la muerte y el pasado que la estaba acuciando como no lo había hecho en muchos días, y se concentró en el sabor dulce de las almendras, la mantequilla, la vainilla y el sutil aroma de la piel de limón.

«Tal vez solo podemos apreciar de verdad la vida si somos conscientes de que terminará —le había dicho Peter entre dos ataques de dolor—. Quiero que la disfrutes, Angela. Tanto como puedas.»

5
LA VILLA DE LA SEDA

Poco después de las doce, Tess y Angela se plantaron en la tienda de la tejeduría de seda.

—Hoy he tenido buenas ventas —les explicó Fioretta con satisfacción mientras cerraba la puerta con llave—. Ha venido un autobús entero de turistas. Las inglesas han quedado absolutamente fascinadas.

Sin darse cuenta, Angela empezó a buscar con la mirada la estola que tanto le había gustado, pero no la vio por ninguna parte. «Supongo que ya se estará alejando en dirección a Inglaterra, dentro de la maleta de alguna turista —pensó con pesar. Se había sentido increíblemente cómoda con aquella prenda sobre los hombros—. Pero, bueno, tal vez sea mejor así.»

Angela siguió a Tess y a Fioretta por la puerta trasera, que daba a un pasillo y luego a un patio interior rectangular. En el centro había una vieja morera, cuya copa había sido podada hacía poco de un modo drástico; aun así, en las ramas crecían ya nuevos brotes de color verde. Sobre un banco que quedaba bajo el árbol dormía una gata gris plateado. Cuando se le acercaron, levantó la cabeza y se quedó mirando a Angela con sus luminosos ojos verdes.

—Las mujeres están haciendo la pausa del mediodía

—explicó Fioretta—. He pensado que sería mejor hacer la visita mientras no estuvieran trabajando. Ya sabes cómo son, Tessa. Cualquier distracción indeseada es capaz de estropear el tejido.

Angela se quedó asombrada. ¿Tan sensible era el proceso de trabajo?

La gata se puso en pie y se estiró con parsimonia mientras Fioretta guiaba a las invitadas por el patio.

—¿Esto era un convento? —preguntó Angela admirando la galería que rodeaba el patio por el primer piso, con delicadas columnas que sostenían arcos de medio punto de piedra—. Parece un claustro.

—No —respondió Fioretta—. Que yo sepa, el edificio se construyó para alojar una tejeduría de seda. Aunque está proyectado de un modo espléndido. No en vano llegó un momento en el que la gente empezó a llamarlo la Villa de la Seda —explicó, y acto seguido abrió la puerta del lado opuesto del patio—. Por cierto, aquí es donde se tiñen los hilos.

La estancia parecía la cocina de una bruja, con grandes calderos pegados a la pared, donde hervían a fuego lento líquidos indefinibles. A su lado había cucharones de madera, ennegrecidos por el tiempo y los incontables baños de tinte.

—Ahora mismo están tiñendo el hilo de color rojo oscuro —explicó Fioretta señalando uno de los recipientes.

Angela se acercó y vio que estaba recubierto de cobre por dentro. Estaban colocados sobre fogones de leña empotrados, cuyo fuego se alimentaba mediante una trampilla metálica que se abría cerca del suelo.

—Y aquí están creando un tono amarillo —prosiguió

Fioretta mientras removía con un cucharón de madera un líquido de aspecto lodoso en otro de los calderos.

—¿De qué se componen los colores? —preguntó Angela. Todavía recordaba que durante la carrera había aprendido que la composición de colorantes era toda una ciencia por sí misma. Y que los tonos intensos difícilmente podían obtenerse sin ingredientes sintéticos.

—De pigmentos naturales. La mayoría de ellos, de origen vegetal. Aunque también se utilizan minerales —respondió Fioretta—. No obstante, la única que conoce las recetas exactas es Orsolina. Las heredó de su abuela y las conserva como un secreto familiar, sin revelárselas a nadie.

En la pared encalada y desteñida tras años de exposición a los vapores de los líquidos de los calderos, Angela descubrió un tablón de corcho con un sinfín de pruebas de color prendidas con alfileres. Los diminutos ovillos de seda, de todos los tonos imaginables, parecían borlas en miniatura para una casa de muñecas. Debajo de cada prueba había descripciones escritas a mano, anotaciones y números. Angela leyó «*Rosso Veneziano*», «*Verde Veronese*», «*Giallo di Napoli*», entre muchos otros.

—Qué interesante —comentó.

—Cuanto más tiempo permanece un lote de seda sumergido en el colorante, más intenso queda el tono. A menudo se llevan a cabo varios procesos de teñido consecutivos para conseguir mezclas de color. Funciona igual que en la pintura: del azul y el amarillo se obtiene el verde, del rojo y el azul se obtiene el violeta... Lo saben incluso los niños. Sin embargo, Orsolina conoce todos los secretos que permiten obtener los matices más preciados. Es una verdadera maestra de la técnica. Para ella, por ejemplo, no existe simplemente el turquesa, sino al menos veinte gradaciones distintas.

—Y ¿este de aquí es el legendario libro de su abuela? —preguntó Tess inclinándose sobre un libro de gran tamaño que estaba abierto en una mesa de trabajo.

Angela reconoció la misma caligrafía desteñida que en las pruebas de color. Aunque no fue capaz de descifrar la peculiar letra de las anotaciones del papel amarillento, sí identificó listas de ingredientes para recetas de cocción. Además, en el libro también había delicadas pruebas de seda pegadas. En los bordes, el papel estaba ondulado por la acumulación de salpicaduras de color.

—Sí, exacto —dijo Fioretta respondiendo a la pregunta de Tess—. Normalmente Orsolina lo tiene guardado bajo llave. ¡Esas mezclas son su mayor tesoro!

A Angela le habría encantado poder hojear un poco el libro, pero no se atrevió. De todos modos, Fioretta ya había salido de la tintorería con Tess, por lo que fue tras ellas hasta la siguiente sala, donde había madejas de seda recién teñidas de un azul uniforme, colgadas de largas varas bajo el techo, para que se secaran.

—Cuando hay que tejer una pieza de un solo color —explicó Fioretta—, el material del que estará compuesta tiene que salir del mismo proceso de tinte. Porque, a pesar de que Orsolina trabaja con mucho esmero, el tono de otro tinte nunca será exactamente igual que el primero.

—Esa es la diferencia respecto a una máquina —comentó Tess, ante lo que Fioretta asintió.

—Además, la seda es un material vivo. Se obtiene a partir de seres vivos y no en un laboratorio químico. Por tanto, conserva parte de esa vida. Y las condiciones del entorno también influyen en el resultado. Orsolina solo tiñe con determinados colores cuando las condiciones meteorológicas son adecuadas para ello.

Tess se rio. Eso pareció gustarle.

—¿También tiene en cuenta las fases de la luna? —preguntó sonriendo—. ¿Hay colores que se obtienen mejor con luna llena que con luna nueva?

—Seguro que Orsolina no se reiría de eso —comentó Fioretta con desenfado—. Deberías preguntárselo cuando surja la ocasión, no me sorprendería nada que fuera así.

—Y ¿de dónde obtienen la seda? —preguntó Angela—. ¿Todavía procede de la producción local?

Fioretta agitó sus rizos negando con la cabeza.

—Desgraciadamente, eso pasó a la historia —dijo—. Mi madre de vez en cuando me cuenta cosas sobre los buenos tiempos en los que sí se hacía, pero, por lo que me responde cuando le pregunto, parece ser que tampoco eran tan buenos. Hoy en día la seda nos llega desde la India. Después de mucho buscar, encontramos a un importador en Venecia que consigue una calidad suficiente para que resista a los telares —explicó, y al ver la mirada interrogante de Angela, se apresuró a aclarar el comentario—: La seda de menor calidad se desgarra en los telares tradicionales. Y no debería ser así, claro. Un buen hilo de seda debería resistir el peso de un adulto sin problemas.

A continuación pasaron al almacén, en el que las madejas de hilo, ya teñidas y todavía enredadas entre sí, se distribuían en compartimentos de madera para procesarlas posteriormente. Angela preguntó si podía tocar la seda, y Fioretta enseguida le tendió una madeja de color amatista.

El tacto era al mismo tiempo fresco y suave, firme y muy delicado. A Angela se le aceleró el corazón de inmediato al comprobar la magnífica calidad del material. El color era extraordinariamente intenso y luminoso. Escuchó con mucha atención las explicaciones de Fioretta, y admiró a Orsolina en silencio por sus conocimientos de la tintorería tradicional, así como por su sensibilidad para obtener tonos de color excepcionales. Para ella, un amarillo no era tan solo un amarillo, sino que el color siempre tenía que incluir un brillo adicional, y Angela supuso que eso solo podía conseguirlo con un hábil baño posterior, más corto o más largo, realizado con un pigmento distinto. Un ojo poco entrenado no sería capaz de percibir la diferencia, pero sin duda se notaría en la manera en la que incidiera la luz, puesto que adoptaría un carácter distinto.

Ella misma, durante la carrera, se había inscrito en un curso de pintura y había tenido la suerte de encontrar a unos profesores excepcionales que le habían enseñado que un rojo lucía con más intensidad si se mezclaba con una pizca de verde. Y viceversa, por supuesto. La adición de una cantidad ínfima de un color complementario proporcionaba una profundidad especial al color, y Angela estaba segura de que Orsolina lo sabía por experiencia. Seguramente era uno más entre los muchos secretos que con toda probabilidad conocía.

Angela dejó la madeja de seda en su lugar y siguió a Tess y Fioretta. En la siguiente sala había varios útiles de aspecto arcaico, entre los que destacaba un gran fregadero hexagonal.

—Aquí todavía se devana, se bobina y se urde a mano —explicó Fioretta.

—Sí, pero... ¿qué significa eso? —preguntó Tess.

Fioretta señaló una de las máquinas.

—El hilo tiene que pasar de esas madejas sueltas a bobinas de mayor o menor tamaño. Para poder abastecer el rodillo, el hilo se enrolla en esta especie de marcos octogonales.

»Para formar una urdimbre son necesarios centenares de hilos de la misma longitud, que se preparan en este paso. —Angela se quedó mirando la rueda de urdir, la bobina y los marcos con aire reflexivo—. Urdir el telar es una tarea muy minuciosa —prosiguió Fioretta—. Hay que trabajar con precisión para que luego todo coincida.

»Además, hay que cuidar que los hilos no se enreden, claro. Para no tener que empezar cada pañuelo desde el principio, las mujeres se han acostumbrado a urdir hilos de una longitud varias veces mayor a la necesaria en cada telar. Una vez terminado el trabajo, se cortará el resultado con sumo cuidado y enseguida pueden empezar a tejer el siguiente. O los van tejiendo uno tras otro dejando simplemente un trozo de urdimbre sin trama para los flecos y esperan a terminar el hilo del todo para separarlos.

A continuación Fioretta le explicó cómo se preparaban las urdimbres, en varias fases de trabajo muy complicadas, y guio a las visitantes hasta otra sala, en la que había una enorme vara de madera, sobre la que habían tensado de forma equidistante hilos en dos alturas, como si los prepararan para un instrumento gigantesco.

—Esto parece un arpa —constató Angela.

—Este es el motivo —dijo Fioretta mirando a sus invitadas con una sonrisa apocada— por el que prefería mostrarles la tejeduría durante la pausa. Mi madre tiene que urdir de nuevo el telar de Maddalena. Es una operación complicada, por lo que normalmente se pone un poco..., bueno, de mal humor. Es decir, más que de costumbre —añadió con una mueca. Luego le dedicó una sonrisa a Tess y esta asintió para demostrar que comprendía lo que le estaba contando.

—Sí, mejor así —dijo la anciana—. Para esto se necesita mucha concentración. A decir verdad, no tengo ni idea de cómo conseguís urdir estos telares tan antiguos con un material tan delicado. Te aseguro que admiro profundamente a Nola por ello. Sin una buena urdimbre no se puede tejer. Tal vez será mejor que sigamos, no sea que vuelvan al trabajo después de la pausa y a tu madre le dé un ataque al vernos aquí, hurgando en sus dominios.

Subieron a la primera planta y entraron en una sala que comprendía un lado entero de aquella ala del edificio. Allí había, uno tras otro, cuatro grandes telares antiguos de madera oscura. Su aspecto tosco contrastaba de manera radical con el valioso material que salía de ellos por la parte frontal, reluciente como el oro, y Tess suspiró con asombro al ver el espléndido resultado.

—Sí —afirmó Fioretta con orgullo—, este es de Lidia. Nadie consigue tan buenos resultados como ella. Aunque lo que Maddalena está tejiendo ahora también me gusta mucho.

Acto seguido pasaron al segundo telar.

—¿Maddalena está trabajando con un material distinto al de Lidia? —preguntó Angela.

El paño dorado parecía fresco y liso, mientras que el trabajo de Maddalena ya permitía apreciar la suavidad del chal rayado con tonos terrosos.

—No —replicó Fioretta—. Todas trabajan con el mismo material, Anna es la única que combina la seda con otros tipos de hilo. Es la mano de la tejedora lo que marca la diferencia entre los distintos tejidos. —Comprobó el rodillo en el que quedaba enrollada la preciada tela terminada—. Creo que acabará hoy mismo —dijo con satisfacción—. Mañana podrán ver el paño terminado. Y luego Anna podrá ayudar a mi madre a urdir de nuevo el telar de Maddalena.

Por la formación que había recibido, Angela sabía que cada uno de los hilos de seda tenían que pasar por los denominados «lizos», unos finos orificios en el telar, y enhebrarlos requería una paciencia sin igual. Cuando pensó en los metros de longitud que tenían las urdimbres que esperaban en la otra sala, se dio cuenta de que aquello estaba a un nivel completamente distinto del que ella conocía. Angela había tenido que tejer con hilos de un metro y medio como máximo que, además, no eran ni mucho menos tan delgados. Y aun así, para urdir el telar siempre había necesitado ayuda. «¡Cuánta paciencia!», pensó con verdadero asombro.

—Aquí Anna combina la seda con el mohair —explicó Fioretta señalando un telar de menor tamaño que estaba cerca de la ventana—. Es una combinación que da buenos resultados y se vende bien.

Angela vio un género suave de un luminoso rojo frambuesa, con un claro contraste entre la seda brillante y la lana mate. Tess y Fioretta ya habían pasado al último telar, cuyo rodillo estaba urdido con hilos de diferentes colores: beige, rojo y un naranja de tonos dorados.

—Este de aquí está a la espera de que mi madre termine

con el trabajo de urdido y pueda volver a tejer —explicó Fioretta.

—¿Este tendrá esos cuadros tan maravillosos que parece que se fundan entre sí? —preguntó Tess.

Fioretta asintió.

—Sí, es una técnica de tejido antigua. Por eso ha preparado la urdimbre con varios colores. Este estampado les gusta especialmente a las turistas inglesas.

La joven consultó su reloj de pulsera y Tess, atenta, reaccionó enseguida.

—Gracias, Fioretta —le dijo—. Ha sido realmente amable por tu parte que nos enseñaras todo esto. Ha sido muy interesante, ¿verdad, Angela?

—La verdad es que sí —afirmó esta asintiendo—. ¿Veo que ahí detrás hay otro telar? —preguntó mirando con curiosidad hacia la puerta abierta que daba a la sala contigua.

—Sí —respondió Fioretta terminando de abrirla del todo—. Aquí pueden mirar con toda tranquilidad. Lo llamamos «*omaccio grande*», «el grandullón», aunque no lo utilizamos. Con él se pueden tejer piezas de hasta dos metros ochenta de anchura. Es muy difícil de utilizar, requiere mucha fuerza. Por eso a las mujeres no les gusta nada. De hecho, solo solían utilizarlo hombres —explicó encogiéndose de hombros como si lamentara que el grandullón siguiera allí—. Al fin y al cabo, solo vendemos piezas de entre ochenta centímetros y un metro veinte de anchura, y se tejen más cómodamente en los otros telares.

Salieron de la tejeduría y bajaron por una escalera que les dio de nuevo acceso al patio interior. Las hojas de la copa podada de la morera brillaban bajo el sol de mediodía, mientras que la gata había desaparecido. Fioretta abrió la puerta de la tienda para que pudieran salir a la calle. Tess pidió ver con calma la última obra de Maddalena cuando la hubiera rematado y preguntó cuánto tiempo le faltaba a Lidia para terminar de tejer el pañuelo dorado.

—Si todo va bien —dijo la joven—, estará listo a finales de semana. ¿Quieres que te lo aparte?

—Sería muy amable por tu parte —respondió Tess encantada—. Mi amiga Vivian, de Estados Unidos, celebra su cumpleaños el lunes que viene. ¡Creo que se pondrá loca de alegría cuando vea esta maravilla!

—Seguro que sí —replicó Fioretta riendo—. Aunque a Lidia no le gustará nada que el pañuelo desaparezca de la tienda tan deprisa. Pero de eso se trata: si fabricamos todo esto es para venderlo, ¿no?

Se despidieron afectuosamente de la joven y prometieron volver pronto a la tienda.

—¿La tejeduría es una especie de cooperativa? —preguntó Angela mientras cruzaban la plaza.

Tess se la quedó mirando sorprendida antes de negar con la cabeza.

—No, no exactamente —dijo—. Pero algo parecido. Las mujeres tan solo hacen lo que quieren, ya lo has visto. La mayoría de ellas trabajan allí desde muy jovencitas, pero la empresa no les pertenece.

Angela estaba segura de que su amiga debía de estar al corriente de cómo funcionaba aquella relación laboral. Parecía tener mucha confianza con Fioretta, y también conocía las peculiaridades de cada una de las tejedoras. Angela no veía el momento de descubrir la historia que había detrás de todo ello.

—Entonces ¿a quién pertenece? —insistió.

—¿Te acuerdas de la casa que hay en lo alto de la colina?

—¿La que había sido de la Duse? —preguntó Angela—. Claro. Me dijiste que allí vivía un señor mayor.

Tess asintió con melancolía.

—Un viejo testarudo, sí. No hay otra forma de definir a Lorenzo. Su esposa le dejó la tejeduría como herencia. Lela fue la última heredera de la familia Sartori, y desde que murió nadie se preocupa por la empresa. Él simplemente deja que las mujeres hagan lo que les dé la gana.

Angela se quedó de piedra.

—Pero ¿les sigue pagando un sueldo?

Tess negó con la cabeza, indignada.

—Nada de nada —respondió—. Las mujeres trabajan prácticamente por cuenta propia. Cada una se queda parte de los beneficios que genera su trabajo. El hecho de que Fioretta se hiciera cargo de las ventas el otoño pasado fue una verdadera suerte. Por mucha lástima que me dé la pobre. Tiene la carrera de Magisterio, pero no encuentra trabajo. Al menos, eso dice. El caso es que creció en la tejeduría, bajo el telar de Nola, como quien dice, por eso ama tanto el negocio. Cuando su madre le pidió que las ayudara con las ventas, no pudo negarse. Desde entonces el negocio marcha mucho mejor. Es un tesoro, la gente disfruta comprando aquí desde que está ella al frente.

Angela se quedó pensando unos instantes.

—Los clientes vienen siempre de fuera, ¿verdad? —preguntó—. Supongo que estas piezas deben de costar un ojo de la cara. Una mujer normal se permite algo así quizá una o dos veces en la vida. ¿Acaso vienen muchos turistas a Asenza?

Tess se rio mientras asentía.

—Has dado en el clavo. Bueno, la tumba de la Duse atrae a muchos turistas ingleses y americanos. Aunque solo con eso no bastaría ni mucho menos. Te revelaré un secreto: un compañero de clase de Fioretta, que sospecho que está secretamente enamorado de ella, trabaja en una empresa de autocares de Vicenza. Él es quien se asegura de que Asenza sea una parada imprescindible en las rutas que las agencias de viajes de todo el mundo contratan a su empresa. Con la excusa de visitar la Villa Barbaro de Maser y una explotación vinícola que ofrece una degustación de *prosecco*, consigue atraer hasta aquí a un montón de gente que acaban visitando la tienda de Fioretta. Fantástico, ¿no crees? Yo me alegro por las mujeres. Además, yo me dedico a regalar estolas a diestro y siniestro. Es mi aportación a la artesanía tradicional de la localidad que se ha convertido en mi hogar —explicó Tess con satisfacción, aunque también algo emocionada—. Ya podría Lorenzo preocuparse más por el negocio —gruñó justo cuando entraban en casa y las recibía el aroma de la comida que estaba preparando Emilia.

—Te preocupa la tejeduría, ¿verdad? —preguntó Angela.

—¡Qué va! Al fin y al cabo a mí no me afecta en absoluto —exclamó Tess—. Sentémonos a la mesa. Si no me traiciona el olfato, Emilia hoy ha preparado una deliciosa *parmigiana*. ¿Te he contado ya que su abuela era de Sicilia? No le gusta mucho hablar de ello, pero eso añade un matiz fantástico a sus artes culinarias. Los italianos del norte siguen mirando a los del sur con cierto desprecio, ¿sabes? Los llaman «*terroni*», que significa «paletos». Un poco como los *red necks* en Estados Unidos. Voy a lavarme las manos y a ponerme una rebeca de lana y vuelvo.

Cuando Angela se miró en el espejo de su cuarto de baño, le sorprendió ver lo luminosa que tenía la mirada. Ya había ganado algo de color y sus ojeras no eran ni mucho menos tan pronunciadas. Entonces se dio cuenta de que durante las dos horas que había pasado en la tejeduría no había pensado ni una sola vez en Peter. Creyó que se sentiría culpable por ello, pero lo cierto era que no fue así. Se lavó las manos y se peinó un poco. Su estómago protestó con un gruñido, impaciente por bajar a comer.

Ya estaba a media escalera cuando oyó un gemido. Siguió bajando y se encontró a Tess sentada en el último escalón. Con una mano se aferraba a la baranda, y con la otra se presionaba la rodilla. Tenía el rostro deformado por el dolor y los ojos cerrados con fuerza.

6
EL ACCIDENTE

—¿Qué ha ocurrido? —preguntó Angela asustada mientras se acuclillaba junto a Tess.

La anciana presionaba los labios con fuerza, era incapaz de hablar. Emilia salió a ver dónde estaban y nada más descubrirlas empezó a llamar a su hijo a gritos. Entre todos consiguieron llevar a Tess hasta la habitación contigua y la tendieron con cuidado sobre el sofá americano. Estaba muy pálida.

—Mi... mi rodilla —consiguió articular con dificultad—. Creo que me ha fallado el pie en un escalón. Y luego he oído ese... ese ruido tan horrible. Y después... ¡Qué daño!

Emilia llamó al dottore Spagulo y este mandó una ambulancia enseguida. Menos de una hora más tarde llevaban a Tess en silla de ruedas por el pasillo pintado de verde menta que conducía a la unidad de radiología de la clínica de San Carlo, en Treviso; Angela le sujetaba la mano en todo momento. En una sala especial colocaron la pierna de Tess debajo de un aparato y le protegieron el resto del cuerpo de las radiaciones. Cuando la asistente le dijo a Angela que saliera, a esta no le quedó más remedio que soltar la mano de Tess y esperar en el pasillo. Una vez fuera, se envolvió el cuerpo con los brazos y miró a su alrededor.

¡Qué familiares le parecían el olor y el aspecto de aquellas paredes parcas e impersonales! Había unos asientos de plástico, pero decidió no sentarse. Sabía de sobra lo incómodos que llegaban a ser.

«¿Por qué tienen que parecerse tanto los hospitales de todo el mundo? —pensó con un nudo en el estómago—. No es más que la rodilla —se decía a sí misma—, la gente no se muere de algo así.» De todos modos, no veía el momento de abandonar la clínica de una vez. Tenía la esperanza de que no fuera necesario ingresar a Tess. Angela se obligó a respirar con calma, miró por la ventana y enseguida desvió la vista. Tanta gente con bata, caminando con la ayuda de andadores y conectados a goteros colgados de soportes, avanzando con dificultad por un sórdido aparcamiento... Conocía demasiado bien ese panorama. El sonido de su móvil la arrancó de sus cavilaciones. Era Nathalie.

—Mamá —la saludó con alegría—. No te lo vas a creer, pero Farid ha conseguido un puesto de trabajo genial. Está aquí conmigo y quiere darte las gracias en persona por haberle prestado el traje de papá. Espera un momento...

Angela se apoyó en la pared con un suspiro y escuchó cómo el joven sirio le daba las gracias en un alemán absolutamente impecable.

—Me alegro mucho por ti, Farid —le dijo—. Espero que todo te vaya muy bien en el futuro. ¿Serías tan amable de pasarme de nuevo con mi hija, por favor?

—Hola, mamá —contestó Nathalie justo después—. Tenemos que marcharnos, te llamo...

—Espera, Nathalie —la interrumpió Angela—. Tengo que contarte algo. Tess ha tropezado en la escalera. Ya tenía problemas de rodilla, pero hoy...

—¡Oh, no! —exclamó Nathalie en tono de reproche—. ¡Es que se veía venir! ¡Debería vivir en una casa más adecuada para su edad!

Angela no pudo reprimir una sonrisa.

—Me ha dicho que quiere ver si se puede instalar un ascensor —dijo para intentar apaciguar a su hija.

—Eso ya se lo sugerí yo —replicó la hija indignada—. Hace tres años. Pero era pequeña y siempre pensaba que los mayores sabían lo que hacían. ¿Me llamarás cuando sepas el diagnóstico?

—Por supuesto —respondió Angela.

«Está preocupada», pensó después de despedirse de su hija. Unos años atrás, la abuela de Nathalie había muerto prácticamente de la noche a la mañana, por lo que Tess casi con toda seguridad había adoptado el papel de abuela suplente.

—¿Le importaría entrar? —le pidió la asistente de radiología interrumpiendo esas reflexiones—. La signora Miller pregunta por usted.

A continuación condujo a Angela hasta la sala de curas. Una doctora estaba de pie frente a una luz mural, estudiando las radiografías. Tess estaba sentada en una silla de ruedas, afligida por el dolor. A Angela se le encogió el corazón al ver a su amiga en ese estado.

—Esto no tiene buen aspecto —comentó la doctora mientras se ajustaba las gafas—. La rótula se le ha desplazado. El dolor seguramente es consecuencia de algún nervio pellizcado. Es probable que se haya dañado o incluso roto los ligamentos cruzados, pero eso no se puede ver en la radiografía. De lo contrario no me explico ese desplazamiento de la rótula.

—¿Qué significa eso exactamente? —preguntó Angela—. Los ligamentos cruzados pueden regenerarse, ¿no?

La doctora se volvió hacia ella y se quitó las gafas. Tenía los ojos cansados, otra imagen que Angela estaba demasiado acostumbrada a ver.

—Tenemos que hacer una tomografía computerizada —dijo la doctora—, para ver qué le ocurre en realidad en la rodilla. Aunque, por supuesto, tiene todo el derecho a pedir una segunda opinión, signora Miller.

—Pero ¿pueden regenerarse solos? —preguntó Tess en voz baja—. Por favor, deme su opinión sincera.

La doctora se sentó a su escritorio y le ofreció a Angela asiento junto a Tess.

—Dejando de lado el estado de los ligamentos cruzados... —empezó a decir—, la artrosis de la rodilla ha progresado demasiado, signora Miller. Y ya sabe de sobra que eso no tiene remedio. En mi opinión, debería plantearse seriamente la posibilidad de la prótesis de rodilla.

Tess se fijó en la radiografía con gesto cansado. Luego se volvió hacia la doctora.

—De acuerdo —explicó—. ¿Cuál sería la fecha más próxima en la que podrían operarme?

A Tess le recetaron unas pastillas muy fuertes contra el dolor, le vendaron la rodilla y, después de asegurar que en casa la cuidarían bien, le dieron el alta. Gianni la subió en volandas hasta su dormitorio, donde durmió durante dos horas como un lirón debido al agotamiento y al efecto de los medicamentos. Mientras tanto, Angela se reunió con Emilia para deliberar sobre la situación. Las dos convinieron en que en lo sucesivo Tess tendría que renunciar a la habitación de la torre, y estuvieron pensando cómo tendrían que transformar aquella habitación de la planta baja que apenas se utilizaba para que la anciana se encontrara a gusto allí.

Después de cenar, temprano y apenas un par de cucharadas de sopa, Tess recuperó un poco los ánimos. Le pareció buena idea mudarse al salón de la planta baja, por lo que Angela y Gianni procedieron a evaluar de forma crítica la situación de la estancia.

El baño contiguo no se utilizaba desde hacía mucho tiempo, y el joven tenía demasiadas cosas que hacer para dedicarse a intentar que el rebelde sistema de cañerías de la vieja villa dejara de escupir agua de forma irregular y ofreciera un chorro constante y con la presión adecuada. A Angela el baño le pareció lo suficientemente espacioso para instalar una ducha adaptada, otro tema que tendría que comentar con un arquitecto. Compartió sus opiniones con Tess con cierta cautela, y se sintió aliviada al ver que se mostraba receptiva.

—Es una buena idea —dijo la anciana incorporándose un poco. De un cajón de su mesita de noche sacó una libreta de direcciones y se la tendió a Angela—. En la eme encontrarás el número de teléfono de Dario Monti, el arquitecto del que te hablé. ¿Serías tan amable de llamarlo para que venga? También por lo del ascensor, hace tiempo que quería preguntárselo.

Por la manera en la que estaba tendida, de repente Tess le pareció a Angela más anciana y frágil que cuando había llegado. Le dolió verla de ese modo.

—Claro —le aseguró de inmediato—. Lo llamaré enseguida. No te preocupes, Tess, todo volverá a la normalidad.

La anciana le dedicó una sonrisa de agradecimiento.

—Lo siento mucho, Angela. Se suponía que venías a pasar unas vacaciones, y no a cuidar a otra persona enferma —dijo en voz baja.

Ella le cogió la mano y se la presionó de forma afectuosa.

—Pero es que tú no estás enferma, Tess —le replicó en tono cariñoso—. Tienes la articulación de la rodilla desgastada, pero pronto te pondrán una nueva. Mañana te conseguiré una silla de ruedas de primera, con la que podrás ir adelantando a las Vespas por las calles. Créeme, estar enfermo es otra cosa —le aseguró, e intentó animarla con una sonrisa a la que Tess probó a responder con buena actitud.

—Gracias —le dijo antes de cerrar los ojos—. Me alegro mucho de que estés aquí conmigo.

Dario Monti no tardó mucho en responder. Angela oyó unas voces de fondo, le pareció como si el arquitecto estuviera en un bar. Se presentó y le explicó de qué se trataba.

—Ahora mismo estoy en el hotel Duse —comentó el arquitecto—. ¿Por qué no viene a tomarse una *grappa*?

Poco después Angela entró en el hotel en el que tanto le gustaba a Tess tomarse un *cappuccino*. Esa noche el bar parecía absolutamente transformado. Había gente de pie frente a la puerta, dispersa en pequeños grupos que charlaban mientras bebían y fumaban. Los cigarrillos refulgían en la penumbra con cada calada. Dentro había un televisor encendido, que emitía un partido de fútbol sin sonido, puesto que el barullo de voces de los clientes ya llenaba el local. Un hombre se acercó a Angela con una copa de vino en la mano.

—Usted es la amiga de Tess, *vero?* —le preguntó con una sonrisa—. Soy Dario Monti. Siento mucho lo que le ha ocurrido a Tessa.

El arquitecto era más bajo que ella, tenía las sienes plateadas y la coronilla más bien rala. A ella le sonaba su cara, pero no consiguió identificar dónde podría haberla visto antes. Debía de ser unos quince años mayor que ella, puede que incluso más, a pesar de que parecía más joven debido a su buen estado de forma.

—¿Cómo se encuentra? —le preguntó Monti, y Angela procedió a contarle lo sucedido.

—Tess necesita urgentemente un ascensor. Por lo que he visto, la instalación me parece más que factible. En la escalera de la torre hay espacio suficiente, por lo que no creo que sea necesaria una gran reforma. Seguro que también se podría construir el ascensor por el exterior, tal vez en la esquina de la casa que da a la torre, de manera que podría acceder a él desde el vestíbulo de entrada. En mi opinión, sin embargo, lo más urgente es reformar el baño de la planta baja para eliminar barreras arquitectónicas —concluyó Angela.

Monti la escuchó con atención asintiendo ante cada sugerencia.

—Casi parece —constató— que trabaje usted en el sector.

Angela lo negó avergonzada.

—Mi marido era ingeniero civil y yo he trabajado muchos años en su empresa —explicó—. Eso es todo.

Monti se la quedó mirando con aire reflexivo.

—¿Puedo invitarla a tomar algo? —le preguntó con amabilidad—. ¿Le apetece una copa de vino? ¿O quizá mejor una *grappa*? De hecho, ¿ha cenado usted ya?

Angela asintió. Emilia no había dejado que se marchara sin vaciar antes un plato de berenjenas gratinadas con tomate y albahaca fresca.

—Si me puede recomendar alguna *grappa* suave —respondió ella—, me encantaría probar una.

Monti se acercó a la barra e intercambió unas palabras con Fausto, que, en lugar de volverse hacia el estante de licores que tenía detrás, sacó de una vitrina lateral una botella muy estilizada y sin etiqueta. Poco después el arquitecto regresó con una copa de tallo largo en forma de tulipa en la mano. En su interior refulgía un líquido de aspecto oleoso.

—Creo que esta le gustará —dijo—. Es el aguardiente de Trieste más suave que conozco, está destilado tres veces. Por cierto, el productor es amigo mío. Y la explotación vinícola de la que procede esta *grappa* está muy cerca. En la ruta que sigue cuando sale a correr seguramente puede verla a lo lejos. Queda hacia el este, se divisa desde lo alto de la colina de Pietrasanta.

Entonces fue cuando Angela cayó en la cuenta de dónde había encontrado antes a Monti. Era uno de los jugadores de tenis a los que había visto entrenando de buena mañana dos veces en la zona residencial que quedaba a las afueras de la villa.

—Mañana por la mañana tengo una visita a una obra —prosiguió Monti—. Si le parece bien, iré justo después de comer a echarle un vistazo a la casa. ¿Le parecería bien a las tres?

Angela asintió y probó la *grappa* con cautela. Solía ser

muy precavida con las bebidas de alta graduación: la mayoría de los aguardientes le parecían demasiado fuertes. No obstante, Monti no había exagerado lo más mínimo con respecto a esa *grappa*. En lugar de arderle en la lengua, le proporcionó una sensación de calidez en la boca y le permitió apreciar con claridad el aroma de la uva.

—Es exquisita —dijo en señal de aprobación. Cuando Monti sonrió, le pareció un poco más joven de lo que probablemente era.

—¿Le gusta jugar al tenis? —preguntó el arquitecto—. Mi amigo tiene problemas de hombro y, si no entreno al menos una hora por las mañanas, no soy persona.

Había pasado mucho tiempo desde la última vez que Angela había jugado al tenis. Sin embargo, solo fueron necesarios unos cuantos intercambios de pelota para volver a cogerle el tranquillo. Monti le había prestado su raqueta de recambio, y de hecho reaccionó con una alegría más propia de un niño cuando ella se presentó a la mañana siguiente a las siete, tal como había prometido.

—Para mí no se trata tanto de ganar —explicó nada más empezar— como simplemente de jugar, de ir devolviendo las pelotas. Y si en algún momento nos apetece jugar un partido, *va bene*.

Así pues, empezaron a jugar y Monti intentó no apabullar a Angela desde el principio para no robarle la diversión. No obstante, muy pronto pudo dejar de contenerse. Gracias a la rutina de carrera diaria, Angela gozaba de una forma física envidiable, por lo que llegaba sin problemas a todas las pelotas y, cuando una hora después el arquitecto se acercó a la red empapado en sudor y le estrechó la mano, a ella ni siquiera le faltaba el aliento.

—Nos vemos esta tarde —le dijo Monti antes de marcharse.

Ella retomó su ruta de carrera en sentido contrario, hacia los viñedos, con la sensación de llevar la mirada de asombro de Monti clavada en la espalda durante un buen rato.

—La casa de Dario es aquella tan rara que hay al pie de la colina —le explicó Tess más tarde, mientras desayunaban en el salón de la planta baja. Emilia la había acomodado en el sofá de manera que pudiera mantener las piernas en alto. Sobre el regazo tenía una bandeja llena de los manjares deliciosos que le había preparado el ama de llaves—. Ya sabes, la que tiene una mitad de piedra y la otra revocada de color blanco, con una franja de cristal en medio.

Angela asintió mientras se extendía miel de castaño sobre el pan de maíz recién horneado que le había servido Emilia.

—Me lo imaginaba —comentó—. Tiene todo el aspecto de ser la típica casa que un arquitecto siempre ha querido construir sin que jamás haya logrado convencer a ningún cliente para que opte por el proyecto.

Tess la señaló con el dedo sonriendo.

—Eso es muy impertinente —se burló, aunque enseguida recuperó la seriedad—. Pero tienes toda la razón, por supuesto. El interior no es que sea precisamente acogedor. Y ¿sabes lo que diría tu Nathalie al respecto? —preguntó Tess antes de incorporarse entre las almohadas para imitar el tono de voz de la joven estudiante—: «Los arquitectos de la Roma antigua ya sabían cómo conseguir la armonía entre las ventanas y la fachada. Palladio alcanzó la perfección en ese sentido».

—Y lo mejor —añadió Angela riendo de forma escandalosa— es que es cierto.

—Monti es un buen tipo —comentó Tess una vez recuperada la seriedad—. Y es realmente bueno con las reformas. Cuando alguien se compra un edificio en ruinas por aquí, Dario es la primera opción. Tiene buen ojo para determinar lo que se puede hacer y para decidir la mejor manera de integrar elementos constructivos nuevos de forma armónica. Espero que se ponga manos a la obra con el ascensor enseguida. Más que nada porque ya me han llamado del hospital. He tenido suerte, me operarán dentro de una semana.

Angela estuvo a punto de derramar el café. No sabía si alegrarse o preocuparse. La palabra *operación* estaba cargada de connotaciones horribles para ella, por lo que tuvo que respirar un poco para calmarse.

—Todo va bien, Angela —le aseguró Tess—. En cualquier caso, yo me he alegrado de saber que no tendré que esperar mucho.

—Por supuesto —se apresuró a decir ella—. Entonces ¿ya se sabe el tiempo que tendrás que pasar en el hospital?

—La dottoressa Salieri dice que, si todo va bien, al cabo de dos o tres semanas volveré a casa —respondió Tess—. Empezaré con la fisioterapia ya en el hospital. Tendré que esforzarme con los ejercicios, si quiero recuperar rápido la forma.

Emilia recogió la mesa. Cuando se quedaron solas de nuevo, Angela ya había digerido la noticia.

—Cuando haya pasado todo esto, deberías tener la casa reformada para que sea lo más práctica posible para ti —comentó con aire reflexivo—. ¿Por casualidad no tendrás los planos de la casa? Seguramente el signor Monti lo agradecería para sus cálculos.

—¡Buena idea! —exclamó Tess asintiendo—. Mira a ver si están en el secreter. Guardo esa clase de documentos en el cajón inferior. En cualquier caso, ahí tengo la carpeta con el contrato de compraventa y otros papeles por el estilo. Quizá también estén los planos, no lo sé.

Angela rebuscó en varias carpetas, pero solo encontró documentos oficiales. Cuando llegó al fondo del cajón inferior del secreter, se topó con un fardo de papeles cuidadosamente atado con un cordón y envuelto en un quebradizo papel de embalaje. Con mucho cuidado, desató el fardo y, para su gran alegría, encontró los planos originales de la casa, dibujados a mano y con fecha de 1896.

—¡Mira, Tess! —exclamó, y acto seguido acercó el fardo al sofá y empezó a desplegar el primer plano con sumo cuidado. Enseguida identificó la planta baja de la casa, en la que se encontraban en ese mismo instante—. Aquí está el vestíbulo de entrada, y ahí están el salón y la cocina. A ver si puedo descifrar las medidas... —dijo Angela inclinando el plano hacia la luz. La tinta estaba descolorida en varios puntos, costaba mucho leer las cifras—. ¿Tienes una lupa? —preguntó mirando a Tess con una sonrisa—. Esto es un verdadero tesoro. ¡Piensa en la de años que tienen estos planos!

Tess sonrió, encantada con el afán que Angela mostraba por el asunto. Le indicó que en otro cajón del secreter guardaba una lente de aumento y Angela se dedicó a anotar las medidas en un bloc de notas.

—Pero ¿dónde está el invernadero? —preguntó inclinándose de nuevo sobre el plano—. ¿Lo construyeron más adelante?

—Sí, durante la década de 1930 —explicó Tess—. Nos dimos cuenta cuando mandé cambiar los cristales. Originalmente, en el lugar que ocupa había una terraza con una balaustrada de piedra. Se puede apreciar bien en las fotografías antiguas que tengo colgadas en mi dormitorio. De la terraza no queda más que el pavimento —explicó mirando con expresión ensimismada hacia las plantas exóticas—. Es que mira que es bonito este lugar. Es casi como vivir en un jardín.

—Todavía más importante —comentó Angela— sería renovar el cuarto de baño, ¿no crees? No es muy práctico tener que salir al vestíbulo. ¿No te parece que sería mucho mejor cambiar de lugar el acceso al salón? —preguntó, y acto seguido se levantó y se colocó junto a la pared que quedaba al lado de la puerta que daba a la biblioteca—. Tendríamos que abrir un acceso aquí. Se lo preguntaremos a Monti, pero creo que es factible. No me parece que sea una pared maestra.

Tess no pudo contener la sonrisa. Le gustó el entusiasmo con el que su invitada acometía aquella tarea. Angela estaba decidida a llevar a cabo de una vez lo que Nathalie ya había propuesto años atrás: transformar aquel castillo de cuento de hadas repleto de rincones en una vivienda adaptada a una persona de edad avanzada. Y Tess era lo suficientemente inteligente para celebrarlo. Angela sabía por su madre que la anciana se había pasado la vida detestando que las personas mayores se resistieran a cualquier mejora que comportara cambios, por lo que tenía muy claro que debía prepararse bien a medida que fuera envejeciendo si no quería abandonar a la fuerza su querida casa para ingresar en una residencia para la tercera edad, que es el eufemismo utilizado para evitar decir «asilo de ancianos», y por eso mismo supo valorar las ganas de ayudarla que Angela mostró ese día.

Mientras Tess descansaba después de comer, Angela se dedicó a redactar en su habitación una lista clara de los puntos más importantes que tenía que comentarle a Monti. Así pues, cuando el arquitecto llamó a las tres en punto, ella ya estaba perfectamente preparada. Junto con Tess, le expuso todas las ideas que habían tenido. Él les echó un vistazo a los planos, tomó notas, examinó las paredes y al final sugirió mandarles a un fontanero de confianza.

—Raffaele debería comprobar bien esas cañerías viejas —dijo—. Si la finca es verdaderamente del año 1896 tendremos que empezar por renovarlas —estimó, tras lo cual abrió un grifo e hizo una mueca al ver que el agua borbotaba a trompicones dentro de la cañería en lugar de fluir de forma regular—. En cuestiones de fontanería no se pueden hacer las cosas a medias —sentenció antes de mirar a su alrededor—. Podríamos levantar una pared en el baño y crear así una parte separada que sirva como lavabo para los invitados, de manera que sea accesible desde el vestíbulo. Que yo sepa, en la planta baja no hay ninguno...

—Y entonces ¿el cuarto de baño no quedará demasiado pequeño? —preguntó Angela.

—Podríamos ampliarlo por la parte del salón —propuso el arquitecto dirigiéndose hacia allí—. De todos modos, aquí tenemos un nicho que difícilmente puede aprovecharse. Si integramos ese espacio en el cuarto de baño, ganaremos cinco metros cuadrados. El salón es muy grande, tampoco se notará. ¿Qué le parece, Tessa? Quizá sea mejor que antes haga un par de esbozos virtuales. Con la simulación por ordenador resulta mucho más sencillo hacerse una idea.

Dicho esto, tomó unas cuantas fotografías desde diferentes perspectivas para luego poderlas modificar con las ideas propuestas.

—¿Puedo tomar prestados los planos durante uno o dos días? —preguntó Monti—. Me gustaría escanearlos en mi despacho. En cualquier caso será necesario comprobar las medidas. Los arquitectos de esa época seguro que trabajaron con esmero, pero nunca se sabe. Es posible que el suelo se haya hundido un poco en algún punto con el paso del tiempo.

El arquitecto se sacó del bolsillo un dispositivo láser y se puso a trabajar. Angela lo ayudó a tomar las medidas de las habitaciones. Entre unas cosas y otras cayó el atardecer, y Monti aceptó con gusto la invitación de Tess de quedarse a cenar con ellas. Mientras se deleitaba con la pasta casera que había preparado Emilia y que Angela también devoró con apetito, estuvieron charlando sobre el ascensor, y Monti les contó su experiencia con diferentes marcas y las soluciones que había encontrado para otros proyectos.

—Ya verá cómo lo arreglaremos, Tessa —le aseguró justo antes de tomarse el café de un trago y ponerse en pie—. ¡No se preocupe por nada!

Atento como era, el arquitecto se había dado cuenta de que su anfitriona parecía cansada, por lo que se despidió con amabilidad.

—Estoy muy contenta —dijo Tess cuando Angela le deseó las buenas noches antes de retirarse— de que me estés ayudando con todo esto.

—Lo hago con mucho gusto —explicó esta.

Y era cierto. Estaba bien tener algo que hacer, ocupar la mente con algo práctico en lugar de seguir dándole vueltas al pasado.

Los pocos días que faltaban para la operación de Tess pasaron muy rápido para Angela. Raffaele acudió a la casa para comprobar el sistema de cañerías. El fontanero resultó ser un verdadero gigante enfundado en un mono azul, con las manos más grandes que ella había visto en su vida. Ella se encargó de acompañar a aquel hombre parco en palabras hasta el sótano, donde pudo revisar el trazado repleto de meandros de las cañerías recubiertas de telarañas con la ayuda de una linterna. Angela perdió enseguida la visión de conjunto. El fontanero iba soltando gruñidos cada vez que las cañerías desaparecían en la gruesa pared sin volver a aparecer por el otro lado. Solo esperaba que Raffaele llegara a comprender bien las entrañas de aquella villa.

Tardó dos horas en realizar el inventario completo, durante las cuales se dedicó a golpear las cañerías con una llave inglesa grande, atento al eco sordo que producían, arañando piezas oxidadas y tramos cubiertos por una gruesa capa de polvo y cal, y de vez en cuando sacándose los guantes para poder palpar determinados puntos con los dedos desnudos y comprobar así la posible presencia de humedades. En algún momento subió de nuevo a la villa, se quedó mirando las paredes con aire ensimismado, se frotó la barbilla, dio unos golpes aquí y allá en los muros, soltó un gruñido, chasqueó la lengua y volvió a bajar al sótano. Hasta que, por fin, se despidió. Dos días más tarde apareció de nuevo y extendió un plano sobre la mesa para mostrárselo a las dos mujeres.

—El plano de la planta me lo ha dado Dario —explicó con sus grandes manos extendidas sobre el papel—. He marcado en él las conducciones existentes. Las azules son las del agua fría, y las rojas, las de la caliente.

Angela se inclinó sobre el plano sin ocultar su asombro. ¿Cómo era posible que el fontanero hubiera podido recordar el sistema con tanta precisión? Sin embargo, Raffaele todavía no había terminado, ni mucho menos. Con un lápiz marcó una cruz sobre el plano.

—Aparte de que las cañerías son viejas y están corroídas por el óxido, también hay fugas aquí, aquí y aquí. En general, el sistema es demasiado confuso. Solo hay tomas de agua en la cocina y en el cuarto de baño. Todo esto de aquí... sobra —estimó Raffaele señalando una complicada derivación que pasaba por debajo del vestíbulo y llegaba hasta el despacho. A continuación sacó un papel transparente de su carpeta y lo colocó encima del plano—. De manera que lo que tenemos que hacer es esto —concluyó antes de trazar una nueva distribución de líneas que en algunas partes coincidía con la existente, pero que en otras difería por completo.

—Y ¿cómo es posible que sea tan complicado? —preguntó Tess con sorpresa.

—Seguramente el sistema original ha recibido varias ampliaciones —opinó el fontanero—. Se añadieron algunas tuberías y se cancelaron otras. Es posible que en la zona de la entrada hubiera una fuente y que en algún momento decidieran que ya no la querían. En cualquier caso, no tiene sentido volver a poner otro parche. Y sabe Dios lo que se planeó hacer en su tiempo en el despacho. Todo eso hay que quitarlo. De lo contrario acabará teniendo un reventón, signora, y es imposible determinar el tiempo que pueden resistir esas tuberías tan viejas.

—¿Eso significa —preguntó Tess asustada— que habrá que renovar todo el sistema? Raffaele, eso son palabras mayores. ¡Plantee solo la reforma de la torre!

—Yo la torre la dejaría tal como está, de momento —dijo Raffaele para tranquilizarla—. Allí las tuberías suben todas en racimo y se ramifican en cada una de las tres plantas. Los cuartos de baño están uno encima del otro. Si hubiera alguna avería allí, podríamos remediarlo en cualquier momento. Pero lo que pasa por aquí, por debajo de la villa, puede llegar a ser mucho más complicado.

Tess se quedó mirando a Angela.

—Yo he bajado con él y lo he visto, Tess —corroboró esta asintiendo—. Es un verdadero laberinto.

—Y ¿cuánto tiempo sería necesario para sustituir todas las conducciones de agua? —preguntó la anciana.

—En una semana estaría listo —aseguró el fontanero posando la mano sobre el plano—. Intentar arreglar las viejas llevaría mucho más tiempo. Y al final acabaría siendo una chapuza que podría averiarse en cualquier momento.

—Tal vez lo mejor sería que le hiciera un cálculo de los

costes —propuso Angela—. Así sabría con qué tiene que contar.

—*Eccolo* —dijo el fontanero tras dejar un sobre encima de la mesa—. Piénselo con calma.

—Siendo un edificio tan viejo, no es de extrañar —dijo Tess por la noche mientras se tomaban la infusión de tila—. Empiezas a renovar cosas y no terminas nunca.

—El precio me parece bastante contenido —intervino Angela repasando la oferta detallada de Raffaele una vez más.

—Es que no se trata del dinero —replicó Tess.

Angela se quedó mirando a su amiga con aire reflexivo.

—Entonces ¿qué es? —preguntó.

—Todas las molestias —explicó Tess abatida—. Tener que tomar tantas decisiones. Ahora mismo no puedo ocuparme de todo eso. ¡Y tampoco quiero tener la casa llena de operarios justo cuando he de encerrarme en el hospital!

Angela se rio.

—¿Por qué no? Si te parece bien, puedo ocuparme yo de todo. Nada me parece más sencillo que eso. Al fin y al cabo, durante los últimos veinte años no he hecho más que comprobar presupuestos y facturas, y encargar proyectos. Es cierto que no soy ingeniera como lo era Peter, pero tampoco estamos planificando la construcción de una vivienda desde cero. La instalación de un ascensor y la reforma de un baño... Tess, eso es pan comido para mí. Y también puedes confiar en Dario Monti.

Tess se la quedó mirando todavía indecisa.

—Se supone que viniste aquí en busca de tranquilidad

—objetó la anciana—. Para gozar de unas vacaciones. ¡No para ponerte a trabajar de nuevo!

Angela le agarró la mano a su amiga con cariño.

—Lo haré con mucho gusto —le aseguró—. De verdad, Tess, me ayudará a distraerme. Así no pienso tanto en..., bueno, ya sabes cómo es esto.

Angela clavó la mirada en el suelo, temiendo que las lágrimas pudieran aparecer de nuevo en sus ojos. Entonces fue cuando notó el cálido apretón que Tess le dio en la mano.

—Sí, te entiendo —dijo—. Después de la muerte de John hice las maletas, compré esta casa y vine sin pensármelo dos veces. Luego mandé restaurar el invernadero, la puerta de la entrada...

—¿Lo ves? —dijo Angela—. Por eso no tienes que preocuparte por que sea yo quien se ocupe de la reforma.

—De acuerdo —aceptó Tess aliviada—. Tienes carta blanca. Haz lo que creas que es más correcto. Estoy segura de que me parecerá bien.

La noche previa a que Tess ingresara en el hospital, apareció un paquete envuelto en un bonito papel de regalo junto al plato de Angela.

—¿Qué es esto?

—Un regalo —respondió Tess—. ¡Para mi jefa de obra!

Conmovida, Angela lo cogió y constató que era algo blando. Al ver el cordón de seda con el que estaba atado el paquete, empezó a intuir lo que era.

—¡Tess! —exclamó.

—¡Ábrelo! —le ordenó su amiga.

Nada más abrir el papel, la estola rosada se deslizó sobre su regazo como si fuera un ser vivo que deseara su compañía.

—¡Oh, Dios mío! —exclamó con un susurro, tomando la prenda y llevándosela a la mejilla—. ¡Es que no puede ser verdad!

La anciana esbozó una sonrisa de pura satisfacción al ver la alegría de Angela.

—A partir de ahora, la obra de Maddalena será tu talismán —le explicó—. Para que no te preocupes en exceso por mí. O, si así lo prefieres, ¡porque te lo ganarás a pulso durante mi ausencia!

Angela desplegó la estola y la seda crepitó levemente. Se envolvió los hombros con ella y enseguida sintió lo mismo que había experimentado en la tienda de la *tessitura*. Se sintió protegida por la seda ante cualquier cosa que pudiera surgir.

—¡Gracias! —exclamó emocionada—. ¡Y yo que creía que se la habría llevado alguna turista inglesa!

Tess soltó una sonora carcajada.

—Fioretta la apartó enseguida para ti. Y ahora comamos. ¿Hay algo bueno para cenar? ¡Quién sabe cuándo volveré a degustar algo tan bien cocinado!

Justo en ese momento Emilia entraba en la habitación cargada con una fuente de barro, por lo que pudo oír las últimas frases.

—*Lasagne* —anunció—. Si lo desea, signora Tessa, Gianni puede llevarle mi comida a la clínica todos los días...

—No, tranquila, Emilia —dijo Tess sonriendo—. Solo faltaría eso. No, no, tranquila. Sobreviviré, no tienes de qué preocuparte.

A la mañana siguiente Tess se levantó de un buen humor insólito. Angela se sorprendió en silencio de su optimismo porque, en efecto, su amiga parecía alegrarse de que por fin hubiera llegado el momento. Ella la había acompañado a la visita previa con el cirujano y sabía más o menos lo que le esperaba. Tenía que admitir que estaba más nerviosa ella que Tess.

Como paciente privada, Tess gozaría de una bonita habitación con vistas a las montañas.

—Mira —le dijo—. Si podremos saludarnos... Ay, la próxima vez que vengas, tráeme los prismáticos. Emilia sabe dónde están. Así podré supervisar la reforma desde aquí.

Tess se rio con su propia broma y saludó a la doctora que pasó a verla un momento mientras Angela colgaba su bata y su camisón en el armario y le guardaba la ropa. Los libros que había seleccionado de la biblioteca para su amiga los dejó en el mueble que tenía como mesita de noche. Allí dentro dejó también el chal preferido de Tess, de seda de color lila. Angela se lo había metido en la maleta sin decírselo, junto con una caja llena de los *biscotti* caseros que preparaba Emilia.

Una enfermera llegó con una silla de ruedas y le pidió a Tess que la acompañara al control preliminar al que tenía que someterse antes de la operación que tendría lugar al día siguiente.

Angela le dio un fuerte abrazo a su amiga.

—*In bocca al lupo* —le susurró al oído—. ¡Mucha suerte!

Dicho esto, se dio la vuelta, notando ya que las lágrimas se le empezaban a acumular en los ojos.

—¡Todo irá bien! —la tranquilizó Tess, y Angela no pudo evitar reírse de que fuera precisamente la paciente la que estaba consolando a la acompañante, y no al revés—. ¡No te preocupes! ¡Mala hierba nunca muere!

Sin embargo, era mucho más fácil decirlo que hacerlo. Durante el trayecto de vuelta, Angela se sintió completamente perdida. De repente vio un rótulo que indicaba MASER y, debajo, otro que rezaba VILLA BARBARO DI PALLADIO. Decidió tomar ese desvío de forma espontánea. Nathalie estaba escribiendo un trabajo sobre esa obra arquitectónica, por lo que seguro que se alegraría de que su madre hubiera acudido a visitarla.

La carretera la llevó por una zona de prados y campos, cruzando pueblos y ciudades menores. Luego llegó a un tramo bordeado por álamos y, a lo lejos, sobre una elevación del terreno, divisó un edificio suntuoso y alargado cuya parte central recordaba a un templo griego, puesto que estaba erigida sobre cuatro columnas de orden jónico. Esa construcción central estaba flanqueada por dos alas laterales simétricas y bien proporcionadas. Angela sabía por su hija que cada una de las medidas de esa obra estaba basada en la secuencia de Fibonacci y la proporción áurea.

—Por eso resulta tan agradable a la vista, mamá —le había explicado Nathalie con entusiasmo—. Son las medidas que responden a las leyes del cosmos y que también se aplican al cuerpo humano, desde la estructura general al interior de las células más diminutas. Lo que me asombra es que la humanidad lo supiera ya desde la antigüedad. Aunque todavía resulta más sorprendente que hoy en día nos hayamos olvidado de ello. ¡Solo hay que ver cómo se construye en la actualidad! A la larga, seguro que esto no puede ser positivo, mamá. Porque, si los filósofos tienen razón, estas cosas nos afectan. Tanto por dentro como por fuera, tanto en lo grande como en lo pequeño...

Angela sonrió. Cuando a Nathalie le daba uno de esos arrebatos, podía pasarse horas enteras hablando sobre el tema en cuestión. La de veces que había discutido con Peter por esa clase de cosas.

—¡Pues estudia Arquitectura! —solía bromear él—. ¡Y líbranos de todo ese mal!

Sin embargo, esa posibilidad no había interesado jamás a Nathalie.

Angela siguió conduciendo hasta el aparcamiento para los visitantes y salió del coche. El espacio que quedaba frente a la villa estaba asimismo perfectamente planificado e integrado en el entorno. Cuando se acercó un poco más, se dio cuenta de que el portal todavía estaba cerrado. Había llegado demasiado pronto, la villa no abría hasta las diez para los visitantes. Decepcionada, dio media vuelta y miró a su alrededor. No muy lejos de la villa descubrió un núcleo urbano. Pensó que tal vez encontraría un lugar en el que tomarse un café.

Subió de nuevo al coche y poco después vio un bar abierto frente al que aparcó. Había dos hombres charlando en la barra de mármol. Angela pidió un *cappuccino* y no pudo evitar pensar de nuevo en Tess. Sacó el móvil para comprobar si había recibido algún mensaje, pero no tenía ninguno.

Volvió a guardar el teléfono y levantó la mirada con la extraña sensación de que alguien la observaba. En efecto, uno de los dos hombres la estaba mirando directamente. Fue solo un breve instante de contacto visual y, aunque fue intenso, acto seguido el hombre se volvió de nuevo hacia su interlocutor. Angela notó algo parecido a una descarga eléctrica. Confundida, tomó un sorbo del *cappuccino* y enseguida notó de nuevo la mirada de aquel desconocido en la espalda. Cuando levantó la vista por segunda vez se percató de que la parte trasera de la barra estaba cubierta por un amplio espejo. No había sido una mera sensación. El hombre, que seguía lanzándole breves miradas cargadas de interés, era alto y delgado y tenía una tupida mata de pelo negro, algo plateada en las sienes. Llevaba un traje hecho a medida, de eso estaba segura, y también de que era increíblemente atractivo...

Angela notó que se le había acelerado el corazón. «¿Acaso me he vuelto loca?», se preguntó a sí misma con genuino asombro. Al fin y al cabo, ya no era una adolescente impresionable ante la admiración de un desconocido. Decidió terminarse el café cuanto antes y marcharse del bar. Sin embargo, seguía siendo demasiado temprano para visitar la villa. «Da igual —pensó—. Otra vez será. Seguro que acudiré a visitar a Tess al hospital con cierta frecuencia.»

Cuando se montó de nuevo en el coche, no pudo sino volverse de un modo casual una vez más. En efecto: ese hombre tan guapo como desvergonzado estiró el cuello para seguirla con la mirada. «Bueno —se dijo a sí misma—, al fin y al cabo estoy en Italia.» Durante el semestre que había estudiado en Florencia, los hombres no habían parado de mirarla por la calle, seguramente por el hecho de ser rubia y tener la piel clara. En realidad se sintió bien al constatar que todavía podía atraer alguna mirada. Fue mientras conducía por las curvas de la cuesta que subía hacia Asenza cuando Angela se dio cuenta de que llevaba todo el trayecto cantando en voz baja. Sorprendida, paró de golpe. ¿Qué demonios le ocurría? Frente al portal de la casa se encontró que la camioneta del fontanero bloqueaba el sendero de acceso. Aparcó el coche en la plaza y, cuando subía hacia la villa, oyó un ruido ensordecedor. O sea, que ya habían empezado. Nada más llegar al vestíbulo, Emilia salió a su encuentro muy nerviosa. En el cuarto de baño ya habían comenzado a arrancar el alicatado de las paredes para liberar las cañerías, por lo que habían tenido que cortar el agua. ¿Cómo se suponía que cocinaría mientras tanto? Angela la tranquilizó y le prometió ocuparse de ello.

Cuando se disponía a bajar al sótano para preguntarle a Raffaele cuánto tiempo tendrían que pasar sin agua, se topó de frente con un joven cargado con varios metros de cañerías viejas sobre un hombro. A la luz del día parecían todavía más viejas y oxidadas de lo que recordaba. Angela dejó pasar al obrero y bajó al sótano, donde se encontró a Raffaele manipulando una amoladora con las gafas de protección puestas, trabajando con maniobras seguras y rutinarias. La sierra de metal soltaba chispas en todas direcciones, por lo que Angela retrocedió. Cuando el fontanero la vio, apagó la máquina y se quitó las gafas.

—*Non c'è problema, signora* —le aseguró él—. Antes de mediodía lo tendremos todo fuera y podré abrir el suministro de agua de nuevo. *Va bene?*

Angela asintió, Emilia quedaría satisfecha. Intentó no entorpecer al operario y a su subordinado, y echó un vistazo al cuarto de baño, en el que dos hombres trabajaban con sendos martillos neumáticos. Retrocedió enseguida de nuevo, ahuyentada por el estrépito.

Acudió a la cocina para hablar con Emilia y la mandó a casa.

—De todos modos, tengo una cita a mediodía —mintió—. Y con este jaleo no tiene sentido que esté limpiando o cambiando las sábanas.

—Pero ¡le prometí a la signora Tessa que me aseguraría de que comiera usted bien! —replicó Emilia disgustada.

—Vuelva después de las cuatro, que es cuando los operarios terminan de trabajar —propuso Angela—. Puede preparar algo sencillo para cenar y también algo para mañana por la mañana.

A Emilia no le quedó más remedio que conformarse. Sin embargo, insistió en subirle alguna delicia a la habitación para que no pasara hambre hasta que ella regresara. Angela no pudo evitar que el ama de llaves cargara por la escalera con una pesada bandeja llena de fruta, yogur, un termo de café y pastas antes de quitarse el delantal y regresar a casa.

Acababa de marcharse cuando llegó Dario Monti acompañado del solador. Angela revisó el muestrario y, después de elegir las baldosas y de decidir hasta dónde tenía que llegar la pared que separaría el baño del dormitorio, el arquitecto la invitó a comer en el bar del hotel Duse.

—Con mucho gusto —respondió Angela aliviada de poder dejar atrás por un rato el estruendo ensordecedor de las obras.

En el bar se encontraron con Davide, el compañero con el que Dario solía jugar al tenis por las mañanas y que, debido a sus problemas en el hombro, se había visto obligado a tomarse un descanso. Era el tesorero municipal y llegó del consistorio con un montón de novedades que contar. El dottore Spagulo, el médico de cabecera de Tess, al parecer también era un cliente habitual. Todos quisieron saber cómo se encontraba la anciana y, aunque Spagulo se mostró optimista y aseguró que no solo la clínica era la más indicada para esa clase de intervenciones, sino que además conocía personalmente al cirujano, no consiguió evitar que Angela siguiera preocupada. Los hospitales le traían demasiados malos recuerdos para quedarse tranquila ante la operación a la que estaba a punto de someterse su amiga.

Aquella inquietud le duró toda la tarde. Y aunque cuando regresó a casa reinaba ya el silencio y Tess la llamó y le aseguró que todo iba bien, Angela no consiguió librarse de aquella sensación de desasosiego.

Durante la cena, con la que Emilia se había esmerado especialmente, apenas fue capaz de tragar nada. Para calmarse y también para evitar las miradas cargadas de reproches de Emilia, decidió salir a dar un paseo. Recorrió las calles de noche, escuchando cómo sus pasos retumbaban contra los adoquines del suelo, observando cómo se iban encendiendo las luces tras las ventanas, respirando el aire templado de la primavera, en el que el aroma de los dientes de ajo macerados en aceite de oliva se mezclaba con el de las hortalizas asadas y el romero fresco. Subió hasta la iglesia para contemplar por primera vez el cementerio en aquella hora azul del crepúsculo. En las lápidas de mármol claro se concentraba la última luz del día, de manera que parecían refulgir de dentro afuera. Aquí y allá brillaba alguna que otra flor de porcelana con la luz del atardecer. Intentó encontrar el monumento dedicado a la famosa Eleonora Duse y se sobresaltó al ver que una figura ligeramente encorvada se separaba de la sombra de un ciprés.

—*Buonasera* —dijo al cabo de un momento, cuando se hubo recuperado del susto.

Sin embargo, el anciano ni siquiera volvió la cabeza hacia ella al pasar a su lado. Simplemente actuó como si ella no existiera. Angela divisó un perfil marcado por la expresión desdeñosa de los labios y unas cejas espesas que le conferían un aire terco. El tipo siguió avanzando.

Angela estaba helada a pesar de lo templada que era la noche. Era demasiado tarde para visitar el cementerio. Se arropó mejor con la chaqueta y se dirigió hacia la salida. Al pasar frente a la iglesia, vio que se cerraba la verja metálica que quedaba entre los muros coronados por cristales rotos del *palazzo* en lo alto de la colina. «Era Lorenzo Rivalecca», pensó. El misterioso propietario de la tejeduría.

Regresó a Villa Serena, le pidió a Emilia que le preparara una tila y se la llevó a la habitación. Una vez allí se acomodó en uno de los sillones que quedaban frente al gran ventanal para contemplar el paisaje descendente. Poco a poco empezó a aparecer un verdadero mar de luces. Tuvo otro escalofrío y decidió envolverse en la estola, no sin antes dedicarle un pensamiento afectuoso a Tess. Escondió los pies bajo el cuerpo y hundió el rostro en el suave paño de seda.

De repente le llegó a la nariz una fragancia singular, a avellanas maduras, o al pelo de un gato que había tenido de niña. Como la piel de un ser amado o la promesa de un nuevo encuentro. Se dejó llevar por los sueños y se vio una vez más en la tejeduría, con la madeja de seda de color amatista en las manos. ¿Era el aroma de la seda? Le resultaba muy familiar y seductor, aunque también sutil, al límite de lo perceptible. Y de golpe sintió un gran anhelo: el de rodearse a diario de ese aroma, formar parte de ese universo como ya había hecho mucho tiempo atrás, creando con sus propias manos, trabajando aquel material y obteniendo piezas maravillosas como resultado. Y entonces una vocecita en su interior le planteó una pregunta: «¿Y si esa manufactura de seda fuera tuya?».

Angela se levantó de un respingo. ¡Menudo disparate! Abrumada por el pesar, le vino a la cabeza aquel hombre desdeñoso que vivía en la villa en lo alto de la colina y que no parecía interesarse en absoluto por la tejeduría. Decidió darse una ducha caliente, se puso en pie y dejó la estola con cuidado sobre el respaldo del sillón. Bajo el chorro de agua se obligó a pensar en lo que tendría que hacer durante los días siguientes, más que nada para quitarse la tejeduría de la cabeza. No obstante, volvió a coger el paño de seda antes de acostarse, lo dejó junto a la almohada y, envuelta de ese aroma tan peculiar que desprendía, se quedó dormida.

7
EL AROMA DE LA SEDA

A la mañana siguiente Angela estaba tan nerviosa que en la pista de tenis no acertó ni un golpe, por muy fáciles que se los dejara Dario Monti.

—Lo siento —se disculpó al cabo de un rato—. Hoy no soy capaz de concentrarme.

—Es comprensible —la consoló el arquitecto mientras aceptaba la raqueta que ella le tendía—. ¿Puedo invitarte a un café?

Habían pasado a tutearse, y además Monti le caía bien. Y aun así, esa mañana prefería estar sola.

—Eres muy amable —replicó ella—, pero hoy no. No dejo de pensar en Tess. ¿Habrán entrado ya en quirófano? Me dijo que sería la primera operación del día. Ay, creo que lo mejor será que salga a correr un poco. Nada me calma los nervios más rápido que eso.

Angela prolongó más que de costumbre su ruta habitual, pero cuando llegó a casa no se sentía más tranquila ni mucho menos. A primera hora de la tarde sonó el teléfono y, hasta que la doctora no le dijo que la operación había ido bien, no respiró aliviada.

—¿Cuándo podré pasar a verla? —preguntó ya más calmada.

—Hoy dele tiempo para que recupere los sentidos con calma —le dijo la doctora—. Mañana por la mañana pasará a examinarla la fisioterapeuta. O sea que hacia las once sería una buena hora para visitarla.

Cuando Angela entró al día siguiente en la habitación de Tess con un ramo de rosas en la mano, se encontró a su amiga pálida y agotada. Una joven con pantalones y camiseta de color blanco la estaba ayudando a colocar la pierna vendada en posición de reposo.

—Acabamos de bailar un vals juntas, ¿verdad, Susanna? —explicó Tess en un tono marcadamente alegre. Sin embargo, a Angela no se le pasaron por alto las gotas de sudor que afloraban en la frente a la anciana, y que indicaban que estaba sufriendo un dolor considerable.

—Para empezar ha estado bastante bien —confirmó la fisioterapeuta con un buen humor bien impostado—. Mañana seguiremos. Paso a paso. Hasta entonces, pues. No se marche corriendo, ¿eh?

Angela hizo una mueca. Estaba harta de esa clase de bromas de hospital. ¿Acaso aquella joven no veía que Tess no se encontraba bien?

—No lo ha dicho en serio —aclaró esta cuando se quedaron solas. Fue como si le hubiera leído el pensamiento—. ¿Serías tan amable de enderezarme un poco la almohada?

—¿Cómo te encuentras? —le preguntó Angela mientras la ayudaba a encontrar una posición más cómoda.

—Ya estoy mejor —admitió la anciana—. Pero, bueno, ¿qué esperabas? Al fin y al cabo me han serrado la rodilla y me la han sustituido por una bisagra metálica con un soporte de plástico. Mi viejo cuerpo aún tiene que acostumbrarse. En cualquier caso, ya he andado unos pasos. ¿No crees que merezco algún elogio?

—Eso es fantástico —se apresuró a decir Angela—. De verdad. ¡Jamás habría pensado que se pudiera empezar tan pronto con la rehabilitación!

—Dicen que es importante...

Tess palideció de nuevo y soltó un leve gemido.

—¿No te están dando suficientes calmantes? —preguntó Angela con preocupación.

Tess hizo una mueca.

—¿Se me nota mucho?

—Aquí no tienes por qué hacerte la valiente —le dijo su amiga—. Tienes que recuperarte de la operación. Si te pasas el rato apretando los dientes, no podrás relajarte. Es importante no sufrir dolor para recuperarse antes.

—No pasa nada. Están en el cajón.

Angela abrió los ojos como platos. Acto seguido comprobó el cajón en cuestión y descubrió dentro dos pastillas con un vaso de plástico diminuto.

—¿Las has escondido aquí en lugar de tomártelas?

—No pongas esa cara —replicó Tess—. Pásame el té, ¿quieres?

Angela se fijó en que a Tess le costaba mucho tragar las pastillas. Supuso que le costaba porque aún debía de tener la faringe irritada y seca por el tiempo de quirófano. De repente sintió un afecto desmesurado por su amiga.

—Lo siento, Angela —dijo Tess en voz baja inclinando la cabeza hacia atrás y cerrando los ojos—. Todo esto debe de estar despertándote malos recuerdos...

—Tonterías —exclamó ella con cariño mientras le apartaba unos mechones de la cara—. Es evidente que me recuerda a Peter —añadió al cabo de unos momentos—. Cualquier hospital que visite en mi vida me recordará a él. No hay nada que hacer en ese sentido. Pero eso no cambia el hecho de que...

Angela se calló de repente. Tess se había quedado dormida. Decidió permanecer muy quieta y limitarse a contemplar el frágil aspecto de su amiga sobre las sábanas blancas hasta que entró una enfermera para controlar a la paciente.

—Es buena señal —dijo la mujer con cierto alivio al ver que Tess dormía—. Por fin le han hecho efecto los calmantes.

Angela acudía a diario a visitar a su amiga, y una semana después de la operación Tess ya se encontraba mucho mejor. Con la ayuda de la fisioterapeuta y haciendo gala de una gran disciplina, siguió caminando con la prótesis a pesar del enorme esfuerzo que le requería.

—¿Qué hay de nuevo por casa? —le preguntó una vez más ese día, y Angela pasó a relatar los progresos de la reforma de Villa Serena. Raffaele no había exagerado con sus promesas. Pieza a pieza había conseguido instalar una nueva conducción de agua.

—Emilia está de los nervios —la avisó, y acto seguido le explicó el ruido ensordecedor que hacían los martillos neumáticos con los que habían reducido a escombros el cuarto de baño antiguo—. ¿Qué te parecería tener un suelo con calefacción radiante en el cuarto de baño?

—Es una idea fabulosa —dijo Tess—. Ya que estamos, es mejor renovarlo tanto como sea necesario.

—En realidad —dijo Angela en tono compasivo— tenía la esperanza de poder conservar el viejo suelo de mármol, pero viendo cómo ha quedado... Está bastante dañado.

—Entonces ¡fuera! No se hable más... —concluyó la anciana sin pensárselo dos veces antes de levantar un poco más el respaldo de la cama para ver mejor a Angela—. ¿Ya han derribado la pared que da al salón?

—Están en ello ahora mismo —respondió esta—. Por precaución le he dado la mañana libre a Emilia. Espero que ya hayan terminado cuando regrese a casa.

—¡Pobre Emilia! —exclamó Tess riendo—. ¡La de polvo que levantarán! Bueno, al menos así tendrá algo que hacer mientras yo no esté en casa. Supongo que te estará mimando, ¿no?

—¡Uy, no sabes cómo! —exclamó Angela con un suspiro—. Creo que ya he engordado.

—Eso espero —replicó Tess con un suspiro de alivio antes de cambiar la pierna de posición—. Echo de menos lo bien que cocina.

—A Emilia no hay que decírselo dos veces —dijo Angela—. Es capaz de mandarte a Gianni cargado de fiambreras.

—Ay, no —exclamó Tess riendo—. Aquí se esfuerzan mucho, ¡y no quiero que me vean como a una ricachona loca que se hace traer su propia comida!

Angela sonrió con calidez y miró a Tess de nuevo con una curiosidad renovada. Esa era una de las muchas cualidades por las que tanto apreciaba a esa mujer. Su marido le había dejado una fortuna en herencia, de manera que Tess podía vivir sin preocupaciones, pero el dinero no le había cambiado el carácter lo más mínimo. Angela se había dado cuenta de que Tess era muy apreciada por el personal del hospital. Continuamente pasaba una u otra enfermera para visitar a la anciana, intercambiar unas palabras y reír un poco. Y lo mismo ocurría con los médicos, lo que la tranquilizó bastante. Parecían estar encantados de ocuparse de ella. Tess ya charlaba sobre el momento en que le darían el alta, y Angela esperaba tener bajo control el caos que reinaba en la villa cuando llegara ese momento.

Cuando aparcó el coche bajo la pérgola, no oyó ni un ruido. Todo estaba en silencio; al parecer ya habían terminado con los trabajos de demolición, por lo que respiró tranquila. Sin embargo, nada más entrar en la villa, se encontró a Dario en el salón junto a los operarios. Estaban todos desconcertados. La mitad de la pared que tenían que derribar seguía en pie.

—Ha habido un cortocircuito —explicó Dario—. Se han topado con una línea eléctrica. Se suponía que no había ninguna aquí. Míralo tú misma.

Dario señaló hacia un punto del muro y Angela contuvo el aliento. Incluso sin conocer bien el oficio, supo que lo que estaba viendo no respondía a ninguno de los estándares actuales ni mucho menos. Los cables pelados no estaban envueltos más que por una especie de hilos.

Notó que se le erizaba el vello de la nuca. Si todas las conducciones eléctricas eran como esa... Dios mío, no veía final posible a la reforma. ¿Acaso los trabajos en Villa Serena eran un pozo sin fondo?

—El electricista está en camino, llegará en cualquier momento —dijo Dario para intentar tranquilizarla—. ¿Sabes si hay más planos de la vivienda? ¿Alguno que indique por dónde transcurre la instalación eléctrica?

Angela se encogió de hombros. En la carpeta que Tess conservaba en el secreter no había encontrado nada más. ¿Dónde podía guardarlos, si no? ¿Tal vez en la biblioteca? Angela decidió comprobarlo buscando bien entre los libros.

Cuando llegó el electricista y les echó un vistazo a los cables que habían quedado al descubierto, se limitó a negar con la cabeza. Preguntó dónde estaba la caja de fusibles y la acabaron encontrando en el vestíbulo. Cuando el operario vio que eran antiguos fusibles de porcelana, chasqueó la lengua en un claro gesto de desaprobación.

—Tal vez los quiera el dottore Spagulo para su museo de historia local —dijo—. Los Serena eran gente muy adelantada a su tiempo. Al parecer esta casa fue una de las primeras que gozaron de instalación eléctrica —constató antes de dirigirse directamente a Angela—. Lo siento mucho, signora —prosiguió—. Me temo que tendremos que sustituirla toda por completo. Es un milagro que no se haya producido ningún incendio.

Angela pasó toda la tarde en la biblioteca. La situación tampoco sería tan dramática, según Dario, si pudieran saber por dónde transcurrían las líneas eléctricas. Sin embargo, por más que buscó, solo encontró libros y más libros en los estantes que cubrían las paredes desde el suelo hasta el techo. Emilia acudió a verla para confirmarle que, una vez al año, se dedicaba a sacar todos los libros, uno por uno, para quitarles el polvo, y que nunca había encontrado ninguna carpeta ni nada por el estilo.

—En cualquier caso, busque en la habitación del viejo Serena —propuso—. Nunca hemos llegado a abrir esos armarios desde que trabajo en esta casa. La signora Tessa siempre me ha dicho que no valía la pena, que ya llegaría el momento de vaciarlos todos por completo.

¡El despacho! ¿Cómo no se le había ocurrido antes?

Angela entró en aquella misteriosa habitación y, una vez más, tuvo la sensación de estar sumergiéndose en otra época. Se propuso preguntarle a Tess por qué había dejado aquella parte de la villa intacta, aunque en el fondo intuía el motivo. Por un lado apenas entraba luz, puesto que las ventanas daban hacia la cuesta, y por el otro lado a Tess le sobraba espacio en casa. Además se respiraba una cierta dignidad, como si los muebles estuvieran impregnados de la presencia de la gente que había vivido allí. Las paredes estaban forradas con paneles de madera oscura, y las selectas piezas de mobiliario eran de nogal. Junto a la vitrina llena de puros secos había un gran armario con una preciosa marquetería de nácar y ébano, a juego con el tablero de ajedrez. Las partes superior e inferior tenían compartimentos cerrados con puertecitas, mientras que la parte central constaba de cajones.

Angela abrió uno al azar y encontró un juego de naipes, lápices y blocs de notas para anotar resultados. En otro había velas de color crema. No pudo evitar la tentación de encenderlas y comprobó que olían a parafina, a cera de abeja y a la madera del armario. A continuación abrió una de las puertas y halló álbumes de fotografías, apagados y amarillentos. Sacó uno de ellos con sumo cuidado, lo dejó sobre la mesa de ajedrez y lo abrió. El rostro de una joven le sonrió desde una fotografía en blanco y negro. Tenía unos ojos grandes y expresivos, con largas pestañas, y la boquita en forma de corazón. Sobre el pelo pulcramente recogido llevaba un pequeño sombrero de tul, y tenía la barbilla apoyada sobre una mano enfundada en un guante con blondas, colocada en una pose llena de gracia.

Angela siguió hojeando el álbum y encontró instantáneas de un tiempo pasado, rostros desconocidos que parecían recién despertados de un profundo sueño, y vio la villa, el jardín y los alrededores de Asenza. Entre todo ello aparecían también personas mirando a la cámara con aire reflexivo: un anciano frente a un coche antiguo; grupos de niños ataviados con trajes de marinero y vestidos de volantes, con y sin sus padres, plantados frente a los clásicos escenarios de los estudios de fotografía; muchachas adolescentes con lazos en el pelo y ondeantes vestidos veraniegos frente a la catedral de San Marcos de Venecia; jóvenes de aspecto osado vestidos de uniforme en la terraza que posteriormente se había convertido en el invernadero.

Angela volvió a cerrar el álbum con cuidado y lo dejó donde lo había hallado. Hasta ese instante no se había dado cuenta de que cada álbum correspondía a un año distinto. Por unos momentos sintió la tentación de consultar también los demás, pero luego decidió lo contrario y volvió a cerrar la portezuela del compartimento. Nada de eso era asunto suyo. Eran desconocidos, destinos ajenos, y aun así aquellas fotografías antiguas la habían conmovido de un modo extraño. «Más adelante podré mirarlos con toda la calma del mundo —se dijo a sí misma—. Y a poder ser, en compañía de Tess.»

Abrió unas cuantas puertas más del armario, pero no vio nada parecido a los planos técnicos de la vivienda. Entretanto cayó el atardecer, y Angela decidió dejarlo para el día siguiente. Ya estaba a punto de llegar a la mesa cuando reparó en una rinconera en la que no se había fijado todavía. Abrió el cajón y creyó haber encontrado lo que estaba buscando. Contenía unas carpetas desgastadas, forradas de lino, recubiertas de papel marmolado y atadas con una cinta de algodón negro. Angela cogió una de ellas y vio que tenía una etiqueta en la portada, como los cuadernos escolares de antaño. TESSITURA SARTORI-SERENA, rezaba una caligrafía oscilante, y debajo había también un año y otras cifras que Angela no supo relacionar con nada. Con cuidado, dejó su hallazgo sobre la mesa de ajedrez y retiró la cinta de algodón mientras se preguntaba qué relación podría haber tenido la familia Serena con la tejeduría de seda. ¿Tess no había mencionado el apellido Sartori en relación con la difunta propietaria de la *tessitura*, la esposa de Lorenzo Rivalecca?

En la carpeta encontró hojas con números mecanografiados en unas tablas apiñadas que seguramente eran balances de cuentas. El papel estaba amarillento, y la tinta de las letras y las cifras se había desteñido. Angela metió un dedo entre las páginas y cerró la carpeta de nuevo, inclinó la cabeza e intentó leer la etiqueta de las demás carpetas. No sabía lo que buscaba. No parecía que fuera a encontrar unos planos de principios del siglo XX que describieran una instalación eléctrica realizada con posterioridad. Sin embargo, aquello había despertado su interés. La tejeduría. La manufactura de seda. ¿Podía ser que las dos familias hubieran trabajado conjuntamente en algún momento? Por un instante pensó que tal vez había dado con un verdadero tesoro de información oculta para quien pudiera interesarse en indagar en la historia de la empresa. Pero ¿quién sería esa persona? Ella seguro que no.

Cerró el cajón y salió del despacho. Al día siguiente seguiría con la búsqueda.

—¿Por qué no os limitáis a arrancar los cables viejos e instaláis los nuevos sobre el revoque? —preguntó Markus—. Seguro que encuentras una moldura adecuada con la decoración para ocultarla. En cualquier caso, eso sería mejor que empezar a abrir regatas en esas paredes tan viejas. Sobre todo si no sabéis por dónde transcurre la instalación.

Angela soltó un suspiro de alivio.

—¡Claro! —exclamó—. Gracias, Markus. ¡Me pregunto cómo es posible que no se le haya ocurrido a Dario!

—¿Dario? —preguntó Markus con evidente curiosidad.

—Es el arquitecto de mi amiga —explicó Angela algo enfadada consigo misma. ¿Por qué tenía que justificarse?—. Pero seguro que no me llamas a Italia —dijo cambiando de tema— para darme consejos para la reforma de la villa de mi amiga. ¿En qué puedo ayudarte, Markus?

Conocía al socio de su difunto marido desde hacía media vida. Peter y Markus no solo habían sido mejores amigos, sino que también se habían complementado siempre a la perfección. Peter se había encargado de conseguir los encargos y de negociar los contratos, mientras que Markus llevaba la dirección de las obras. Él tenía el carácter práctico que siempre le permitía encontrar las soluciones, mientras que Peter había tenido una visión más amplia que le había ayudado a ampliar mucho el negocio con el paso de los años. Cuando había visto claro que no regresaría a la empresa, él y Markus habían buscado un sucesor que pudiera trabajar a sueldo como ingeniero civil sin participar en la sociedad. Peter también había transferido su parte de la empresa a Angela y Nathalie mediante un contrato muy detallado que les aseguraba el derecho de intervención en todas las decisiones importantes que se tomaran en la empresa.

—Esta semana tengo que trabajar en Vicenza —explicó Markus—. Y aprovechando la ocasión me gustaría hablar contigo un momento. Sobre la empresa.

Angela se puso en guardia. Markus debía de tener algo en mente.

—¿De qué se trata? —preguntó ella—. ¿Hay algún problema?

—Problema... No, Angela —respondió Markus—. En cualquier caso, preferiría comentártelo en persona. ¿Tendrás tiempo pasado mañana? Ya sé que te aviso sin demasiada antelación. Si lo prefieres, puedo ir a Asenza.

—Estaría bien, sí —admitió ella—. Me alegraré de verte, Markus. ¿Vendrá también Sandra? ¿No os apetece aprovechar para pasar unos días de vacaciones en Venecia?

—No —respondió Markus—. Hay mucho trabajo, en otra ocasión será. Sea como sea, te agradecería que me recomendaras un hotel.

—Te reservaré una habitación en el hotel Duse —propuso Angela sin pensarlo ni un instante.

Tess seguro que se habría ofrecido para alojar en su casa al amigo de su marido. Sin embargo, algo le decía que aquella visita no sería de carácter privado, sino una mera cuestión de negocios. Además, de todos modos la villa no estaba en condiciones de alojar a un invitado, con todas las molestias de la reforma. Le preguntó a Markus una vez más las fechas exactas del viaje y anotó la cita en la agenda. Tras la llamada, Angela se quedó pensativa unos momentos. ¿Qué querría comentarle Markus?

Siempre había tenido la sensación de que Peter era insustituible, tanto en la vida como en la empresa. Él siempre lo había negado, le decía que nadie es irreemplazable, que pensar lo contrario era pura megalomanía. Se dedicó a transmitir a su sucesor todos los conocimientos posibles, además de recomendarlo a todos sus contactos. Y aun así, había cosas que ni con la mejor de las voluntades podían transmitirse.

Para intentar dejar de preocuparse por ello, Angela se levantó y bajó a la cocina para ver qué estaba haciendo Emilia. Averiguaría enseguida de qué se trataba. En cualquier caso, sabía que tarde o temprano tendría que tomar una decisión, y tal vez aquella cita le ofrecería una buena oportunidad de hablar con Markus acerca del futuro. Saber si tendría que seguir participando en las decisiones que marcarían el rumbo de la empresa y, en ese caso, de qué manera. O si no sería mejor venderle su participación del negocio a Markus. Porque, al fin y al cabo, tampoco era su empresa, por mucho que sobre el papel fuera la propietaria de la mitad. Había sido el proyecto vital de Peter, y ella solo había formado parte de ello por amor.

—*Che casino!* —se quejó Emilia al ver a Angela—. La pobre signora. Primero le destrozan la rodilla y luego, toda la villa.

—No, Emilia —dijo ella para intentar calmarla—. Ya verá cómo dentro de dos semanas todo estará fantásticamente bien.

—Y ¿qué pasa con la electricidad? —quiso saber el ama de llaves—. ¡Gianni dice que tendrán que abrir todas las paredes!

—No será necesario, no —le explicó Angela agradeciendo a Markus por dentro que le hubiera dado aquel consejo tan práctico—. Ya no tocaremos ninguna pared más. Mañana lo hablaré todo con el signor Monti, ¡tengo una solución mucho mejor!

Emilia no pareció muy convencida, pero dejó de quejarse y le sirvió a Angela un *risotto* al limón con marisco fresco tan delicioso que esta se olvidó de sus preocupaciones durante un buen rato.

Esa noche volvió a soñar con muchas puertas que se abrían y se cerraban mientras estaba en el centro de un vestíbulo enorme desconocido para ella. Las paredes encogían y volvían a crecer, y lo que al principio le había parecido un vestíbulo se convertía en el despacho, y en lugar de abrirse puertas se abrían solamente armarios, cajones y compartimentos, al tiempo que en los paneles de madera oscura de las paredes aparecían huecos en forma de cueva, nichos y pasillos.

Mientras Angela seguía mirando a su alrededor con indecisión, se daba cuenta de que la puerta del salón había desaparecido y en su lugar había un telar enorme, que empezaba a funcionar él solo haciendo un ruido ensordecedor. La lanzadera iba de un lado a otro como si la estuvieran manipulando unas manos invisibles, y cuando Angela se acercaba para observarlo mejor, el telar se convertía en una máquina de escribir gigantesca que no paraba de mecanografiar hileras de cifras muy apiñadas. Angela oía cómo una voz pronunciaba la palabra *balances* y luego silencio. Estaba frente a la tumba de Peter, donde las flores desprendían un fulgor irreal. Se agachaba para oler una flor de un color púrpura especialmente intenso, pero cuando ya la tenía en la mano resultaba no ser una flor, sino una madeja embrollada de hilo de seda brillante de forma artística.

Cuando se despertó tuvo la sensación de seguir notando la suavidad de la madeja y ese aroma tan característico y tranquilizador que desprendía la seda.

Por la mañana Angela reservó una habitación para Markus en el hotel Duse y, mientras se tomaba un *cappuccino* en el bar de Fausto vio que un Cadillac negro recorría con cuidado la estrecha callejuela que subía en dirección a la iglesia. Incluso Fausto, que no se dejaba impresionar fácilmente, entrecerró los ojos para observar el coche con atención.

—¿Quién tiene un coche como ese por aquí? —preguntó Angela en tono de burla.

—Nadie —dijo Fausto—. No es de aquí. Pero me parece que ya lo he visto alguna otra vez.

—Es de Milán —explicó un anciano que estaba sentado un poco más allá de Angela a la barra, hojeando un periódico con brusquedad. Angela lo conocía de vista. Debía de ser un cliente habitual—. Y la última vez que vino lo dejó aparcado tres horas frente a la *tessitura*, sin dejar pasar a los demás. Le daba absolutamente igual. *I milanesi*... Se creen que las reglas son para los demás, pero ¡no para ellos! —exclamó uniendo pulgar, índice y corazón en el típico gesto italiano.

Angela aguzó el oído. ¿Qué hacía un Cadillac de Milán frente a la tejeduría? ¿Tal vez comprar chales de seda? Pagó el *cappuccino*, dejó una moneda como propina junto a la taza y salió del hotel. Sin planteárselo siquiera, subió la cuesta hasta la iglesia. Efectivamente, encontró el Cadillac aparcado frente a la puerta de la villa de Lorenzo Rivalecca, de manera que resultó imposible pasar por allí.

El corazón se le aceleró mientras se preguntaba qué demonios le estaba ocurriendo. Volvió a pensar en el sueño que había tenido, en el telar enorme, en la máquina de escribir gigantesca, en las columnas de cifras y en el aroma de la seda. Enseguida tomó la calle que llevaba hasta la tejeduría. Empujó la puerta de la tienda, pero resultó estar cerrada. Entonces se dio cuenta del cartel que había colgado por dentro del cristal: CHIUSO, rezaba.

Angela se preguntó durante unos instantes si había alguna otra forma de entrar en el edificio. Encontró un estrecho pasaje lateral que llevaba hasta una puerta de madera. Antes de poder preguntarse siquiera qué estaba haciendo allí, la empujó con suavidad y constató que la puerta estaba abierta, por lo que pudo acceder al patio. La gata de pelaje plateado saltó del banco de debajo de la morera y se acercó corriendo con la cola levantada.

Angela miró a su alrededor. ¿Dónde estaba Fioretta? La gata pasó rozándole las piernas, frotó la cabeza contra su espinilla y soltó un maullido. A continuación salió corriendo en dirección a la puerta por la que Angela había accedido al patio con Tess poco tiempo antes, durante la visita a la tejeduría. Recordó que detrás estaba la escalera que subía hasta la sala en la que tenían los telares.

La puerta estaba abierta, y la gata desapareció en la penumbra de la escalera. «¿Qué estoy haciendo? —se preguntó—. Debería marcharme.» Y aun así acabó haciendo todo lo contrario y siguió a la gata.

En la escalera oyó unas voces amortiguadas que le llegaban desde el piso superior. «Si he llegado hasta aquí, qué más da», pensó antes de subir la escalera.

La gata se plantó frente a la puerta y miró a su alrededor esperándola con impaciencia. Angela llamó a la puerta. La conversación que tenía lugar dentro quedó silenciada al instante. Oyó un «*avanti*» en tono de sorpresa y abrió la puerta. La gata entró a toda pastilla, como una flecha plateada, y saltó sobre el regazo de Fioretta.

—¡Angela! —exclamó la joven asombrada. Era evidente que había estado llorando.

Una mujer alta y delgada, pelirroja y de labios finos, estaba de pie frente a ella, con los brazos cruzados. Parecía como si estuviera a punto de pegarle una paliza a alguien. Tenía los ojos de color verde grisáceo y las cejas castañas, muy perfiladas, fruncidas para mirarla con marcado desdén.

—La tejeduría está cerrada —declaró con antipatía.

—Lidia —dijo Fioretta en voz baja—. Esta es Angela, la sobrina de Tess.

—Me da igual —replicó la mujer lanzándole una mirada furiosa a Angela—. Ha llegado en el peor momento posible.

—Por supuesto —se apresuró a decir esta—. *Scusi*. No pretendía molestarlas. Simplemente estaba... preocupada.

Ya volveré en otro momento —anunció antes de retirarse avergonzada.

Apenas había llegado al patio cuando oyó los pasos gráciles de Fioretta a su espalda.

—¡Lo siento, Angela! —exclamó—. Por favor, espere.

—¿Es por... el Cadillac negro de Milán?

Los ojos de color ámbar de Fioretta se llenaron de lágrimas. La joven asintió mientras intentaba controlar los sollozos.

—Parece ser que Lorenzo quiere vender la tejeduría. Todo el edificio. A nosotras todavía no nos ha dicho nada, pero hace poco vino ese hombre de Milán y lo estuvo mirando todo como si la casa ya le perteneciera. Estamos... desesperadas —dijo Fioretta mientras las lágrimas le recorrían las mejillas.

La gata, que había seguido a Angela, se frotó contra sus piernas y soltó un leve maullido.

—Vamos —le dijo a Fioretta con suavidad llevándose a la joven hasta el banco que estaba bajo la morera—. Tal vez se trate de algo muy distinto. Tal vez no sea más que un hombre de negocios al que Lorenzo quiere reclutar para que invierta en la tejeduría.

Fioretta soltó una carcajada triste y negó con la cabeza.

—¡Invertir! —exclamó mientras se sacaba un pañuelo del bolsillo de los vaqueros—. Ese viejo es un tacaño que nunca se ha interesado por la tejeduría. Desde que murió Lela no ha puesto los pies aquí ni una sola vez. Es más, en mi opinión odia la tejeduría.

—¿Por qué la odia? —preguntó Angela desconcertada.

—Viejas historias —respondió Fioretta en voz baja—. Viejísimas. Si es cierto y se cierra la tejeduría, ¿qué será de estas mujeres? ¡Todas ellas sin excepción dependen de estos ingresos!

—Es posible que la tejeduría no cierre —reflexionó Angela mientras abrazaba los hombros temblorosos de Fioretta—. Tal vez el nuevo propietario quiera conservarla. Incluso podría ser que las cosas fueran mejor. Fioretta, no puede saberlo todavía.

No obstante, la joven negó con la cabeza.

—Ya lo ha visto —dijo mirando a Angela fijamente—. La producción es tan laboriosa y costosa que no permite obtener beneficios importantes. Los pañuelos cuestan ochocientos, novecientos euros. Y en realidad deberían ser todavía más caros. Aparte de Tess y de un par de inglesas chifladas, ¿quién puede gastarse hoy en día tanto dinero en una estola? Ningún inversor con dos dedos de frente estaría dispuesto a comprar la tejeduría para eso. ¡Y mucho menos nadie de Milán!

Mientras Fioretta se secaba las lágrimas, Angela se quedó mirando la galería con tristeza. El sol asomó por encima del caballete del tejado para hacer llegar hasta ella sus rayos dorados. Los días cada vez eran más cálidos y largos, y las abejas zumbaban por las ramas de la morera. ¿Cómo debían de ser sus flores?

La gata saltó sobre el banco y posó una de sus patas en el regazo de Angela. Se la quedó mirando con sus luminosos ojos verdes como si quisiera decirle algo.

—Fioretta —empezó a decir Angela con aire soñador—, ¿no le parece a usted también que la seda huele muy bien?

La joven se la quedó mirando desconcertada. Una sonrisa triste apareció en sus labios.

—Por supuesto que huele la seda —dijo aspirando una

bocanada de aire—. Es por las orugas. Según las tejedoras, es el aroma de las mariposas, que sigue viviendo en la tela. —Parecía evidente que la gata había decidido confiar en Angela. En cualquier caso, se subió a su regazo y se acomodó allí—. Sí, la seda está viva —prosiguió Fioretta—. Cuando llueve mucho y el aire está húmedo, se ensancha. Las telas se vuelven más largas y anchas. Y cuando el tiempo es seco, se contrae. Cuando es demasiado seco, la seda puede incluso llegar a morir. Se vuelve quebradiza.

»Pero si se cuida y se le proporciona la humedad necesaria, la seda aguantará y seguirá oliendo toda la vida. —La gata empezó a ronronear—. No hay mucha gente capaz de percibir el olor de la seda —añadió Fioretta—. Es un aroma muy sutil. Me alegro de que lo hayas notado... —Sorprendida, se tapó la boca con la mano—. ¡Siento haberla tuteado, simplemente me ha salido así!

—Pues sigamos tuteándonos a partir de ahora —dijo Angela en un tono cordial antes de darle un apretón en la mano a Fioretta—. Y respecto al aroma, de algún modo fue como si ya lo conociera —reconoció—. Como si siempre lo hubiera tenido a mi alrededor.

Fioretta se la quedó mirando. Una leve sonrisa apareció en sus labios.

—Entonces es que eres una de las nuestras, Angela —dijo, y acto seguido recuperó la seriedad—. Qué lástima.

—¿Por qué?

Fioretta se encogió de hombros.

—Por... todo. Me sabe mal que esto se acabe, después de tanto tiempo.

8
LA OFERTA

Angela regresó a la villa con los sentimientos a flor de piel. La razón le decía que todo aquello no iba con ella, pero el corazón le hablaba en otro idioma. De algún modo le parecía como si acabaran de arrebatarle algo que llevaba mucho tiempo deseando, y encima justo cuando lo tenía tan cerca. No obstante, cuando se planteó si realmente quería convertirse en la propietaria de la tejeduría, no tuvo una respuesta clara. «Por supuesto que no», le decía una voz. «Sería fantástico», exclamaba la otra.

Angela intentó controlarse. Llamó por teléfono a Dario Monti y le comentó la posibilidad de realizar la instalación eléctrica sobre el revoco. A continuación empezó a pensar por dónde tendrían que pasar los cables en cada habitación y cuántos enchufes e interruptores serían necesarios. Tomó todas las decisiones que quedaban para la adaptación de la ducha y eligió unas baldosas nuevas de mármol de la región, por supuesto. Después de todo, quería conservar el carácter de la casa. Invitó a Dario a comer para discutir si en lugar de los cuatro escalones que salvaban la diferencia de altura de la torre con respecto a la villa no sería preferible una rampa, así como la mejor manera de integrarla desde el punto de vista estético.

—No quiero que Tess se lleve la impresión de que le hemos convertido la casa en un asilo. Todo tiene que formar parte de la distribución con estilo y elegancia —sentenció Angela, y le vino a la cabeza el sendero de acceso a la villa de Maser, en la que habían conseguido de un modo muy sencillo que todo se guiara hacia la entrada—. Quizá deberíamos poner una rampa frente a la puerta de la casa —reflexionó en voz alta— que conecte con la curva del sendero de acceso. Podría describir una curva suave hasta la puerta y proseguir por dentro. Y tal vez en el suelo deberíamos instalar las mismas losas de piedra que hay en el suelo de la torre. Si es posible conseguirlas, claro. Eso daría cierta coherencia a las dos zonas. ¿Qué te parece?

Dario se la quedó mirando con una sonrisa de admiración.

—¿Sabes lo que me gusta tanto de ti? ¡Tu imaginación! Es una lástima que no te hayas dedicado al diseño de interiores. ¿Te gustaría trabajar conmigo? Podríamos formar un equipo de primera.

Angela rechazó la oferta entre risas. Pero al mismo tiempo se le ocurrió una idea.

—Por casualidad, no sabrás si la tejeduría está en venta, ¿verdad? —preguntó Angela.

—Hay un interesado de Milán —dijo Dario asintiendo—. Me lo ha comentado Davide. Tengo que ponerme en contacto con él porque quiere convertir el complejo en apartamentos para vacaciones. Sería un buen encargo. ¿Quieres participar?

Angela se quedó mirando a Dario horrorizada. ¿Apartamentos para vacaciones? ¿Y qué pasaría con la tejeduría?

—Es que me parece una lástima —exclamó enojada—.

La tejeduría de seda es... es única. No hay nada parecido en todo el mundo.

—El dottore Spagulo también comparte esa opinión —respondió Dario en un tono comprensivo—. Ha mencionado que los telares deberían ir a parar al museo. Por eso está buscando un espacio nuevo. Son máquinas enormes, y en el museo actual no hay sitio para...

—Menuda tontería —replicó Angela furiosa—. La ciudad tiene un edificio histórico que aloja una tintorería y una tejeduría de seda, ¿y lo único que se considera un problema es dónde se podrán guardar los telares? ¿Por qué no los dejan donde deben estar? ¿Por qué no dejan simplemente que las mujeres sigan tejiendo?

Dario se quedó mirando a Angela desconcertado.

—Es que ese no es mi problema —se defendió—. La tejeduría pertenece al viejo Rivalecca, puede hacer con ella lo que más le plazca.

Angela resopló. Vio claro que era una tontería intentar convencer precisamente a Dario Monti, al que habían prometido un encargo lucrativo con ese proyecto.

—Lo siento —dijo obligándose a apaciguar su respiración—. Por favor, discúlpame, Dario —insistió mientras doblaba su servilleta y se ponía en pie—. Me gustaría ir a ver a Tess —explicó—. Creo que por hoy ya hemos aclarado bastantes cosas, ¿verdad?

Camino del hospital, Angela estuvo pensando si sería prudente poner al día a Tess acerca de lo que rodeaba al futuro de la tejeduría. Sabía lo mucho que su amiga se preocupaba por las tejedoras. Sin embargo, cuando entró en la habitación encontró a la anciana tendida en la cama con fiebre. La herida se le había infectado, de manera que no le darían el alta hasta que hubiera cicatrizado del todo. En esas circunstancias, no le pareció adecuado molestar a Tess con otra mala noticia.

—Creí que resultaría más sencillo —dijo Tess abatida. Angela le sirvió una infusión de frutas que Tess aceptó con las manos temblorosas—. Pero, por mucho que practique con Susanna, me temo que las cosas nunca volverán a ser como antes.

—Ya verás como sí —dijo Angela para alentarla—. Ya has hecho grandes progresos. Es solo cuestión de tiempo. No exageres ni quieras ir demasiado deprisa. Apenas han pasado diez días desde que te operaron. Los médicos seguro que cortarán la infección con antibióticos. ¡Es demasiado pronto para perder la paciencia!

Tess se rio con gesto cansado.

—¡Paciencia! —replicó malhumorada—. No estoy hecha para eso. Siempre lo he querido todo y al momento.

—Tengo novedades para ti —le dijo Dario al día siguiente por la mañana, tras el partido de tenis—. ¿Puedo invitarte a cenar esta noche? Me gustaría contártelo con calma —añadió. Angela habría preferido saber de qué se trataba, pero Dario empezó a hablarle acerca de una *trattoria* fenomenal que estaba un par de colinas más allá, donde preparaban unos capones espectaculares y los *risottos* más refinados del mundo, y todo regado con unos vinos excelentes—. Dame esa alegría. ¡Es una experiencia impagable! —le suplicó, y Angela aceptó encantada.

El día anterior habían instalado en la villa la calefacción por suelo radiante, y cuando regresó el albañil ya estaba colocando el solado. Parecía como si el electricista considerara que la propuesta de Markus de tender la instalación por encima del revoco atentara contra su honor profesional, pero acabó admitiendo que era la mejor solución si no estaban dispuestos a abrir y sanear la villa entera. Mientras tomaban un aperitivo rápido a mediodía, Dario le mostró un par de esbozos que había preparado para la nueva rampa de acceso al nivel de la torre, y Angela quedó encantada al ver cómo había interpretado su idea. Después de comer empezaron a trazar el recorrido de la rampa en el suelo para que el cantero al que Dario había encargado las losas pudiera tomar las medidas necesarias.

Hacia las ocho Dario pasó a recogerla. Después de titubear un poco, Angela se acabó decidiendo por el vestido de tubo y la estola de seda, puesto que por las noches todavía refrescaba un poco.

El arquitecto llegó conduciendo una elegante berlina y, tras un día agotador, Angela agradeció poder recostarse en un asiento. Casi sin hacer ruido, el coche salió de la ciudad para sumergirse en el paisaje de colinas cuando el cielo había adoptado ya un tono muy parecido al de la estola. Dario le estuvo hablando acerca de varios proyectos que lo mantenían ocupado por la región, fortificaciones que actualmente alojaban viñedos, albergues para peregrinos y conventos medievales, así como una iglesia secularizada que había más abajo y que se podía divisar a lo lejos sobre una colina rodeada de pinos. Al final Dario Monti se desvió de la carretera por una avenida bordeada por cipreses que llevaba hasta un patio artísticamente pavimentado. La adelfa florecía en grandes macetas, mientras que en la fachada de la granja había soportes de forja para sostener unas antorchas que estaban encendidas a pesar de que todavía no había oscurecido del todo. Todas las ventanas quedaban bien iluminadas.

—Ese es Rocco —le explicó Dario señalando a un hombre de cuarenta y tantos años que salía a su encuentro—. Te caerá bien. Él y su esposa Lorena adquirieron la explotación vinícola hace veinte años y han conseguido cierta notoriedad. Por cierto, el restaurante tiene una estrella Michelin.

El propietario les dio la bienvenida y los invitó a entrar.

—Os he guardado la mesa de la chimenea —le dijo a Dario—. Esta noche es un poco fresca y he pensado que allí estaríais cómodos. *Va bene?*

Solo tres de las mesas cubiertas con damasco de seda de color champán estaban ocupadas. En las paredes de piedra había colgadas ampliaciones de fotografías antiguas que mostraban la explotación vinícola antes de su renovación. Aparte de eso, habían conservado la sencillez del interior, y Angela apreció la decisión. No le gustaban los restaurantes en los que era imposible encontrar un solo palmo de pared sin ornamentación. Para decorar las mesas habían optado por un único lirio expuesto en un jarrón redondo, como si de una obra de arte se tratara.

Dario Monti la ayudó a sentarse exhibiendo unos modales impecables, si bien algo pasados de moda, y le contó todo tipo de anécdotas sobre la reforma del local. Por supuesto, había ayudado a Rocco y a Lorena a convertir aquel edificio medio ruinoso en un buen restaurante centrado en la degustación de vinos. Angela estuvo escuchando solo a medias los comentarios excesivamente detallados del arquitecto. Con discreción y sin dejar de asentir en dirección a Dario Monti, se dedicó a estudiar la carta, aunque al final resultó un gesto innecesario, puesto que su acompañante ya había pedido en el momento de la reserva que les sirvieran un menú sorpresa con las especialidades de la casa, afirmando que era la mejor manera de conocer el restaurante.

A Angela le pareció bien. Disfrutó del imprescindible *prosecco* de la casa y de una gentileza de la cocina, una tacita diminuta de consomé de capón junto con una finísima variedad de salami secado al aire. También quedó encantada con el delicioso *risotto* con hierbas de la viña y con la pechuga de pato rosa asada con achicoria frita. A continuación les sirvieron una lamprea, un pescado de agua dulce parecido a la anguila, rehogado con vino soave de elaboración propia.

Cuando les sirvieron el postre, *panna cotta* casera con las primeras fresas de la temporada, Angela se atrevió a preguntar por el motivo de la cena.

—¿Cuál es esa novedad que querías contarme?

Dario se la quedó mirando como quien ha preparado una gran sorpresa para Navidad y no sabe la mejor manera de presentarla.

—¿No preferirías disfrutar primero del postre? —preguntó él con torpeza—. Así Lorena podrá recoger la mesa y tendremos sitio para los documentos.

—¿Los documentos?

La curiosidad de Angela solo iba en aumento. Dario la observó con expectación mientras degustaba el postre. Poco después, sacó con cuidado una carpeta de su bolsa y se la tendió a ella como si se tratara de un preciado regalo.

—¿Qué es esto? —preguntó ella sorprendida mientras aceptaba la carpeta.

—Toda la información sobre la negociación que rodea a la Villa de la Seda —explicó Dario con visible orgullo—. El extracto del registro de la propiedad y la estimación de un perito, las fechas más importantes para los potenciales compradores, su planificación y, sobre todo, el precio de venta que ha fijado Rivalecca.

Asombrada, Angela miró a Dario por encima de la carpeta.

—Gracias... Pero... ¿para qué quiero yo esto?

—¿Que para qué lo quieres? —preguntó el arquitecto sorprendido—. Creí que te interesaba. Ayer te vi tan furiosa...

Angela se quedó completamente desconcertada. ¿De verdad creía que estaba pensando en comprar la tejeduría? ¿Acaso podía leerle la mente?

—Dario —dijo ella dejando la carpeta a un lado—, ¿no crees que eso sería una verdadera locura?

El arquitecto dio la impresión de estar decepcionado. Le echó un vistazo al postre casi intacto de Angela y luego dobló su servilleta con calma.

—Bueno, pues... ¿Te apetece tomar un café o prefieres que te recomiende una buena *grappa*? Rocco tiene una muy suave que...

—Sí, con mucho gusto —respondió ella sintiéndose extrañamente culpable de repente. Parecía como si le hubiera aguado la fiesta a Dario—. Una *grappa* me sentaría de maravilla, la verdad.

—Lo siento —dijo su interlocutor con clara incomodidad—. Lo último que pretendía era asustarte. Creía que te estaba haciendo un favor. Pero no dejemos que eso nos arruine la velada, ¿de acuerdo?

De forma casual, puso la mano sobre la de ella, que la tenía encima de la carpeta. Angela se lo quedó mirando estupefacta. Sin embargo, Dario apartó la mano enseguida y le hizo una señal a Rocco para pedir la *grappa*.

El dueño del local acudió a servirles en persona.

—¿La signora quiere terminarse el postre? —preguntó con amabilidad—. ¿O prefiere usted llevarse unas cuantas fresas? Son del huerto de un amigo nuestro, están realmente deliciosas.

—Oh, muy amable por su parte —dijo—. Qué lástima que me haya quedado tan llena, pero ¡el menú ha sido fantástico!

Estuvieron charlando un poco sobre la última vendimia y la buena cosecha que se esperaba, sobre las variedades de uva que cultivaban en la finca, y Angela prometió regresar otro día para una degustación de vino.

Cuando ya se marchaban, Dario parecía estar de nuevo en su elemento. Con la cestita de fresas en una mano y la carpeta con la información sobre la Villa de la Seda en la otra, Angela salió del restaurante a su lado para volver en coche a Asenza.

—Gracias —dijo ella cuando Monti detuvo el coche frente a Villa Serena—. ¡Lo he pasado muy bien!

—*Non c'è di che* —respondió Dario visiblemente contento—. Ha sido un gran placer, Angela. Espero que pronto tengamos otra ocasión...

—Con mucho gusto —lo interrumpió ella—. Pero la próxima vez me toca pagar a mí.

—De ninguna manera —replicó Monti.

—¿Por qué no?

—Porque en Italia eso no se hace, nadie se deja invitar por una dama.

Angela se rio.

—Sea como sea, creo que lo mejor será que me vaya a dormir. Mañana será un día muy largo. Gracias de nuevo, Dario. ¡Nos vemos!

—*Buonanotte* —le oyó decir al arquitecto antes de cerrar la puerta del coche.

Hasta que hubo abierto la puerta de casa, Monti hubo encendido el motor de nuevo y poco a poco retrocedido por la empinada callejuela, Angela no fue consciente de que era la primera vez en muchos años en que había salido con un hombre que no fuera Peter.

—Te he mandado unas fotografías de la tumba de papá. ¿Las has visto? —le dijo Nathalie mientras hablaban por teléfono, como casi todas las noches. Angela estaba cómodamente tendida en la cama.

—No —respondió—. Todavía no.

—Ha quedado preciosa —le explicó Nathalie—, no tan aburguesada como las demás. ¿Sabes? He pasado por casa para recoger mi ropa de primavera. La señora Bachhuber debe de haber estado allí también, porque todas las ventanas están limpias. Y ¿a ti cómo te va?

Angela le contó las últimas novedades de la reforma y luego estuvieron charlando un buen rato sobre el estado de salud de Tess.

—La infección ya está remitiendo —dijo para tranquilizar a su hija—. Los antibióticos están surtiendo efecto.

«¿Qué te parecería si vendiera la casa y me mudara a Italia?» era la frase que tenía en la punta de la lengua. Casi la asustó el hecho de estar pensándolo. Y, por supuesto, todavía era demasiado temprano para pensar en algo semejante, por no hablar de que no le apetecía nada inquietar a su hija con ello.

A la mañana siguiente el cantero llegó con las primeras losas cortadas a medida para la rampa que Angela había concebido, de manera que pasó la mañana colocándolas en su sitio y haciendo los ajustes necesarios.

Así pues, hasta después de comer ella no pudo revisar la carpeta que Dario le había entregado la noche anterior. Tenía muy claro que se trataba de información confidencial que no estaba destinada a nadie más aparte de Rivalecca y los interesados en la adquisición, por lo que no quiso saber siquiera cómo había llegado a manos de Dario. Sin embargo, su curiosidad pudo más que sus escrúpulos.

Primero consultó el documento del registro de la propiedad y los planos. Eran de una fecha reciente, por lo que Angela empezó a sospechar qué había hecho Dario para acceder a ellos. «Colegas y compañeros de tenis», pensó con una sonrisa, y enseguida procedió a examinar los planos. Ubicó la parte de la planta baja dedicada a la tienda, luego el patio y los talleres que había tenido ocasión de visitar. La tejeduría en sí misma ocupaba dos de las cuatro alas de la primera planta, mientras que por encima y junto a la tienda parecía haber un montón de sitio desaprovechado. Al ver que había espacio más que suficiente para una vivienda, el corazón empezó a latirle más deprisa.

Dejó los planos a un lado y hojeó el papeleo que los acompañaba. Al parecer, desde su construcción en el año 1654, la finca había pertenecido a la familia Sartori hasta que Lela se casó con Lorenzo Rivalecca en 1976.

Angela se centró en los documentos que atestiguaban las negociaciones entre Lorenzo Rivalecca y un tal Alberto Mazzini de Milán. El precio que exigía el propietario la dejó sin aliento. El milanés ofrecía un tercio menos. Al ver que las sumas eran de seis cifras, dejó caer la carpeta sobre la mesa, boquiabierta. Tragó saliva con dificultad. Le quedó claro que no tenía ningún sentido seguir pensando si de verdad deseaba adquirir la Villa de la Seda o no, puesto que simplemente no podía permitírselo.

Casi con alivio volvió a guardar todos los documentos y cerró la carpeta. De todos modos habría sido una idea absurda. ¿Qué haría ella con una manufactura de seda histórica en Italia? Su vida transcurría en Alemania, que era donde vivía su hija.

«Aunque... ¿durante cuánto tiempo más?», insistió una vocecita obstinada dentro de su cabeza. ¿Quién sabía adónde iría a parar Nathalie después de graduarse? Seguro que no junto al lago Ammer. Desde que había visitado a Tess, siempre aseguraba que tenía la intención de pasar al menos un par de semestres estudiando en Italia y, conociéndola como la conocía, seguro que lo acabaría cumpliendo.

Justo en ese instante empezó a vibrarle el móvil. Markus la estaba llamando.

—He llegado hace diez minutos —le oyó decir—. Este hotel está muy bien. ¿Cuándo podríamos vernos?

En el bar del hotel Duse, Markus parecía un cuerpo extraño. Iba vestido como siempre lo había visto Angela, con vaqueros y su imprescindible chaqueta de cuero sobre la camisa de cuadros. Parecía tenso, como si lo acuciaran las preocupaciones. Lo abrazó de todo corazón y le pidió a Fausto si podían hablar en algún sitio sin que nadie los molestara. El barista les abrió la puerta que daba a un patio interior de techo acristalado. Unos cómodos sillones de mimbre estaban agrupados alrededor de cuatro mesas dispuestas entre unos naranjos y limoneros en flor.

—¿Qué querías contarme? —preguntó Angela sin rodeos cuando les hubieron servido un café a ella y una cerveza a Markus. Él la miró y se echó a reír.

—Eso me gusta de ti —dijo Markus—. Contigo no hay que andarse con rodeos —añadió antes de tomar un trago de cerveza y reclinarse en el sillón. Por su aspecto, a Angela le pareció que estaba agotado—. Deberíamos vender la empresa —anunció con una mirada titubeante.

—¿Por qué? —preguntó ella sorprendida.

—La situación de los encargos no es especialmente buena desde que... —dijo, aunque se detuvo para tragar saliva—, desde que Peter no está. Desde que se apartó del negocio, las cosas ya no son como antes. Thorsten hace lo que puede. Quizá simplemente no era la persona más adecuada. Es que Peter... Bueno... Es que es insustituible.

—Y ¿por qué no me has dicho nada hasta ahora? —quiso saber, aunque de inmediato supo cuál sería la respuesta.

—Ya tenías suficientes preocupaciones, Angela. No quería añadir más cosas a lo que tenías que soportar. Los últimos encargos importantes nos han permitido ir tirando durante los últimos dos años, y el proyecto de Ingolstadt todavía está en marcha. Quizá se debe a la situación económica actual, no tengo ni idea. El caso es que no tenemos suficientes encargos. Ya sabes que nunca se me ha dado bien el aspecto comercial, de eso se encargaba Peter. Y lo que está haciendo Thorsten no basta. Tendremos que reducir la empresa de forma drástica o aprovechar el momento y venderla antes de que sea demasiado tarde.

Markus terminó de vaciar su copa. Era evidente que la conversación le estaba afectando mucho. Angela sabía que él nunca actuaría de forma frívola. Era demasiado responsable y concienzudo para eso.

—¿Hay alguien interesado en adquirirla?

—Sí —respondió Markus enseguida, reavivado de repente. Quedó claro su gran alivio al comprobar que Angela no se echaba a llorar ni le reprochaba nada—. Tenemos incluso una oferta sobre la mesa. Me parece que es el momento más favorable. Todavía seguimos trabajando a pleno ritmo y podemos mostrar los últimos proyectos. Dentro de medio año el panorama puede ser muy distinto.

Angela se quedó absorta mirando el limonero que había detrás de Markus. Además de estar florido, tenía ya un montón de frutos diminutos que emanaban una fragancia agridulce. ¿No resultaba extraño que se viera de nuevo obligada a tomar una decisión? Venderían la empresa y cada cual se quedaría con su parte. De repente la invadió una tremenda sensación de libertad. ¿Realmente se había planteado si deseaba seguir aferrándose al negocio de la construcción? Y aun así, de golpe sintió también un cansancio infinito. Así se cerraba, pues, otro capítulo irrecuperable de su vida...

—Angela —dijo Markus arrancándola de sus cavilaciones—, le prometí a Peter que siempre velaría por tu bienestar y por el de tu hija, pasara lo que pasase. Le di mi palabra de que jamás tendríais que preocuparos por sufrir dificultades económicas. Créeme, todo esto no resulta nada sencillo para mí. Esta empresa era mi vida. Trabajar codo con codo con Peter ha sido lo mejor que me ha podido ocurrir. Pero ahora me he quedado solo y creo que...

—Ya lo sé, Markus —lo interrumpió ella en voz baja—. No dudo de que tengas razón. De todos modos ya había estado pensando que me convenía un cambio.

Markus abrió los ojos como platos. Abrió también la boca para decir algo, pero la cerró de nuevo. Respiró hondo y Angela se dio cuenta de que acababa de quitarle un gran peso de encima.

—¿Estás... estás del todo segura? —preguntó Markus con cautela de todos modos.

—Lo estoy —respondió Angela.

—Al final —dijo él con un alivio palpable en la voz— cumpliré mi promesa. Con tu parte podrás vivir sin preocupaciones el resto de tu vida. ¿Quieres saber los detalles?

Ella asintió. Por supuesto que quería saberlos. Markus se puso en pie y fue a su habitación para recoger la carpeta con los documentos.

—La oferta es buena, eso no se puede negar —explicó nada más dejar los documentos sobre la mesa para que Angela pudiera verlos—. Además, lo mejor es que el comprador se compromete a conservar a nuestro personal durante un mínimo de dos años. Y aquí están las condiciones financieras.

Angela lo examinó todo con detalle. El precio de venta era una suma impresionante. No tendría que volver a trabajar en la vida.

Aunque también podía dedicarla a cumplir un sueño...

—Todo esto tiene buena pinta, Markus —dijo mientras le devolvía la carpeta—. Pero de todos modos me gustaría no tomar la decisión hasta que haya hablado con Nathalie —añadió—. Ya es mayor de edad y tiene derecho a dar su opinión.

—Tu participación es mayor que la suya, eso te permite decidirlo sin consultárselo —objetó Markus con inquietud.

Al parecer, le daba miedo que un asunto tan importante dependiera del criterio de una chica de diecinueve años. Angela tuvo que reprimir una sonrisa.

—Es cierto —convino ella—. Pero de todos modos es importante para mí. Esta clase de decisiones deben tomarse con cautela, Markus. No me gustaría pelearme con mi hija por culpa de la herencia. En cualquier caso, no tienes de qué preocuparte. Nathalie es comprensiva y no se cerrará en banda ante una solución razonable. Lo único que digo es que no deberíamos excluirla.

Markus asintió para darle la razón, aunque no parecía muy convencido.

—No podemos perder mucho tiempo —repuso de todos modos.

—Claro que no. Volveré a casa enseguida —añadió Angela con decisión antes de arroparse más con la estola.

Pensó en Tess, en la reforma, en todo lo que tendría que dejar allí. «Será por poco tiempo», se dijo a sí misma. Enseguida le vino a la mente la imagen de Fioretta llorando en el patio de la tejeduría, y el resplandor del sol sobre las hojas de la morera. Pensó en Rivalecca y en el Cadillac negro, y en que aquello también corría prisa. Quizá debería simplemente subir a la villa que había en lo más alto de la colina para hablar de ello...

Angela negó con la cabeza como si quisiera apartarse algo ligero, como una telaraña. Sin duda no estaba pensando de un modo razonable. ¿O sí? Y mientras invitaba a Markus a cenar en Villa Serena, deshaciéndose en elogios para describir las artes culinarias de Emilia, y le proponía dar un paseo por la ciudad antes de cenar, no pudo evitar deleitarse acariciando la seda con los dedos y aspirando una vez más el aroma que desprendían sus fibras.

9
UN PLAN ALOCADO

—¿Qué planes tienes para mañana por la noche?

A Angela no se le pasó por alto la sorpresa con la que Nathalie contuvo el aliento. No solía controlar a su hija y, de hecho, se le escapó una sonrisa de solo pensar que Nathalie pudiera haberlo interpretado de ese modo.

—¿Por qué quieres saberlo?

—Porque mañana regreso a casa.

—¡Oh, no! —exclamó Nathalie, lo que dejó impactada a su madre—. ¿Por qué?

—¿Es posible que no tengas ganas de verme?

Angela lo dijo en broma, pero al oír su propia voz se dio cuenta de que el tono que había utilizado podía interpretarse de otro modo.

—Mamá, ¿cómo puedes decir eso? No, el caso es que... yo... ay, es que queríamos ir a verte a Italia para darte una sorpresa. Hoy he entregado el trabajo, por lo que tendré unos días de vacaciones. Y habíamos pensado...

Angela respiró aliviada.

—Pero dime, mamá —preguntó Nathalie con expectación—, ¿es que ha ocurrido algo? ¿Por qué quieres venir?

—No ha ocurrido nada —respondió Angela enseguida para tranquilizarla—. Es solo que... tenemos que hablar sobre un tema importante. Pero, si puedes venir tú, ¡mucho mejor!

Sintió un alivio tremendo al saber que no tendría que conducir de nuevo hasta Alemania. Pero entonces se dio cuenta de una cosa.

—¿A quién te referías cuando has dicho «queríamos»?

—Nico, Benny y yo —respondió Nathalie con desenfado—. No te importa que vaya con ellos, ¿verdad?

—A mí no —indicó Angela—, pero ¿qué pasa con Tess? ¿No deberías preguntárselo antes?

—Es que ya se lo he preguntado —contestó Nathalie—. Y le ha parecido perfecto. Después de todo, en el segundo piso de la torre hay dos habitaciones, y Emilia ya está preparando las camas —explicó riendo—. Ya te he dicho que queríamos darte una sorpresa.

—Entonces ¿cuándo llegáis?

—Mañana, hacia mediodía. Claro, siempre que... Quiero decir... ¿Te parece bien?

—Por supuesto —se apresuró a asegurar Angela—. Solo me gustaría saber una cosa: ¿con cuál de los dos estás saliendo? ¿Con Benny o con Nico?

Nathalie reaccionó con una risita pícara.

—Ese es el problema —explicó con despreocupación—. Que no consigo decidirme, mamá. Los dos me parecen adorables. Quizá puedas ayudarme con eso. O tal vez Tess —añadió riendo—. ¡Hasta mañana, mamá! ¡Qué ganas tengo de verte!

—¡¿Tenéis claro que la villa está en obras?! —gritó Angela, pero Nathalie no llegó a oírlo porque ya había colgado.

De repente pareció como si a Emilia hubiera dejado de importarle el ruido de las obras. Salió a recibir a Angela radiante de alegría; al parecer ya estaba al corriente de la visita sorpresa, porque procedió a contarle todo lo que ya había preparado para «la signorina». El horno emanaba un olor de lo más tentador a pastel, y sobre los fogones borbotaba una olla con algún tipo de caldo.

—Todavía me acuerdo de todos sus platos preferidos —declaró con orgullo—. Aquí estoy preparando *gnocchi di polenta.* ¡Una vez se zampó una fuente entera! Y mañana por la mañana temprano, Gianni me acompañará a Bassano di Grappa.

—¿Para qué?

—Bueno, ¡porque allí es donde crecen los mejores espárragos de Italia! A Nathalie le encantan los espárragos blancos, ¿no lo sabía usted?

Angela se rio y le contó que esa noche llevaría a un invitado a cenar.

—¿Te parece bien? —preguntó.

—*Ma certo!* —exclamó Emilia con las mejillas enrojecidas de repente—. ¿Quién es?

A Angela no le quedó la menor duda de lo mucho que el ama de llaves adoraba cocinar para la gente.

—Es el mejor amigo de mi marido —explicó antes de aceptar todas las propuestas de Emilia para la cena.

A continuación procedió a comprobar los progresos de la reforma. El solado estaba terminado, pero tenía que secarse durante unos días antes de alicatar el cuarto de baño y el lavabo para los invitados. Los operarios estaban recogiendo ya las herramientas más pesadas; al parecer habían terminado con la peor parte, por lo que Angela respiró aliviada. Emilia apareció con un cubo para fregar el vestíbulo de entrada y dejarlo «un poco presentable», según dijo ella misma.

—Esta no es manera de recibir a las visitas —murmuró procediendo a fregar con movimientos enérgicos el suelo de piedra.

Angela sabía de sobra que eso traería sin cuidado a Markus, que se interesaba mucho más por la seguridad que por la limpieza del suelo en las obras de reforma.

Y así fue. Emilia quedó horrorizada, pero lo primero que pidió ver Markus fue el sótano, donde valoró positivamente el trabajo del electricista. También asintió en señal de reconocimiento al ver el estado de las obras de la planta baja, que fue donde tomaron el aperitivo.

—Es una casa muy bonita —dijo—. Y me parece que has tenido suerte con estos obreros. ¡Sobre todo por lo rápido que han trabajado! Porque todo surgió por sorpresa, ¿verdad?

Angela asintió.

—Ya sé lo que quieres decir —dijo ella riendo—. ¡Y encima en Italia! Creo que hemos tenido mucha suerte con el arquitecto. Además, aprecian mucho a Tess por aquí. Tiene muy buena relación con todos.

Ya estaban sentados a la mesa cuando llamaron a la puerta. Dario Monti se presentó sin avisar para entregarle el presupuesto de la instalación del ascensor. Angela se lo presentó a Markus, y Emilia puso un plato más en la mesa con discreción. Puesto que Dario no hablaba alemán y Markus no hablaba italiano, Angela hizo las veces de intérprete. Al cabo de un rato tuvo la impresión de que competían con sus ideas acerca de la casa de Tess.

Después de tomarse el café, Dario se despidió de ellos.

—Parece que te ha salido un admirador —comentó Markus.

—¿Qué dices? —replicó Angela con incomodidad. ¿Cómo era posible que Markus, que siempre había sido la discreción en persona, hubiera llegado a una conclusión tan absurda?—. Te aseguro que eso sería lo último que necesito ahora mismo.

Acto seguido cambió de tema y lo puso al día sobre la visita inminente de Nathalie.

—O sea, que no te preocupes —concluyó ella—. Supongo que nos habrá dado luz verde para la venta antes incluso de que llegues a casa.

—Tengo novedades para ti.

Dario Monti parecía realmente satisfecho consigo mismo cuando saludó a Angela a la mañana siguiente.

—¿Novedades buenas? —preguntó ella antes de sacar la raqueta de la bolsa para comprobar la tensión del cordaje. Pensó que tendría que haberle pedido a Nathalie que le llevara su raqueta, pero luego se dio cuenta de que, después de tantos años sin usarla, ni siquiera sabía dónde la guardaba ni en qué estado debían de estar las cuerdas.

—Eso tienes que decidirlo tú —respondió Dario—. El milanés se ha retirado de la compra. Parece ser que no ha llegado a un acuerdo con Rivalecca acerca del precio.

A Angela no se le escapó que el arquitecto se la quedaba mirando con curiosidad.

—¿Todavía estás interesada en la tejeduría? —preguntó al ver que ella no reaccionaba—. ¿O acaso no supe interpretarlo bien?

Angela titubeó. «Ojalá supiera lo que deseo», pensó. Por otra parte, también le pareció que no estaría nada mal tener una conversación con el propietario. Aunque claro, para eso tenía que hablar antes con Nathalie. Solo podría presentarse como una compradora potencial si realmente acababan vendiendo la empresa de construcción.

—Todavía me lo estoy pensando —respondió ella al cabo de unos instantes—. Pero muchas gracias de todos modos, Dario. La documentación me servirá para poder tomar la decisión, y lo que me cuentas sobre ese comprador de Milán también. Las mujeres se sentirán aliviadas de que haya renunciado a la compra.

—No tardes mucho en decidirte —le aconsejó Dario haciendo botar la pelota un par de veces contra el suelo—. Seguro que enseguida habrá más interesados. La finca es única, y tiene una estructura excelente. Además, esta región se ha llenado de ingleses y americanos dispuestos a adquirir nuestros edificios históricos. Estamos a una hora de Venecia, y a media de las montañas. Los precios de los inmuebles no paran de subir. Hoy en día, ¿quién quiere tener el dinero en un banco? Eso sí, la tejeduría de seda trae sin cuidado a los especuladores. Ellos lo que quieren es el edificio y la finca. Está en buen estado para su antigüedad, ya lo has comprobado en el peritaje.

—Lo que no entiendo es por qué quiere venderlo Rivalecca —quiso saber Angela—. Y por qué es tan duro negociando. ¿Necesita el dinero?

Dario Monti se encogió de hombros.

—No tengo ni idea —reconoció—. Apenas lo conozco.

Dicen que no se fía de los arquitectos. Todas las reformas que ha efectuado en su villa las ha contratado a un constructor de Perignano, como si los obreros locales tuvieran la peste o algo. No es un tipo precisamente apreciado por aquí. Aparte de su ama de llaves, solo hay una persona que lo conozca bien.

—Y ¿quién es esa persona?

—¡Tessa!

Angela se quedó mirando a Dario sorprendida. Sin embargo, él ya se había dado la vuelta para colocarse en su lado de la cancha y empezar a jugar.

Justo después de desayunar, Angela salió hacia la Villa de la Seda. En medio de la plaza había un autocar con el motor en marcha, y de la callejuela en la que se encontraba la tienda salieron varios grupos de ancianas ataviadas con extravagantes sombreros para protegerse del sol y la típica ropa que se ponen las inglesas durante las vacaciones. Algunas de ellas balanceaban con orgullo bolsas de papel con la inscripción Tessitura d'Asenza. Parecían más alegres que unas castañuelas.

Esperó frente a la tienda hasta que Fioretta se hubo despedido de la última visitante y luego entró. La joven esbozó una amplia sonrisa al verla.

—Enhorabuena —dijo Angela mientras se besaban en las mejillas para saludarse—. Al menos he contado siete bolsas. No está nada mal, ¿verdad?

—De hecho han sido ocho —le explicó Fioretta—. Hemos rebajado los precios.

—¿Por qué? —preguntó con asombro.

—Queremos vender todos los artículos antes de que venga el milanés.

Angela miró a su alrededor. Las existencias de pañuelos y estolas se habían reducido visiblemente.

—¿Las mujeres han dejado de tejer? —preguntó.

Fioretta asintió.

—No están de humor. Y, como ya sabes, en según qué circunstancias no tiene sentido tejer seda, porque el resultado no acaba siendo bueno.

La joven cerró la tienda, colgó el cartel de CHIUSO y se volvió hacia Angela.

—Tendré que buscarme otro trabajo —concluyó afligida.

—Tal vez no. He oído que el milanés se ha retirado de la compra —dijo esperando de todo corazón que la información fuera cierta—. Me lo ha dicho Dario Monti, que no se han puesto de acuerdo en el precio —añadió al ver que Fioretta perdía de repente el color en las mejillas.

—¿De verdad? —exclamó, tras lo cual tuvo que sentarse—. *Dio mio!* Si eso fuera cierto, sería...

—Aunque también me ha dicho —prosiguió Angela— que hay que contar con que surgirán más compradores.

Fioretta asintió y empezó a puntear con los dedos un pañuelo de color azul grisáceo pálido que tenía sobre el mostrador y que debía de haber mostrado a alguna de las turistas. Era evidente que las novedades le habían afectado mucho.

—Fioretta —empezó a decir Angela—, ¿puedo pedirte un favor? Me gustaría ver de nuevo todo el edificio. ¿Serías tan amable de volver a enseñármelo?

La joven se quedó sorprendida.

—Claro, con mucho gusto —dijo mirando a Angela como si esta acabara de tener una idea genial. A ella le pareció como si le hubiera leído las intenciones, y tuvo la clara impresión de que Fioretta estaba a punto de preguntarle algo, aunque en el último momento decidió no hacerlo—. ¿Ahora mismo? —quiso saber la joven poniéndose en pie.

Sin esperar respuesta, tomó un manojo de llaves de un gancho y se quedó mirando a Angela con expectación.

—¡Ahora mismo!

—Y ¿quieres verlo todo?

—¡Todo!

Fioretta esbozó una sonrisa llena de complicidad, como si intuyera lo que se proponía Angela.

El conjunto de dos plantas estaba erigido alrededor de un patio. Angela ya conocía la tintorería que estaba en la planta baja, así como la sala en la que se preparaban las urdimbres. Las alas contiguas, al parecer, se utilizaban desde tiempos inmemoriales como almacén. Se preguntó si dentro de todas aquellas cajas, arcones y armarios habría aún algún tesoro que pudiera acabar en el museo municipal. Había, por ejemplo, un armario archivador muy antiguo. Angela tuvo que reprimir el impulso de abrirlo allí mismo para registrarlo. En la planta superior la tejeduría ocupaba dos alas con los telares, mientras que las dos restantes, dos estancias largas e inundadas de luz, permanecían vacías.

—Esto se podría reconvertir en una vivienda —dijo Fioretta reflexionando en voz alta—. Tal vez sería necesario levantar un tabique separador...

Angela midió con sus pasos la longitud entera de la sala y calculó que, como mínimo, tenía quince metros.

—O también se podría aprovechar el espacio vacío que hay debajo uniendo las dos plantas con una escalera de caracol —añadió.

—Entonces se podría poner la cocina abajo —dijo Fioretta tirando un poco más del hilo—, y en verano se podría comer fuera, en el patio. ¿No sería precioso?

—O instalar cocina en las dos plantas —opinó Angela—. Seguro que no sería muy práctico tener que andar subiendo y bajando todo el día...

A Angela no se le escapó que Fioretta estaba elogiando la casa como si se hubiera propuesto vendérsela. Ensimismada, se puso a caminar por el vetusto suelo de terracota, algo más hundido en el centro de la sala. Levantó la mirada hacia el elevado techo y detectó los restos descoloridos de unos frescos y unas cenefas. Las paredes habían estado pintadas en otros tiempos de un tono siena claro, pero aquella capa estaba descascarillada en varias zonas. Inspeccionó las ventanas, de cristales sencillos, y constató que habría que renovarlas, lo que resultaría costoso, porque habría que restaurar los marcos antiguos y añadir un segundo vidrio aislante.

A pesar de todo, Dario tenía razón. La estructura estaba impecable y, después de visitar con Fioretta también el sótano de bóvedas de cañón, Angela tuvo la certeza de que el edificio no sufría ningún problema de humedades. Con pocas modificaciones podría crearse un lugar perfecto para vivir y trabajar. En la planta baja había, incluso, sitio suficiente para instalar una habitación para los invitados con ducha y lavabo.

Aunque Fioretta hubiera sospechado lo que le pasaba por la cabeza a Angela, esta agradeció que no lo mencionara. De ninguna manera quería ser objeto de habladurías, puesto que sin duda pasaría poco tiempo antes de que llegaran a oídos de todos los habitantes de la población.

—Por cierto, mi hija vendrá de visita —le explicó Angela a Fioretta cuando llegaron de nuevo a la tienda—. Seguro que volveré pronto con ella. Tiene diecinueve años, se llama Nathalie...

—¡Oh! —exclamó Fioretta con alegría—, ¿Nathalie? ¡Qué bien! Nos conocimos cuando vino a visitar a Tessa hace unos años. De hecho, salimos un par de veces juntas. Mira —añadió mientras garabateaba algo en una hoja de papel—, ¿serías tan amable de darle mi número de teléfono? ¡Dile que me avise cuando esté por aquí!

Nathalie llegó a Villa Serena seguida por los dos jóvenes como un pequeño cometa arrastrando la cola. Enseguida quiso inspeccionar las obras de reforma y quedó encantada al ver el cuarto de baño nuevo, con las losas de mármol crema y negro, la amplia ducha accesible y el tabique separador de cristal. Junto con los accesorios de corte contemporáneo, el conjunto formaba una combinación muy lograda de materiales tradicionales y diseño moderno.

—Esto tiene muy buena pinta —opinó Nathalie—. Tess no se lo podrá creer cuando lo vea. Por cierto, ¿cómo está?

—Mucho mejor —respondió Angela—. La infección ya está controlada, creo que pronto le darán el alta.

Entretanto, Benny y Nico recogieron el equipaje del maletero del Volkswagen Polo y lo subieron a la torre. Angela conocía a ambos de vista. Nico tenía el pelo oscuro y la expresión taciturna, aunque Nathalie siempre decía que era un verdadero genio informático y no había problema relacionado con los ordenadores que no fuera capaz de solucionar. Benny, en cambio, con los rizos rubios recogidos en un moño y los ojos azules tras unas gafas de montura metálica, tenía el encanto de un arcángel. Quería ser restaurador y tenía previsto pasar una buena temporada en Italia con la esperanza de poder entrar en algún programa de voluntariado o de prácticas, ya que compartía la pasión de Nathalie por la arquitectura italiana. Nico le estaba ayudando a crear una base de datos de los proyectos de restauración que había llevado a cabo hasta el momento. Por suerte, Benny y Nico eran buenos amigos, aunque Angela todavía no había averiguado hasta qué punto podían llegar a rivalizar por Nathalie. Casi parecía como si no hubiera el más mínimo problema, al menos mientras Nathalie no se decidiera por ninguno de los dos.

Esa impresión ganó todavía más peso después de comer juntos. A Emilia se le pusieron las mejillas coloradas de alegría al ver lo mucho que comían sus jóvenes huéspedes. En un abrir y cerrar de ojos se zamparon una montaña de espárragos, así como los sustanciosos *gnocchi*. Nada podría haber hecho más feliz a Emilia. Se puso contentísima al ver cómo Benny apuraba con su cucharilla los últimos restos de tiramisú del recipiente de cristal.

Después de comer, Angela le pidió a su hija que subiera con ella al dormitorio del piso superior de la torre para poder hablar con calma.

—¿Qué ocurre? —preguntó Nathalie preocupada.

—Ven aquí —le pidió—. Siéntate conmigo junto a la ventana.

Sobre la mesa tenía dos carpetas con documentos. En una estaba la documentación de la Villa de la Seda, pero Angela la apartó por el momento. La otra contenía los papeles para la venta de la empresa de construcción.

—Markus ha venido a verme —empezó a decir—. Parece ser que la empresa no va muy bien desde que...

—Lo sé —la interrumpió la hija—. Si funcionaba tan bien era gracias a papá. Tenía muy claro que tarde o temprano se acabaría notando.

Angela se quedó mirando a su hija con una expresión de asombro.

—¿Cómo...? Quiero decir... ¿Cómo lo sabías?

—He estado trabajando allí —explicó Nathalie—. Sobre todo durante el último año, ¿ya no te acuerdas?

Angela se pasó las manos por el pelo.

—Es cierto —dijo algo desconcertada—. Lo había olvidado por completo. Fueron tantas...

—Te estabas ocupando de papá —señaló Nathalie—. En esos momentos era lo más importante. Me gustó poder echar una mano en la empresa. Solo me pude ocupar del archivo y de escribir correos, pero de todos modos me di cuenta de que ciertos clientes se habían pasado a la competencia. Y con papá eso no habría sucedido.

Angela dejó que su mirada se perdiera por la ventana, aunque no fue capaz de ver el paisaje que se extendía frente a ella. Se preguntó por qué no se había dado cuenta de nada. Cuando pensaba en el año anterior, tenía la impresión de encontrarse frente a un oscuro y doloroso túnel. Notó la mano de su hija sobre el antebrazo.

—Mamá —dijo Nathalie en voz baja—. Deja atrás el pasado. Cuéntame lo que ocurre. ¿Por qué vino a verte Markus?

Angela se recompuso y le tendió a su hija la carpeta con la documentación.

—Markus propone vender la empresa —dijo—. Aquí puedes ver todos los detalles de la transacción. Porque tiene una oferta, y suena bien. Se conservarán los puestos de trabajo, al menos durante los dos años siguientes.

—Entonces ¿estás de acuerdo? —preguntó Nathalie, y su voz no sonó precisamente sorprendida.

—Le he dicho a Markus que primero tenía que hablarlo contigo. Después de todo, tú también tienes una participación en la empresa. Antes me gustaría saber qué te parece.

Nathalie asintió.

—Creo que deberíamos venderla. Me sabe mal por Markus. Sé que daría el alma por la empresa, pero a ti y a mí ya no nos une nada a ella.

Angela se asustó al oír las palabras de su hija.

—Era la empresa de Peter —dijo en voz baja.

—Sí —convino Nathalie antes de cogerle la mano a su madre—. Exacto, era la empresa de papá. Pero papá ya no está con nosotras. Y al fin y al cabo, tú solo trabajabas allí porque..., bueno, por mí y porque... simplemente porque era más cómodo. Lo siento, mamá, no querría ofenderte, pero ¿no te parece que por fin deberías hacer algo que te salga de dentro? Piensa en todas las cosas a las que has tenido que renunciar.

Angela guardó silencio, algo afectada por las palabras de su hija. Lo que había dicho era cierto. Y aun así, tal y como lo había expresado, le sonó a reproche. Como un desprecio, como si siempre hubiera elegido el camino más sencillo, como si siempre hubiera optado por la comodidad.

—Mamá —le imploró su hija—, no te enfades, por favor. ¡Eres una madre fantástica! Lo demuestra el hecho de que no hayas tomado la decisión sin consultármelo, a pesar de que no tengo más que un quince por ciento de la empresa y eso no me permite decidir nada. Fuiste la mejor esposa que papá podría haber imaginado. Lo único que deseo es que aproveches las ocasiones que se te presenten. Vendamos la empresa. Y, si es posible, la casa también.

—¿La casa? —repitió Angela sorprendida—. Pero ¡si es tu hogar!

Pareció como si Nathalie se entristeciera de repente.

—Sí, lo ha sido durante todos estos años. Pero ahora... —empezó a decir, y tuvo que suspirar al mirar por la ventana—. Entre semana estoy siempre en Múnich. Y desde que tú estás aquí... solo he pasado por casa para recoger la ropa de papá y para ver su tumba. Me he quedado en el piso compartido de Múnich incluso los fines de semana. Es que es más práctico, porque Selina y yo siempre estamos estudiando juntas...

De golpe, Angela sintió una punzada de culpabilidad.

—No debería haberte dejado sola...

—No, mamá —la contradijo Nathalie—. No tiene nada que ver con eso. Es solo que... todo lo que hay en casa me recuerda a papá. Dime la verdad: ¿tú has echado de menos la casa desde que estás aquí? ¿La has añorado? Y cada vez que veo el vecindario... Mírate. No encajas en absoluto en ese barrio idílico pseudocampestre, con la gente de Múnich, que no tiene nada mejor que hacer que deslomarse trabajando para demostrar vete tú a saber qué, lo enrollados y ricos que son. Mamá, es que tú no encajas en absoluto en todo eso.

Nathalie tenía razón. Sin embargo, esas palabras tan francas impactaron a Angela. De repente se sintió desvalida, agotada y reprendida. Pero era lo bastante sensata para reconocer la verdad cuando se la presentaban con tanta claridad. Por muy mal que sonara, ¿acaso no encajaba todo aquello con lo que sentía, que jamás podría expresar tan abiertamente porque siempre temía hacer daño a los demás y a la memoria de Peter?

Pero Peter ya no estaba.

Angela se dio cuenta con claridad de lo ridículos que eran sus temores.

—Pues le diré a Markus que estamos de acuerdo. ¿Qué piensas hacer con tu parte? —le preguntó a su hija para cambiar de tema.

Nathalie se encogió de hombros con indiferencia.

—Ni idea —contestó—. Invertir, tal vez...

—Podrías comprarte un apartamento cerca de la universidad —le propuso Angela.

Sin embargo, Nathalie parecía estar pensando en algo muy distinto.

—¿Sabes, mamá? —empezó a decir—. Podría utilizar el dinero para pasar un año en el extranjero. Me encantaría estudiar en Padua, ¡es la universidad más prestigiosa de Italia! Y en la facultad de Historia del Arte hay unos profesores fantásticos.

—¡Es una idea fabulosa! —exclamó Angela, y se quedó unos momentos ensimismada, pensando en lo mucho que le habría entusiasmado a Peter. No obstante, enseguida descartó el pensamiento y se puso de pie para abrazar con fuerza a su hija. Tenía que aprender a pensar en el futuro, como ya estaba haciendo Nathalie.

Tess salió al encuentro de Angela y Nathalie con la ayuda de un bastón cuando estas acudieron por la tarde al hospital. Iba vestida de calle y llevaba el chal de seda lila sobre los hombros.

—El médico ha dicho que puedo volver a casa —afirmó con alegría antes de recibir el abrazo efusivo de Nathalie—. Necesitaré fisioterapia a diario igual que aquí, pero he convencido a Susanna para que sea ella quien venga a Asenza. Ya he encargado el aparato de tortura con el que tendré que entrenar a partir de ahora, me lo traen la semana que viene. ¿Qué os parece, guapísimas? ¿Me lleváis a casa? ¡Mirad lo bien que puedo andar ya!

Orgullosa, recorrió el pasillo y Nathalie le dedicó una ovación.

—¡Es fantástico! —exclamó Angela, y acto seguido llamó a Emilia para que hiciera los preparativos necesarios para el regreso de Tess. Aunque la reforma no estaba terminada del todo, se las arreglarían de todos modos. Lo importante era que Tess volvía a casa.

—No veo el momento de tomarme el primer *cappuccino* en el bar de Fausto —dijo Tess mientras recorrían la carretera de curvas que las llevó de vuelta a Asenza.

—¡Oh, sí!, haremos una parada allí nada más llegar —exclamó Nathalie desde el asiento de atrás.

—Exacto —replicó Tess—. Lo mejor será que aparques el coche como hacen aquí en Italia: ¡justo delante del bar! ¡Así todos se enterarán de que he vuelto!

Se rieron, y Angela cumplió con la petición. Fausto las vio enseguida y corrió a ayudar a Tess a salir del coche para luego acompañarla hasta la mesa más soleada que tenía.

—*Benvenuta* —saludó el barista con una sonrisa de oreja a oreja—. ¡Signora Tessa, la hemos echado de menos!

Nathalie sacó las muletas del coche mientras Fausto le retiraba a Tess una silla sobre la que caía el sol de la tarde. A continuación se metió de nuevo tras la barra para preparar tres *cappuccinos*.

La noticia circuló con rapidez. De todas partes empezó a llegar gente para celebrar el regreso de Tess y conocer hasta el último detalle de esa «rodilla de repuesto» que le habían colocado.

—Durante seis semanas tendré que andar con esos mamotretos —explicó señalando las muletas—. Pero pronto podré caminar de nuevo sola para huir de todos vosotros.

Angela sabía lo popular que era Tess en su hogar de adopción, pero de todos modos la conmovió la alegría con la que reaccionó un montón de gente a la que ella no conocía. Al fin y al cabo, Tess «no era de allí», era forastera, pero era evidente que en los últimos diez años su amiga había conseguido conquistar el corazón de los lugareños. Fioretta también se pasó a verla y aprovechó para saludar a Nathalie con cariño. Llegó seguida de una mujer bajita y robusta, con el pelo hirsuto y unas gafas de apariencia barata cuyos gruesos cristales conferían a sus ojos un aspecto casi gigantesco.

—¡Maddalena! —gritó Tess al verla extendiendo las

manos hacia la mujer que se había quedado, apocada, detrás de Fioretta—. ¿Has dejado tu telar para venir a saludarme? ¡Cuánto me alegro!

Una sonrisa avergonzada apareció en el rostro de la tejedora. Maddalena estrechó las manos de Tess, luego se sacó de debajo del brazo un trozo de tela y se la dejó sobre el regazo.

—*Per te,* Tessa —dijo con una débil voz de timbre infantil, tras lo cual clavó la mirada en el suelo. Era el chal de seda que había visto en el telar de Maddalena justo antes de la operación, el de las delicadas franjas de colores terrosos.

—Pero, ¡Maddalena! —exclamó Tess apreciando con las yemas de los dedos aquella maravillosa obra—. Esto no está bien. Has trabajado mucho para elaborarlo. ¡Tienes que cobrar por ello! No puedo aceptarlo.

—*Per favore* —insistió la tejedora cada vez más sonrojada, y enseguida buscó con la mirada la ayuda de Fioretta.

—Maddalena ha querido regalarte el chal —explicó la joven—. Y le sentaría muy mal que se lo rechazaras. ¡Es que estamos todas muy contentas de que hayas vuelto!

—Yo también —dijo Tess conmovida—. Ven aquí, Maddalena, deja que te abrace. Te lo agradezco de todo corazón. Ya sabes lo mucho que me fascinan tus piezas.

Para el asombro de Angela, la tímida tejedora se agachó frente a Tess y le dio un sentido abrazo.

—Las tejedoras están convencidas —les susurró Fioretta a Angela y Nathalie— de que Tessa les ha traído suerte todos estos años. Tiene muy buen corazón. Cuando alguna de las mujeres ha tenido algún problema, podías estar segura de que «por pura casualidad» Tessa se enamoraba de una de sus piezas hasta el punto de no poder evitar comprarla. Debe de tener un armario entero lleno de pañuelos, porque nadie puede tener tantas amigas. Tessa es como una madre para todas nosotras.

Angela se quedó mirando con aire pensativo a la tejedora que, a pesar de su humildad, era capaz de tejer piezas realmente extraordinarias. Iba vestida de gris oscuro y llevaba una chaqueta de punto con los codos remendados, unas sandalias ortopédicas bajo los pies hinchados y las piernas enfundadas en medias oscuras visiblemente gastadas en algunos puntos. Angela pensó en el enorme telar, en la pesada lanzadera, en la fuerza que era necesaria para abrir los lizos con los pedales y en la cantidad de horas que dedicaba a ello a diario. Maddalena tenía los dedos hinchados y ásperos. ¡Con lo suaves que eran las telas que tejía! En ese momento le estaba envolviendo los hombros a Tess con la estola.

—No puede permitirse el lujo de regalar un pañuelo —comentó Tess con preocupación cuando ya se hubieron despedido de ella—. Sus ingresos apenas le alcanzan para comprar comida para ella y para su anciana madre —insistió con un suspiro—. Y justo ahora que el viejo Lorenzo está perdiendo el juicio.

—¿Cómo? —preguntó Nathalie—. ¿Qué ha ocurrido?

—Lorenzo quiere vender la tejeduría —explicó Tess. Acto seguido se quedó absorta unos instantes, y luego miró de nuevo a Angela y Nathalie—. ¡Y eso que le prometió a su difunta esposa que seguiría ocupándose de las tejedoras! —exclamó negando con la cabeza en un claro gesto de desaprobación—. Creo que debería tener unas palabras con él, aunque nunca haya servido de gran cosa, porque mira que llega a ser tozudo.

De repente a Tess se le iluminó el rostro como si acabara de tener la mejor idea de su vida.

—Angela —clamó—, ¡deberías quedarte la tejeduría! ¡Esta manufactura parece concebida especialmente para ti! Conoces el sector y tienes lo que hay que tener para convertir la tienda en algo grande. Además, estás familiarizada con el ámbito comercial. Dios mío, ¿por qué no se me había ocurrido antes? Tienes que pedirle a Fioretta que te enseñe todo el edificio. Monti podría proporcionarte los planos y...

—Es que ya lo he visto —la interrumpió Angela con una sonrisa pícara—. Y Monti ya me ha dado una copia de los planos, del registro de la propiedad... Incluso sé cuánto pide por ella Rivalecca.

De repente, al ver que Tess y Nathalie se la quedaban mirando boquiabiertas, empezó a acalorarse.

—¿Que ya lo has visto? ¡Eso es fantástico! —exclamó Tess—. Eso es... Dios mío, ¡es maravilloso! Si ese viejo borrico testarudo quiere vender la tejeduría de todos modos, que te la venda a ti. De lo contrario, ¡te juro que entonces sí que me conocerá de verdad!

10
LA CONDICIÓN

—¡Le falta un tornillo! —Medio enfadada y medio en broma, Tess lanzó la carpeta con los detalles en relación con el precio de compra que pedía Rivalecca sobre la mesa y prestó atención a los entrantes que acababa de servirles Emilia—. Es demasiado, no me extraña que el milanés se haya retirado. Quizá nos acabe favoreciendo, si con eso Lorenzo se da cuenta de que ha ido demasiado lejos. ¿Cuándo irás a verle?

Angela tomó un sorbo del vino blanco que Dario Monti había llevado para la cena. Era exquisito, y procedía de la explotación vinícola de unos amigos suyos.

—Tan pronto como me sea posible —respondió, y Tess la escuchó con los ojos brillantes de entusiasmo.

—¿La ayudarás con la reforma como has hecho aquí, Dario? —le preguntó la anciana al arquitecto, que acababa de tomar un bocado de la deliciosa ensalada de chipirones que había preparado Emilia—. ¡La casa ha quedado fantástica! ¡Mucho mejor de lo que me había imaginado!

Monti asintió con satisfacción.

—*Senz'altro* —se apresuró a decir—. ¡Por supuesto que sí! Pero ¿y si no está dispuesto a rebajar el precio?

—¡Podríamos organizar un *crowdfunding*! —exclamó

Nathalie con decisión antes de mirar con aire desafiante a sus dos acompañantes—. ¿Qué te parece, Nico? Podríamos conseguirlo, ¿no crees?

Nico levantó la mirada, sorprendido al oír su nombre, puesto que no había podido seguir la conversación en italiano. Al contrario que Benny, él apenas conocía el idioma. Sin embargo, al ver que Nathalie le dirigía una mirada emocionada, asintió con convicción. Angela se dio cuenta de que Nico estaba dispuesto a aceptar todo lo que su hija le pidiera. Lo principal era que ella también lo veía a él con esos mismos ojos.

—Claro —respondió él—. ¿En qué consiste exactamente el proyecto?

Y mientras Nathalie se lo explicaba y Emilia les servía el plato principal, Angela de pronto se sintió animada. Se enfrentaba a algo nuevo, y hacía mucho tiempo que no se sentía tan emprendedora.

—Y ¿cómo piensas abordar el negocio, mamá? —quiso saber Nathalie después de que el arquitecto se hubiera despedido, mientras estaban todos sentados en el gran salón.

Nico y Benny también se interesaron por los planes de Angela y escucharon su respuesta con curiosidad.

—¿Qué es lo que se fabrica? —preguntó Nico.

Tess le pidió a Emilia, que en esos momentos servía el café y las infusiones, que le llevara algunos pañuelos de seda de su dormitorio para que sus invitados pudieran hacerse una idea. Nathalie se ofreció para ayudarla mientras Angela les explicaba a los dos jóvenes lo que tenía de especial la manufactura de seda.

—Es muy probable que sea el último taller de ese tipo en Europa —decía justo cuando Nathalie irrumpió como un vendaval con un montón de telas relucientes. Emilia llegó tras ella no menos cargada.

—Estos pañuelos son simplemente de ensueño —dijo Nathalie extendiendo las piezas con cuidado sobre un sillón—. ¡Fijaos! Cada uno de ellos es un ejemplar único.

—Solo que, por desgracia, son caros —añadió Angela con sequedad—. Sin duda tendríamos que conseguir algún canal de distribución nuevo. Solo con las turistas no basta para mantener el negocio a flote.

—Podríamos crear una tienda en línea —propuso Nico—. Así la clientela no tendría que venir hasta Asenza, sino que serían los artículos los que viajarían hasta ellos.

—Y esos clientes podrían estar en cualquier rincón del mundo —señaló Nathalie con entusiasmo.

—Pero ¿cómo encontrarán esos clientes nuestra página en internet? —preguntó Angela con escepticismo.

—Por supuesto, habrá que anunciarla —explicó Nico—. Pero no se preocupe, yo puedo encargarme de eso.

—No olvidéis que yo conozco a un buen número de gente influyente en Estados Unidos —añadió Tess—. Y no solo allí. Mis amigas ya están entusiasmadas con estos pañuelos. Os harían publicidad por todas partes.

—Poco a poco, vayamos por partes —dijo Angela riendo—. Que todavía no he comprado la tejeduría.

Se hizo un breve silencio y todas las miradas se volvieron hacia ella.

—¿Cuándo irás a hablar con Rivalecca? —preguntó Tess.

—Mañana mismo, temprano —respondió Angela.

—¡Si quieres, te acompaño! —propuso Nathalie.

No obstante, Tess negó con la cabeza con determinación.

—No, de ninguna manera, Nathalie. Tu madre puede arreglar esto sola.

Eran alrededor de las once cuando Angela se puso a buscar en vano un timbre en la verja del *palazzo* que estaba en lo más alto de la colina. En lugar de eso encontró un pequeño tablero de control con un teclado numérico, por lo que dedujo que la alarma estaba cifrada con un código. Dos cámaras de vídeo dirigieron sus lentes hacia ella con un leve zumbido. Era evidente que quien estuviera dentro de la casa ya había detectado su presència. Sin embargo, no apreció el más mínimo movimiento en la propiedad.

Angela agarró el pesado picaporte metálico, recubierto de una pátina verde y con la parte inferior en forma de puño, y golpeó con determinación la placa de latón a la que estaba unido. Un perro empezó a ladrar por el vecindario, y más abajo se le sumó otro. Sin embargo, en la casa no hubo señales de vida. A su espalda oyó el leve chirrido de los postigos de madera de una ventana y tuvo la seguridad de que medio Asenza la estaba vigilando.

Probablemente debería haber anunciado su visita, pero Tess había insistido en que sería más adecuado ir a verlo por sorpresa.

—De lo contrario buscará mil excusas para no recibirte —le había explicado—. Se ha vuelto un tipo muy raro. Será mejor que te adelantes y no le dejes pensar antes.

Angela había seguido el consejo de Tess, pero en esos instantes se encontraba frente a la casa sin saber qué hacer.

Se dio la vuelta y se quedó mirando como una tonta el paisaje que se divisaba desde lo alto de la colina; luego le echó un vistazo a la iglesia y entonces fue cuando lo vio.

Lorenzo Rivalecca estaba completamente inmóvil y con los hombros encorvados junto al cementerio. La figura alta y enjuta le produjo una profunda impresión a Angela, aunque también percibió una clara rudeza en la postura del anciano, que parecía plantado frente a algo ineludible, una especie de monumento incómodo e indeseado. ¿Acaso el viejo no había superado la defunción de su esposa, a pesar del tiempo que llevaba fallecida? ¿Y si ella también se acababa plantando de ese modo frente a la tumba de Peter al cabo de muchos años?

El anciano por fin se puso en movimiento. De repente, como si alguien le hubiera dicho algo ofensivo, se volvió bruscamente y se dirigió con pasos enérgicos hacia la salida.

Angela miró a Lorenzo Rivalecca, pero él no se percató de su presencia hasta que prácticamente la tuvo delante.

—*Buongiorno* —lo saludó.

El viejo se la quedó mirando como si hubiera visto una aparición. Sus pequeños ojos recorrieron el rostro, el pelo y la estatura de Angela.

—¿Quién demonios es usted? —le espetó con antipatía.

—Me llamo Angela Steeger y...

—Una *tedesca* —resopló el anciano con aire despectivo—, ¡cómo no!

Enojado, rebuscó en el bolsillo de su chaqueta hasta que sacó un manojo de llaves. Ella vio que le temblaban las manos mientras buscaba una llave en concreto y la metía en el cerrojo, no sin antes haber desactivado la alarma.

—Si he sido inoportuna —dijo ella en un tono afable—, puedo volver en otro momento. ¿Cuándo le parecería bien recibirme?

Rivalecca se detuvo en seco y volvió la cabeza hacia Angela con un movimiento seco.

—¿Qué quiere? —preguntó—. ¡Márchese!

—Me gustaría hablar con usted acerca de la tejeduría de seda —respondió Angela impertérrita—. Usted busca comprador y yo estoy interesada.

Rivalecca olvidó la llave en el cerrojo y se volvió hacia ella. Con los ojos entrecerrados se la quedó mirando de nuevo, como si quisiera asegurarse de que no le estaba tomando el pelo.

—¿La Villa de la Seda? —preguntó con desconfianza—. ¿Está interesada, dice?

Ella asintió y aguantó impasible la mirada feroz de Rivalecca. Era inexplicable el motivo por el que ese hombre se mostraba tan arisco. Probablemente tenía que ver con el hecho de que ella fuera alemana. No sabía la edad que tenía Rivalecca, pero con toda seguridad era lo bastante mayor para recordar la Segunda Guerra Mundial.

—Entre —le dijo el anciano para gran sorpresa de Angela. Los dedos, que habían dejado de temblarle, volaron sobre el teclado numérico y entonces la puerta se abrió de forma automática.

El viejo sacó la llave del cerrojo y se dirigió hacia la casa sin cederle el paso ni volver a dedicarle una sola mirada. Angela titubeó apenas un instante, pero al ver que la puerta empezaba a cerrarse de nuevo poco a poco, se coló dentro y siguió a Rivalecca por el descuidado jardín. Al llegar a la casa, el anciano tecleó otro código numérico y se metió dentro sin preocuparse de si ella le seguía o no. Angela entró en un vestíbulo sombrío. Sus ojos, acostumbrados a la luz resplandeciente del sol que reinaba en el exterior, tardaron un poco en habituarse a la penumbra de la estancia. Vio una suntuosa escalera que se estrechaba a medida que subía, decorada con incrustaciones oscuras y claras, probablemente de mármol. Las ventanas le recordaron a los arcos góticos que había visto desde fuera, mientras cruzaba el jardín, pero estaban cubiertas por pesadas cortinas.

—¡¿Dónde se ha metido?! —gritó Rivalecca con impaciencia.

Angela vio una pesada puerta de roble entreabierta. Resultó ser un despacho muy parecido al de la villa de Tess, con las paredes revestidas de madera oscura y un gran humidificador. Sin embargo, no era una sala tan oscura como el resto de la casa. A través de una rendija que dejaban los pesados cortinajes de terciopelo verde oscuro entraba un poco de la luz del mediodía, la justa para ver a Rivalecca. El viejo estaba sentado en una butaca y señalaba hacia un sillón club que tenía delante. Sus ojos de color verde oscuro brillaron en el rostro surcado de arrugas mientras escrutaban a Angela con intensidad.

—Siéntese —ordenó, ante lo que ella obedeció enseguida—. ¿Para qué quiere usted la tejeduría? —preguntó sin rodeos.

—Me gustaría conservar la manufactura —explicó Angela—. Podría reformar la parte que no se utiliza del edificio para utilizarla como vivienda. En la medida de lo posible, me gustaría seguir dando trabajo a las tejedoras y continuar con la producción.

Angela cruzó una pierna sobre la otra, se reclinó en el

asiento y guardó silencio. De forma instintiva, se había adaptado a su interlocutor, que no soltaba ni una sola palabra de más, suponiendo que no le gustaba la gente que hablaba por hablar. Impaciente, contempló a Rivalecca sentado en su sillón, mirándola fijamente. Pero el tiempo pasaba y el anciano no se movía. En algún momento se empezó a oír un reloj que marcaba el paso de los segundos de un modo implacable, pero Rivalecca todavía la escrutaba en silencio.

Angela estaba de lo más inquieta, pero no lo demostró en absoluto. Si aquello era una prueba de fuerza, no estaba dispuesta a perderla por culpa de la impaciencia o de cualquier muestra de inseguridad. Si Rivalecca tenía todo el tiempo del mundo, ella también.

—¿De dónde es usted? —preguntó él de un modo tan brusco que consiguió asustarla.

—De cerca de Múnich —respondió ella.

Rivalecca asintió.

—Y ahora se ha enamorado de Asenza y tiene previsto cambiar de vida. Tiene que saber que la tejeduría de seda no es ningún juego.

—Tampoco he venido a jugar —contestó Angela con calma—. Soy diseñadora textil y estoy familiarizada con el oficio. Lo que busco es una nueva dedicación. Mi marido falleció hace poco.

Rivalecca no dio la más mínima muestra de haber oído ese último comentario. El sol seguía su recorrido por el firmamento, había desplazado la incidencia de sus rayos y le había dejado el rostro ensombrecido. Ella ya no podía ni verle los ojos siquiera. «Esto no tiene ningún sentido —le decía una voz pragmática desde dentro—. Este viejo está jugando contigo. Deberías levantarte y marcharte de aquí.»

Sin embargo, decidió hacer caso omiso a las advertencias de aquella vocecita. Se quedó sentada donde estaba y se limitó a esperar. Al final, el anciano se puso en pie y se acercó a un secreter. Sacó un documento de uno de los compartimentos, se aproximó a Angela y se lo tendió.

—Este es mi precio —declaró.

Ella cogió la hoja de papel y, nada más leerla, se quedó sin aliento. En el peor de los casos había esperado encontrar la suma que Rivalecca le había exigido al milanés y que este no se había mostrado dispuesto a pagar, la cifra que tanto había enfurecido a Tess. Pero la que leyó era incluso un millón más elevada.

Angela levantó la cabeza y captó la astuta mirada que Rivalecca le dirigió antes de instalarse en una expresión indiferente y reservada.

—No soy la turista ingenua por la que al parecer me ha tomado —le dijo con serenidad—. He dirigido una empresa de construcción durante muchos años y sé el valor que tiene la tejeduría. Ahora seré yo quien le haga una oferta —declaró—. Y es un precio razonable.

Dicho esto, sacó un bolígrafo del bolso y escribió una cifra sobre el mismo papel, con determinación. Firmó la propuesta de precio y se la tendió a Rivalecca. Este le echó un vistazo y estalló en una carcajada. Se rio tanto que le dio un ataque de tos imparable.

—¡Váyase al diablo! —le gritó cuando hubo recobrado el aliento.

Y sin mediar ni una palabra más, se marchó de la habitación.

Durante unos momentos Angela se quedó donde estaba, petrificada. En su vida había conocido a un hombre tan impertinente como ese anciano. Se puso en pie y fue hacia la puerta, pero antes de salir se volvió una vez más para echar un último vistazo a la estancia. Detrás del sillón club en el que había estado sentada descubrió una chimenea vacía. Sobre la repisa había varias fotografías enmarcadas. A ella le habría gustado ver qué personas guardaba en su memoria ese hombre tan arisco, por pura curiosidad, pero no lo hizo. Dio media vuelta y se marchó tal como le había ordenado el dueño de la casa.

—¿Qué tal? ¿Cómo ha ido la visita?

Tess estaba sentada al sol frente al hotel Duse tomando un *cappuccino*. Se la quedó mirando con expectación, era evidente que la había estado esperando. Junto a ella tenía las dos muletas apoyadas en la silla.

—Me ha mandado al diablo, literalmente —explicó Angela antes de dejarse caer sobre una silla que estaba frente a Tess, hacerle una señal a Fausto y pedir un *espresso* doble—. ¡Nunca me había pasado nada parecido! —añadió negando con la cabeza y a continuación le contó cómo había transcurrido el encuentro con el viejo Rivalecca, así como el precio exorbitante que le había exigido por la compra.

Tess la escuchó en silencio, luego dejó unas monedas junto a la taza y cogió las muletas.

—¡Hasta aquí hemos llegado! —exclamó furiosa mientras se levantaba con determinación de la silla.

—¿Qué piensas hacer? —preguntó Angela alarmada.

—¡Subir ahí arriba y partirle el cráneo! —bramó Tess antes de ponerse en marcha.

—¡Espera! —gritó ella siguiéndola—. No es buena idea. Estaba muy enfadado y...

—Y ¿cómo te crees que estoy yo? —replicó Tess sin dejar de andar en dirección a la salida—. ¡Cabreada, así es como estoy yo!

—Pero...

—Ni peros ni peras —la interrumpió su amiga jadeando con dificultad—. Tengo que arreglar esto, Angela. A mi manera.

Dicho esto, retomó su camino. Ella se la quedó mirando y luego empezó a buscar ayuda a su alrededor. Fausto estaba junto a las mesitas en las que habían estado sentadas. Al verla arqueó las cejas y negó con la cabeza. «Déjela —parecía estar diciéndole—. Cuando se pone de ese modo, no tiene sentido intentar detenerla.»

Con cautela y bastantes remordimientos de conciencia, Angela siguió a su amiga. De un modo tan lento como imparable, la anciana subió la cuesta hacia la iglesia. ¡Ojalá no le hubiera contado lo sucedido! No le gustaba nada que Tess estuviera forzando tanto la rodilla operada.

Por fin su amiga se plantó frente a la verja del *palazzo*. Durante unos instantes se quedó allí quieta, y Angela tan solo esperó que el motivo fuera que por fin hubiera entrado en razón. Sin embargo, Tess levantó una de las muletas y golpeó la puerta de hierro de forma escandalosa.

—¡Abre de una vez, viejo estúpido! —gritó ante la mirada horrorizada de Angela.

—Tess, yo... —balbuceó intentando aplacar la ira de la anciana.

—Vete a casa, Angela —la interrumpió aquella en un tono que no admitía réplica—. ¡Y no me esperéis para comer! Tengo que ocuparme de algo que llevo posponiendo desde hace demasiado tiempo.

Dicho esto, levantó de nuevo la muleta y empezó a aporrear el portal.

Angela se dio la vuelta sin mucho convencimiento. Al llegar a la iglesia se detuvo de nuevo y miró a su alrededor. Vio a Rivalecca gritando algo desde el otro lado de la verja. Tess le respondió también a gritos. Estaban uno frente al otro como dos gallos de pelea, separados por la verja de forja. Angela no acertaba a comprender lo que se decían, pero parecía evidente que Tess había tenido la última palabra, puesto que Rivalecca terminó abriéndole la puerta. Con la cabeza erguida como una reina, entró cojeando por la puerta y cruzó el jardín hasta la casa con gran dignidad, incluso a pesar de las muletas.

Rivalecca la siguió y la puerta de la villa se cerró a su espalda. Angela se la quedó mirando, desconcertada, por encima del muro.

—Y ¿está usted segura de que la signora Tessa está en el *palazzo* que hay en lo alto de la colina? ¿Con el signor Rivalecca?

Emilia estaba ocupada limpiando las ollas y los moldes sucios de la cocina. A Angela no se le escapó la consternación con la que había reaccionado el ama de llaves al saber que Tess no comería en casa.

—Es extraño —prosiguió Emilia—. Pero si esos dos no se hablan desde hace años, y...

—¿Quién no habla con quién?

La voz de Tess sonó con un tinte de burla. Y de satisfacción. Con una amplia sonrisa, apareció por el umbral.

—*Santa Madonna!* —exclamó Emilia santiguándose—. Ahora sí que me ha asustado. Mira que aparecer de ese modo, sin hacer ruido... Enseguida le preparo algo caliente. Tengo berenjenas rellenas con...

—Gracias, Emilia —dijo Tess rechazando el ofrecimiento—. Pero ya he comido.

De repente pareció como si al ama de llaves la hubiera partido un rayo.

—¿Que ya ha comido? —preguntó desconcertada—. ¿En casa de Lorenzo Riva...?

—Emilia —la interrumpió Tess con determinación—. ¿Verdad que serás tan amable de prepararme un café? Y bien cargado, por favor. ¿Te apetece un café a ti también, Angela? ¿Sí? Entonces tráenos dos tazas al invernadero, por favor, Emilia. O, mejor, la cafetera entera.

Dicho esto, dio media vuelta y le hizo una seña a su amiga para que la siguiera.

Pasó un rato hasta que Tess volvió a salir del cuarto de baño en el que se había encerrado para refrescarse un poco, y Angela ya no sabía qué hacer con la impaciencia que sentía. Al final la anciana salió, se sentó en uno de los sillones de mimbre del invernadero con un suspiro y acomodó la pierna operada sobre un taburete.

—Hazme el favor de cerrar la puerta —le pidió a Angela—. Me imagino que Emilia se debe de estar muriendo de ganas de descubrir qué ocurre.

—No la culpo, a mí también me gustaría saberlo —bromeó esta mientras cumplía con el deseo de Tess—. Para serte sincera, estaba bastante preocupada.

—¿Por quién? —preguntó Tess con una sonrisa—. ¿Por el viejo Lorenzo o por mí?

Angela se rio.

—No tengo ni idea —contestó—. Por los dos, tal vez. Pero no me tengas más en ascuas. ¿Qué es lo que tenías que arreglar con él? Pareces bastante contenta.

En ese mismo instante se abrió la puerta y Emilia apareció cargada con una bandeja. A Angela le pareció que el ama de llaves empleaba más tiempo de la cuenta en colocar como era debido las tazas, el azucarero, la jarrita de la leche y la cafetera sobre la mesita que había entre ellas dos. Cuando por fin se marchó, cerró la puerta con vehemencia.

—Rivalecca te venderá la Villa de la Seda —explicó Tess.

Angela se sorprendió tanto que estuvo a punto de derramar el café.

—¿De verdad? —preguntó con escepticismo. En algún lugar tenía que haber alguna trampa, como la que le había visto hacer al anciano pocas horas antes—. Y ¿a qué precio?

Apenas podía imaginarse que Rivalecca se hubiera conformado con su oferta, así que se preparó para cualquier cosa. Se había propuesto con firmeza no excederse económicamente. Le daba igual lo que el corazón pudiera decirle, no pensaba arruinarse por una corazonada.

—Un precio razonable —respondió Tess haciendo hincapié en la palabra.

—¿Me estás diciendo que ha aceptado mi oferta? —quiso saber Angela.

Tess negó con la cabeza y a ella se le cayó el alma a los pies.

—He conseguido que aún rebaje un poco más el precio —anunció la anciana con satisfacción antes de tomar un sorbo de café—. Al fin y al cabo, todavía tendrás que reformar una parte para instalar tu vivienda. Y sin un capital inicial no podrás hacerte cargo de la empresa. Ha sido Lorenzo quien ha reparado en eso —añadió. Angela se quedó mirando a su amiga, incapaz de mediar palabra. ¿Cómo era posible?—. Para ser exactos —prosiguió Tess de un humor inmejorable—, quiere la mitad de la suma que te ha exigido esta mañana. Incluyendo los telares y todo lo que hay dentro del edificio, creo que es un trato justo. ¿Qué te parece? Si estás de acuerdo, pediremos cita con el notario cuanto antes. Así podrás empezar enseguida, que ya veo las ganas que tienes de ponerte manos a la obra.

Angela abrió la boca, pero volvió a cerrarla sin decir nada.

—¿Cómo demonios lo has convencido? —exclamó al fin—. ¿Es que lo has drogado? ¿O lo has molido a palos con las muletas?

Tess soltó una carcajada escandalosa.

—Ay, te aseguro que no ha sido necesario recurrir a eso —explicó con un gesto de rechazo—. Nos hemos limitado a hablar de forma razonable, como se espera que hagan dos personas adultas. En realidad no es tan malo, el viejo Lorenzo. Tal vez un poco excéntrico y terriblemente cabezota, pero bueno, yo tampoco me quedo corta en ese sentido. ¿Y bien? ¿Te alegras o no?

—Es que no acabo de... —balbuceó Angela—. ¿Estás segura? ¿De verdad? Quiero decir... si no debemos temer que lo reconsidere y cambie de opinión.

Tess negó con la cabeza de un modo enérgico.

—Segurísimo que no —sentenció para apaciguar a su amiga, aunque entonces su rostro adoptó una expresión meditabunda—. Eso sí, ha puesto un par de condiciones.

—¿Condiciones? —repitió Angela con desconfianza—. ¿Qué clase de condiciones?

—Nada del otro mundo, ni siquiera vale la pena mencionarlas. Por una parte quiere que te comprometas a no volver a vender la Villa de la Seda durante los diez próximos años, y que las tejedoras sigan trabajando allí durante este tiempo. Pero eso ya te lo habías propuesto, ¿no es cierto?

Angela asintió levemente. Aun así, diez años era un plazo bastante considerable en caso de que sus planes no funcionaran.

—Y ¿qué más quiere? —preguntó con recelo.

Tess se quitó una pelusa imperceptible de la falda y miró a los ojos a su amiga.

—Quiere que vayas a cenar de vez en cuando al Palazzo Duse.

Angela creyó no haberlo oído bien.

—Que quiere ¿qué? —preguntó consternada.

—Que vayas a verle... Más o menos una vez al mes... Para cenar con él —repitió Tess sin darle la menor importancia, como si se tratara de la cosa más normal del mundo.

—No me lo puedo creer —dijo Angela—. Pero si... si me ha tratado fatal. Me ha echado de su casa. ¡Te aseguro que no quiere que vaya a cenar con él, Tess!

Tess se la quedó mirando con aire reflexivo, como si estuviera sopesando muchas cosas mientras tanto.

—Ese hombre está muy solo, Angela —dijo al cabo de unos segundos—. Básicamente será como si hicieras una buena obra haciéndole compañía.

—¿Tú vendrás conmigo? —preguntó Angela con el ceño fruncido. Había algo en esa «condición» que le pareció de lo más sospechosa.

Tess negó con la cabeza y sonrió.

—No tienes nada que temer —puntualizó—. No es un libertino dispuesto a hacerte proposiciones deshonestas —comentó antes de ponerse seria de nuevo—. ¿Qué te cuesta darle esa alegría? Te aseguro que puede llegar a ser un tipo muy divertido...

—Entonces ¿por qué llevabas tantos años sin dirigirle la palabra?

La expresión de Tess cambió de forma brusca, fue como si una puerta abierta hasta el momento se hubiera cerrado de golpe de un portazo.

—Tenía mis motivos —se limitó a decir—. Algún día te los contaré. Pero todavía no...

—Pero ¿por qué no?

Tess echó la cabeza hacia atrás y miró hacia arriba, hacia el juego de verdes relucientes que creaban los rayos de sol entre las hojas de las palmeras.

—Porque hice una promesa —replicó al fin en voz baja.

—¿A quién? —insistió Angela—. ¿A Lorenzo Rivalecca?

Tess negó con la cabeza. De repente pareció como si el cansancio pudiera con ella y Angela lamentó haber insistido tanto con las preguntas. Sin embargo, Tess alzó la cabeza de nuevo y la miró con tanta ternura en los ojos que no pudo más que sentir un profundo afecto por ella.

—Simplemente confía en mí —le pidió, y Angela le cogió la mano—. Lo acabarás comprendiendo todo. Hazme el favor de aceptar las condiciones que te pone Lorenzo. —Desconcertada, su amiga se preguntó a qué venía todo eso. Y como si hubiera pronunciado las palabras en voz alta, Tess todavía añadió algo más—. No te arrepentirás.

Esa misma noche Angela visitó a Rivalecca por segunda vez. En esa ocasión le pareció un hombre parco en palabras, apocado y especialmente cortés. Firmó sin reservas un precontrato informal en el que se especificaba el precio de compra, las peculiares condiciones que había impuesto y el calendario en el que deseaba que se hicieran efectivos los pagos. Además, le entregó todas las llaves pertinentes y le permitió hablar de inmediato con las tejedoras acerca del futuro, así como iniciar las obras de reforma.

Solo entonces Angela pudo creer realmente lo que le había contado Tess. ¿Era posible que Rivalecca fuera tan solo un caprichoso imprevisible? Bueno, en cualquier caso supuso que terminaría descubriendo algo durante esas cenas que compartirían.

Nathalie también opinó que había cosas mucho peores que pasar una velada aburrida de vez en cuando, sobre todo después de que Fioretta les mostrara el inmueble a ella y a los chicos.

—Es simplemente increíble —exclamó con entusiasmo

al ver la parte del edificio que su madre tenía previsto utilizar como vivienda—. ¡Es que mira qué techos! ¡Benny, ven, tienes que ver esto!

Mientras Benny examinaba la pintura con la ayuda de una escalera de mano que Fioretta había sacado de no se sabía dónde, Tessa hablaba con Dario sobre cuál sería el mejor lugar para conectar la planta baja con el piso, qué tipo de escalera sería la más adecuada y si no merecería más la pena instalar directamente un ascensor, ya puestos. Fioretta, que hablaba un inglés excepcional, resolvió las dudas de Nico acerca de las conexiones a internet en Asenza y en esa calle en especial, y entretanto Angela aprovechó para salir a hurtadillas al patio y sentarse en el banco que había bajo la morera solo para deleitarse, como no se había permitido hacer hasta el momento. Era la propietaria de una manufactura de seda en ese entorno maravilloso del norte de Italia. En pocos días su vida había cambiado de forma radical. Tan solo esperaba no llegar a lamentar jamás haber dado ese paso. Al menos en aquel preciso instante se sentía maravillosamente bien.

De repente apareció la gata de pelaje plateado, la miró con aquellos ojos tan misteriosos y saltó sobre el banco con un leve ronroneo. Con cuidado, Angela le acarició el lomo. El animal cerró los ojos complacido y se pegó a su lado.

Ella lo imitó y cerró también los ojos para interrogarse. ¿Echaría de menos la casa junto al lago Ammer? La respuesta era claramente que no. Aunque eso no significaba que hubiera olvidado a Peter. Al fin y al cabo, él tampoco estaba atado a ningún lugar.

—¡Mamá, ¿dónde estás?! —gritó la voz emocionada de

Nathalie—. No te lo creerás. ¡Bajo el color de la pared hay frescos! ¡Ven a verlos! ¡Es fantástico!

Angela abrió los ojos y se llevó un buen susto. En el patio había cinco mujeres que la miraban fijamente con perplejidad.

—¿Qué está pasando aquí? —preguntó la pelirroja que había visto hablando con Fioretta en el taller unos días antes.

Levantó la mirada hacia la galería y puso los brazos en jarra. Maddalena estaba junto a ella, y Angela se fijó en su expresión atemorizada. Se puso en pie enseguida y salió al encuentro de las tejedoras para presentarse.

—Me llamo Angela Steeger y...

—Las turistas no tienen que andar husmeando por aquí —se quejó Lidia señalándola directamente—. Si quieren comprar algo, pasen por la tienda.

Angela tragó saliva. «Pues sí que empezamos bien...», pensó.

—Signora Lidia —dijo, amable como siempre aunque también con firmeza—. Yo no soy una turista, sino la nueva propietaria de la *tessitura*. ¡Estoy segura de que será un placer para las dos trabajar juntas!

11
LAS TEJEDORAS

En la sala inundada de luz en la que normalmente reinaba el estruendo de los telares en funcionamiento, el silencio era tan absoluto que podría haberse oído un alfiler al caer al suelo. Angela barrió con la mirada los rostros de las mujeres a las que acababa de explicar cómo concebía el futuro de la *tessitura*. Lidia apretaba los labios con fuerza y sus ojos expresaban un claro desprecio. Maddalena parecía absolutamente aterrorizada por el discurso afable de Angela. Una mujer de unos treinta años, enfundada en un vestido de punto demasiado estrecho, de color magenta y sin mangas, se mordisqueaba con aire ausente un grueso mechón de pelo teñido de rubio con un tirante del sujetador caído. A juzgar por su edad, debía de ser Anna, la que gozaba tanto experimentando con materiales diversos. A Nola, la madre de Fioretta, Angela ya la conocía de vista. Tenía los mismos rizos rebeldes que su hija, aunque su mata de color castaño claro ya presentaba algunas canas. Llevaba puesta una bata sin mangas inmaculada, de cuyos bolsillos sobresalían varios carretes de hilo vacíos. La tejedora se quedó mirando a Angela con una mirada despierta y algo preocupada, igual que la fornida mujer que tenía al lado, Orsolina, cuyas manos revelaban su oficio, puesto que tenía las palmas y las uñas oscurecidas por el tinte. Su rostro era de rasgos finos y, a pesar de las arrugas de preocupación que tenía alrededor de la boca, era especialmente bonita.

Fioretta fue la primera que rompió el silencio.

—Bueno, me parece que tenemos una suerte increíble —dijo—. Todas conservaremos nuestros puestos de trabajo.

Los rostros de las tejedoras seguían expresando un profundo escepticismo.

—Eso es lo que dice ahora —objetó Lidia mirando a Angela como si ni siquiera estuviera presente—. Pero cuando se dé cuenta de que las cosas no son tan sencillas como piensa, seguro que cambia de opinión y nos echa a la calle. A una tras otra.

Angela comprendía la preocupación de las tejedoras. No obstante, el resentimiento se fue apoderando de ella ante la actitud de Lidia, aquella mirada furiosa, los brazos cruzados obstinadamente frente al pecho. No le pareció bien que la ignoraran de ese modo.

—Está estipulado por escrito en el contrato —explicó con calma— que con la compra de la *tessitura* me comprometo a mantener el negocio durante diez años y a daros trabajo a todas.

En ese instante Lidia también la miró directamente, y en su expresión Angela reconoció un asombro increíble.

—¿Es eso cierto? —le preguntó una de las mujeres mayores en voz baja a Fioretta.

Esta asintió.

—Por lo tanto, tenemos diez años para conseguir que la manufactura se convierta en un negocio rentable —prosiguió Angela—. Ya sé que no es nada sencillo. Y también soy consciente de que solo será posible si todas remamos en la misma dirección.

Una vez más, el silencio que reinó en la tejeduría fue tan absoluto que Angela pudo percibir el zumbido de una mosca que intentaba escapar por una rendija de la ventana al otro extremo de la sala.

La madre de Fioretta, Nola, fue la primera en hablar.

—Signora —objetó—, no se lo tome a mal, pero es que usted no es de aquí. Y sobre la tejeduría de seda..., bueno, quiero decir que... ¿Cómo se imagina usted que es esto? No es la primera persona que intenta convertirla en un negocio rentable. ¿Sabe usted algo sobre el oficio de tejer?

Cinco rostros se volvieron con expectación hacia Angela.

—Nunca he dirigido una tejeduría de seda, es cierto —respondió con una sonrisa—. Sin embargo, estudié Diseño Textil y también aprendí a tejer, entre muchas otras técnicas textiles. Durante los últimos veinte años he gestionado la empresa de construcción de mi marido, por lo que también sé lo que implica llevar un negocio —dijo, y tuvo que tragar saliva antes de continuar. Cada vez que pensaba en Peter se le hacía un nudo en la garganta.

—Y ¿por qué no ha seguido dirigiendo esa empresa? —preguntó Anna, la más joven de las tejedoras, con genuino interés.

—Mi marido murió —contestó Angela en voz baja—. Hace pocas semanas —añadió con la voz tomada. Se aclaró la garganta y, cuando levantó la mirada de nuevo, reconoció una clara empatía en los ojos de las mujeres. Lidia fue la única que no lo demostró con seguridad, porque tenía la mirada clavada en el suelo—. Esto no es algo que yo haya venido a buscar —prosiguió—. En realidad, vine a ver a Tess para descansar de... de todo. Pero las cosas me han llevado hasta aquí y enseguida me he dado cuenta de que lo que hacen ustedes aquí es algo realmente especial.

»He visto las piezas que tejen y debo decir que en mi vida había visto algo tan bello. Ya sea ese tejido dorado que terminó hace poco Lidia, o las delicadas estolas que teje Maddalena, las mezclas de materiales de Anna o los fantásticos motivos decorativos de Nola. Y no hablemos ya de los colores, Orsolina, no tengo ni idea de cómo los consigue. Cuando me enteré de que Rivalecca quería vendérselo todo a no sé qué especuladores, pensé que sería el fin de la tejeduría de seda y me decidí a dar este paso. No para especular con el valor del edificio, sino para que siga funcionando el negocio. —Silencio de nuevo. Al parecer, las mujeres necesitaban unos instantes para digerir toda aquella información—. Invertiré todo mi patrimonio para que juntas podamos hacer de esto un negocio rentable —prosiguió Angela—. Aunque, si no soy bienvenida, os ruego que me lo digáis ahora, antes de que firme el contrato de compra ante notario. Si no aprovecháis esta ocasión y preferís dejar de tejer, será mejor que el edificio se lo quede algún inversor para convertirlo en un hotel de lujo o en apartamentos vacacionales.

Angela miró a todas y cada una de las tejedoras. «Dios mío —pensó—. ¿Dónde me he metido?»

Sin embargo, Maddalena fue la primera en reaccionar.

—A mí me gustaría seguir trabajando —dijo en voz baja y temblorosa, y con el rostro absolutamente sonrojado—. La signora Angela es la sobrina de nuestra Tessa. Y

Tessa siempre ha querido lo mejor para nosotras. Me fío de ella.

—Yo también —afirmó Orsolina asintiendo—. Pero voy a dejar clara una cosa ahora mismo: ¡las recetas solo las sabré yo!

Angela tuvo que reprimir una sonrisa.

—Entendido —replicó cuando hubo recuperado la seriedad—. ¿A quién más le gustaría seguir trabajando conmigo?

—A mí, por supuesto —dijo Anna dedicándole una tímida sonrisa.

—A mí también —se apresuró a añadir Nola.

Angela escrutó a Lidia, que estaba mirando por la ventana con aire ausente, como si todo aquello no fuera con ella.

—Primero deberíamos hablar sobre las condiciones —indicó al fin la tejedora buscando con la mirada los ojos de Angela.

—Me parece bien —respondió esta asintiendo—. Tenemos que hablar de eso de todos modos. Durante los próximos días revisaré la contabilidad y haré los cálculos necesarios. Pero ya os puedo adelantar algo: tal como me lo imagino, cada una de vosotras recibirá un pequeño sueldo base y una parte de los beneficios globales. Ya hablaremos más adelante sobre los detalles.

—Pues, dicho así, creo que suena bien —dijo Nola—. Llevamos muchos años trabajando cada una por su cuenta y los ingresos no siempre han bastado para compensar el esfuerzo. Creo que todas deberíamos apoyar a la signora Angela, si realmente decide asumir este riesgo.

—Yo también lo creo —convino Fioretta aliviada. Y tanto Anna como Orsolina y Maddalena asintieron.

—Propongo que volvamos a vernos dentro de unos días —dijo Angela—. Entonces podré contaros cuáles serán las condiciones y cada una de vosotras podrá decidir si se queda o si prefiere buscarse la vida de otro modo.

—Espero no estar a punto de cometer el mayor error de mi vida —dijo Angela con un suspiro.

Se quedó mirando a Tess, que estaba tendida de espaldas y tenía la pierna operada en el aparato de ejercicios que, poco a poco, la obligaba a flexionarla y estirarla de nuevo. Servía para reforzar la musculatura que rodeaba la articulación, y Tess había decidido ejercitarse con ella cada mañana y cada tarde durante una hora para poder librarse de las «malditas muletas» cuanto antes.

—De ningún modo —sentenció la anciana antes de hacer una pausa—. Conozco a esas mujeres desde hace muchos años. Si se deciden por ti, te serán fieles hasta el final.

—Y ¿si no?

Tess empezó a doblar la pierna de nuevo tanto como se lo permitía e hizo una mueca de dolor. Tras cinco flexiones y extensiones, respiró hondo.

—Claro que colaborarán —dijo Tess—. ¿Qué quieres que hagan, si no? Es lo único que saben hacer.

—En el caso de Lidia no estoy tan segura —objetó Angela pensando en la mirada fría y negativa de la pelirroja.

—Lidia es muy dura por fuera —admitió Tess—, pero en el fondo tiene muy buen corazón. Se ha llevado muchos desengaños, por eso se ha vuelto tan desconfiada. Pero solo es así por fuera. Lo bueno de Lidia es que siempre te dirá lo que piensa. La verdad, yo prefiero eso a alguien que no se queje nunca y luego vaya hablando mal de ti a tus espaldas.

Angela se quedó mirando a Tess horrorizada.

—¿Alguna de las tejedoras es así?

Tess negó con la cabeza.

—No —respondió antes de empezar de nuevo con los ejercicios—. Créeme, no te habría recomendado que dieras el paso si supiera que te estás metiendo en un lío. Maddalena es como una niña grande y tiene buen corazón. Si la tratas bien, te adorará. Si dejas trabajar tranquila a Orsolina y no la molestas innecesariamente mientras mezcla sus polvos de colores, tampoco tendrás problemas con ella. Nola puede llegar a tener unos ataques de ira terribles, pero se extinguen tan rápido como llegan. ¡Sobre todo, no la contraríes mientras prepara las urdimbres! Anna... Anna es la más lista de todas. No te dejes engañar por su aspecto exterior. Si tienes a Anna de tu lado, todo irá bien. Y Lidia... —empezó a decir Tess, aunque hizo una pausa para flexionar la rodilla de nuevo, soltó un leve suspiro y luego la extendió una vez más—. Lidia simplemente es una tejedora fabulosa. Puede que tardes un poco en romper el hielo con ella, pero estoy segura de que terminaréis llevándoos bien.

Gimiendo, Tess flexionó y estiró la pierna cinco veces más antes de dar por terminada la sesión de ejercicios. Respiró hondo con satisfacción un par de veces, se sentó y se quedó mirando a Angela con una expresión pícara.

—La cabeza bien alta —ordenó al ver lo abatida que estaba Angela—. Formaremos un equipo fabuloso todas juntas.

—¿Formaremos? —repitió esta con una sonrisa—. ¿Tú también te apuntas?

Tess soltó una de sus escandalosas carcajadas.

—Yo seré tu colaborada autónoma fiel para gestionar posibles crisis. Y estoy segura de que no requeriréis mis servicios.

Angela no pudo evitar reírse.

—Bueno, en ese caso ¡seguro que nada saldrá mal! —exclamó.

Esos días Angela tuvo que tomar tantas decisiones que por la noche llegaba a la cama muerta de cansancio para sumirse en un sueño profundo, y no se despertaba hasta que el canto de los pájaros entraba por la ventana, cada día un poco más temprano que el anterior. Lo cual no estaba nada mal, teniendo en cuenta que había mucho que hacer. Después del ejercicio matinal, al que se mantuvo fiel, tenía siempre la agenda repleta hasta tarde por la noche.

Mientras los trabajos de reforma de Villa Serena iban terminando por fin y Benny retiraba con cuidado las capas de color del salón de su futura casa para revelar cada vez más detalles de los frescos que se ocultaban detrás, Nathalie ayudaba a Fioretta a reunir el material fotográfico que Nico necesitaba para la creación de la página web de la *tessitura*. Las dos jóvenes lo pasaron en grande colocando cada una de las piezas de la tienda para luego fotografiarla. Para ello buscaron pintorescos motivos fotográficos en el patio de la Villa de la Seda y en el resto del edificio. Incluso Tess, que al principio había criticado la idea de fotografiar las piezas en un entorno tan «destartalado», tuvo que admitir que aquellos muros tan antiguos destacaban todavía más la elegancia de las piezas de seda.

La noche siguiente Nico presentó en su portátil la primera versión de la imagen que tendría la tejeduría en internet. Angela quedó fascinada. Mientras tomaban una copa de vino, estuvieron charlando sobre la creación de las páginas, lo que dejó a Angela pensativa.

—¿No le gusta? —preguntó Nico mirándola con atención—. Podríamos cambiarlo todo en cualquier momento, solo tendría que decirme cómo se lo imaginaba.

—No, no —se apresuró a decir ella—. Eso me parece muy bien. Es solo que me preguntaba... No tendré tiempo de actualizar el sitio web. Además, tampoco sabría cómo...

—No tiene que preocuparse por nada en ese sentido —le explicó Nico—. Eso es cosa mía. Yo me encargaré de crear las páginas, al fin y al cabo puedo hacerlo desde cualquier lugar. Usted solo tiene que hacerme llegar los últimos contenidos por correo electrónico.

—Además, los tres estaremos siempre aquí —anunció Nathalie con alegría—. A Benny no conseguiremos apartarlo de los frescos de todos modos, mamá. Si creías que podrías mudarte enseguida tendrás que ir quitándotelo de la cabeza. ¿No es cierto, Benny?

El joven restaurador de rubios cabellos angelicales se puso cada vez más colorado y miró a Angela con timidez.

—Es que todavía no estoy seguro del todo —declaró—. Pero es muy posible que el fresco sea del siglo XVII. Es decir, de la época en la que se construyó la villa. Y por lo que parece, siempre ha albergado una tejeduría.

—Sí, eso ya te lo confirmo yo —intervino Tess.

—¿Qué te hace pensar que sea así? —quiso saber Angela.

—Los motivos decorativos así lo indican —señaló Benny—. Solo tengo una pequeña parte al descubierto, pero, a juzgar por las arrugas del árbol que hay representado, no me cabe la menor duda de que se trata de una morera...

—Las hilanderas de seda —lo interrumpió Nathalie—. ¡Es que tienes que verlo! ¡Es maravilloso!

—Quería preguntarle —empezó a decir Benny— si estaría de acuerdo con que restaurara profesionalmente toda la estancia. Por supuesto, tardaría bastante tiempo en hacerlo. Y la verdad es que no me importaría... bueno, quiero decir que..., solo si está de acuerdo, claro..., escribir mi tesina sobre ello. Consta de una parte práctica y una parte teórica.

—Por supuesto que está de acuerdo, ¿verdad, mamá? —la asaltó Nathalie—. ¿O no? Imagínate, acabarías viviendo en una casa del siglo XVII con frescos originales restaurados. ¿No es fantástico?

Angela se quedó sin habla y empezó a mirar a su hija, luego al joven restaurador y luego a Nico, que seguía escrutándola con una expresión de clara expectación.

—La verdad, no veo que suponga ningún problema —añadió Tess—. Puedes quedarte a vivir aquí tanto tiempo como sea necesario. Primero ocúpate de la *tessitura*, de que el negocio arranque bien. Ya pensarás en la mudanza cuando todo eso esté resuelto.

—La verdad es que suena... realmente fabuloso —dijo Angela—. Claro que puedes restaurar la sala, Benny. Te aseguro que me siento muy afortunada de que quieras hacerlo.

—Bueno —empezó a decir Tess con satisfacción—, pues parece que estamos todos de acuerdo. Ahora me toca a mí proponer algo: ¿por qué no pasamos a tutearnos todos, incluidos estos dos jóvenes de aquí? A mí llamadme Tess, sin «signora». Nathalie, hazme el favor de ir a la cocina y dile a Emilia que nos traiga una botella de *prosecco* y unas copas. ¿Sabes qué? Mejor que sean dos botellas, que, si no me falla el olfato, el señor arquitecto también vendrá a visitarnos hoy. Después de todo, ¡los obreros por fin han terminado la reforma! ¡Algo más que podemos celebrar!

Fue una velada muy divertida y, efectivamente, Tess no se equivocó: Dario Monti acabó apareciendo como tantas otras noches. Cuando, más tarde, se retiraron todos a sus habitaciones, Nathalie entró ya con el pijama puesto en el dormitorio de Angela para lanzarse sobre la cama doble y darle un abrazo espontáneo a su madre.

—¿No es increíble que ahora queramos vivir todos en Asenza, mamá? ¡Es que no me lo puedo creer!

Rodó sobre un costado hasta quedar tendida de espaldas y extendió los brazos.

—Hay una cosa que todavía querría preguntarte —dijo Angela, apoyada sobre un codo para poder mirar a su hija a los ojos—. ¿Qué pasará si en algún momento Nico y Benny dejan de ser amigos? ¿Me quedaré con un fresco a medio restaurar y una página de inicio con enlaces que no llevan a ninguna parte?

Nathalie miró a su madre sin comprender nada.

—¿Por qué deberían enemistarse?

—Bueno, no lo sé —empezó a decir Angela—. Porque los dos aspiran a estar contigo, es evidente. Y cuando te acabes decidiendo por uno de ellos...

Nathalie estalló en una carcajada de absoluta despreocupación.

—¡Mamá! —exclamó cuando hubo recuperado el aliento—. Eso me gusta mucho de ti, que eres... no te enfades... tan ingenua... ¿Es que todavía no te has dado cuenta? Tess lo tuvo claro desde la segunda noche.

—Ajá. ¿A qué te refieres?

Nathalie primero se puso seria y luego apoyó la cabeza sobre las dos manos.

—Que son pareja, mamá. Desde hace dos años, además. Eso de flirtear conmigo lo hacen para bromear. Los tres somos buenos amigos, ni más ni menos. Y, además, es de lo más práctico cuando algún tío empieza a ponerme de los nervios. Benny y Nico son muy discretos respecto a su relación. No eres la única a la que se le ha pasado por alto. Y cuando necesito compañía siempre están allí. O el uno o el otro —explicó con una sonrisa. Angela se sintió un poco boba, pero al mismo tiempo aliviada—. De manera que si Benny consigue convencer a su profesor de que tu fresco es un buen tema para la tesina, los dos estarán encantados de pasar unos meses aquí. Nico se está planteando tomarse un semestre sabático y atender desde aquí a sus clientes por internet. Y para su carrera también puede hacer muchas cosas a distancia. De manera que todo bien, ¿no te parece? Podríamos estar aquí los tres y ayudarte. Quiero decir que yo pasaría la mayor parte del tiempo en Padua, claro, pero tampoco es que quede muy lejos.

—Y ¿dónde vivirían ellos dos? No pueden estar viviendo a expensas de Tess.

—Podrían vivir en la *tessitura* —explicó Nathalie como si ya estuviera todo decidido—. Allí hay sitio de sobra, y ellos no son muy exigentes. Reformarían un espacio enseguida, para quedarse en la habitación que acabará siendo la de los invitados, por ejemplo. En lo que respecta a la cocina, ya improvisarán algo. De todos modos no te quitarás a Benny de encima en las próximas semanas, porque estará ocupado con el fresco. Y lo único que Nico necesita para ser feliz es una buena conexión a internet.

Siguieron charlando un rato más, forjando planes. Angela reflexionó en voz alta que lo mejor sería empezar la reforma por el cuarto de baño, porque Benny y Nico bien tendrían que lavarse. Al cabo de un rato se dio cuenta de que Nathalie estaba muy callada, y por su respiración regular dedujo que su hija se había quedado dormida.

Con cuidado, Angela tapó a Nathalie con la colcha junto a la que se había acurrucado cómodamente. Se quedó tendida a su lado, con los ojos abiertos, sintiendo cómo la felicidad la invadía de los pies a la cabeza. Le llegó desde fuera el olor a cedro, puesto que había sido un día cálido y en esos momentos la brisa mecía las ramas del árbol, y también percibió el canto solitario de un ave. Aguzó el oído ante esa inusual melodía que de vez en cuando quedaba interrumpida por trinares agudos. ¿Qué era, un ruiseñor? Pensó en preguntárselo a Tess de buena mañana, y de inmediato se sumió en un profundo y plácido sueño.

—Así que ¿la materia prima la obtenéis de un solo proveedor? —preguntó Angela quitándose las gafas de leer.

Con la ayuda de Gianni, Benny y Nico había conseguido vaciar la estancia que quedaba junto a la tienda de todos los trastos que se habían ido acumulando con el paso del tiempo. Solo habían dejado una mesa grande y sólida, y unas cuantas sillas, de manera que la habitación pudiera servir como lugar de trabajo improvisado gracias a un simple portátil y una impresora que Nico consiguió para ella.

En esos momentos estaba sentada a la mesa, con el archivador abierto, repleto de facturas, listas escritas a mano y correspondencia variada. Fioretta siempre lo había guardado en las profundidades insondables del anaquel que quedaba tras el mostrador de la tienda.

—Sí —respondió Fioretta, que estaba sentada a su lado y con sus hábiles dedos cosía el dobladillo de una estola recién salida del telar. Angela se la quedó mirando un momento, fascinada por cómo la joven iba envolviendo con hilo pequeños haces de unas diez hebras de la urdimbre, y luego los cosía con delicadas puntadas al extremo del tejido para que no se deshilachara de nuevo—. Desde hace tres años se lo encargamos siempre a Savori, de Mestre —prosiguió la joven—. Hemos tenido otros proveedores, pero la calidad no era suficiente. Orsolina se negaba a tintar género barato, se quejaba de que el resultado no era bueno. Y a mi madre se le rompían los hilos con tanta frecuencia que en una ocasión estuvo a punto de rompérsele la rueda de la bobina.

Fioretta levantó la cabeza de un respingo al oír el sonido súbito de una potente bocina. Un autocar de turistas acababa de llegar a la Piazza della Libertà.

—*Clienti!* —exclamó Fioretta con alegría, y enseguida fue a abrir la tienda—. Veamos a quién nos trae Luca hoy.

Angela siguió tomando notas y apuntando cifras en un archivo de Excel. Y así transcurrió la mañana. Desde hacía años nadie se había encargado de llevar la contabilidad exacta de los gastos e ingresos, como tampoco se había calculado la cantidad de trabajo de las tejedoras. Se habían limitado a guardar los papeles en archivadores, a pagar las facturas con los ingresos y listo; al término de cada mes se repartían lo poco que quedaba en la caja. Así de aventurada había sido la cosa.

Desde la sala contigua empezaron a llegar unas voces animadas, y Angela tuvo la esperanza de que las turistas compraran muchos artículos. Empezó a revisar las listas que había ido elaborando durante los últimos días. Entretanto ya se había informado acerca de lo que le costaría pagar la seguridad social de las tejedoras. No tenía muy claro que la tejeduría pudiera generar muchos beneficios, si bien, por supuesto, tampoco se había propuesto hacerse rica con el negocio, aunque sí tenía que asegurarse un modo de vida. Los seis meses siguientes podría pasar sin problemas gracias a la hospitalidad de Tess, pero luego tenía que conseguir que el negocio fuera mínimamente rentable.

Angela repasó una vez más las cuentas de la adquisición de la seda. Los costes le parecían demasiado elevados. Tal vez debería acudir a Mestre, reunirse con el proveedor y revisar los productos que ofrecía la competencia. Tal vez incluso debería importar el género directamente de la India o de China para evitar así los intermediarios. Respecto al tiempo y la velocidad de trabajo de las tejedoras, no había nada que discutir. Todas trabajaban tan bien y tan deprisa como podían. Cualquier intervención en el proceso podría comprometer la calidad del producto final. Los costes de mantenimiento del edificio también eran una constante, y el precio de venta de los pañuelos no podía aumentar, puesto que ya restringía el negocio a un grupo de clientes potenciales muy reducido.

Aun así, Angela sabía que en el mundo había suficientes personas dispuestas a pagar un precio elevado por algo tan único. Lo importante era que esa clientela descubriera que la *tessitura* existía.

Se reclinó en su silla, cerró el archivador y se quitó las gafas. Se masajeó la parte superior de la nariz mientras se preguntaba qué dirían las tejedoras acerca de su propuesta y del sueldo fijo que podía ofrecerles, que no era precisamente elevado. Angela esperaba que, de todos modos, se alegraran de estar por fin aseguradas, puesto que después de todo ninguna de ellas era ya una jovencita.

Tomó un par de bocados de la *focaccia* que Fioretta le había comprado en la panadería de la esquina y disfrutó del sabor de las hierbas aromáticas con las que estaba sazonada la torta de maíz. «A veces las cosas más simples son las mejores», pensó antes de ponerse en pie y servirse un vaso de agua de una garrafa y abrir la puerta que daba al patio. De la ventana abierta de la manufactura salía el «chi-qui-to-ca» rítmico de los telares. Al cabo de algo más de una hora volverían a reunirse ahí arriba por segunda vez para hablar sobre su futuro.

—¿Por qué no podemos dejar las cosas tal como están?

Angela se quedó mirando a Maddalena con asombro. Acababa de explicarles a las tejedoras las ventajas de las que se beneficiarían con el contrato fijo. Lidia miró con el ceño fruncido a Maddalena, que ya se había sonrojado ante aquella muestra puntual de carácter, mientras Nola doblaba con cuidado la hoja que Angela había entregado a cada una de las mujeres.

—Esto le costará mucho dinero, signora Angela —opinó la madre de Fioretta, y ella se dio cuenta de que le faltaba un diente—. Y el Estado nos quitará todavía más dinero. ¡Al final no nos quedará nada!

—Y si te pones enferma, ¿qué? —intervino Lidia.

—Nadie se ha interesado jamás por mi salud —respondió Nola encogiéndose de hombros—. Además, nunca me pongo enferma. ¿Acaso he faltado algún día? ¿Aunque haya sido uno solo?

Lidia resopló por la nariz y levantó la barbilla con desprecio.

—Angela lo hace por nuestro bien. —Fioretta intentó mediar—. Nadie sabe si algún día podemos llegar a necesitar esas prestaciones...

—Tu madre tiene sesenta y un años —la interrumpió Orsolina—. Yo tengo cincuenta y nueve. Nunca hemos ingresado nada en la caja de pensiones y tampoco necesitamos empezar a hacerlo ahora. De todos modos no tendremos jubilación. Seguiremos tejiendo hasta que nos muramos, ¿es cierto o no?

Maddalena asintió con determinación y Nola soltó un gruñido para demostrar que estaba de acuerdo.

—Y ¿a usted qué le parece, Anna? —preguntó Angela.

La más joven de las tejedoras seguía mirando la hoja de papel con aire reflexivo.

—Para mí sería una ventaja tener un sueldo fijo. Giulia... mi hija... tiene doce años y he de mantenerla yo sola...

—Pongamos —intervino Lidia— que todo sale como se lo imagina la *tedesca*. Esto es Italia, no Alemania. Quizá al cabo de medio año está en la quiebra y podríamos decidir de nuevo si preferimos trabajar con o sin seguridad social.

Las demás tejedoras se quedaron mirando a Angela asustadas. A «la alemana» le quedó muy claro cómo se referían a ella cuando no estaba delante. Eso le dolió, y notó que empezaba a enojarse, pero se obligó a aplicar el sentido común. ¿Cómo podía esperar que las mujeres que durante tantos años habían formado parte de ese grupo la aceptaran como a una más? Eso no llegaría a suceder jamás, y probablemente estaba bien que así fuera.

—Sin embargo... —empezó a decir Maddalena de nuevo con su fina voz infantil, y Angela se dio cuenta de lo mucho que le costaba intervenir—, creo que no tendríamos que hablar de esa forma. De algún modo, la tejeduría también es nuestra. No quiero que la signora Angela se arruine. Porque entonces todas nosotras también nos arruinaremos..., quiero decir...

—Maddalena tiene razón —dijo Anna aprovechando la ocasión para intervenir—. Todas queríamos seguir trabajando en la tejeduría. Por tanto, deberíamos apoyar los planes de la *tedesca*... esto... de la signora Angela.

—Pero no a cualquier precio —objetó Lidia, lo que desconcertó a Angela. No acertaba a comprender a esa mujer. Por un lado parecía estar a favor del contrato fijo, pero de todos modos no paraba de hablar en su contra.

—Signora Lidia —le dijo con total franqueza—. Por favor, explíqueme cómo ve usted las cosas.

Se hizo el silencio en la gran sala. Todos los ojos se volvieron hacia la pelirroja, la única de las tejedoras que no estaba sentada, sino apoyada en un telar con los brazos cruzados.

—Tengo otras preguntas, aparte del sueldo —dijo señalando la hoja de papel—. Aquí parte de una jornada de treinta y cinco horas semanales. Nuestro trabajo es tan duro que ninguna de nosotras aguanta más de cinco horas en el telar. Y Fioretta también trabaja solo a tiempo parcial. No tiene sentido mantener abierta la tienda durante todo el día.

—Eso es cierto —añadió Nola—. A veces trabajamos más tiempo, otras veces menos. Si estoy preparando la urdimbre, puedo quedarme hasta muy tarde. Y Orsolina tampoco tinta todos los días. No tiene ningún sentido que nos pasemos todos los días aquí sentadas desde las ocho de la mañana hasta las cuatro de la tarde.

—La verdad es que tienen toda la razón —admitió Angela asintiendo—. Sé que necesitan sentirse cómodas para conseguir resultados de primera categoría. No pensaba ceñirme a un horario concreto que tengan que cumplir cada día, ni tampoco especificar cuánto tiempo deben pasar frente al telar. Ya están acostumbradas a trabajar por su cuenta, lo sé muy bien, por lo que no cambiará nada en ese sentido. Todas recibirán una llave para poder entrar cuando lo deseen. Lo que espero es que sigan tan comprometidas como hasta ahora.

Angela se dio cuenta de que a Lidia se le relajaban un poco las facciones y dejó caer a los lados los brazos que había mantenido cruzados hasta entonces.

—Si todo tiene que seguir igual que hasta ahora —dijo la tejedora después de reflexionar un rato y dirigiéndose a sus compañeras—, ¿para qué necesitamos a la *tedesca*?

Todas permanecieron en silencio, apocadas. Angela se quedó sin aliento de repente, aunque solo durante un instante, hasta que decidió coger el toro por los cuernos. Si no demostraba su fuerza en ese momento, Lidia seguiría suponiendo un obstáculo.

—Dígamelo usted, Lidia: ¿para qué necesitan a un inversor? ¿Por qué no le han hecho ninguna propuesta a Lorenzo Rivalecca? ¿Por qué no han luchado para conseguir que este negocio sea rentable? ¿Por qué no se han preocupado jamás de llevar la contabilidad como es debido, cuando es una condición indispensable para que cualquier negocio pueda ser rentable?

Lidia se la quedó mirando con los labios apretados y una expresión furiosa en los ojos. Se sonrojó, y Angela vio que apretaba los puños. Cogió aire para replicar algo, pero decidió contenerse. Ella esperó unos segundos más antes de seguir hablando.

—La respuesta es muy simple: ustedes son tejedoras y no mujeres de negocios. Me he pasado días dándole vueltas a la documentación para hacerme una idea de cómo funcionaban las cosas. Y que conste que no le estoy reprochando nada a nadie, pero es así. Por varios motivos necesitan que alguien asuma esta responsabilidad, tanto si lo acabo haciendo yo como si lo hace otra persona. Yo sé dirigir un negocio. No soy tejedora, por más que sepa manejar un telar, pero soy la empresaria que necesitan para no tener que bajar la persiana dentro de poco.

Angela vio que las mujeres intercambiaban miradas. Mientras se fijaba en que Maddalena clavaba los ojos en el suelo como una colegiala reprendida por la maestra, de reojo divisó a Nola y a Orsolina asintiendo muy levemente.

—O sea que me llaman «la *tedesca*» —añadió con calma y en un tono informal—. Bueno, no me parece mal. Al fin y al cabo soy alemana. Tal vez habrían preferido a alguien de Milán, pero Rivalecca se ha decidido por mí —constató, y miró fijamente a los ojos a Lidia. Esta aguantó el tipo unos segundos, pero luego desvió la mirada—. ¿Por qué creen que quiero trabajar con ustedes? Porque las valoro y las aprecio por lo que son: unas tejedoras de seda excepcionales. Y ahora cada una de ustedes debe decidir si se queda o no. Para cualquier otra cosa, encontraremos juntas una solución —concluyó poniéndose en pie—. Bajo a la habitación que hay junto a la tienda, en la que he instalado mi oficina provisional, como ya saben. Las que estén dispuestas a seguir trabajando conmigo, que vengan a verme durante la siguiente media hora. Y quien no, que deje la llave sobre la mesa y no vuelva más.

Sin esperar respuesta, Angela salió del taller. Nada más cerrar la puerta tuvo que apoyarse un momento en ella, de tanto que le temblaban las piernas. Sin proponérselo, oyó lo que dijo Nola a continuación.

—Eres una boba y una amargada, Lidia, de verdad...

Eso la hizo reaccionar, por lo que bajó a su despacho enseguida, tal como había anunciado. Sacó una hoja de papel y escribió: «Con mi firma certifico que seguiré trabajando en la *tessitura*». Debajo añadió dos columnas para que las mujeres pudieran escribir su nombre y firmar al lado. Era consciente de que el papel no tendría ninguna validez legal, pero tampoco pretendía eso. Sabía que las tejedoras que firmaran se estarían comprometiendo, y eso le pareció más importante que cualquier otra cosa.

Apenas hubo terminado, empezó a oír pasos que se detuvieron frente a la puerta. Entonces alguien llamó con los nudillos.

—¡Adelante! —gritó Angela con desenfado.

Las cinco tejedoras entraron una tras otra. Anna tomó la delantera, seguida de Maddalena, Nola y Orsolina. Lidia fue la última en entrar. Fioretta se coló tras ellas y cerró la puerta.

—Todas queremos trabajar con usted, signora Angela —dijo Anna.

—Me alegro —contestó la aludida—. Me alegro mucho.

A medida que fueron firmando el papel, les estrechó la mano. Una vez más, Lidia fue la última.

—Bienvenida, Lidia —le dijo.

—Bienvenida, *tedesca* —respondió la tejedora.

Angela la miró a los ojos con una sonrisa que no fue correspondida por la tejedora, pero el rostro de Lidia ya no estaba ni mucho menos tan avinagrado.

12
EL AMIGO DEL ARQUITECTO

—¡Es increíble!

Aunque Benny apenas había podido eliminar una pequeña parte de las muchas capas de pintura que cubrían los frescos originales de la pared, se quedó impresionada por lo que apareció debajo. Realmente se reconocía una rama con las inconfundibles hojas de una morera y sus frutos, parecidos a los de la zarzamora pero de un color más claro. Vio también el hilado de un capullo y la mariposa de la seda revoloteando alrededor de una mora.

—¡Mira! —exclamó Nathalie señalando el borde exterior de la superficie que había quedado al descubierto—. Aquí hay una cabeza de un pájaro que quiere zamparse la mariposa.

Angela asintió asombrada. La pintura al fresco, una técnica complicada en la que los pigmentos de color se aplicaban directamente sobre el yeso cuando todavía estaba húmedo, era una obra muy delicada, y Angela se preguntó quién debía de ser el autor.

—¿Crees que estará pintada toda la pared? —le preguntó a Benny.

—He quitado pintura en varios sitios para comprobarlo —respondió el joven— y en todos aparece el mismo color de fondo que aquí, de manera que es muy posible.

Benny pasó una vez más un pincel suave por encima de la cabeza del pájaro, que abría el pico con avidez, y luego lo dejó junto al resto de las herramientas que guardaba en una caja de plástico. Se notaba lo mucho que le dolía tener que dejar el trabajo.

—Volveremos pronto —le dijo Nico para consolarlo—. Si todo va bien, a finales de julio.

Benny asintió.

—No dejes que entre nadie ahí, ¿de acuerdo, Angela? —le advirtió el restaurador con preocupación—. Más que nada porque si entra alguien y lo arruina todo...

—No, Benny, de ninguna manera —dijo ella para intentar tranquilizarlo.

—Ella jamás haría algo semejante —confirmó Nathalie.

Los tres jóvenes tenían que regresar a Múnich. Angela se dio cuenta de lo mucho que los echaría de menos.

La sala de la planta baja, en la que los dos jóvenes pensaban establecer su alojamiento cuando regresaran, había quedado vacía y, después de que Emilia pasara a limpiarla a conciencia, presentaba un aspecto más que acogedor. Angela se quedó asombrada de lo bien conservado que estaba el suelo de terracota, que había permanecido oculto bajo una gruesa capa de suciedad. Las paredes originalmente encaladas habían quedado amarilleadas por el paso del tiempo, y más tarde las habían pintado de color salmón. Benny había eliminado la capa de pintura descascarillada con una espátula, y el motivo que había encontrado debajo tenía un aspecto magnífico.

—Más adelante podría tratar las paredes con una mezcla de cera de abeja fundida y aceite de linaza —propuso Benny—. Quedaría muy bien.

A continuación tomó un par de fotos más de las partes descubiertas del fresco de la morera, que era el nombre con el que Nathalie y él habían bautizado la pintura mural.

A la mañana siguiente llegó el momento de despedirse. Por la noche Emilia se había superado a sí misma y una vez más había servido todos los platos preferidos de Nathalie y sus amigos. Por si fuera poco, les guardó lo que había quedado en una nevera portátil, para que pudieran llevárselo. Nathalie la abrazó con entusiasmo.

—¡Ya no tendré que volver a cocinar hasta que acabe el semestre! —exclamó con alegría.

—Por eso lo he hecho —respondió Emilia con satisfacción—. Y no tardes en volver. ¡En ningún sitio estarás mejor que en Asenza!

Poco después de que Nathalie se marchara con sus amigos, Monti llamó por teléfono.

—¿Te apetece acompañarme a ver a un cliente? —le preguntó a Angela—. Tengo que ir a un lugar muy bonito que está junto al río, cerca de Ponte di Piave, para ver un edificio del siglo XVII. He pensado que tal vez te vendría bien verlo. Quizá te inspire alguna idea que luego puedas aplicar a la rehabilitación de la *tessitura*.

Angela titubeó. En realidad, tenía que reunirse con Fioretta para discutir punto por punto los requerimientos de los pedidos en línea. El día anterior habían recibido el primero y todos, menos Nico, se habían puesto muy nerviosos.

—Pensaba salir después de comer —prosiguió Dario—. Si quieres, puedo pasar a recogerte a las dos.

De repente le pareció una agradable posibilidad de hacer algo distinto a las largas y penosas jornadas de trabajo administrativo que habían llenado sus últimos días. Con el tiempo que quedaba hasta la hora de comer bastaría para explicarle lo más importante a Fioretta.

—De acuerdo —dijo Angela—. ¿Está muy lejos Ponte di Piave?

—A algo más de una hora —respondió Monti—. Pero de regreso podríamos parar a cenar en algún lugar que esté bien.

—Por mí, encantada —contestó—. Así podré tomarme la revancha. Esta vez me toca pagar a mí.

—Eso ya lo veremos —replicó Monti—. En Italia las mujeres no pagan nunca, querida Angela. Tendrás que ir acostumbrándote.

Se echó a reír, y ella no pudo evitar sumarse a pesar de sentir cierto malestar. Quizá Monti estaba siendo demasiado amistoso con ella. ¿No le había dicho Markus que lo veía como un admirador? ¿Acaso era posible que Dario estuviera viendo en ella algo más que una buena clienta? Angela intentó convencerse de que todo eso no eran más que tonterías. El arquitecto era bastante mayor que ella. En el mejor de los casos eran amigos. De hecho, solamente los unía una relación comercial, nada más. Por eso no le gustó que la invitara de nuevo...

—De hecho, ¿has estado ya en Maser? —le preguntó Dario arrancándola de sus cavilaciones.

—No —respondió Angela con pesar. Desde aquella vez que se había plantado frente a la puerta cerrada, no había vuelto a surgir la ocasión de visitar la villa de Palladio.

—Entonces ya es hora de que lo veas —dijo Monti—. Cuando regresemos podemos pasar por allí.

Y así fue como, de repente, Angela se ilusionó más por la excursión.

A Fioretta le brillaban los ojos. Ya habían entrado cinco pedidos gracias a la página de internet, cuatro procedentes de California y uno de Washington. «Seguro que Tess ha hecho unas cuantas llamadas telefónicas», pensó Angela. Intentó memorizar los nombres y se propuso preguntarle por ellos más tarde, para juzgar si se trataba de pedidos «verdaderos» o si la anciana les había mandado a unas cuantas amigas que comprobaran si la tienda en línea funcionaba de verdad. Sin embargo, decidió no decirle nada a Fioretta. La vio tan contenta que estaba segura de que la joven correría a contárselo a las tejedoras y las contagiaría de esa energía. Un poco de motivación siempre viene bien.

—Mira, ¿qué te parece esto? —preguntó Fioretta titubeando mientras le mostraba unas tarjetas en las que había pegado pequeñas muestras de tejido. Los trozos de tela brillaban irisados, respondiendo a los cambios de luz—. He pensado que podríamos adjuntar una tarjeta de estas con cada pedido. Tal vez podríamos escribir también unas palabras, ¿qué te parece? Le daría un toque más personal, ¿no crees?

—¡Es una idea genial! —exclamó Angela—. Sin duda lo haremos.

Se sentó frente al mostrador y escribió en cinco tarjetas: «Esperamos que disfruten con los tejidos de la *tessitura* de Asenza».

En un abrir y cerrar de ojos, Fioretta ya tuvo los cinco chales empaquetados con esmero, y también borró los artículos correspondientes del catálogo en línea, tal como Nico le había enseñado a hacer. En realidad era un proceso muy sencillo.

—Por cierto, Jennifer Bennent te manda recuerdos —dijo Angela mientras le tendía a Tess la bandeja con flores de calabacín fritas que Emilia había preparado como tentempié para el mediodía.

—Ah —respondió la anciana con satisfacción—. ¿Ha hecho algún pedido?

Angela asintió con una sonrisa. Tal como había sospechado.

—La llamaste. O le mandaste un mensaje —constató.

Sin embargo, Tess negó con la cabeza.

—¿Qué color? —quiso saber. Angela no comprendió de inmediato a qué se refería—. Pregunto de qué color ha pedido el chal —repitió Tess.

—De franjas rojas y doradas.

—Ajá, rojas y doradas... —repitió Tess con una amplia sonrisa en los labios.

—Tenemos tres pedidos más de California —prosiguió Angela—. Y antes de que lo preguntes... Uno de color naranja y dorado, otro verde y dorado y luego otro dorado con franjas marrones. O sea, ¿que ya estabas al corriente?

—Digamos más bien que lo había intuido —replicó Tess mientras tomaba un pedazo del pan de maíz que había horneado Emilia—. O que tenía esa esperanza. El caso es el siguiente: ¿te acuerdas del pañuelo dorado de Lidia?

—Por supuesto —dijo Angela—. Lo compraste para tu amiga Vivian.

—Exacto —respondió Tess con una sonrisa radiante—. Y, tal como esperaba, le ha encantado. Aunque no fue exactamente un regalo...

Angela esperó a ver si Tess seguía hablando, pero, en lugar de eso, se dedicó a degustar el filete de atún que Emilia le acababa de poner en el plato.

—¿A qué te refieres? —preguntó Angela al ver que no le daba más explicaciones—. Con eso de que no era exactamente un regalo, quiero decir.

—Bueno, porque fue un regalo con condiciones. Tuvo que prometerme que llevaría el pañuelo puesto durante la recepción del gobernador. Eso fue anteayer. Y la semana pasada estuvo con Ron, su marido, en Nueva York. Fueron a ver a una joven violinista asiática que tocaba en el Carnegie Hall, esa que está causando furor. Lo siento, pero nunca me acuerdo de cómo se llama. Y me prometió que le daría a cualquier persona que le hiciera el más mínimo comentario sobre el pañuelo una tarjeta con la dirección de internet de la tejeduría —explicó Tess, tras lo cual le lanzó una mirada triunfal a Angela antes de volver a centrar la atención en el delicioso filete de atún—. Por lo que me cuentas, parece ser que mantuvo su palabra —añadió al cabo de un rato con claro regocijo—. ¿Podrías pasarme las rodajas de limón, por favor? Gracias.

Angela primero se quedó sin habla, pero luego se sintió invadida por una profunda emoción. ¡Tess era una mujer extraordinaria!

—Y eso me hace sospechar —prosiguió su amiga— que todavía llegarán más pedidos como ese. Porque supongo que ninguna dama que pertenezca a ese círculo podrá prescindir de un accesorio tan fabuloso. Tal vez deberíamos fabricar más artículos con ese elemento dorado, tengo la sensación de que Vivian ha creado una tendencia que durará un tiempo.

Debido a la emoción, Angela se olvidó de seguir comiendo, por lo que recibió una severa mirada de Emilia, que se acercó a la mesa para comprobar si todo iba bien o si a la signora Tessa le apetecía otro filete de atún. En ese caso, por supuesto, se lo prepararía al momento para servírselo unos minutos más tarde, dorado por fuera y rojizo por dentro, como se precia.

—Es... increíblemente amable por tu parte —consiguió decir Angela al fin.

—Vamos, no tienes ni que mencionarlo —comentó Tess—. Al fin y al cabo te he metido yo en esto. Y ahora cómete el pescado, niña, que tiene un montón de esos ácidos grasos que según dicen son fabulosos para los nervios.

Angela disfrutó más de lo esperado del trayecto en coche hacia el *fiume* Piave. Puesto que fueron en descapotable, se envolvió la cabeza con uno de los pañuelos de algodón que Nathalie le había metido en la maleta pequeña «para las ocasiones especiales». Subieron por la montaña prealpina, que les iba ofreciendo panorámicas cada vez más espectaculares.

El proyecto de construcción de Dario resultó ser una antigua casa señorial ubicada en un terreno fluvial con embarcadero propio. Había encontrado una solución adecuada para ampliar los antiguos establos, y enseguida se puso de acuerdo con el propietario y con los operarios acerca de cómo debían proceder con la reforma. Terminaron al atardecer y todavía era demasiado temprano para ir a cenar, por lo que Dario propuso regresar por la carretera de la montaña. El sonido de su *telefonino* interrumpió la propuesta.

—¿Te importa —preguntó con disgusto una vez terminada la conversación— si cambiamos de planes? A un amigo mío le ha surgido un problema de estática en su casa y quiere que le aconseje. El caso es que es urgente, y puesto que de todos modos nos viene de paso...

—*Non c'è problema* —se apresuró a aclarar Angela—. Vayamos a ver a tu amigo, a ver si puedes echarle una mano. Si yo tuviera problemas con la estática también querría que vinieras lo antes posible.

En lugar de regresar por las montañas, decidieron tomar el camino directo. El sol ya estaba bajo y creaba reflejos dorados sobre el paisaje de colinas floridas. A Angela le entró un poco de sueño, de manera que solo oyó a medias lo que Dario le explicaba acerca de su amigo, que era descendiente de un linaje célebre y tenía que lidiar con el legado de sus antepasados.

—La fortuna familiar se perdió hace varias generaciones —indicó Dario—. La única herencia que le queda es el apellido famoso y la carga de mantener los bienes culturales de la familia. Vittorio es un hombre de negocios próspero, pero la villa en la que vive es un pozo sin fondo. Solo espero que esta vez no sea un problema muy grave.

Poco después tomaron un desvío por un discreto paseo que ya le permitió intuir a Angela lo especial que sería la finca a la que acudían. La villa del amigo de Monti quedaba bien oculta en una pequeña depresión del terreno, de manera que no era visible desde la carretera. Cuando por fin divisaron la casa, se quedó sin aliento. Lo que vio no era simplemente una villa como Villa Serena o el Palazzo Duse. Sobre un alto tras el cual el terreno descendía formando elegantes terrazas en dirección sur, había un... templo antiguo..., no, más bien un palacio. El edificio tenía planta de cruz griega, y el centro quedaba circunscrito en un círculo, sobre el que se erigía una cúpula con un lucernario acristalado. Angela jamás habría sido capaz de imaginar que se pudiera vivir en un lugar semejante. Dario se la quedó mirando con una sonrisa de satisfacción.

—Parece que la chabola sigue de pie —comentó impasible—. Bienvenida a Villa Castro. Y sí, antes de que lo preguntes: la proyectó un discípulo de Palladio.

El camino de acceso describía una suave curva para descender hasta el edificio. Monti aparcó el coche a la sombra de unos cipreses. Angela salió del coche y siguió al arquitecto, todavía impactada por la perfección del lugar. Arriates ocupados por rosales rodeaban la villa en una disposición geométrica que destacaba todavía más la espectacularidad de la planta. Angela reconoció unas cuantas variedades poco comunes, aunque tampoco le pareció que hubiera un jardinero a cargo a diario, sino que aquello era más bien la obra de un hábil aficionado, y aun así las matas estaban profusamente floridas y eran muy aromáticas. La entrada principal, con una delicada escalinata, se encontraba en la cara sur, hacia el lado en el que el terreno descendía. Allí salió a saludarlos el propietario, que al parecer había estado esperándolos.

—Gracias por venir, Dario —exclamó—, ¡y encima tan deprisa! Espero no haber sido inoportuno —añadió lanzándole una mirada a Angela—. Seguro que teníais otros planes.

—*Per niente* —le aseguró esta. Era un hombre atractivo que le resultó extrañamente familiar. Se devanó los sesos pensando dónde lo había visto antes—. Dario ha tenido la amabilidad de llevarme a una obra de reforma para que pudiera conocer algo más de los alrededores. Me llamo Angela Steeger.

—Vittorio Fontarini —respondió el propietario de Villa Castro mirándola fijamente—. ¿Es posible que... ya nos hayamos visto antes? Estoy seguro de que... —empezó a decir, aunque se interrumpió a sí mismo para esbozar una amplia sonrisa—. ¡Ah, claro! En el bar La Fontana. Se estaba tomando un café, y antes de que me diera cuenta ya había desaparecido.

Dario Monti arrugó la frente.

—¿El que hay junto a Villa Maser?

De repente Angela recuperó el recuerdo y se sonrojó al acordarse de que Vittorio era aquel hombre tan atractivo vestido con un traje negro que la había mirado con tanta intensidad, hasta el punto de acelerarle el corazón de forma inesperada. O sea, que ese era Vittorio Fontarini, el descendiente de una de las dinastías más antiguas del norte de Italia, conocida por su mecenazgo durante el Renacimiento. Sin duda Nathalie debía de saber un montón de cosas sobre su linaje...

—¿Ha venido de visita? —quiso saber Vittorio, aunque antes de que Angela pudiera contestar Dario lo contradijo enseguida para explicarle a su amigo que ella estaba a punto de instalarse en Asenza—. *Per sempre* —añadió con evidente satisfacción.

Vittorio asintió y recibió la noticia con una sonrisa radiante.

—¡Me alegro! ¡Bienvenida al Véneto! Pero entrad, por favor. Hay una grieta nueva, Dario, y no me gusta nada. Además, está en el gran salón. Espero que no sea grave...

Angela siguió con la mirada a aquellos dos amigos tan dispares. Monti era bajito y robusto, mientras que Vittorio Fontarini no solo era claramente más joven, sino que le sacaba más de un palmo al arquitecto. Tenía los ojos vivaces y el pelo oscuro y peinado hacia atrás con desenfado.

Los dos hombres se adelantaron y Angela se dedicó a contemplar con calma el vestíbulo. Dos hileras de cuatro columnas cada una dividían la estancia y el techo en tres bóvedas de crucero decoradas con frescos. El color que predominaba era el azul celeste, puesto que se trataba de un firmamento pintado con delicadas nubes y querubines sosteniendo guirnaldas y jugueteando con pájaros. Siguió a los hombres a través de una puerta y de repente tuvo la sensación de haber entrado en uno de esos sueños que tenía últimamente, en los que atravesaba salas que no conocía. La estancia en la que se encontraba en esos momentos estaba decorada por completo con pinturas de flores. Parecía como si de un espacio abierto al cielo lleno de querubines hubiera pasado al jardín con una pérgola emparrada que dejaba entrever el cielo azul entre los brotes. La pintura parecía tan real que tuvo que parpadear para no sucumbir a la ilusión óptica.

—¿Habéis excavado en algún lugar de la finca? —oyó que preguntaba Dario mientras cruzaba el siguiente umbral. Había llegado al centro de la villa, una gran sala de planta redonda. Angela recordó la planta en forma de cruz griega del edificio y supuso que la puerta que tenía delante permitiría acceder a las alas que quedaban a derecha e izquierda.

Dario y Vittorio se plantaron frente a una de las paredes para fijarse en algo que Angela no podía ver, puesto que los rayos del sol que entraban por la cúpula central caían justo sobre ella y le impedían ver nada. Al cabo de un rato se dio cuenta de que en el techo, alrededor de la cúpula de vidrio, había pintado un sol gigantesco, adornado con escenas mitológicas en relación con esa fuerza fundamental: el majestuoso Helios sobre su carro solar; Faetón conduciendo el carro de su padre demasiado cerca de la tierra e iniciando así un incendio; un Ícaro precipitándose al vacío después de que el sol fundiera la cera de sus alas; Eos, la diosa de la aurora, y su hermana Selene, la diosa de la luna.

—No, no me consta ninguna excavación —respondió Vittorio—. Ni tampoco ningún movimiento sísmico. La villa está erigida sobre una gran losa de roca. Hace años mi padre encargó un estudio geológico...

Angela se acercó a los hombres para examinar la grieta prácticamente vertical que había aparecido entre dos figuras humanas pintadas en la pared. Entonces le llegó a la nariz un olor que le recordó de un modo desconcertante al pasado, a sus tiempos de estudiante en Florencia, cuando la vida todavía era sencilla, sin complicaciones, cuando se pasó un semestre entero enamorada del ayudante de su profesor sin que surgiera nada serio de ello, cuando una mañana fueron de excursión en Vespa hasta Fiesole para degustar los cruasanes de almendras todavía calientes de una *pasticceria*, u otra ocasión en la que dieron un paseo a la luz de la luna hasta la iglesia de San Miniato al Monte, donde él, tan tímido como de costumbre, por fin la había besado.

«¿De dónde salen todos estos recuerdos de repente?», se preguntó Angela mientras escrutaba la grieta de la pared. Olía a madera de sándalo, a almizcle, a paredes de estuco y a..., sí, a seda...

Miró a su alrededor y se fijó por primera vez en los suelos de mosaico, de mármol blanco, negro, amarillo y rojizo con los signos del zodiaco en los bordes y el motivo solar del techo repetido en el centro. Entonces reparó en los delicados muebles tapizados en seda azul y, cuando se fijó mejor, se dio cuenta de que la tela que los revestía estaba descolorida e incluso desgarrada en las esquinas.

—Aquí abajo están las dependencias del servicio, ¿verdad? —preguntó Dario en ese instante.

—Sí, la cocina —respondió Vittorio—. ¿Quieres que te la enseñe? —preguntó, y sonriendo se volvió hacia Angela—. ¿Le apetece acompañarnos o prefiere quedarse aquí tranquila?

—Iré con mucho gusto —contestó ella correspondiendo también a la sonrisa.

Vittorio abrió una puerta poco llamativa en la que Angela todavía no había reparado y que daba a una escalera estrecha que permitía bajar al nivel inferior. A juzgar por lo que le permitió apreciar la luz eléctrica, las paredes de piedra desnudas contrastaban mucho con el esplendor de las estancias superiores. Se imaginó a los criados de tiempos pasados subiendo y bajando a oscuras, cargados con jarras y bandejas. Llegaron a una gran sala iluminada a duras penas por unas ventanas alargadas que estaban dispuestas muy arriba, casi tocando al techo: una cocina de dimensiones gigantescas medio enterrada en la tierra. Aunque no fue eso lo que más fascinó a Angela, sino el estado histórico del equipamiento.

—¿Esta es la cocina original? —preguntó ella.

—¿La del Renacimiento? —dijo Vittorio—. En parte, sí. Mi abuelo mandó sustituir la chimenea original por una combinación de horno y fogones más moderna. ¿Lo ve? Puede funcionar tanto con electricidad como con leña.

—Entonces ¿vive usted en la villa? —quiso saber Angela.

Vittorio negó con la cabeza.

—Me gusta venir los fines de semana, o pasar unos días en verano, pero normalmente vivo en Venecia.

—En invierno puede llegar a hacer mucho frío aquí —intervino Dario mientras examinaba una de las paredes.

—Cierto —confirmó Vittorio—, y eso que hay un ingenioso sistema de calefacción construido según el modelo romano de la antigüedad. De esta chimenea salen unas tuberías que recorren todo el edificio. Por supuesto, hace falta mucha energía para que el calor llegue hasta el último rincón. Antes se encargaba de ello un empleado del servicio cuya única tarea consistía en aportar la leña necesaria para mantener ese monstruo en funcionamiento.

Angela se quedó mirando la chimenea con fascinación.

La apertura no parecía especialmente grande, pero el interior permitía alojar una hoguera enorme, hasta el punto de que cabían haces de leña de un metro y medio de longitud.

—El fuego también se utilizaba para hornear pan —explicó Vittorio señalando hacia varias puertas, unas más pequeñas y otras más grandes, que estaban a diferentes distancias de la fuente de calor—. Y por supuesto, para calentar agua y cocinar.

Angela tuvo la sensación de que Vittorio la observaba de reojo con atención y se ruborizó de nuevo. Al parecer le gustó el interés que demostraba por la casa. Vittorio no desvió la mirada cuando ella lo miró directamente a los ojos. «Cielo santo —pensó ella—, hacía mucho tiempo que no encontraba a un hombre tan interesante.» Incluso las arrugas de expresión que tenía alrededor de los ojos lo hacían más encantador, y parecía como si las cejas se las hubiera pintado alguien de una sola pincelada. El hecho de que tuviera el pelo algo gris en las sienes no perjudicaba su aspecto en absoluto.

—No consigo determinar lo que podría haber provocado esa grieta —explicó Dario colocándose junto a Angela—. Para ir sobre seguro —prosiguió dirigiéndose a Vittorio—, volveré mañana con unas tiras de ensayo. De este modo podremos comprobar si la grieta crece o no. Y si quieres puedo preguntarle a mi técnico de estática si también puede venir. Más que nada, para asegurarnos.

Vittorio asintió.

—Así pues, ¿crees que no tengo de qué preocuparme?

—De momento, no —lo tranquilizó Dario—. Aunque lo tendremos controlado. Con los años que tienen estas paredes no me parece nada extraordinario.

Vittorio pareció muy aliviado, y Angela se preguntó

cómo debía de ser estar comprometido con un legado de varios siglos de antigüedad. Sin embargo, entonces se dio cuenta de que ella también acababa de aceptar un desafío semejante. Y no solo con el edificio, sino sobre todo con el destino de cinco mujeres, al menos respecto a sus ingresos. Mientras seguía a Vittorio y a Dario hasta la planta baja de nuevo, de repente tuvo la sensación de estar eludiendo sus obligaciones, por lo que se propuso trabajar todavía un par de horas esa misma noche antes de acostarse. No obstante, tampoco habría querido perderse aquella experiencia. «Ojalá Nathalie pudiera ver todo esto», reflexionó pensando en lo mucho que la habría cautivado aquella villa.

Una vez más, se fijó en el tapizado de seda de los muebles. Ya les tocaba una renovación. Al salir se dio cuenta de que, en las dos estancias de la parte anterior de la casa, había bancos tapizados a juego con el color de las paredes, y esa seda también estaba dañada. En la sala con los frescos de las parras, eran de un color palisandro pálido, mientras que en el vestíbulo eran de color verde jade.

—Invito yo, y no acepto réplicas —le oyó decir a Vittorio con gran determinación dirigiéndose a Dario—. Es lo menos que puedo hacer para compensaros. Vamos al Quattro Venti. Angela —dijo volviéndose hacia ella—, me haría mucha ilusión que quisiera compartir la cena con nuestro amigo y conmigo. ¿Qué le parece?

—¿Por qué no? —respondió Angela sin pensar.

De inmediato se sorprendió. ¿Acaso no acababa de decidir que trabajaría un rato para la tejeduría? Aunque, por otra parte, ¿cómo podía negarse?

Hacía tiempo que Angela no lo pasaba tan bien como esa noche. Y no solo por el ambiente excepcional que reinaba en el restaurante Quattro Venti, ni por los delicados platos, a cuál mejor, que seleccionaron Vittorio y Dario. Fue sobre todo por la naturalidad con la que Vittorio la integró en la conversación que mantuvo con su viejo amigo Dario, por las pequeñas atenciones que le brindó a ella, y por las anécdotas divertidas que contó acerca de sus desesperados esfuerzos por conservar Villa Castro sin arruinarse en el intento. Angela disfrutó con las miradas de reconocimiento que le lanzaba, con su sonrisa y los hoyuelos que le salían en las mejillas, con el brillo de sus ojos cada vez que le parecía interesante algo que ella le contaba, sin olvidar sus modales impecables y su sentido del humor. Sí, esa noche fue consciente de lo poco que se había reído en los últimos años.

—Por cierto, Angela quiere quedarse la vieja tejeduría de seda de Asenza —explicó Dario a su amigo.

—¿Qué tejeduría de seda? —preguntó Vittorio.

—¿No ha oído hablar jamás de ella? —preguntó Angela desconcertada, y el hecho de que ni siquiera la gente del lugar conociera el taller le pareció una mala señal—. Es una manufactura del siglo XVII.

—Ah, ¿ese lugar donde compran los turistas?

—Bueno, sí —dijo Angela tragando saliva—. Hasta el momento la mayor parte de la clientela ha llegado gracias al turismo, pero me gustaría ampliar la producción. Entretanto, suministramos incluso a Estados Unidos —explicó, lo que pareció impresionar a Vittorio. Tampoco tenía por qué saber que apenas habían empezado a enviar los primeros pedidos—. ¿Por qué no viene un día y así puede verlo todo? —propuso, tras lo cual le lanzó una mirada a Dario, aunque el arquitecto estaba disfrutando tanto con su suflé de espárragos que no dio muestras de estar escuchando siquiera.

—Claro que iré, con mucho gusto —respondió Vittorio antes de hacerle una seña al camarero para que les sirviera más vino blanco—. ¿Y los telares? ¿Todavía utilizan los telares mecánicos originales?

—Son del siglo XVIII, igual que el edificio —le confirmó Angela lamentando no haberse puesto la estola ese día.

—¿Todavía hay alguien que se aclara con esos telares antiguos?

—Sí —contestó ella—. Tengo la suerte de disponer de cinco tejedoras con experiencia.

Vittorio la miraba con los ojos como platos.

—¡Eso sí que no me lo quiero perder! —exclamó levantando la copa—. Por la *tessitura*. Le deseo mucho éxito, Angela.

Era ya tarde cuando se despidieron y se aseguraron unos a otros que había sido una velada fantástica. Durante el camino de vuelta a casa, a Angela le habría gustado saber más cosas sobre Vittorio Fontarini, pero Dario se volvió extrañamente monosilábico en sus respuestas. Angela pensó que lo más seguro era que estuviera cansado. Al fin y al cabo, había sido un día muy largo.

13
EL ANILLO DE BODA

—¿Todavía nos queda hilo dorado, Orsolina? —preguntó Angela.

—Algo debe de haber —respondió la tintorera—, pero no mucho. Tengo que ir a ver cuántas bobinas quedan.

—Veinticuatro —intervino Fioretta—. Las he contado esta mañana. Si utilizamos hilos de otro color para la urdimbre, eso nos alcanzaría para..., ¿cuántos chales, mamá?

—Dos o tres —gruñó Nola, que al parecer no tenía muy buen día—. Dependerá de lo largos que sean. Y de si se mezcla el dorado con otros colores.

—Debería bastar, pues —decidió Angela, tras lo cual se dirigió a Lidia—. ¿Terminará hoy la pieza? ¿Podría continuar luego con el hilo dorado? La urdimbre es rojo carmesí, creo que podría quedar bien.

Lidia le lanzó una mirada indescifrable.

—¿Por qué dorado? —quiso saber.

—Tenemos pedidos de ese color —explicó Angela.

Las tejedoras se la quedaron mirando con perplejidad.

—¿Pedidos? —repitió Maddalena.

—*Certo* —intervino Nola—. Fioretta ya nos explicó que ahora ofrece los pañuelos por internet. Y que ya han enviado cinco.

—¿Cuáles? —preguntó Anna con genuino interés.

—De momento, sobre todo los de tonos dorados —explicó Angela con la esperanza de que no surgieran celos entre las tejedoras.

—¿Eso significa —preguntó Lidia— que ahora tendremos que tejer lo que la gente quiera?

—Si nos entran esa clase de pedidos, por supuesto que sí —replicó Angela—. Es perfecto. Se trata de tejer una pieza sabiendo que ya está vendida.

Se hizo el silencio bajo la morera, el lugar desde el que hablaba con sus empleadas antes de empezar la jornada desde hacía un par de días. Nadie dijo nada, pero Angela no se quitaba de encima la sensación de que algo no encajaba. De repente Lidia rompió el silencio.

—Eso no me parece nada bien —objetó—. Hasta ahora siempre hemos hecho lo que nos apetecía. Cada pañuelo salía distinto. Y ¿ahora debemos regirnos por lo que nos dicte la gente?

Por unos momentos Angela se quedó sin habla. Le venían a la cabeza palabras coléricas. ¿A qué venía eso? Al fin y al cabo estaban allí para intentar que el taller acabara siendo un negocio rentable, ¡no para llevar a cabo un proyecto de realización personal! Sin embargo, se obligó a calmarse y respiró hondo un par de veces, tal como había aprendido a hacer cuando se había encontrado en situaciones parecidas durante los muchos años que había trabajado en la empresa de construcción. Por supuesto que, en cierto modo, Lidia también tenía parte de razón. Cada artículo tenía que ser una pieza única, por mucho que hubiera pedidos acerca de los colores deseados. Lo que tenía que lograr era que las tejedoras se sintieran dueñas de las decisiones que regían sus creaciones.

—Esa gente es nuestra clientela —respondió en un tono afable y calmado—. Por eso deberían poder expresar lo que desean adquirir. Después de todo, pagarán una suma de dinero considerable por una estola de seda, ¿no le parece? Si le viniera una amiga y le dijera: «Lidia, por favor, ¿me puedes tejer un pañuelo con hilo dorado?», ¿qué le diría?

Lidia la miró mal, como si temiera estar a punto de caer en una trampa. Fue Maddalena quien contestó.

—Yo le tejería el pañuelo como me lo pide —dijo observando a Angela a través de los gruesos cristales de las gafas con una expresión de pura ingenuidad.

—Todo dependería —intervino Lidia— de quién me pidiera el pañuelo.

—Son todas amigas de Tess —explicó Angela suspirando por dentro—. Le regaló a una amiga el pañuelo dorado que usted le tejió. Y ahora otras amigas suyas desean pañuelos parecidos. Y no queremos decepcionarlas, ¿verdad?

Maddalena negó con la cabeza con vehemencia.

—Pero... —se interpuso Anna—. ¿No se enfadarán las mujeres, si todas llevan el mismo pañuelo?

—Es que en ningún caso pueden ser iguales —replicó Lidia—. Cada pañuelo debe diferenciarse de los demás. Yo podría tejer uno con franjas carmesí en los bordes. Y Nola, ¿por qué no tejes uno con tu patrón de rombos?

Nola frunció los labios como si estuviera reflexionando.

—Oro con *rosso veneto* —sentenció—. Podría quedar bien. Es algo que tenía ganas de probar desde hace tiempo.

Angela respiró aliviada por dentro.

—A mí también me gustaría tejer un pañuelo para las amigas de Tessa —dijo Maddalena levantando la voz—. Mi urdimbre es negra. ¿Qué os parece, debería tejer líneas finas de color negro?

—Eso quedaría algo triste —opinó Anna, a quien también se le había despertado la ambición—. Creo que yo podría mezclar los hilos de seda dorados con lino de color verde claro. O con esa fibra vegetal que utilicé hace poco. Tengo que ver cuánta nos queda.

—A mí me parece que podríamos tejer líneas negras sin problema siempre y cuando sean finas, Maddalena —dijo Angela para animar a la tejedora, que estaba claramente decepcionada—. Seguro que quedaría elegante.

—Pero solo nos llega para tres pedidos —intervino Orsolina—. ¡No tenemos más hilo de ese color!

—Tal vez podría teñir más —propuso Angela en tono amistoso—. Aunque, si no es exactamente el mismo tono, mejor. Tengo la sensación de que esa fiebre del oro que ha surgido en Estados Unidos todavía durará un tiempo. El oro rojo no está muy alejado de un color más cobrizo. ¿Le parecería bien, Orsolina? ¿Incluso algún color más semejante al latón, jugando con tonos verdosos?

—*Ma certo!* —exclamó Orsolina poniéndose en pie—. Seguro que queda bien. No será la primera vez que lo hago.

—Fantástico —declaró Angela percibiendo con evidente alivio cómo había cambiado el ánimo de las mujeres para volverse mucho más positivo.

Charlando ilusionadas entre ellas, las tejedoras se dirigieron hacia el taller, y poco después empezó a oírse en el patio el castañeteo regular de los telares.

—Qué bien suena eso —murmuró Fioretta asintiendo

con alivio—. Solamente con el sonido ya se nota si las cosas marchan bien o no. Si esto sigue así, creo que se han terminado las quejas por hoy.

A lo largo de la mañana entraron nuevos pedidos en línea y, para gran alegría de Angela, no solo llegaron procedentes del círculo de amigas de Tess, sino también de Gran Bretaña. Nico le había escrito para contarle que había conseguido posicionar la *tessitura* en los grandes buscadores mundiales gracias al uso de unas cuantas palabras clave, de manera que aparecían entre las primeras diez entradas propuestas. No había sido una jugada barata, pero al parecer la inversión había valido la pena. Hacia las once llegó un pedido desde Alemania, y poco después uno desde España. Y todo sin requisitos especiales, simplemente solicitando artículos ya producidos que Nathalie y Fioretta se habían dedicado a fotografiar para que Nico pudiera colgar las imágenes en el sitio web.

Angela estaba a punto de hacer la pausa de mediodía cuando, de repente, alguien llamó a la puerta de la tienda. Al abrir, se topó de frente con Vittorio Fontarini y el corazón le dio un pequeño vuelco.

—*Buongiorno* —dijo él con una sonrisa de oreja a oreja—. Espero no molestar. Tenía que venir cerca de aquí por casualidad y he pensado...: «¡Pasaré a hacerle una visita!».

—No molesta en absoluto —se apresuró a decir Angela mientras daba un paso a un lado y hacía un gesto con la mano para invitarlo a pasar—. ¡Adelante, por favor!

Por dentro se alegró de que Fioretta ya se hubiera adelantado para dejar los paquetes en la oficina de correos antes de que cerraran a mediodía. Mientras encendía la luz para Vittorio y le enseñaba las piezas que más le gustaban a ella personalmente, Angela comprobó su aspecto en el espejo que las clientas utilizaban para probarse los pañuelos y estolas. «Dios mío —se le pasó por la cabeza—, ¿por qué no me he maquillado mejor esta mañana?» Sin embargo, cuando se dio cuenta de lo que estaba haciendo intentó controlarse enseguida.

¿Qué le estaba sucediendo? ¿Se había puesto colorada?

—¿Puedo ver la tejeduría? —preguntó Vittorio.

—Sí, por supuesto —respondió Angela obligándose a recuperar la compostura—. Precisamente es un buen momento, las tejedoras están echando la siesta.

—Qué bien —contestó Vittorio—. Me interesa sobre todo ver esos telares antiguos.

Angela guio al visitante por el patio, donde Vittorio se detuvo un momento para mirar a su alrededor, muy impresionado.

—Este lugar es muy especial —constató asintiendo en señal de reconocimiento—. No me extraña que se haya enamorado de la finca, Angela.

La siguió por la escalera que subía hasta la manufactura y, cuando entró en la sala de los telares, se quedó sin habla un rato. A ella le vino a la cabeza la primera vez que Fioretta les había enseñado la sala a Tess y a ella, y le pareció increíble que solo hubieran transcurrido unas semanas desde entonces.

Dejó que Vittorio contemplara el lugar a sus anchas y él enseguida se acercó al telar de Lidia. Ya había empezado a tejer el pañuelo nuevo. Angela examinó con interés los ribetes dorados con matices carmesí que la tejedora había mencionado. Ya había cubierto diez centímetros. Al chal de franjas de color gris claro que había terminado esa misma mañana todavía le faltaba el dobladillo, pero lo había dejado cuidadosamente preparado sobre la gran mesa que había en el centro de la estancia. Era una clara demostración de ese don que tenía Lidia, esa personalidad especial que cada tejedora transmitía a cada una de sus obras, y las de Lidia eran inmaculadas, lisas y frescas. Verdaderos tesoros.

—Cuesta creer —dijo Vittorio rompiendo el silencio que reinaba— que de estos colosos de madera tan toscos puedan salir piezas tejidas con tanta delicadeza. Esas tejedoras deben de ser unas verdaderas hadas.

Angela no pudo evitar reírse. Pensó en las mujeres, cuyo aspecto no podría haber estado más alejado del de un hada. Sin embargo, Vittorio tenía toda la razón.

—Cierto —opinó ella—. Tienen manos de hada. Pero trabajar con estos monstruos también es todo un desafío físico.

—¿Cómo funcionan, exactamente? —quiso saber Vittorio, y Angela procedió a explicárselo.

—El principio básico es muy simple, es probable que haya cambiado muy poco desde los inicios de la humanidad. El truco consiste en que las urdimbres transcurran en dos niveles diferentes. Uno siempre tiene que quedar arriba y el siguiente, por debajo. Mediante el pedal van moviendo los ejes hacia arriba y hacia abajo. La tejedora se sitúa ante el telar y va pisando hacia la izquierda, hacia la derecha, izquierda y derecha, accionando la maquinaria de manera que los hilos queden cruzados entre sí.

—¿Y tú? ¿Sabes manejarlos?

—Sí —respondió Angela. Se dio cuenta de que Vittorio

había pasado a tutearla sin previo aviso y se alegró de ello—. Teóricamente, al menos. Estudié Diseño Textil, pero también aprendí y practiqué la técnica del telar.

Vittorio se la quedó mirando fascinado, y Angela notó cómo se le subían los colores.

—¿Podrías enseñarme a tejer?

Angela negó con la cabeza.

—No, por desgracia no puedo —explicó con una sonrisa—. Las tejedoras me arrancarían el pellejo. Además, arruinaría la pieza. Se notaría enseguida el cambio. Cada tejedora tiene su propia personalidad y eso se acaba notando en la obra final.

Vittorio asintió ensimismado y empezó a pasar de un telar a otro. Angela le fue explicando cómo Nola conseguía ese patrón de rombos tan típico.

—Su urdimbre ya es de dos colores. Si te fijas bien, verás que siempre hay veinte hilos marrones y veinte anaranjados. Si va cambiando de color de forma regular, aparece ese estampado de cuadritos que denominamos «vichy». En los lugares en los que el marrón se cruza con el marrón, aparece un cuadro marrón. Donde el naranja se cruza con el naranja, un cuadro naranja. Y en los lugares en los que el hilo marrón se cruza con el naranja, un tono intermedio.

Vittorio asintió.

—Y si la urdimbre se dispone de un modo distinto, ¿pueden surgir motivos diferentes?

—Hasta cierto punto, pero sí. Por supuesto, también puede prepararse para que sea un tejido policromo. Mientras se seleccionen bien los colores, el resultado final será bueno.

—Y ¿cómo obtenéis estos tonos tan fabulosos? Esto no es hilo teñido de forma industrial, ¿verdad?

—Oh, no —respondió Angela, y acto seguido procedió a contarle acerca del libro secreto de Orsolina, que contenía las recetas de color que ya utilizaba su abuela.

Vittorio la escuchó con atención. Se acercó a la mesa y examinó con detenimiento el pañuelo gris plateado de Lidia. Perdido en sus cavilaciones, apoyó un codo en la otra mano y se frotó la barbilla con el índice mientras entrecerraba los ojos. Parecía como si estuviera pensando intensamente en algo.

—¿Pueden fabricarse también telas más anchas? —preguntó.

Angela lo miró sorprendida. Algo le llamó la atención en la manera en la que lo había preguntado.

—Con estas máquinas de aquí, no —contestó ella—. Pero ven conmigo, te enseñaré una cosa.

Cruzó la puerta doble que unía aquella ala del edificio con la contigua, la que no utilizaban las mujeres. En los últimos días, una vez terminado el trabajo, cuando las tejedoras ya se habían marchado, se había sentido cada vez más atraída por el *omaccio grande*. Abrió la puerta y guio a Vittorio hasta el enorme telar cubierto con una sábana descolorida.

—Con este de aquí podría fabricarse una anchura de hasta dos metros ochenta —explicó Angela mientras apartaba la sábana que protegía el *omaccio* del polvo.

Vittorio rodeó el gigantesco aparato que ocupaba prácticamente la estancia entera y lo examinó con incredulidad.

—¡Menudo monstruo! —exclamó—. ¿Y funciona?

—Creo que sí —señaló Angela—. Habría que darle un repaso, porque hace años que no se usa. A las mujeres no les gusta demasiado y hasta el momento no ha surgido la necesidad de fabricar telas de esa anchura. Pero ahí está, y no acabo de comprender por qué no lo utilizan de nuevo.

—Si consigues revivirlo, Angela —explicó Vittorio—, y las telas salen igual de bien que las que me has enseñado, podríamos hacer negocios. ¿Qué te parecería?

—Sería fantástico —respondió ella—. Cuéntame qué estás pensando.

Vittorio propuso explicárselo mientras comían, por lo que tomaron el coche y se dirigieron hacia el monte Grappa. Media hora más tarde se sentaron en una terraza espectacular a novecientos metros por encima del nivel del mar y disfrutaron de los platos del día, un delicioso *prosciutto di San Daniele* con melón, alcachofas asadas con lima y un *spezzatino di coniglio*, un ragú de conejo.

—Soy arquitecto de interiores —explicó Vittorio—. Mi empresa trabaja a nivel internacional, aunque muchos de mis clientes viven aquí, en Italia, ya sea en el Véneto, en la Toscana o en Roma y sus alrededores. Ya has visto cómo es Villa Castro y, puesto que crecí en caserones antiguos como esos, me especialicé en decorar esa clase de espacios, ya sea para conservar el aspecto original o para modernizarlos un poco, según cómo sea el lugar o lo que deseen los propietarios. Y uno de los mayores problemas que tengo es precisamente encontrar materiales de primera calidad. Tejidos de seda, por ejemplo. Los artículos obtenidos por procedimientos industriales pueden ser bonitos, pero les falta alma. Para muchos clientes resultan más que suficientes y, de todos modos, tampoco se podrían permitir el precio que cuestan los artesanales. Sin embargo, también tengo clientes que valoran mucho ese toque especial y, por suerte, se encuentran entre los que sí se lo pueden permitir.

Angela asintió. Pensó en las fundas raídas de los muebles tapizados de Villa Castro.

—Los artículos valiosos, fabricados a mano, duran varias generaciones —explicó ella—. El material está vivo, y si se cuida bien la inversión vale la pena.

—Yo también lo veo así —convino Vittorio—. Pienso sobre todo en telas de un solo color para cortinas y tapizados. ¿Sería posible elegir el color especialmente para la habitación que se pretenda decorar?

—Creo que sí —respondió Angela—. Tendría que consultárselo a Orsolina. Si alguien puede conseguir un tono concreto es ella.

Vittorio asintió satisfecho.

—Pues si en algún momento te apetece poner en marcha ese viejo monstruo, estaría bien que me hicieras llegar unos metros de muestra —dijo él.

—¿Por qué no hacemos una prueba de ejemplo? —propuso Angela—. Me he fijado en que hay que renovar las tapicerías de Villa Castro. Te suministraré la cantidad de tela necesaria para los tres sillones de la rotunda. Intentaremos replicar el color original a un precio que cubra los gastos. ¿Qué te parece?

—Es una oferta excelente —contestó Vittorio—. Y una idea fabulosa. Porque, si funciona, me resultará muy sencillo convencer a los clientes muy distinguidos que de vez en cuando recibo allí.

Angela ya había intuido algo por el estilo. Vittorio se echó hacia atrás, se apartó el pelo de la frente y empezó a hablarle acerca de un evento que pensaba celebrar en septiembre. Ella se fijó en él y le pareció desvergonzadamente guapo. De inmediato pensó si debía de haber alguna mujer en su vida. Por supuesto que debía de haber alguna. A los hombres como Vittorio nunca les faltaban las mujeres revoloteando a su alrededor, ni siquiera tenían que molestarse en intentar nada. Sin darse cuenta, se quedó mirando sus esbeltas manos. En la derecha llevaba un sello dorado con una piedra de jade. A Angela le pareció reconocer un escudo de armas grabado. Y, aunque no llevaba ningún anillo de boda clásico, ella tenía claro que aquello tampoco significaba nada...

—¿A qué se dedica tu marido?

Angela se sobresaltó de repente, como si Vittorio hubiera tocado un tema prohibido. Por supuesto, ella todavía no se había quitado la alianza de boda tras la muerte de Peter. Ni siquiera se le había ocurrido aquella posibilidad.

—Murió —respondió en voz baja mientras le daba vueltas a la alianza—. Esta primavera. De cáncer.

De repente notó un frío inusual a pesar de lo mucho que brillaba el sol, por lo que se arropó mejor con la estola. Al ver que Vittorio no decía nada más, Angela le lanzó una mirada furtiva y se sorprendió al ver la expresión increíblemente triste que se había apoderado de sus rasgos. Vittorio no la miraba, sino que sus ojos se perdían en el vacío que quedaba por encima de ella. Hasta ese momento le había parecido rebosante de vida, pero en un instante fue como si se hubiera vaciado del todo.

—Lo siento —dijo en voz baja mirándola completamente destrozado—. Entonces veo que estamos más o menos igual. Sofia perdió la vida hace un año, en un accidente de tráfico.

Sin proponérselo, Angela extendió la mano por encima de la mesa y la posó sobre la de Vittorio. Al cabo de un momento fue consciente de lo íntimo que resultaba el gesto, sobre todo teniendo en cuenta que apenas se conocían, de manera que le dio un apretón afectuoso y retiró la mano de nuevo.

—*Che disgrazia* —murmuró ella.

Vittorio la miró y la expresión de sus ojos reflejó todas las emociones posibles: había tristeza y dolor, pero también una sonrisa franca motivada por el hecho de sentirse comprendido.

—*Sì* —respondió él—. Aunque la vida sigue adelante.

Angela asintió.

—Eso es lo que siempre me decía Peter: «Para ti, la vida sigue».

—Tengo un hijo —añadió Vittorio—. Vive en Estados Unidos. ¿Tú también tienes hijos?

—Sí, una hija —contestó Angela con una sonrisa—. Se llama Nathalie.

Y a continuación se quedaron callados los dos. El tiempo se convirtió en algo completamente insignificante durante esos instantes de entendimiento mutuo. Se limitaron a quedarse sentados, lamentando la desgracia que les había tocado vivir, hasta que por fin llegó el propietario del restaurante para preguntarles si les apetecía algo más.

—Un *caffè ristretto* —dijeron los dos a la vez, como si lo hubieran ensayado. Se echaron a reír y de ese modo se disolvió la gravedad del momento.

«Qué extraño —pensó Angela más tarde, mientras regresaban todavía en silencio, simplemente porque ninguno de los dos tenía nada que decir—. Qué extraño y qué bonito poder guardar silencio también con este hombre, sin sentirme mal por ello.»

—Supongo que te acuerdas: tienes que ir a cenar a casa de Lorenzo Rivalecca.

Angela se quedó mirando a Tess sorprendida. Cielo santo, lo había olvidado por completo. O mejor dicho, no había querido volver a pensar en ello. Todavía no había asumido del todo que tendría que cenar con aquel hombre tan desagradable de vez en cuando.

—Y ¿de qué voy a hablar con él? —gimió Angela.

—Bueno, en el mejor de los casos sobre la cita que tenéis con el notario la semana que viene. Y cuéntale también la idea que tuviste del plan de pensiones de la empresa. Le gustará.

Cuando se dirigía hacia el Palazzo Duse el sol se estaba poniendo. «Quizá ni siquiera me abrirá la puerta», pensó Angela esperanzada. Sin embargo, nada más acercarse al portón de la verja, este se abrió de forma automática. Se dio cuenta de que Rivalecca debía de haber estado vigilándola con la ayuda de cámaras mientras se acercaba a la casa, por lo que se esforzó en ocultar cualquier signo de nerviosismo.

Rivalecca la estaba esperando ante la puerta de la casa. Se la quedó mirando con el torso ligeramente encorvado. Angela no supo interpretar su expresión. ¿La miraba de forma amistosa o con hostilidad?

Respondió a su saludo con un gruñido indescifrable mientras salía a su encuentro frente al vestíbulo de entrada. En esa ocasión toda la casa estaba bien iluminada, y a

Angela le sorprendió la suntuosidad del vestíbulo y la escalera.

—*Vieni* —le ordenó Rivalecca.

¿Pensaba tutearla? Intentó reprimir las ganas de demostrar su indignación y lo siguió. Rivalecca le sostuvo la puerta abierta e hizo un gesto brusco para invitarla a entrar. Angela trató de dominarse al ver que un claro sentimiento de rechazo empezaba a apoderarse de ella.

Lo siguió hasta un comedor enorme, dominado por una mesa capaz de alojar a dos docenas de comensales. Cerró los ojos por un momento. No podía ser verdad. Como en las películas históricas, aquella mesa gigantesca estaba puesta en los dos extremos de un modo exquisito, con servilletas de lino almidonadas y cubiertos de plata. En la superficie vacía que quedaba en medio había velas encendidas en tres candelabros de varios brazos. ¿O sea que cenarían separados por unos doce metros de mesa? Bueno, si Rivalecca resultaba ser duro de oído, podría ahorrarse preguntarle sobre qué quería hablar.

—No suelo cenar mucho —explicó Rivalecca señalando hacia un extremo de la mesa mientras ocupaba el lugar opuesto.

—No pasa nada —respondió Angela—. Yo tampoco es que tenga mucha hambre.

Se sentó en la silla asignada y tuvo que reprimir el ataque de risa que le sobrevino de improviso. ¿Qué demonios pintaba ella en un escenario tan irreal como ese?

La puerta se abrió y una mujer mayor a la que Angela todavía no había visto entró cargada con una fuente.

—Preferiblemente ceno *minestrone* —dijo su anfitrión

mientras la empleada del servicio le llenaba el plato—. En alemán es *Gemüsesuppe*, ¿verdad?

Angela asintió. «Cielo santo —pensó—, que no fuera prisionero de guerra de los alemanes.» Siguiendo la costumbre italiana, esparció algo de parmesano rallado por encima de la sopa y la degustó. Era deliciosa. Rivalecca la examinó con atención.

—¿Te gusta? —preguntó, y acto seguido asintió con satisfacción—. Es por la panceta ahumada. La *pancetta* da mucho sabor a la sopa.

El anciano empezó a sorber cucharadas de sopa de forma escandalosa. Durante un rato no se oyó más que ese ruido y el leve tintineo de la cuchara. Cuando hubo vaciado el plato, Rivalecca dejó caer su cuchara dentro, se reclinó hacia atrás y se limpió la boca con la servilleta de lino.

—¿Cómo te las estás apañando con las mujeres?

Angela estuvo a punto de atragantarse al oír la pregunta, y también bajó la cuchara.

—Perdone, ¿cómo dice?

—Bueno, con esa Lidia. Y con Orsolina. Y la loca de Maddalena y como se llamen las demás. ¿Os entendéis?

—Sí —respondió Angela—. Yo valoro su trabajo, y ellas están contentas de que el negocio siga adelante.

Durante un rato se hizo un silencio incómodo. Entonces Angela se acordó de lo que Tess le había aconsejado y le explicó a Rivalecca que tenía previsto crear un fondo de pensiones empresarial para las tejedoras.

—No confían precisamente en el sistema de pensiones estatal —dijo, ante lo que Rivalecca se echó a reír—. Por lo que les propondré guardar una parte de su sueldo en un fondo. Yo haré una aportación inicial de cien mil euros...

—¿Qué? —exclamó Rivalecca a la vez que golpeaba la mesa con la mano, lo que hizo que las llamas de las velas temblaran—. *Che sciocchezza!* ¡Está claro que estoy vendiendo demasiado barato si puedes dedicar tanto dinero a una tontería semejante! La vieja Tessa me ha tomado el pelo, ya lo veo.

Angela creyó no haberlo oído bien. Al final decidió coger el toro por los cuernos.

—Tess también participará en el fondo —le explicó impasible—. Poca gente disfruta de un *palazzo* como el suyo, signor Rivalecca. Poca gente se puede tomar la *minestrone* con cuchara de plata cuando llega a cierta edad. Y poca gente puede permitirse el lujo de dejarse llevar por el mal humor. Me siento responsable del bienestar de las tejedoras. Y por lo que sé, su difunta esposa también compartía esa preocupación.

Si la echaba, le daba igual. No le importaban lo más mínimo aquellas veladas. Aunque tuviera que firmar el contrato al cabo de unos días, el precontrato era vinculante, y no tenía la más mínima intención de permitir que aquel viejo la castigara como si fuera una niña. Ya iba siendo hora de dejárselo claro para que lo comprendiera de una vez. Se lo quedó mirando en actitud desafiante y, para su asombro, se dio cuenta de que estaba sonriendo. ¿Se estaba burlando de ella?

—Cambiemos de tema —ordenó él poniéndose en pie—. Espero que eso haya saciado tu apetito, porque no hay nada más. Ven conmigo, *andiamo!*

Angela se levantó de la mesa desconcertada. No tenía más hambre, se había quedado satisfecha, pero una pregunta seguía candente dentro de ella, por lo que siguió a

Rivalecca hasta el despacho que ya conocía de su última visita.

—¿Por qué quiere que venga a cenar con usted?

Ya lo había soltado. Rivalecca se quedó plantado frente a una mesita con varias botellas de cristal tallado. Se estaba sirviendo algo cuando se detuvo en seco.

—Es una pregunta muy impertinente —la reprendió.

—Usted tampoco es que sea precisamente cortés —respondió Angela.

—Pero ¡yo soy viejo!

—Eso no le da derecho a comportarse como... como... —dijo ella sin terminar la frase. Estaba tan furiosa que ni siquiera le venían las palabras a la mente.

—... *con la delicatezza di un pachiderma?* —la ayudó Rivalecca.

—Sí, exacto —convino Angela—. Se comporta usted como un elefante en una cacharrería.

Rivalecca esbozó de nuevo aquella sonrisa extraña que tan poco encajaba en su rostro, por lo general surcado por profundas arrugas, como las de cualquier viejo cascarrabias.

—Porque soy un paquidermo —replicó él—. ¡Un insensible! Y también tengo la memoria de un elefante, ¡no olvido nada!

La última frase prácticamente se la escupió. A continuación sirvió un líquido de color ámbar en dos copas y le tendió una a Angela.

—¡Toma! —gruñó Rivalecca—. ¡Y haz el favor de sentarte de una vez! Esta es la mejor *grappa* que llegarás a beber jamás. Está elaborada con uvas de mis viñedos, ¡espero que sepas apreciarla!

A Angela le pareció verdaderamente deliciosa. Al verlo, Rivalecca se animó un poco y le contó qué caracterizaba a un buen aguardiente, cómo debía madurar y durante cuánto tiempo.

—No sabía —dijo ella mientras Rivalecca le rellenaba la copa— que también tuviera usted una viña.

Rivalecca soltó una carcajada.

—¿Una viña? —preguntó—. Mi familia poseía todos los viñedos que hay a cuarenta kilómetros a la redonda. *Ecco* —exclamó señalando hacia un mapa enmarcado que había en la pared—. Todo lo que está sombreado de color rojo era nuestro. Producíamos el mejor *prosecco* que puedas imaginar. Nadie conseguía unas uvas garganega tan perfectas como las nuestras.

—Pero ¿ya no? —quiso saber Angela.

Rivalecca hizo un gesto con la mano derecha, en parte de desprecio, pero también de lástima.

—Está todo vendido. ¿Quién iba a gestionarlo, si no? No tengo herederos. La familia Rivalecca se extinguirá cuando yo estire la pata. Siete generaciones de viticultores que no tendrán continuidad después de mí.

O sea que era ese el motivo por el que Rivalecca jamás se había interesado por la Villa de la Seda. Era un viticultor apasionado, solo que a esas alturas ya no tenía ni viñedos. La tejeduría había sido la pasión de su esposa, pero a él no le había llamado jamás la atención. Probablemente había sido un alivio para él quitarse aquel peso de encima.

—Me gustaría saber —empezó a decir Angela con cautela— si todavía hay documentación sobre los telares. Principalmente sobre el grande. Me gustaría volver a ponerlo en funcionamiento.

Rivalecca levantó la mirada enseguida.

—¿El *omaccio*? —preguntó con la frente arrugada—. ¿Por qué?

—Porque me lo han pedido —respondió Angela. El anciano se la quedó mirando con un semblante impenetrable. Sin embargo, ella lo conocía ya lo bastante bien para saber que no le había hecho la menor gracia—. Lleva mucho tiempo parado —prosiguió Angela—. Habrá que darle un repaso antes. ¿Sabe quién podría ocuparse de ello?

—Hoy en día ya no queda nadie —replicó Rivalecca con brusquedad—. Todos han muerto. O son demasiado viejos.

Angela no apartó la mirada de su interlocutor.

—¿Cómo se llaman? —preguntó ella.

—Cómo se llaman ¿quiénes?

—Pues ¡esos que son tan viejos!

Rivalecca frunció los labios y las cejas. Igual que durante la primera visita, se miraron fijamente a los ojos y ninguno de los dos se mostró dispuesto a ceder.

—Mantente alejada del *omaccio* —dijo el anciano en un tono sombrío.

—¿Por qué? ¿Qué pasa con ese telar?

—Que no trae buena suerte que digamos —explicó él con un suspiro de lo más inesperado—. Aunque, si no me crees, puedes preguntárselo a Giuggio. Vive en la parte baja de la ciudad. Fioretta te dirá dónde exactamente.

Angela ya estaba de pie frente a la puerta cuando la mano nudosa de Rivalecca se aferró a su brazo.

—Respecto a ese fondo de pensiones —gruñó—, para la pensión empresarial, cuenta con la misma suma que haya aportado Tessa. Lo que haya invertido esa vieja bruja también lo invertiré yo.

Dicho esto, cerró la puerta y Angela se llevó un buen sobresalto.

«Qué hombre tan extraño —pensó mientras cruzaba el jardín—. Y tan lleno de sorpresas.»

14
EL *OMACCIO*

Angela encontró al viejo Giuggio en el jardincillo que tenía detrás de su casa, erigida en una cuesta muy pronunciada. Estaba con las piernas abiertas frente a una tomatera espectacular, atando una rama con tres pesados frutos al enrejado. A ella no le pareció que la hubiera oído cuando lo saludó, por lo que esperó pacientemente hasta que levantara la vista y la viera.

¿Qué edad debía de tener aquel hombre? Cuando por fin comprendió que Angela quería hablar con él, se metió de nuevo en casa con la máxima parsimonia. Al maestro carpintero daba la impresión de que lo hubieran tallado en madera vieja. Sobre todo su rostro, que parecía de roble pulido, castigado por el sol, lleno de arrugas y rematado por dos ojos brillantes y claros como el agua.

Tardó un buen rato en comprender lo que le pedían. Angela lamentó no haberse llevado a Fioretta, porque por un lado Giuggio era duro de oído, pero es que además hablaba ese dialecto local que tanto le costaba comprender. No obstante, en algún momento la palabra *telaio*, telar, penetró en su mente de forma brusca, y también comprendió que tenía delante a la nueva propietaria de la *tessitura*, la *tedesca* de la que, al parecer, hablaba todo el pueblo. Y entonces sí, la invitó a sentarse frente a una mesa que tenía bajo una pérgola y entró en la casa de nuevo. Tardó bastante en volver a salir, pero lo hizo cargado con una jarra y dos vasos que procedió a llenar de un refrescante vino blanco ligero que Angela degustó antes de soltarle la pregunta decisiva.

—¿Le importaría echarle un vistazo al telar grande? ¿Al *omaccio*?

El rostro del viejo carpintero se puso serio de repente, las arrugas que lo surcaban de pronto se volvieron más profundas.

—*Porta male* —dijo con renuencia.

—¿Qué es lo que trae mala suerte? —preguntó Angela consternada—. ¿El telar? —Giuggio se limitó a asentir—. Pero ¿por qué? —insistió ella.

El anciano levantó sus enormes manos repletas de callos y las dejó caer de nuevo sobre la mesa.

—*Tante storie* —murmuró.

—¿No funciona bien? —quiso saber Angela—. ¿Tiene algún defecto de construcción?

Giuggio negó con la cabeza de forma vehemente.

—*Ma no* —explicó con vivacidad—. *Funziona benissimo*.

—Entonces ¿sería usted tan amable de venir a ver si todo sigue funcionando como debe? —preguntó Angela, y el carpintero se la quedó mirando como si de repente ella le diera una pena infinita—. *Prego* —añadió.

El viejo levantó sus anchos hombros, los dejó caer de nuevo y tomó un buen trago de vino.

—*Beh!* —exclamó—. Tranquila, le echaré un vistazo.

Angela había acordado con Giuggio que acudiría al día siguiente al atardecer. No quería que las tejedoras se alteraran, puesto que ya sabía más o menos lo que opinaban acerca del telar grande. Le preguntó a Fioretta por esas viejas historias que había mencionado el carpintero, pero la joven se encogió de hombros.

—Ni idea —aseguró—. Lo único que sé es que a las mujeres no les gusta hablar de ello, pero no conozco el motivo. Mi madre nunca menciona ese telar.

Giuggio acudió acompañado de un muchacho de unos doce años al que presentó como su nieto Lelio. El chico cargaba con una pesada caja de herramientas. Fascinada, Angela contempló cómo el anciano pasaba las manos por la madera del telar y, con suma cautela, comprobaba los mecanismos. Lelio había abierto la caja de herramientas y, ante una serie de órdenes absolutamente incomprensibles para Angela, le tendió a su abuelo primero un cepillo que el carpintero utilizó para limpiar las articulaciones y las poleas, luego un pequeño recipiente metálico lleno de aceite con el que lubricó las bisagras, y también varias limas y papeles de lija, entre otros utensilios. Giuggio verificó todos los componentes, sobre todo el sistema que permitía desplazar la lanzadera de un lado a otro, el látigo, al que dedicó un cuidado especial. Iba escuchando y tocándolo todo, asintiendo con la cabeza cada vez que quedaba satisfecho, desmontando alguna que otra polea para soplar el polvo del interior y volver a colocarla en su sitio. Con un fino cepillo de cerdas metálicas frotó unos indicios de óxido en los arneses de los lizos por los que Angela esperaba que, muy pronto, Nola pudiera enhebrar la sucesión casi interminable de hilos que formaban la urdimbre.

Cuando hubo terminado del todo, el viejo carpintero se sentó en el banco del telar y posó los pies sobre los pedales.

—*Vediamo* —dijo justo antes de poner en marcha la maquinaria.

El telar soltó un gemido, empezó a vibrar, y enseguida cobró vida gracias al enérgico pedaleo de Giuggio, con el que iba moviendo los arneses arriba y abajo. Con bruscos tirones al látigo, el carpintero iba catapultando la lanzadera todavía vacía del telar de un extremo al otro de la calada. Al cabo de un rato detuvo de nuevo la maquinaria, manoseó con cautela el mecanismo de la trama y acortó una cuerda añadiéndole un nudo. Finalmente se sacó un trapo enorme de los pantalones de trabajo, lo empapó con aceite de linaza y procedió a pulir el varillaje y los travesaños, cuidando de limpiar el exceso de aceite. Comprobó un par de cosas más palpándolas con la mano, como un ciego que quisiera asegurarse de que todo sigue en su sitio. Se volvió hacia Angela y asintió.

—*È pronto* —dijo el carpintero—. Es un buen telar. Pero vaya con cuidado, signora. *L'omaccio* siempre ha funcionado bien, pero nadie ha tenido suerte con él —le advirtió, tras lo cual le hizo una seña a su nieto y este procedió a guardar todos los utensilios en la caja de nuevo con mucho esmero, se limpió las manos con el trapo y se sacudió el polvo de los pantalones. Cuando Angela le preguntó qué le debía por el trabajo realizado, él hizo un gesto de rechazo—. *Niente, signora tedesca* —dijo con una sonrisa afable tendiéndole la mano—. Le deseo mucha suerte. *In bocca al lupo!* ¡Y tenga usted mucho cuidado!

—¡Ni hablar! —exclamó Nola.

—¡Jamás de los jamases! —añadió Orsolina con decisión.

Angela se fijó en los rostros indignados de las mujeres, uno tras otro.

—No trabajamos con el *omaccio* —aclaró Lidia.

—Dicen que trae mala suerte —susurró Maddalena.

Anna fue la única que no se expresó al respecto, limitándose a mirar a sus colegas con la frente arrugada.

—¿Mala suerte? —preguntó.

—Pura calamidad —bufó Lidia—. ¿O has olvidado lo que le ocurrió a la signora Sartori?

—¿Qué le sucedió? —preguntó Angela.

Las mujeres se quedaron calladas y desviaron la mirada. Ninguna estaba dispuesta a responder.

—Se puso... —dijo Maddalena por fin rompiendo el silencio— enferma. Y un día...

—¡Siempre la misma historia! —exclamó Lidia—. Desde hace generaciones. Primero el *omaccio* trae suerte, buenos encargos. Y luego te absorbe las fuerzas. Te pones enferma y no hay médico capaz de ayudarte. Hasta que acabas muriendo.

Nadie dijo nada más. Era tal el silencio que Angela pudo oír los pasos de la gente que caminaba junto a la casa. «Qué historia tan extraña», pensó.

—Entonces ¿ninguna de ustedes está dispuesta a trabajar con el telar grande? —preguntó, pero las tejedoras no se movieron—. ¿Ni siquiera por un sueldo más elevado?

Entonces todas negaron con la cabeza.

—Si es así, tendré que hacerlo yo misma —declaró Angela—. Nola, ¿me puede preparar la urdimbre?

La madre de Fioretta se la quedó mirando asustada.

—Signora Angela —empezó a decir—, es que, de verdad, no debería usted...

—Me llamáis «la *tedesca*» —la interrumpió— por una buena razón. En mi país de origen no creemos que un telar pueda traer mala suerte. No niego que a todas esas personas les haya ocurrido algo, pero un mecanismo de madera no tiene el poder de enfermar a nadie hasta el punto de provocarle la muerte. Por eso me atrevo. Solamente necesito que alguien me prepare la urdimbre. ¿Puede ayudarme, Nola?

La madre de Fioretta se la quedó mirando como si fuera una niña obstinada, pero Angela le devolvió la mirada de un modo afable, y al mismo tiempo inflexible. Al final fue Nola la que desvió la mirada.

—Por mí... —respondió—. Pero primero tengo que terminar la estola que estoy tejiendo.

—De acuerdo —exclamó Angela con alegría—, seguramente a mediodía la tendrá lista. Mientras tanto hablaré con Orsolina acerca de los colores del hilo.

Dicho esto, se puso en pie y salió de la sala.

—*Dio mio* —le oyó decir a Nola antes de alejarse—, cuando me mira de ese modo, la *tedesca* me recuerda al viejo Rivalecca. No conozco a nadie aparte de ellos dos capaz de mantener la mirada tanto rato sin pestañear.

Angela tuvo que reprimir una carcajada mientras bajaba la escalera. ¿Que ella se parecía a Rivalecca? ¡Menuda tontería! No veía el momento de contárselo a Tess.

Por la tarde Angela necesitó toda la paciencia del mundo para esperar hasta que Nola, al parecer luchando contra todas sus reticencias interiores, hubo calculado por fin la cantidad de hilo necesaria para poder tejer veinte metros seguidos de tejido de seda con el *omaccio*.

—Necesitaré al menos dos meses para preparar la urdimbre —se quejó—. ¡Es más del doble de ancho que los otros telares!

Angela la dejó con sus quejas y se puso a trabajar con Orsolina. Para simplificar el proceso, y también porque tenía la seguridad de que encajaría bien con la tapicería azul celeste de la villa de Vittorio Fontarini, acordó con la tejedora que utilizaría una urdimbre de hilo blanco natural. Buscaron con esmero un lote suficiente del mismo tono, porque incluso en estado natural, sin teñir, la seda natural presentaba variaciones entre el color de la cáscara de huevo y el dorado sucio.

Cuando Nola, malhumorada, por fin se metió en la sala contigua a la tintorería para empezar a trabajar con las bobinas de hilo de seda que formarían la urdimbre, Angela se dirigió hacia Villa Castro, puesto que se había citado allí con Vittorio para tomar unas muestras del color de las tapicerías originales.

La última vez la había llevado Dario, pero ese día acudió sola y tuvo dificultades para encontrar el desvío que llevaba hasta la casa. Cuando por fin entró con el coche por el paseo, lo hizo con diez minutos de retraso. Vittorio ya la estaba esperando y, una vez más, con solo verlo, a Angela se le aceleró el corazón.

—Lo siento —se disculpó mientras recogía del maletero el bolso de bandolera repleto de utensilios—, he pasado de largo dos veces frente al desvío. Debería haberte preguntado la dirección...

—Tampoco te habría servido de nada —respondió Vittorio con una sonrisa pícara que descubrió sus hoyuelos y las arrugas que le rodeaban los ojos como rayos de sol—. Villa Castro no aparece en ningún mapa del mundo, no se puede encontrar con sistemas de navegación. Me costó una fortuna, pero creo que vale la pena.

—¿No querías que nadie pudiera encontrarte? —preguntó Angela con una sonrisa.

Vittorio negó con la cabeza riendo.

—Lo último que quiero es que vengan turistas con ganas de visitar la villa. Debería haberte explicado mejor cómo se llega. Siento que hayas tenido que buscar tú sola el camino. Bueno, ¡vamos!

Posó una mano en el brazo de Angela un instante y se volvió hacia la entrada.

—¿Cómo quieres tomar las muestras? —quiso saber Vittorio.

—Lo mejor sería cortar un trocito de tela de algún sitio que no se vea —explicó Angela—. Pero en caso de que no sea posible, he traído acuarelas para intentar hacer mezclas hasta que encuentre el tono de color.

Cruzaron el vestíbulo, luego el pasillo con los sarmientos de vid y llegaron por fin a la rotonda. Una vez más, quedó fascinada por la estricta geometría de la estancia, por el efecto que producía la cúpula acristalada y por las escenas mitológicas que decoraban el techo y las paredes. Durante unos minutos se limitó a observarlo todo, para empaparse del color de los frescos. Poco a poco fue girando sobre sí misma y entornó los ojos, de manera que todavía pudiera seguir percibiendo las pinturas borrosas a través de los párpados entrecerrados. Lo que dominaba era ese azul celeste tan especial, tan parecido al del firmamento. Angela asintió y abrió de nuevo los ojos. Su mirada recayó sobre Vittorio, que la contemplaba con fascinación. De repente se sintió algo acalorada por la vergüenza y otras sensaciones que no había experimentado desde hacía mucho tiempo, pero se apresuró a descartarlas.

Desvió la mirada enseguida, se acercó a uno de los delicados sillones y examinó la tapicería. La seda estaba seca, y en algunos puntos incluso quebradiza. Estaba claro que el tono del color original debía de haber sido bastante más intenso. Con el paso del tiempo se había descolorido hasta convertirse en una especie de gris azulado.

—¿Podrías ayudarme? —le dijo a Vittorio—. Me gustaría darle la vuelta al sillón.

Con cuidado, tomaron el mueble por los reposabrazos y lo voltearon hasta que las patas torneadas quedaron apuntando hacia el techo. Angela buscó con cuidado por los bordes de la tapicería; con la ayuda de una espátula de pintura retiró dos clavos de tapicero con sumo cuidado y encontró lo que buscaba. En un punto oculto la tela había quedado doblada sobre sí misma, de manera que el lado interior del tejido nunca se había expuesto a la luz, por lo que exhibía una coloración mucho más oscura e intensa.

—¡Fíjate! —exclamó con satisfacción—. ¿Puedo recortar esta tira de aquí? Luego volveré a clavar los clavos donde estaban y no se verá nada.

—Por supuesto, adelante —respondió Vittorio observando embelesado cómo Angela sacaba un afilado estilete del bolso para recortar un fragmento minúsculo de seda.

Con la ayuda de un pequeño martillo volvió a dejar los clavos tal como los había encontrado en el marco de madera, y a continuación volvieron a dejar el sillón en su posición original.

—Me gustaría tomar otra muestra de otro sillón —explicó ella—. Estaría bien comprobar si son del mismo tono. Seguro que eso le interesará a Orsolina.

—¿Orsolina? —preguntó Vittorio.

—Nuestra tintorera —contestó Angela.

—Ah, sí —dijo Vittorio—, la que tiene el libro de recetas secretas. ¿Le damos la vuelta a este sillón, pues?

Al final terminaron examinando los tres sillones, y ella pudo llevarse dos muestras de color más. Colocó los tres fragmentos sobre el suelo de mármol iluminado por la claraboya, para poder compararlos.

—Parece —opinó Angela— como si procedieran de un mismo proceso de tintado.

Para ella fue un alivio comprobar que esa mañana había tomado la decisión adecuada, porque la tela original también parecía tejida a partir de una urdimbre blanca. Pero ¿en qué época? Un azul celeste luminoso, casi irisado, potente, en el que solo un ojo experto podría detectar un mínimo matiz rojizo. No era un tono habitual, ni mucho menos. Angela estaba impaciente por oír la opinión de Orsolina al respecto.

Sacó una funda transparente del bolso y guardó las muestras de color dentro.

—¿Ya hemos terminado? —preguntó Vittorio en un tono de clara decepción.

—Todavía tengo que medir cuánta tela necesitaremos —respondió Angela antes de sacar una cinta métrica del bolso. Sin embargo, eso tampoco le llevó mucho tiempo, puesto que los tres sillones tenían las mismas medidas. Las anotó en su cuaderno de notas, miró a su alrededor y asintió—. *Siamo pronti* —concluyó.

—Qué lástima... —dijo él, y la mirada de Angela recayó sobre las líneas de expresión y los labios de Vittorio. Cuando se dio cuenta de cómo lo miraba, clavó los ojos en el suelo—. Si no tienes prisa —añadió—, me gustaría enseñarte el resto de la villa. Seguro que te ayudará a llevarte una impresión global de la casa.

—Pues sí —se apresuró a señalar Angela—. Estaría bien. Ya me preguntaba cómo deben de estar decoradas el resto de las habitaciones.

Se mordisqueó el labio inferior. ¿Qué le estaba sucediendo? Vittorio era un cliente potencial, ¿por qué conseguía turbarla de ese modo?

—¿Te apetece ver la colección de arte de mi padre? —preguntó Vittorio—. No se la enseño a cualquiera. Como ya te he dicho, prefiero que Villa Castro siga siendo un lugar discreto, pero si te interesa...

—Me gustaría mucho —aclaró Angela cautivada—. Sería un honor...

—*Macché* —la interrumpió Vittorio—. Para mí también será un honor mostrártela.

Abrió la puerta y Angela enseguida tuvo la sensación de encontrarse rodeada de personas. Se dio cuenta de que eran esculturas, bustos de mármol y alabastro sobre pedestales en un lado, y figuras completas a tamaño natural en el otro. Descubrió el delicado rostro de una niña con el pelo minuciosamente trenzado, la cabeza de un joven de frente alta y una boca que expresaba una gran determinación, imponentes matronas de ojos penetrantes bajo cofias de piedra, retratos con carácter de hombres claramente acostumbrados a tomar decisiones y dar órdenes. Pero lo que más conmovió a Angela fue el busto de una anciana esbozando una sonrisa apenas perceptible, con la piel de los pómulos caída y un montón de arrugas en la frente y alrededor de los ojos.

—Tiene la misma boca que tú —dijo Angela sin poder evitarlo.

Vittorio se colocó a su lado y contempló la imagen de piedra con cariño.

—Era mi bisabuela —dijo en voz baja—. Vittoria Fontarini. Me bautizaron en su honor. Mi padre la quería mucho.

Angela le lanzó una mirada y luego dejó que sus ojos vagaran por la galería. Las paredes, interrumpidas por ventanas a intervalos regulares, apenas estaban decoradas con pinturas. Una vitrina de cristal protegía unos cuantos objetos de menor tamaño. Se acercó para apreciarlos mejor.

—Esto que ves son hallazgos del jardín —le explicó Vittorio—. Toda clase de fragmentos de varias épocas. Hace tiempo los jardineros se limitaban a tirarlos, hasta que mi abuela mandó examinar el hormazo que se había acumulado con el paso de los siglos en un rincón oculto de la finca y guardó aquí las piezas más bonitas. Algunos estudiantes de Padua las han clasificado y archivado, y mi *nonna* encargó un peritaje. Unas cuantas piezas realmente valiosas pasaron a manos del Museo Nacional de Arqueología de Venecia.

Angela se quedó mirando aquellos diminutos fragmentos de ánforas y jarrones, un pie de barro que supuso que había formado parte de un querubín, la punta de un índice de mármol, una cabeza de muñeca rota, parte de un caballito de juguete de madera y muchos más objetos.

—Son todo cosas que tus antepasados utilizaron en su momento —dijo ensimismada— para jugar o para acicalarse...

—Y hoy en día forman parte de nuestro panteón familiar —comentó Vittorio con aire reflexivo.

—Pero algo de todos ellos pervive en tus genes —objetó Angela—. Como los labios de tu bisabuela. E imagino que muchas más cosas no tan evidentes.

—¿Lo crees de verdad? —preguntó Vittorio—. ¿Crees que algo permanece?

Angela clavó la mirada en el suelo. ¿Qué había quedado de Peter? ¿Nathalie tenía algo suyo? Una vez más fue consciente de lo poco que su hija se parecía físicamente a ellos. Su marido había sido alto y rubio, con los ojos de color azul grisáceo. Y tampoco había salido a su madre, que tenía asimismo el pelo rubio dorado y los ojos de un azul intenso. Nadie de la familia tenía los ojos verde oscuro y el pelo castaño de Nathalie. Y aun así, el carácter de Nathalie era muy parecido al de Peter. Sobre todo por su inquebrantable optimismo y su capacidad para entusiasmarse: no cabía duda de que era hija de su padre.

—Por supuesto —respondió Angela al fin mirando a Vittorio a los ojos—. Y no solo en los genes de los descendientes. Permanece algo de cada persona. Siempre que alguien mantenga vivo el recuerdo.

Esas palabras al parecer conmovieron a Vittorio, y durante un buen rato no dijeron nada más. Angela contempló con fascinación una cadena de plata muy intrincada;

conocía bien la técnica utilizada para elaborarla, se denominaba «plata tejida». De un modo muy parecido a como funcionan las herramientas circulares que se usan para tricotar lana, se utilizaba hilo de plata muy fino para crear una malla en forma de cilindro. Angela la había probado durante la carrera, en unas prácticas del taller de orfebrería, y más adelante había experimentado la misma técnica con otros materiales. La pieza de dentro de la vitrina presentaba varios hilos rasgados. Se preguntó qué fuerzas debían de haber provocado aquellos daños, porque en realidad había pocas cosas más estables que una cadena de plata tejida de ese modo...

—¿Te gustaría ver la siguiente habitación? —preguntó Vittorio arrancándola de sus cavilaciones.

—Sí, claro —dijo ella antes de seguir a su anfitrión por una puerta de doble hoja.

Una vez más, tuvo una especie de *déjà-vu*. Se sintió transportada a uno de esos sueños en los que pasaba por estancias desconocidas, habitaciones llenas de flores en las paredes, con el sol, la luna y las estrellas en el techo; y es que resultaba que la luna en medio de un cielo estrellado decoraba precisamente el techo de aquella sala...

—¿Sabes? —empezó a decir Vittorio cogiéndola de la mano—. Tengo que decirte algo. Desde la muerte de mi esposa no había vuelto a sentirme tan cómodo en compañía de otra persona como me siento contigo ahora. Ha sido..., sigue siendo difícil para mí. Pero tampoco te estoy descubriendo nada nuevo, ¿verdad? Y esto es..., quiero decir que... es algo especial, Angela. Por primera vez tengo la sensación de que alguien me comprende de verdad, de que no tengo motivos para fingir nada. Y por primera vez desde entonces..., bueno, no me malinterpretes, pero... por primera vez vuelvo a sentir algo parecido a la felicidad.

Inquieta, Angela se dio cuenta de que Vittorio tenía los ojos inundados de lágrimas. Se le acercó un paso, él abrió los brazos y ella se inclinó contra su cuerpo, sintiendo el ritmo constante del corazón que latía tras la camisa blanca, notando su calidez, percibiendo su aroma. Por unos instantes apoyó la mejilla en el hombro de Vittorio y tuvo la sensación de encontrarse en el lugar que le correspondía. Fue como si conociera ese olor desde hacía mucho tiempo, el olor de la casa, de su hogar, su refugio. Luego notó cómo los brazos de Vittorio se cerraban para arroparla con suavidad. Angela levantó la cabeza y sus labios encontraron los de él con la misma suavidad, con naturalidad, como si fuera la cosa más evidente del mundo.

Y de esa forma tan evidente deshicieron también el abrazo, como si fueran dos olas que hubieran coincidido por un instante y volvieran a separarse de nuevo. Lo que no hicieron, sin embargo, fue soltarse de la mano.

15
EL COLOR MISTERIOSO

—¡No se puede hacer mejor!

Orsolina estaba frustrada. Ya llevaba diez pruebas de tinte y Angela aún no estaba satisfecha. Todavía era temprano por la mañana. Habían extendido las muestras encima del banco, a la sombra de la morera y sobre papel de seda blanco, y las examinaban con ojo crítico.

Angela sostuvo la tira de tela más ancha que había sacado de Villa Castro junto al hilo y negó con la cabeza.

—Sigue sin ser el mismo tono. Sobre todo le falta ese brillo rojizo. Si te fijas bien, verás que es muy distinto.

—Sin poner esa maldita muestra al lado, nadie se daría cuenta. Es un azul bonito. *Un azzurro bellissimo!*

—Seguro que sí, Orsolina —dijo Angela con un suspiro—. Es un azul precioso, pero no es el mismo. Tenemos que descubrir qué ingredientes se utilizaban para colorear la seda por aquel entonces...

Antes de que terminara de pronunciar la frase, Orsolina se marchó de nuevo. Se metió en su laboratorio y cerró la puerta de un portazo.

Angela soltó un suspiro y se sentó en el banco, junto a las muestras de color. En el fondo comprendía a la tintorera. Había afirmado ser capaz de lograr cualquier tono del mundo, y en esos momentos estaba quedando en ridículo. ¿Era posible que Orsolina no supiera cómo continuar?

Era consciente de que el azul siempre ha sido un color complicado, sobre todo si no se tienen conocimientos de química. El azul está poco presente en la naturaleza, y los colorantes naturales suelen producir tonos pálidos y apagados. Si se lo podían permitir, los pintores utilizaban lapislázuli, la piedra semipreciosa, para representar motivos como la túnica de la virgen con azul real, por ejemplo, pero ese pigmento a base del mineral molido no servía como tinte para tejidos, por no hablar del coste desorbitado que supondría. En la Edad Media se utilizaba sobre todo una planta, la *Isatis tinctoria*, la isatide; más adelante, la exótica *Indigofera tinctoria*, procedente sobre todo de la India y fuente del apreciado azul índigo. Sin embargo, todo eso ya lo habían probado...

«Quién sabe —pensó Angela mientras jugueteaba con las muestras recogidas en Villa Castro— qué tono de color tenía la seda natural que utilizaron.» Aquello también influía en el resultado final. Además, ¿quién le aseguraba que ese tejido fuera de verdad tan antiguo como creían? Cabía la posibilidad de que con el tiempo hubieran cambiado la tapicería de los sillones.

Angela se quedó mirando los diez tonos de color, cuyas diferencias eran realmente mínimas. Decidió darle las madejas a Maddalena para que tejiera con ellas una estola que pareciera un fragmento de cielo, fresco y suave por igual. Seguro que terminaría haciendo feliz a alguna mujer. No obstante, ninguno de esos tonos era adecuado para las tapicerías de Vittorio. Detestaba esos compromisos. Al día siguiente por la mañana, cuando Orsolina se hubiera calmado de nuevo, intentaría encontrar con ella la manera de mejorar la receta.

Se puso en pie, retorció cada uno de los lotes de seda para formar madejas y las envolvió con cuidado con el papel. Ya en la escalera que subía a la tejeduría la recibió el traqueteo de los cuatro telares con ese ritmo cada vez más familiar, un «chi-qui-to-ca» de cuatro tiempos que se repetía cada vez que las tejedoras desplazaban la lanzadera con el látigo a derecha e izquierda, coordinando los pedales que movían las varillas para levantar la mitad de los hilos de la urdimbre y abrir así la calada por la que pasa el hilo de la trama. Entretanto, Angela ya había aprendido a distinguir el estado de ánimo de las tejedoras a partir del ritmo que sonaba en el primer piso.

Las mujeres se habían acostumbrado a que Angela entrara de vez en cuando sin hacer ruido en el taller, y ya no se distraían por ello. Colocó las madejas de seda azul sobre la mesa en la que Maddalena había dejado su bolso raído como todas las mañanas. La tejedora estaba trabajando en los últimos centímetros de un mantón lila y, para no molestarla, Angela decidió echar un vistazo antes a la sala contigua, donde Nola estaba absorta en la ardua tarea de enhebrar todos y cada uno de los lizos del *omaccio* con hilo blanco, un trabajo de nunca acabar.

La madre de Fioretta le había dicho a Angela que veinticuatro hilos de urdimbre daban como resultado tres centímetros de anchura de tejido, por lo que tenía que pasar más de veinte mil de esos diminutos hilos de un color blanco natural apenas perceptible por los diminutos orificios metálicos del lizo. A esas alturas solo había enhebrado una pequeña parte del telar.

—¿Hay alguien que pueda ayudarla? —le había preguntado Angela, preocupada por la idea de tener que esperar seis semanas más. Sin embargo, Nola se había limitado a resoplar.

—Con que solo haya un único hilo mal tensado —había exclamado indignada—, ¡ya se puede tirar todo a la basura! ¡No se puede tejer sin paciencia!

Por supuesto, tenía razón. Para no ponerla nerviosa, Angela se retiró enseguida. En el ala del edificio a la que pensaba mudarse sonaba un ruido de obra. Raffaele, el fontanero, ya había empezado a instalar las conducciones de agua para el cuarto de baño y las cocinas, una en cada planta. En pocas semanas Benny y Nico establecerían allí su cuartel general, por lo que antes como mínimo tenía que quedar la fontanería terminada. Habló un momento con los obreros y luego entró en la sala de la morera. El aire era asfixiante ahí dentro. Angela abrió una ventana. No había puesto los pies en esa habitación desde que su hija se había marchado con sus amigos. Miró a su alrededor e intentó imaginar cómo decoraría aquella sala tan amplia. Una gran mesa de comedor, a la que pudiera sentarse mucha gente, y también un rincón agradable para leer...

Contempló la pintura mural, la rama de morera con los frutos, las mariposas de la seda y el pico abierto del pájaro. Se puso a pensar qué colores utilizaría para la decoración. Sin proponérselo, sus pensamientos viraron hacia Villa Castro y Vittorio. Se dio cuenta de que en realidad no paraba de pensar en él, lo quisiera o no, era algo que hacía sin más, como respirar. De nuevo el corazón le dio un vuelco cuando le vino a la cabeza la proximidad que habían compartido en la sala de las esculturas, y la invadió una vez más esa sensación de felicidad infinita, de increíble intimidad, unida a un optimismo del todo irracional, a una gran alegría y a la sensación de que la vida era bella y todo tenía su razón de ser, sucediera lo que sucediese.

¿Realmente había tenido motivo alguno lo que había ocurrido? ¿Era normal que Vittorio estuviera presente en sus pensamientos en todo momento? ¿No debería guardar luto durante más tiempo? Y en ese caso, ¿por qué se sentía ya tan feliz? ¿Podía serlo de verdad?

Como si con ello pudiera ahuyentar esas cavilaciones, Angela apartó la mirada del fragmento del fresco. Vio que había algo en uno de los alféizares: un pincel fino. Debía de habérselo olvidado Benny. Y de repente se le ocurrió una idea. Benny estudiaba en una de las mejores escuelas de restauración. Tal vez alguien de esa institución podría descubrir qué tenían de especial las muestras de seda de Villa Castro.

Bajó enseguida a su oficina improvisada y buscó los datos de contacto de Benny. Respondió enseguida cuando lo llamó al móvil.

—¿Sería posible —quiso saber Angela después de haberle preguntado cómo estaban tanto él como Nico— descubrir de qué época es una muestra de seda en concreto? ¿Y tal vez incluso qué pigmentos se utilizaron para teñirla?

—Se lo puedo preguntar a mi profesor —le ofreció Benny—. ¿Me llamas de nuevo a las doce? Quizá pueda responderte algo ya a esa hora.

Dos horas más tarde Angela metía uno de los fragmentos de seda de Villa Castro en un sobre que Fioretta se encargó de llevar enseguida a la oficina de correos para enviarla con carácter urgente. El profesor de Benny quería enseñarle la muestra a una colega especializada en textiles históricos. Angela tenía la esperanza de que aquella valiosa carta llegara a Múnich sin contratiempos.

Tras la pausa de mediodía y habiendo terminado ya el mantón lila, Maddalena empezó a tejer con los hilos recién teñidos de azul. Durante la pausa para el café, ya se apreciaba lo fabulosa que sería la estola.

—¿Dónde está Orsolina? —quiso saber Angela al ver que la tintorera no estaba en el taller. Las tejedoras se tomaban el café en las tacitas que Fioretta les había llevado del hotel Duse, como todas las tardes.

—Se ha marchado ya a casa —explicó Anna—. Estaba de muy mal humor.

Se quedó estupefacta. Esperaba que la tintorera no le guardara rencor.

—No, Anna —intervino Maddalena lanzándole una mirada temerosa a Angela—. A Orsolina le dolía de nuevo la espalda. Por eso se ha marchado a casa.

Anna se encogió de hombros, vació la taza y se puso a trabajar de nuevo en una alegre mezcla de seda y lino de tonos pastel, con interesantes contrastes entre las franjas brillantes y las mates. Lidia se quedó en silencio. Todavía estaba ocupada con los pedidos del círculo de amigas californianas de Tess, convirtiendo el último lote dorado rojizo y verde latón en una estola realmente digna de una reina.

Al ver que Orsolina tampoco se presentaba a trabajar al día siguiente, y después de que Fioretta se encargara de explicar que había sufrido un ataque de lumbago, Angela decidió ir a verla de inmediato. Compró un frasco de alcohol para fricciones y un paquete de parches de calor en la farmacia de la esquina, y le pidió a Fioretta que le explicara cómo se llegaba hasta la casa de la tintorera.

Orsolina vivía en la parte nueva de la ciudad, la *città nuova*, en el lado de la colina en el que se encontraba también la pista de tenis. Como tantas otras poblaciones históricas, durante la década de 1960 Asenza había crecido de forma incontrolada por la parte que descendía hacia el valle, y era una zona plagada de supermercados, cadenas de tiendas, centros educativos y bloques residenciales para la gente que no se podía permitir el lujo de vivir en el casco antiguo o en el elegante barrio de villas que quedaba más al sur. Angela había salido de compras por esa zona en varias ocasiones, y una vez había llevado a casa a Emilia, que también residía en la zona nueva.

Orsolina vivía en un piso de alquiler de las afueras, tras una gasolinera que había conocido tiempos mejores. Por el camino de losas que atravesaba un parque poco cuidado hasta la entrada del edificio, unos niños jugaban a perseguirse en patines en línea, aunque al parecer no todos tenían un par, ya que había unos cuantos sentados en la escasa hierba, animando a sus compañeros. La puerta del edificio estaba abierta. Bajo la mirada curiosa de los jóvenes que fumaban en la escalera, Angela subió hasta el tercer piso. Una vez allí, no estaba muy segura de cuál de las tres puertas sería la correcta, puesto que en ninguna de ellas había el nombre de nadie. Se lo preguntó a una joven que bajaba corriendo por la escalera con un bebé lloroso en los brazos.

—¡¿Orsolina Piaser? La puerta de la izquierda! —le gritó a Angela sin detenerse.

Pasó un rato hasta que alguien abrió la puerta.

—*Chi è Lei?*

Un tipo se la quedó mirando con actitud hostil. Debía de tener unos sesenta años, tal vez algo menos. La mano con la que asía el picaporte estaba hinchada, y le faltaban el pulgar, el índice y el corazón. Las cicatrices del muñón eran de color rojo intenso y parecían infectadas.

—¿Es esta la casa de los Piaser? Estoy buscando a Orsolina, trabaja para mí. ¿Puedo entrar?

—Ah, la *tedesca.* —El hombre resopló—. ¿Ha venido a controlar si realmente está enferma?

Al parecer el tipo había bebido, su voz sonaba cargada de agresividad. «Dios mío —pensó Angela—, si este es el marido de Orsolina, no debe de tener una vida sencilla, precisamente.»

—He venido a traerle un par de cosas —respondió con amabilidad—. Si he llegado en un momento inoportuno, ¿sería tan amable de darle esto de mi parte?

Estaba a punto de tenderle al tipo la bolsa de la farmacia cuando la voz de Orsolina sonó desde el interior del piso.

—¡¿Quién es?! —gritó—. ¡Stefano, déjala pasar, por favor!

El hombre hizo una mueca y, sin mediar palabra, dio media vuelta, se metió en una habitación y se encerró de un sonoro portazo. Angela cogió aire y entró en el piso.

—¡Adelante! —oyó gritar a Orsolina. Siguiendo la voz, Angela llegó hasta el salón, donde encontró a la tintorera acostada en el sofá.

—Orsolina —dijo en tono afable—. ¿Cómo se encuentra? ¿Le duele mucho la espalda?

La tintorera se asustó claramente al verla allí. Era evidente que esperaba a otra persona. Intentó incorporarse con dificultad.

—No, no —protestó Angela—. ¡Por favor, quédese tendida! Le he traído un par de cosas de la farmacia, quizá la ayuden un poco. ¿Ha ido ya al médico?

Orsolina negó con la cabeza y se hundió de nuevo en el sofá con una mueca de dolor.

—Ya pasará —exclamó con un gemido—. Dentro de un par de días volveré a estar bien. Siento no haber ido a trabajar...

—Vamos, Orsolina —dijo Angela para intentar tranquilizarla—. Primero tiene que curarse. ¿Le pasa muy a menudo? ¿Se lo ha examinado alguna vez algún médico?

Orsolina rechazó la idea con un gesto de la mano.

—Qué va. Lo único que hace es recetarme algún que otro ungüento. Y me dice que descanse hasta que mejore. Y luego me manda a casa.

—Tal vez debería consultarlo con un especialista.

—¿Un especialista? No tenemos dinero para eso, signora Angela. Mi marido... —empezó a decir Orsolina, y bajó la voz mirando con inquietud hacia la habitación en la que se había encerrado—. Ya lo ha visto usted. Si alguien necesita un especialista es él. Pero simplemente no podemos permitírnoslo.

—¿Qué le ocurrió?

Orsolina suspiró antes de poner cara de estar buscando las palabras para explicarlo.

—En realidad, Stefano es buena persona, signora. No lo

juzgue por la manera como... Bueno, normalmente no es tan maleducado. El accidente... *che disgrazia*... lo ha cambiado. Por el dolor.

—¿Qué tipo de accidente fue? —preguntó Angela consternada.

—Trabajando. Llevaba cuarenta y tres años trabajando en el servicio de mantenimiento del consistorio. Cuarenta y tres años. Y ahora es un inválido...

—¿Qué ocurrió?

—Fue en diciembre del año pasado, mientras colgaba las luces de Navidad. Tiene que saber usted que por Navidad se decoran todas las calles de Asenza con esas grandes estrellas de luces, armazones enormes llenos de bombillas, y en la parte alta de la ciudad vieja, desde hace unos años, cuelgan también unos trineos de renos tan anchos como las calles, preciosos, pero también muy pesados. Y sucedió allí. A un compañero se le cayó la estructura del trineo y fue a caer justo sobre la mano de Stefano. Así perdió los dedos.

Angela cerró un momento los ojos. Con solo imaginar la escena se le puso la piel de gallina.

—Pero ¿ha recibido alguna indemnización? —preguntó—. ¿O algún tipo de compensación? La ciudad debe de tener algo previsto para casos como...

—*Niente* —la interrumpió Orsolina—. Lo que hicieron fue darle la jubilación anticipada con cincuenta y ocho años. Pero, claro, la pensión que recibe también es más baja. Y una jubilación como esta no es para Stefano. No había estado enfermo en toda su vida. Nunca había faltado al trabajo, ni un solo día. Sin trabajar es una persona completamente distinta. Esto de pasar el día en casa no es para él. Necesita tener algo que hacer, de lo contrario solo le da vueltas a la cabeza... —explicó Orsolina con los ojos repletos de lágrimas.

—Es horrible —dijo Angela profundamente conmovida—. Si puedo hacer algo por ustedes...

No obstante, Orsolina negó con la cabeza.

—Nadie puede hacer nada por Stefano —susurró mientras se sacaba un pañuelo de la manga para sonarse la nariz—. Ni siquiera yo consigo consolarlo. Y mire que nuestro matrimonio siempre había ido bien. Pero ahora ya no sé cómo ayudarle.

Angela le dio un apretón afectuoso en la mano y se puso en pie.

—¿Tiene a alguien que los ayude mientras no pueda moverse?

—Mi sobrina Laura —respondió la tintorera—. En realidad, pensaba que era ella cuando ha llamado usted a la puerta...

Ella asintió.

—Entonces no la molesto más. Pero, por favor, mándeme a su sobrina si necesita usted algo. ¿Es posible que conozca a Fioretta?

—Sí, son amigas.

—Bien. Pues estaremos en contacto. Espero que se mejore pronto, Orsolina —dijo Angela de todo corazón—. Acabe de curarse bien esa espalda. Y piense que la necesitamos. ¡Cuídese mucho! Sin usted, la *tessitura* no puede existir.

—Ay, eso no es cierto en absoluto —objetó Orsolina con abatimiento—. Lo dice solo para consolarme. Ni siquiera soy capaz de encontrar un azul aceptable.

Angela se quedó sin aliento. ¿Tan a pecho se tomaba su trabajo la tintorera?

—Claro que lo conseguirá —exclamó con énfasis—. Es todo un reto imitar ese tono de color histórico. Pero si alguien puede conseguirlo, es usted. Cuento con ello. Y ahora cuídese, ya nos veremos.

—Dime, ¿conoces a alguien del ayuntamiento? —le preguntó Angela a Tess esa misma noche, mientras cenaban.

—¿Por qué? —quiso saber la anciana—. ¿Tienes algún problema con la reforma de la Villa de la Seda?

Angela negó con la cabeza y le contó a su amiga la situación de Stefano Piaser, el accidente que había sufrido y las consecuencias que tenía para él y para su familia.

—No se puede jubilar a alguien de ese modo sin compensación alguna —exclamó indignada—. Stefano perdió tres dedos de la mano derecha. Después de cuarenta y tres años de servicio, no puedes limitarte a decirle «*Ciao*, lo sentimos mucho pero ya no le necesitamos». Al fin y al cabo, fue un accidente laboral.

—¿El marido de Orsolina? —preguntó Tess bajando los cubiertos—. No lo sabía. ¿Por qué no me lo ha contado ninguna de las mujeres?

—Ni idea. Puede que piensen que ya estás haciendo bastante por ellas —supuso Angela—. Además, tengo la sensación de que tanto Orsolina como Stefano se han tomado la mutilación como algo... vergonzoso. Me temo que Stefano ha empezado a beber. Es posible que no lo haya superado. ¿Cómo va a superarlo? La mano tenía un aspecto horroroso, Tess. Deberíamos hacer algo al respecto.

Tess asintió con la frente arrugada.

—Conozco bien al alcalde —dijo al fin—. Y a un par de

concejales. En realidad conozco más bien a sus esposas, pero para el caso da lo mismo. Debo pensar cuál será la mejor manera de echarle una mano, Angela. Deja que mantenga antes un par de conversaciones tomando un té y unas pastas. Tienes toda la razón, no puede ser. Cielo santo, pobre Orsolina. Suerte que te has dejado caer por allí. Seguro que no contaba con eso.

—No —respondió con una sonrisa—, no lo creo. Por unos momentos he pensado que podría resultar incómodo que me plantara en su salón de ese modo. Pero creo que he hecho lo correcto.

—Lela Sartori jamás habría hecho algo semejante —comentó Tess sonriendo—. Tal vez habría mandado una cesta de regalo, pero no habría acudido personalmente. ¡Me gusta cómo lo llevas!

—Las mujeres y yo formamos un equipo —explicó Angela—. Sin Orsolina, ya puedo cerrar la tienda. Y espero poder mantenerla mucho tiempo.

A continuación le contó a Tess lo de ese maldito tono de azul de Villa Castro, y le habló sobre la posibilidad de acabar manufacturando tejidos decorativos para el estudio de interiorismo que Fontarini tenía en Venecia.

—El problema es que Orsolina todavía no ha conseguido encontrar ese mismo tono. Hemos hecho diez intentos y ha terminado furiosa con el tema.

—¿Que no lo ha conseguido? —preguntó Tess estupefacta—. Que yo sepa, esto no le había sucedido jamás.

—Lo lograremos de un modo u otro —le aseguró Angela—. No me rendiré tan fácilmente.

—Y ¿cómo piensas hacerlo?

—Benny ya se está ocupando de ello —le reveló—. Una

profesora de su instituto, especializada en textiles históricos, está analizando la muestra de tejido. Quizá eso nos permita avanzar. Crucemos los dedos, Tess.

Tres días después Orsolina regresó a la tejeduría y se puso a teñir seda de un color malva precioso para Lidia, pues esta había reclamado a voz en grito algo distinto a los tonos de color oro, cobre y latón. Angela decidió dejar de lado la cuestión del azul para Villa Castro por el momento, a la espera de recibir novedades de Múnich.

Durante los días siguientes Angela se reunió con Dario para que le mostrara los esbozos del proyecto que había elaborado para su vivienda en la Villa de la Seda. Tuvo que tomar decisiones y, una vez más, revisar los presupuestos que le presentaban los diferentes obreros. Pasó muchas horas en la oficina, haciendo cálculos para la tejeduría y previsiones que tuvo que descartar una y otra vez. De nuevo decidió viajar a Venecia y Mestre para poder hablar directamente con los importadores de seda.

La estola celeste de Maddalena encontró comprador poco después de colgarla en la tienda virtual. Fioretta iba enviando un paquete tras otro y, aunque los pedidos en línea tampoco la agobiaban, iban entrando de forma regular, además de que, puesto que estaban en temporada alta, el autobús de turistas llegaba a Asenza cinco veces por semana. La *tessitura* vendía claramente más que antes, pero la facturación seguía distando mucho de parecerle satisfactoria a Angela. Faltaba algo. Un encargo importante. Empezó a pensar que tal vez se había obstinado demasiado buscando la exactitud en las pruebas de color, y se le ocurrió que sería una buena idea crear un muestrario con una gama de colores que más o menos encajara con los frescos y las pinturas de la sala.

Le pidió a Dario Monti que le diera su opinión al respecto en una noche en la que por fin aceptó acudir a su casa a cenar, puesto que él insistió en cocinar para ella.

—Creo que le estás dedicando demasiadas energías —opinó el arquitecto mientras le servía una copa de vino blanco—. No me imagino que Vittorio le pueda dar tanto valor a la exactitud del tono. Quiero decir que esos asientos han quedado descoloridos por la exposición a la luz solar desde hace generaciones. Ninguna alma con vida recuerda el color de la tapicería original.

—¿Tú crees? —preguntó Angela antes de tomar un sorbo de vino. Tal vez Monti tenía razón, pero tampoco estaba convencida del todo. Algo no le encajaba en aquella teoría.

—Es igual que cuando se restauró la *Sistina* —prosiguió Monti—. La Capilla Sixtina. ¿Te acuerdas? Todo el mundo quedó impactado al ver aquellos colores tan chillones. ¡Los frescos llevaban más de cien años cubiertos por una pátina marrón! Hoy en día todavía se discute si se tomó la decisión adecuada.

—Pero en el caso de las tapicerías de seda todavía se puede apreciar cómo era el tejido en su momento —objetó Angela.

—Es posible —admitió Dario abriendo los brazos con un gesto teatral—. Pero ¿quién lo sabe? ¿Para qué recordarlo, si resulta tan laborioso o incluso imposible teñir el hilo del tono original?

Angela guardó silencio. Tal vez tenía razón y estaba deseando lo imposible simplemente porque era una *tedesca*, una alemana con principios y ansias de perfección. Estaba siendo muy laborioso poner a punto el *omaccio*. Aunque Nola seguía trabajando en la urdimbre, cada día estaba más insoportable. ¿Y todo para poder tejer una tela que se pareciera solo de un modo aproximado a la original?

Sin embargo, no le apetecía discutir, y menos con Dario Monti, que la trataba tan bien y precisamente en esos instantes estaba ocupado preparándole una deliciosa receta de su abuela: *fàraona con polenta*, pintada con polenta. Así pues, decidió no decir nada más al respecto y limitarse a escuchar las explicaciones del arquitecto acerca de la cocina regional y de la procedencia del vino que había elegido para la velada.

Después de cenar, Angela desvió la conversación hacia la reforma de su futura vivienda, preguntó por los argumentos a favor y en contra de instalar una escalera de caracol y debatió una vez más varias soluciones constructivas posibles para la instalación de un ascensor.

Hacia las once se despidieron. Ella ya estaba frente a la puerta cuando Dario Monti soltó un comentario curioso.

—Tu marido debió de ser muy feliz.

Angela se quedó tan sorprendida que no supo darle respuesta alguna. ¿Cómo se le había ocurrido a Monti recordarle precisamente entonces a su difunto marido? De un modo instintivo, ella actuó como si no hubiera oído ese comentario de mal gusto, le dio las gracias con toda amabilidad y se volvió para marcharse.

—¡¿Nos vemos mañana para jugar al tenis?! —gritó él a su espalda.

—Claro —respondió ella—. Como siempre, a las siete.

Buonanotte! Y gracias una vez más por la cena, ha sido deliciosa.

«Qué tipo tan extraño», pensó Angela mientras subía por la calle que llevaba hacia el casco antiguo. Y al cabo de un instante se volvió a olvidar de nuevo de Monti.

16
REENCUENTRO EN VENECIA

Por la mañana, Angela decidió liarse la manta a la cabeza y llamar al proveedor de Mestre que suministraba la seda a la *tessitura* desde hacía años. Se presentó como la nueva propietaria del taller y concertó una cita para el día siguiente. Por teléfono le dejó entrever que tenía previsto visitar también a la competencia, con la esperanza de conseguir así un poco de margen de negociación. Además, en caso de que el experimento con el *omaccio* saliera bien, en lo sucesivo probablemente adquiriría lotes mayores, lo que sin duda le daría más posibilidades de ajustar el precio de compra.

Estaba a punto de subir a la tejeduría para la pausa del café cuando le llegó un correo electrónico de Benny.

> Buenas noticias, querida Angela. A la profesora Elisabeth Eisenkampp le gustaría hablar personalmente contigo. Tu taller le ha parecido interesante. Aquí tienes sus datos para que te pongas en contacto con ella ahora mismo o por la tarde, entre las 14.00 y las 15.00 horas. Mucha suerte,
>
> Benny

No dudó ni un segundo y marcó el número de teléfono adjunto de inmediato. La profesora respondió enseguida y, tras saludarla con simpatía, Elisabeth Eisenkampp abordó el tema sin rodeos.

—¿Ha adquirido usted un taller de tejidos de seda manufacturados de forma tradicional? —le preguntó.

—Así es —respondió Angela—. Creo que es el último que queda en el Véneto.

—¡Es increíble! Me lo ha contado mi colega. ¿Qué antigüedad tienen los telares?

—Cuatro son de mediados del siglo XIX. Y hay otro más grande, que permite tejer una anchura de dos metros ochenta. Hace poco descubrimos que es de 1890.

—¿Y todavía están en funcionamiento?

—Absolutamente —confirmó Angela—. El mecanismo es bastante sencillo. Al parecer tuvieron un buen mantenimiento y casi no han dejado de utilizarse en todo este tiempo.

La profesora Eisenkampp parecía muy impresionada.

—Todo esto encaja bastante bien con las muestras de tejido que nos mandó —explicó—. Son de verdad muy interesantes. Bien podría ser que procedieran de uno de esos telares.

—¿En serio? —preguntó ella.

—A decir verdad, sería necesario examinarlo más a fondo para poder llegar a conclusiones definitivas —explicó Elisabeth Eisenkampp—. Pero algo sí le puedo asegurar: la seda está hilada a mano, seguro, y muy probablemente antes de que terminara el siglo XIX. A partir de entonces, en toda Europa se utilizaron ruecas de acción mecánica. Parece como si esa seda procediera del norte de Italia, es decir, de su región.

Angela se dio cuenta de que el corazón le latía más rápido debido al entusiasmo. Por supuesto que procedía de algún lugar cercano, el propietario original debía de comprar el género a algún artesano del lugar. En el siglo XIX en esa región había un montón de tejedurías de seda.

—¿Cómo llega usted a esa conclusión? —preguntó de todos modos.

—Bueno —respondió la profesora—, por aquel entonces, las fibras de seda de color blanco procedentes de Oriente presentaban una composición distinta a las europeas. Las diferencias climáticas afectaban a la alimentación de las orugas, a las hojas de morera. Las hojas de la morera blanca producen una seda de mejor calidad que las de la morera negra, que es la variedad más extendida por Europa.

Angela pensó de inmediato en el fragmento del fresco que Benny había descubierto.

—Aquí en el edificio de la tejeduría hay una sala con pinturas murales. Con los siglos las taparon con varias capas de pintura, pero Benny tiene previsto restaurarlas. Ya ha revelado una pequeña parte y muestra precisamente una rama de morera blanca.

—¿Está usted segura?

—Sí —afirmó Angela—. ¿Benny no se lo ha contado?

—Es que no he tenido ocasión de hablar directamente con él —respondió la profesora—. Pero me parece muy interesante. La verdad es que me encantaría poder verlo en persona...

—Cuando quiera —se apresuró a decir Angela—. Será más que bienvenida. ¿Sabe? Me gustaría tejer seda lo más parecida posible a ese precedente histórico. Sobre todo el color nos trae de cabeza. ¿Por casualidad no habrá descubierto con qué medios se tiñó esa tela?

—Bueno —explicó la profesora Eisenkampp—. Estoy bastante segura de que se utilizó índigo. Y teniendo en cuenta que el lugar de procedencia de las muestras es un entorno adinerado, seguro que el colorante debió de llegar desde Persia o China...

—Ya lo hemos intentado con índigo —aclaró Angela—. Y el resultado no es del todo convincente.

—Por supuesto que no. Ese matiz rojizo seguramente se debe a un segundo proceso de teñido con púrpura.

Angela se apresuró a anotar lo que le decía.

—¿Se refiere al colorante que se obtiene con las secreciones de la canadilla, el caracol de mar? —preguntó—. Si no me equivoco es especialmente caro.

—Exacto —convino Elisabeth Eisenkampp—. Un solo gramo podría llegar a costar unos dos mil quinientos euros. Pero, según la cantidad de hilo que desee teñir, precisará solo unos cuantos miligramos. Elija el de mayor calidad que pueda encontrar, después de todo es probable que le salga más a cuenta que utilizar mercancía de menor valor. ¿Tiene un buen proveedor?

Al revisar las facturas de los últimos años, Angela había encontrado recibos de una empresa veneciana que comercializaba pigmentos de color y supuso que Orsolina debía de adquirirlos allí.

—Sí, creo que sí —respondió—. Pero si puede pasarme algún contacto, le estaría muy agradecida.

—Le mandaré una lista de suministradores —señaló la profesora—. Aunque la capacidad de encontrar un tono determinado dependerá de que la dosificación sea la más adecuada. Tendrá que ir probando. ¿Tiene a algún especialista que se encargue del tinte de los productos textiles?

—Una especialista —contestó Angela—. Procede de una familia tradicionalmente dedicada a la tintorería y tiene unos conocimientos increíbles.

—¡Suena genial!

—Sí —confirmó ella riendo—. La verdad es que lo es.

—Por favor, avíseme si su tintorera lo consigue —le pidió Elisabeth Eisenkampp.

Angela le prometió que la tendría al corriente. Le gustó poder hablar con alguien que conocía bien la materia. Se despidió de ella con afecto y fue a ver a Orsolina.

Encontró a la tintorera tendiendo un lote de hilos de seda recién salidos del baño de color para que se secaran sobre una vara de bambú. El hilo húmedo brillaba casi negro, pero por las manchas del delantal de plástico de Orsolina y la coloración de los guantes con los que se protegía prácticamente hasta los codos se dio cuenta de que se trataba de un verde oscuro.

Angela también se puso un delantal y unos guantes para echarle una mano. Entretanto ya sabía que Orsolina no soportaba que le hablaran mientras estaba trabajando, por lo que no le dijo nada hasta que tuvieron todo el lote colgado de la vara de bambú. A continuación se limpiaron las manos y se quitaron los delantales.

—Me gustaría que viniera conmigo a Venecia —le dijo Angela—. Quiero hablar con nuestros proveedores, pero también con algún otro importador. Desearía comprobar si podemos ahorrar algo de dinero en las compras. Aunque sin que eso afecte a la calidad, por supuesto —se apresuró a añadir al ver la expresión aterrorizada de Orsolina—. Quizá podríamos regatear un poco los precios a los proveedores que ya tenemos. En cualquier caso, no me gustaría comprar nada que usted no haya verificado antes —aseguró, y Orsolina se relajó visiblemente al oírlo—. Y también quería preguntarle una cosa: ¿tiene experiencia con el color púrpura?

Orsolina abrió los ojos como platos.

—*Porpora?* —preguntó asombrada—. ¿Se refiere al púrpura real? ¿El de los caracoles?

—Sí —confirmó Angela.

Orsolina negó con la cabeza.

—Es demasiado caro, signora Angela —explicó la tintorera—. Cuesta una fortuna.

—Ya lo sé —respondió—. Pero, si nos lo piden para algún encargo, lo probaremos. Es que creo que es precisamente el púrpura el que añade ese matiz especial al tono.

—¿Se refiere a ese azul celeste con un brillo un poco rojizo?

—Exacto.

Orsolina dejó la mirada perdida más allá de Angela, como si estuviera recordando algo precioso.

—Una vez vi un pañuelo muy antiguo —explicó al fin—, de la signora Sartori. Era de un violeta rojizo muy especial, simplemente indescriptible. Lo había heredado de su abuela, o su bisabuela, no me acuerdo. Y me dijo que estaba teñido con el colorante que se saca de ese caracol de mar. Y que se necesitaban miles de caracoles para conseguir un solo gramo de colorante.

Angela la escuchó con atención. Si lo que contaba era cierto, cabía la posibilidad de que Lorenzo Rivalecca todavía tuviera ese pañuelo. Se propuso preguntarle por ello la próxima vez que cenaran juntos. Quizá ni siquiera esperara tanto.

—En su momento le pregunté —prosiguió Orsolina— si no estaría bien intentar encontrar ese color. Sin embargo, la signora Sartori se rio y me dijo que no era posible. Que nadie pagaría un precio tan elevado.

—Entonces ¿en su libro pone algo sobre los tintes púrpura?

Orsolina negó con la cabeza.

—Pero creo que sería sencillo. Cuando vi el pañuelo, mi madre todavía estaba viva y se lo pregunté. Me contó que había teñido alguna vez con color púrpura cuando era joven. Por aquel entonces el *omaccio* todavía estaba en funcionamiento, y había un tejedor, un hombre, que utilizó ese hilo púrpura. Hasta que sufrió un accidente. Como ocurre siempre con el *omaccio*.

—Si su madre trabajó con ese colorante —intervino Angela—, ¿cómo es posible que en el libro no ponga nada al respecto?

Orsolina se encogió de hombros.

—Lo miraré de nuevo, de cabo a rabo —prometió—. Quizá se me pasara por alto. Entre que siempre utilizo las mismas recetas, y las que no nos sirven...

—¿Por qué no?

—Porque ya no se pueden obtener ciertos ingredientes —respondió Orsolina—. Y también porque hemos comprobado que a la gente solo le gustan determinados colores.

Angela quiso objetar algo, pero prefirió dejarlo. Primero se dedicarían al púrpura. Ya se ocuparía más adelante de lo que ocurría con otros colores.

«Quién sabe —pensó mientras se ponía de acuerdo con Orsolina acerca de la mejor fecha para ir a Venecia—, quizá en el libro manuscrito de los colores todavía hay muchos conocimientos olvidados esperando a ser redescubiertos.»

El día acordado por la mañana, Angela esperó en vano frente al piso alquilado de Orsolina. Habían quedado en salir a las siete para tener tiempo de cumplir con todas las citas.

Ya empezaba a plantearse subir y llamar a la puerta cuando una joven se acercó a ella corriendo.

—Soy la sobrina de Orsolina —dijo casi sin aliento—. Mi tía no podrá acompañarla. Tío Stefano no se encuentra bien y Orsolina dice que no quiere dejarlo solo.

—¿Puedo hacer algo por ellos? —quiso saber Angela—. ¿Stefano necesita algún medicamento o que lo vea un médico?

Laura negó con la cabeza.

—No. Orsolina me ha dicho que no se preocupe por nada. Por favor, no se enfade con ella...

—Claro que no —la tranquilizó—, pero dígale que espero que su marido se mejore.

Siguió con la mirada a la sobrina de Orsolina mientras regresaba al piso de su tía, y se quedó pensando si no sería mejor acudir a Venecia otro día. Sin embargo, eso implicaba aplazar un montón de citas con importadores de seda que ya le había costado mucho coordinar. Y Angela odiaba anular las cosas en el último momento. Además, le apetecía mucho ir a Venecia, por lo que decidió acudir sola. En cualquier caso, podría llevarse muestras de hilo para que Orsolina y las tejedoras pudieran juzgar la calidad de los productos incluso con más detenimiento.

Subió de nuevo a su coche y se puso en marcha. Aparte de las visitas al hospital y de alguna excursión con Dario Monti, durante las últimas semanas apenas había salido de Asenza. De repente sintió una felicidad inesperada. Ya era hora de que explorara un poco más allá de los alrededores por su cuenta. De manera que, de golpe, casi se alegró de que Orsolina no hubiera podido acompañarla.

Las conversaciones con los importadores de seda de Venecia transcurrieron mejor de lo esperado y, cuando hacia mediodía se soltó el pelo a bordo de un *vaporetto*, ya tenía una bolsa repleta de valiosas muestras de hilo. Tal como había supuesto, el precio era una variable con mucho margen de negociación. Ahora solo faltaba decidir qué seda era la mejor.

Mientras el bote de motor de línea, la variante veneciana de un autobús, recorría el Gran Canal hacia el centro histórico, en pleno corazón de la laguna, Angela iba pensando si era posible que hubieran pasado más de veinte años desde la última vez que había estado allí, cuando todavía era una joven estudiante de italiano. Y, sin embargo, le pareció que casi todo coincidía con su recuerdo de la ciudad más singular de todas: el agua de los canales de un azul verdoso fangoso, los famosos palacios con sus fachadas de estuco a lo largo del Gran Canal, que dividía Venecia en dos mitades con una gran S invertida, todavía con el mismo resplandor descolorido, los postes de madera ennegrecida que sobresalían del agua aquí y allí, sosteniendo los cimientos a lo largo del canal. El olor dulzón, salado y mohoso por igual, mezclado con el de la comida y el de la loción para el afeitado de los empresarios que compartían la baranda con ella, leyendo el periódico o hablando en voz baja en sus *telefonini*.

Angela no pudo evitar volver a pensar en Vittorio, y entonces se acordó de que precisamente tenía la empresa ubicada en Venecia. De inmediato sacó el móvil y lo llamó por teléfono, pero comunicaba. No sería buena idea presentarse en persona, ¿verdad? Desanimada, iba a guardarse el móvil de nuevo en el bolso cuando recibió una llamada. Para su asombro, en la pantalla apareció el número de Vittorio.

—Ahora mismo te estaba llamando —dijo Angela.

—Y yo a ti —respondió Vittorio riendo—. Pero ¡comunicabas!

—Esto tiene que... ¿Cómo se llama en italiano cuando dos personas piensan lo mismo al mismo tiempo?

—Mmm..., ¿*telepatia*, quizá?

—Sí, exacto. Debe de haber sido eso.

A Angela le latía el corazón con tanta fuerza que temió que Vittorio pudiera oírlo a través del teléfono.

—¿Para qué me llamabas? —preguntaron los dos al unísono, tras lo cual se echaron a reír de nuevo.

—Tú primero —dijo Vittorio.

—Estoy en Venecia.

—¿Estás en un *vaporetto*?

—Sí. ¿Cómo lo sabes?

—Porque lo oigo.

—Delante de mí tengo el puente Rialto.

—Pues baja en la parada de Rialto Mercato —propuso Vittorio—. ¿Has comido ya? —preguntó, y ella le contestó que no—. Genial. Cuando bajes, justo a la izquierda verás un *tabacchi*. Por favor, espérame allí, no tardaré mucho.

—*Va bene* —respondió Angela preparándose junto con los otros viajeros para desembarcar.

De repente se encontró en medio de una muchedumbre de turistas y autóctonos que la arrastró como una ola. Descubrió el quiosco que Vittorio le había mencionado y consiguió apartarse del pelotón. Ya frente al *tabacchi* se compró una revista de moda y otra sobre arquitectura de interiores, y enseguida oyó que alguien la llamaba.

El corazón le dio un vuelco y luego se instaló en un ritmo frenético. La visión se le oscureció por unos instantes. Últimamente le había ocurrido un par de veces, y Angela se preguntó si tenía que empezar a preocuparse.

—¿Qué te ocurre? ¿No te encuentras bien? —dijo la voz de Vittorio muy cerca de ella, en un tono de clara preocupación.

—Sí, estoy bien. Es solo que... quizá debería beber más agua —se apresuró a decir ella, con la sensación de estar quedando como una chiquilla.

Vittorio la sostuvo suavemente por los codos. Entonces fue cuando Angela vio que él llevaba una camisa de algodón blanca con el cuello alzado, y las gafas de sol entre los rizos.

—Lo que necesitas es una buena comida —dijo él—. Allí detrás hay una *trattoria* que los turistas todavía no han descubierto. A menudo como allí a mediodía. Tengo el estudio a la vuelta de la esquina.

Apenas se hubieron alejado unos centenares de metros

del canal, el gentío que tenían a su alrededor disminuyó claramente. Sus pasos resonaban sobre el pavimento irregular, y cuando doblaron la esquina se metieron por callejuelas solitarias por completo, en las que apenas encontraron alguna paloma revoloteando entre arrullos. Llegaron a una plazoleta. Entre unas enormes macetas de barro con matas de adelfa, las mesas de un restaurante, protegidas por sombrillas rayadas, invitaban a sentarse. Aliviada, Angela se dejó caer sobre una de las sillas. ¿Qué le estaba ocurriendo? No se explicaba aquella debilidad súbita que la había asaltado. Hasta hacía unos momentos se había sentido en plena forma.

—Es este clima extraño que tenemos en Venecia —dijo Vittorio, tras lo cual le hizo una seña al camarero, que acudió para servirles una gran botella de agua—. Qué sorpresa tan agradable, Angela. ¿Qué te trae por aquí?

Ella le habló acerca de las reuniones que había concertado, y también le contó que le estaban preparando el *omaccio*.

—El tono para la tapicería de los sillones ha puesto realmente a prueba a nuestra tintorera —le explicó, y a continuación le relató también la investigación que había iniciado y la conversación que había mantenido con la profesora de Múnich—. Esta tarde me gustaría visitar una tienda especializada en pigmentos históricos que hay cerca de la Academia de Arte. Porque necesitaremos el color púrpura.

El camarero les sirvió una bandeja de marisco y una hogaza de pan blanco. Angela se dio cuenta del hambre que tenía.

—Ah, pues te acompañaré con gusto, si quieres —propuso Vittorio—. ¿Te apetecería ver también mi estudio?

Angela aceptó encantada. Tras el plato principal, rape a la parrilla, y el *caffè ristretto* de rigor, notó que había recuperado las fuerzas de nuevo.

La empresa de Vittorio estaba a tan solo dos minutos de allí, en un antiguo almacén que daba a uno de los numerosos canales menores.

—Compré el inmueble hace veinte años, cuando era poco más que una ruina. La planta baja estaba llena de ratas, y los almacenes daban miedo. Encargué una reforma completa del interior; Dario me ayudó muchísimo con el proyecto. La empresa ocupa las dos primeras plantas, y en la tercera es donde vivo yo.

Entraron en el edificio por una gruesa puerta de madera antigua que daba a un vestíbulo enorme. Para gran sorpresa de Angela, el canal llegaba a entrar en la nave, donde había un pequeño embarcadero con una lancha a motor.

—Digamos que esto vendría a ser mi garaje —explicó Vittorio con una sonrisa al ver la cara de asombro de Angela, y acto seguido la guio hasta una escalera de acceso de piedra en la que había una verja de hierro forjado.

Las estancias del estudio de interiorismo de la primera planta eran amplias y muy luminosas. Contempló cautivada la forma en que el agua del canal reflejaba la luz danzante en la parte anterior del techo. En varios escritorios trabajaban los empleados de Vittorio, y sobre una gran mesa había telas decorativas y muestras de color que atrajeron la atención de Angela de inmediato.

—No hay nada de seda —le advirtió Vittorio al ver que ella pasaba los dedos por encima de los tejidos de muestra—. Todavía no, al menos. Mira, te presento a Lucrezia —añadió, y ella le estrechó la mano a una elegante y esbelta mujer de unos sesenta años, de perfil clásico y con el pelo recogido en un moño bajo—. Lucrezia es mi mano derecha y mi mano izquierda, mi ayudante, secretaria, confidente y el alma de la empresa. Es la que mueve todos los hilos. Pronto tendréis que hablar bastante —prometió volviéndose hacia su empleada—. Angela es la propietaria de aquella fabulosa tejeduría de seda de la que te hablé.

—*Piacere* —dijo Lucrezia con una sonrisa afable—. Espero que podamos colaborar pronto en algún proyecto.

—Lo mismo digo —respondió Angela.

Vittorio la condujo hasta una sala contigua y, nada más entrar, creyó encontrarse en una instalación de arte contemporáneo. Un solo escritorio dominaba la estancia, y a su alrededor había dispuestos los objetos más inverosímiles: una calavera de cristal sobre un pedestal negro; un avestruz de cera de tamaño natural; un ánfora romana de aspecto más que genuino; un bote de remos antiguo, con la pintura azul y blanca descascarillada; unos objetos elaborados con papel cuidadosamente doblado que, tal como supuso Angela, servían como pantallas de lámpara; lirios blancos de cristal de Murano y, entre todo ello, cuerpos geométricos diversos forrados en piel blanca a modo de asientos. En una larga pared había fotografías y dibujos colgados, en los que ella reconoció algunos de los objetos que llenaban la sala.

—Uno de nuestros proyectos actuales —explicó Vittorio—. Un *palazzo* del siglo XV en Cannaregio. Federico es nuestro especialista cuando se trata de decorar con un estilo moderno edificios antiguos.

Dicho esto, le presentó a Angela a un tipo delgado de unos cuarenta años, vestido con pantalones de piel negra y una camiseta de un blanco impecable.

—El cliente desea una combinación de todos los estilos posibles —explicó Vittorio—. Federico tiene buena mano para ese tipo de cosas. Mira, Angela. Si lo hiciera cualquier otra persona, esto quedaría terriblemente *kitsch*, pero Fedo es capaz de combinar a la perfección una calavera de cristal con un sofá de pana magenta o verde chillón entre lámparas modernistas y muebles de plástico contemporáneos, y todo en una sala renacentista con paredes de estuco y suelos de mármol.

Se fijó en los esbozos y los *collages*. Aunque enseguida pensó que no le gustaría nada vivir en un ambiente semejante, quedó impresionada por el resultado y por la sensibilidad que demostraba la combinación de formas y colores.

—Me gusta que resulte sorprendente —declaró Federico mirándola con interés—. ¿Usted es la que se dedica a los tejidos de seda artesanales?

—Sí —respondió Angela con una sonrisa—. En nuestra tejeduría todavía se trabaja a mano.

—*Fico* —exclamó Federico—. ¡Es genial! Me encantaría ver algún muestrario.

—De momento no es posible —explicó Angela antes de describirle la situación—. Ahora mismo nos dedicamos principalmente a la fabricación de pañuelos y chales, piezas únicas. Mire, como el mío —dijo sacando la estola rosada de su bolso—. Es solo un ejemplo, porque cada tejedora tiene su propio carácter.

El diseñador palpó el pañuelo con cuidado, se lo tomó de las manos a Angela y lo acercó a una lámpara para observarlo mejor.

—*Bellissimo* —dijo al fin cuando se lo devolvió—. ¿Eso significa que también podrían fabricar bajo demanda?

—En esta medida, en cualquier momento —contestó Angela—. Para una anchura de dos metros ochenta, ahora mismo estoy preparando el telar adecuado.

—Interesante, ¿verdad? —intervino Vittorio.

—Por supuesto, estas telas tendrán un precio considerable —añadió ella—. Según el color pueden llegar a ser muy caras.

—Tenemos clientes —objetó Federico— que nos han mandado revestir salas enteras con cuero de avestruz en lugar de papel pintado. Sin duda hay gente dispuesta a desembolsar sumas astronómicas por cosas extraordinarias. Tratándose de un producto hecho a mano, no creo que tengan mucha capacidad de suministro, ¿me equivoco?

Angela asintió para darle la razón.

—Cuando tengamos unas cuantas muestras —indicó Vittorio— veremos qué acogida tiene entre nuestros clientes. Yo le veo mucho potencial.

Vittorio presentó a Angela a otros trabajadores de la planta, cada uno de los cuales se ocupaba de un ámbito especializado. Sin embargo, tal como le explicó Vittorio, las colaboraciones en los proyectos solían surgir de un modo natural.

—El ambiente en la empresa parece fantástico —comentó Angela mientras subían a la planta superior del edificio.

—Le doy mucha importancia a eso —confirmó Vittorio—. Quiero rodearme de gente creativa, y para eso es necesario que todos se sientan a gusto. Hace poco tuve que despedir a un empleado buenísimo porque no paraba de pelearse con los demás. Me decía que necesitaba ese nivel de confrontación para rendir, y no tuve más remedio que responderle que tendría que buscarla en otro sitio.

Vittorio abrió la puerta de su casa e invitó a Angela a entrar. Enseguida se fijó en el suelo: las tablas de madera eran de un color pardo grisáceo poco común.

—Era el suelo del dique que sostenía el edificio al borde del canal. Cuando hicimos la reforma tuvieron que renovar esos postes de madera, porque muchos estaban dañados. En lugar de tirarlos, los hice cortar y utilicé los que todavía se podían aprovechar. Estos troncos de roble debían de llevar unos trescientos años sumergidos en agua salada. Eso en parte los ha petrificado, pero, como es natural, algunos se pudrieron por culpa de la exposición a los elementos.

Angela levantó la mirada. En las paredes, apenas revocadas del modo más simple con un color claro, destacaban las ventanas de inspiración oriental tan típicas de Venecia. Todo el apartamento estaba concebido como un *loft* abierto, con pocos muebles y luminoso.

—Como ves —dijo Vittorio—, esto contrasta mucho con Villa Castro, donde no queda ni un centímetro de pared o de techo sin decorar. Aquí, en cambio, no encontrarás ninguna pintura, ni tampoco ninguna imagen. ¿Te apetece algo? ¿Un refresco, quizá?

Angela le pidió un vaso de agua sin dejar de mirar a su alrededor. Aparte de unos sillones de aspecto cómodo y un sofá de dos plazas tapizado con tela de color arena, no había mucho más que ver. Una araña de cristal colgada del techo, que debía de tener unos cinco metros de altura y las vigas de madera a la vista, proporcionaba una luz mínima con unos bellos reflejos.

—Me paso el día viendo imágenes —explicó Vittorio cuando regresó con la bebida—. Cuando llega la noche necesito este vacío, esta amplitud, para despejarme la cabeza de nuevo.

—¿Siempre ha sido así? —preguntó Angela.

Vittorio negó con la cabeza y la mirada se le ensombreció claramente.

—No —respondió—, cuando Sofia todavía vivía esto era muy distinto. Era pintora, ¿sabes? Teníamos cuadros suyos colgados por todas partes, y allí detrás estaba su taller. Después del accidente..., no inmediatamente después, pero tal vez dos o tres meses después, me di cuenta de que no podía soportarlo más. Le pedí a Fedo que se ocupara de redecorarme la casa. Le dije: «Haz lo que creas más adecuado, pero no quiero que siga recordándome en todo momento la felicidad que he perdido». Fedo y yo nos conocemos desde hace muchos años, fue mi primer empleado. En realidad esperaba encontrar una verdadera mezcolanza de colores..., para serte sincero, contaba con lo peor —admitió con una leve carcajada, pero recuperó la seriedad de nuevo—. Me mudé a Villa Castro durante cuatro semanas para que pudiera cambiar lo que quisiera y, cuando regresé, me la encontré así. Yo no lo habría hecho mejor.

Angela intentó imaginar cómo debía de haber sido antes, llena de colorido y de luz. Intentó percibir si todavía quedaba algo del fantasma de esa mujer tan maravillosa a la que Vittorio tanto había amado. Sin embargo, no notó nada. Federico había hecho un gran trabajo.

—¿Y tú? —preguntó Vittorio—. ¿Cómo lo hiciste para sobrellevar la pérdida y los recuerdos?

—Bueno, yo lo que hice fue huir —dijo sin rodeos, y a continuación le habló acerca de la larga enfermedad de Peter y el impulso de aceptar la invitación de Tess justo después del sepelio—. En realidad vine a Asenza solo para cambiar un poco de aires —concluyó—, pero al final resulta que he venido para quedarme.

Pensó en su casa, junto al lago Ammer, y se dio cuenta de que no la echaba de menos en absoluto. Ella también había optado por un nuevo inicio, y el cambio de ubicación se lo había facilitado bastante.

Vittorio le quitó el vaso de la mano y lo dejó sobre una mesita baja. Se acercó a ella hasta que sus cuerpos se tocaron y una sensación eléctrica empezó a fluir entre ellos.

—No creo que sea una coincidencia —dijo Vittorio en voz baja mientras buscaba con los labios los de ella— que nos hayamos encontrado. Me he enamorado de ti, Angela, desde la primerísima vez que te vi. Tengo la sensación de haberte amado desde siempre.

Ella notó como si todo diera vueltas a su alrededor. Aquella sala, Venecia entera, el mundo, todo. También lo que pensaba y lo que sentía. Todo daba vueltas y ella no podía hacer nada para evitarlo, solo podía dejarse llevar, dejar que Vittorio la abrazara y tenderse con él sobre aquellas tablas de trescientos años de antigüedad, que la sostuvieron con calidez mientras ella seguía dando vueltas por dentro.

Cuando el mundo de Angela se hubo calmado de nuevo y pudo volver a distinguir entre arriba y abajo, la luz del sol se reflejaba en los cristales de la araña del techo con un matiz rojizo. Había caído el atardecer. Estaba entre los brazos de Vittorio, sobre las sábanas blancas de su cama. Él la miraba con una ternura infinita.

—Me estás devolviendo la vida, Angela —le dijo antes de besarla con suavidad. Y entonces llegaron las lágrimas. Angela no sabía por qué, pero la invadieron un montón de sentimientos que ni siquiera habría sabido describir—. *Non piangere* —le susurró Vittorio secándole las lágrimas con sus besos—. Ya no estás sola.

17
LA SEDA AZUL CELESTE

—Quizá deberías decirle algo a Dario Monti de vez en cuando —dijo Tess al día siguiente cuando Angela llegó a casa al mediodía para comer.

Esta se golpeó la frente con la mano. Había olvidado por completo que habían quedado para jugar al tenis. Y eso que la noche antes había avisado a Tess de que pasaría la noche en Venecia, para que no se preocupara. Sin embargo, no había pensado ni por un momento en avisar también a Dario Monti.

Todavía tenía la cabeza en las nubes. Se sentía más ligera e integrada en el mundo de lo que se había sentido en mucho tiempo. Habían pasado la noche en el apartamento de Vittorio y todo había ido a las mil maravillas. «Qué extraño», pensó Angela mientras se miraba en el espejo con la sensación de estar viéndose por primera vez. Se había sentido bien incluso hablándole a Vittorio acerca de Peter. Y más tarde, durante la noche, había soñado con su difunto marido. Lo había visto en compañía de Vittorio, en el velero de Peter, maniobrando juntos la embarcación por un mar revuelto. ¿No era una buena señal? Seguro que habrían sido buenos amigos...

Angela se cambió de ropa y decidió acudir a la tejeduría

enseguida. No veía el momento de entregarle a Orsolina la diminuta cantidad de púrpura real que había adquirido para intentar un nuevo baño de color.

Por la mañana Vittorio la había llevado con la lancha hasta Dorsoduro, la parte sur de la ciudad, y la había acompañado a buscar pigmentos históricos en comercios especializados. Él había quedado tan fascinado como ella por la amplia oferta de tintes envasados en vidrio o plástico que llenaban los estantes del diminuto comercio del suelo al techo. Por desgracia, la oferta de tintes para ropa era claramente inferior a la de pigmentos de color destinados al arte y la pintura, y encima había todavía menos que fueran adecuados para teñir seda.

—¿Cómo se encuentra su marido? —le preguntó a Orsolina cuando la vio comprobando cómo habían quedado unas madejas de seda teñidas de verde que acababan de secarse. El rostro preocupado de la tintorera fue más que elocuente.

—No muy bien —afirmó—. Siento no haber ido con usted ayer, pero... no quería dejarlo solo.

—¿Le duele? —quiso saber Angela.

Orsolina se encogió de hombros y los dejó caer de nuevo con resignación.

—Seguro que sí. Pero lo peor es que está terriblemente abatido. Me temo que, si tiene que pasar más tiempo así, rondando por casa todo el día, me volverá loca —dijo, y el pliegue que tenía entre las cejas se volvió más profundo.

—¿De verdad que no puede encontrar otro trabajo?

Orsolina resopló por la nariz.

—¿Quién va a contratar a alguien a quien no le quedan más que dos dedos en la mano derecha?

Angela guardó silencio consternada. Stefano necesitaba ayuda urgentemente. Tenía que preguntarle a Tess si había hablado ya con sus contactos en el consistorio. Una compensación económica sería lo mínimo que merecía, pero ella era consciente de que todo el dinero del mundo no contribuiría a que ese hombre recuperara su autoestima.

Decidió desviar la conversación hacia su visita a Venecia, y le entregó a Orsolina el diminuto frasco que contenía el colorante púrpura.

—Es extraño que sea de color amarillo —comentó.

—Así es como debe ser —explicó la tintorera, reavivada de repente—. Cuando el púrpura entre en contacto con el aire, se convertirá en violeta azulado. Por cierto, he revisado de nuevo el libro entero y he visto que hay una nota de mi madre al respecto. La había pasado por alto porque la página había quedado pegada a las demás. Y especifica cómo se hace, mire...

A Orsolina se le sonrojaron las mejillas mientras le tendía la libreta gastada y daba toquecitos con el dedo sobre una página en concreto. Angela se dio cuenta de que era la primera vez que Orsolina le demostraba tanta confianza. Hasta entonces siempre le había ocultado el libro.

—¿Cuándo podríamos empezar?

—Cuando usted quiera.

Les bastaron tres intentos, no solo para que Angela quedara satisfecha, sino también Orsolina. La tintorera puso todo su orgullo y su energía en la tarea, y al final lograron obtener aquel color tan complicado. Nola la ayudó a calcular la cantidad de seda necesaria para los sillones, y Angela le pidió que calculara unos metros más para elaborar también un muestrario.

Transcurrió una semana entera de trabajo durante la que esta parecía capaz de conseguirlo todo. Vittorio la llamaba a diario, incluso varias veces, y hasta la segunda velada con Lorenzo Rivalecca resultó ser mucho más relajada que sus primeros encuentros. Angela le preguntó por el pañuelo púrpura de su difunta esposa y él le prometió buscarlo.

—Nunca me he interesado mucho por esa clase de cosas —explicó—. Pero en alguna parte debe de estar.

Y por fin llegó el momento. Tras tantos años de quietud, el *omaccio* estaba listo para volver a ponerse en funcionamiento. Como los cabellos plateados de un hada, los hilos de la urdimbre refulgían tensos sobre el marco de madera oscura del viejo telar. Las tejedoras se concentraron a su alrededor con aire pensativo mientras Nola preparaba los valiosos rollos de hilo celeste para la trama. Todas se quedaron mirando a Angela con expectación.

—Creo —le dijo a Nola— que para empezar utilizaré hilo sin tintar. Al menos hasta que me haya familiarizado con el telar.

Nola asintió y cargó la lanzadera con un rollo de seda de color blanco natural.

Angela se sentó en el banco de tejer. Tenía claro que podía meter la pata hasta el fondo, pero ese pensamiento no consiguió disuadirla. Pensó en Vittorio, en el tacto de sus manos, en sus palabras: «Lo conseguirás, estoy seguro de ello», le había dicho. Colocó los pies sobre los pedales, agarró el látigo con la mano derecha, el peine con la mano izquierda, y empezó.

Cuando pisó el pedal con todas sus fuerzas, este cedió hasta el fondo, la maquinaria se puso en marcha y el arnés quedó abierto. Angela accionó el látigo con determinación, la lanzadera salió disparada a través de la calada abierta en la urdimbre y golpeó el otro extremo con un estallido. Con la mano izquierda accionó la batidora, con el peine de rejilla cerrado por debajo, para compactar la pasada, y luego repitió el proceso hacia el lado opuesto, hacia la izquierda. «Cha-que-ti-toc» hizo el telar, luego hacia la derecha de nuevo, y hacia la izquierda otra vez... La fuerza que le exigía el telar la obligaba casi a levantarse del banco, cargando su peso sobre los pedales como si estuviera sobre una máquina de gimnasio, mientras una mano se encargaba del látigo y la otra del peine. Sabía que tenía que ejecutar aquellos movimientos enérgicos de la forma más uniforme posible para que el tejido resultante también tuviera un acabado uniforme.

A los pocos minutos empezó a notar el esfuerzo, y se alegró de no haber dejado de hacer deporte desde hacía años. Al cabo de un rato comenzó a interiorizar el ritmo del telar e intentó optimizar al máximo los movimientos, modulando la fuerza que aplicaba igual que cuando salía a correr o jugaba al tenis, y se dio cuenta de que el *omaccio* reaccionaba cada vez mejor. Llegó un punto en el que ya no sabía distinguir si era ella la que se estaba acostumbrando a la mecánica del telar, o si era el telar el que se estaba acostumbrando a ella. Más o menos media hora después ya había tejido unos diez centímetros de tela blanca de aquel ancho especial. Dejó que la lanzadera se deslizara con suavidad y detuvo el mecanismo.

Las tejedoras la contemplaban en silencio. Ninguna de

ellas se atrevía a hacer el más mínimo ruido. Hasta que Orsolina se decidió a romper aquella calma.

—Has perdido la apuesta —le dijo a Lidia.

Las demás estallaron en una carcajada mientras Lidia se ponía completamente colorada.

—Lo siento, Lidia —bromeó Angela acercándose a las mujeres.

A sus mujeres. Sí, por primera vez tuvo la sensación de pertenecer a ese grupo, de ser una tejedora más.

—No lo sienta, *tedesca* —replicó Lidia extendiendo la mano hacia ella con una sonrisa en el rostro—. Pero, le seré sincera, ¡esto sí que no me lo esperaba!

Angela aceptó la mano de Lidia y comprobó la firmeza con la que se la estrechó. Cuando las dos mujeres se miraron a los ojos, se produjo un breve instante de reconocimiento y de respeto por ambas partes.

—Bueno —dijo Angela con determinación mirando a su alrededor—. Lo que necesitamos ahora es un muestrario. Orsolina y yo ya hemos decidido los colores que aparecerán. ¿A quién le apetece tejer muestras de tejidos en lugar de una estola para nuestros futuros clientes?

—Yo me encargaré de eso —aseguró Lidia antes de que las demás pudieran reaccionar—. Aunque tengo que dejar clara una cosa: no pienso tejer jamás con este monstruo.

—Y yo no puedo obligarla a ello —respondió Angela—. Pero me alegro de que se ofrezca a tejer las muestras, Lidia.

Esa noche, cuando salió de la *tessitura*, Angela tuvo la sensación de que había ocurrido algo decisivo entre las tejedoras y ella. El corazón de Orsolina ya se lo había ganado antes, al parecer. El hecho de que no se hubiera amilanado a la hora de sentarse frente al telar —además el telar grande, el más difícil de todos—, le había valido el reconocimiento de las demás tejedoras. Notaba que se había quitado un verdadero peso de encima. Porque tenía muy claro que la tejeduría solo podía tener éxito si en lo sucesivo se mantenían unidas.

Tal vez algún día incluso conseguiría que otra tejedora se sentara a trabajar con el *omaccio*. Pero, si eso no llegara a ser posible, entonces sería ella misma quien se encargaría de elaborar los tejidos de Vittorio. Pensaba empezar al día siguiente. En lugar de ir a jugar al tenis y correr. Porque el *omaccio* le exigía una dedicación absoluta.

Llamó enseguida a Dario y se lo explicó. Y así fue como, durante los días siguientes, Angela empezó a pasar las primeras horas del día, las que solía dedicar a hacer ejercicio, sentada frente al telar grande. Cuando llegaban las tejedoras, hacia las nueve de la mañana, encontraban cada día un metro más de ese tejido azul celeste. Paraba entonces para darse una ducha, satisfecha consigo misma y preparada para un desayuno copioso. Los días se fueron alargando cada vez más, las temperaturas fueron en aumento y, puesto que de todos modos pasaba la mayor parte del día encerrada en la oficina, a las seis de la tarde volvía a sentarse frente al *omaccio*. En dos ocasiones volvió a Venecia para ver a Vittorio, y cada vez regresaba más feliz y más serena. Los dos estuvieron de acuerdo en que se lo tomarían con calma para conocerse bien y disfrutar al máximo de las horas que pasaran juntos, pero sin hacer planes de futuro.

Al término del semestre, Nathalie, Benny y Nico regresaron a Villa Serena. Nathalie quiso viajar a Padua al día siguiente para empezar a buscar una habitación en un piso compartido, mientras que Benny y Nico se instalaron en la Villa de la Seda.

—Espero que no os moleste, pero por las mañanas, a las seis, empiezo a tejer —les advirtió Angela durante la cena a los dos jóvenes.

—Por lo que conozco a Benny —dijo Nico—, a esas horas ya estará raspando la pared.

Benny asintió con entusiasmo sin dejar de meterse cucharadas de tiramisú en la boca. Emilia tenía una memoria privilegiada para los platos preferidos de la gente, por lo que había preparado una fuente enorme para la *giovinezza*.

—¿Cómo va la tienda en línea? —quiso saber Nico mientras apuraba su ración del postre.

—Bien —respondió Angela—. Estoy bastante satisfecha, la página ha tenido muy buena aceptación. Fioretta hace envíos prácticamente a diario. Pero todavía no sabéis lo mejor... —anunció antes de hablarles acerca de esos grandes encargos tan emocionantes.

—Angela se ha ganado un lugar entre las tejedoras —explicó Tess, y a continuación les relató lo de las ridículas supersticiones que circulaban alrededor del *omaccio*—. Y encima hace bien su trabajo. Me gustaría saber qué no sabes hacer —dijo dirigiéndose a su amiga.

—Cocinar tan bien como Emilia —respondió esta sin pensarlo siquiera. El ama de llaves, que en esos momentos estaba recogiendo la mesa, se sonrojó de inmediato llena de orgullo.

—Todavía está demasiado delgada —constató esta con una mirada reprobatoria a la figura de Angela—. ¿Ha engordado un solo gramo desde que está aquí? Me parece que no.

Entre carcajadas, ella proclamó que todos los vestidos viejos que le iban dos tallas demasiado grandes el día de su llegada volvían a quedarle bien. Nathalie examinó a su madre con atención.

—Pareces feliz, mamá —afirmó cuando la alegría general se hubo apaciguado un poco—. Fue una buena decisión la de venir aquí.

—Sí, sin duda lo fue —convino Angela pensando en Vittorio y en el hecho de que, si se hubiera quedado en Alemania, no se habrían conocido jamás—. Me alegro mucho de haber venido —declaró—. Te estoy muy agradecida, Tess.

—Bah, tonterías —replicó la anciana de un modo enérgico—. ¡Yo sí que te agradezco que vinieras! Has hecho mucho por mí, ¡solo tienes que mirar a tu alrededor! Me has reformado la casa en pocas semanas y ha quedado fantástica.

—Entonces estamos todos bien, todos felices —concluyó Nathalie—. ¿Realmente queréis dormir ya en la Villa de la Seda esta noche? —les preguntó a sus amigos.

—¡Claro! —respondieron al unísono.

—De hecho, creo que deberíamos irnos ya —añadió Nico—. Si mañana tenemos que despertarnos a las seis, será mejor que nos acostemos pronto.

Los dos jóvenes se marcharon y Tess también se retiró.

—Te veo cambiada —dijo Nathalie mientras subían juntas la escalera hacia las habitaciones de la torre.

—¿A qué te refieres? ¿Cambiada? —preguntó Angela con cautela.

—¡Es que estás radiante! ¡Hacía tiempo que no te veía así! Y tienes el pelo bastante más largo, cuando hacía al menos un año que apenas te crecía. Parece que la tejeduría te sienta de maravilla. Buenas noches, mamá. ¡Felices sueños!

Angela entró en el cuarto de baño y se contempló en el espejo. Nathalie tenía razón. De repente el pelo había empezado a crecerle de nuevo. Además, estaba casi tan brillante como cuando era joven. Tenía que pedirle hora a Edda, la peluquera que estaba junto a la *tessitura*, para que le cortara las puntas.

—Esta tarde vendrá a vernos el signor Fontarini —anunció Angela durante la charla matinal con las tejedoras—. Es el diseñador de interiores para el que Lidia tejió aquellas muestras.

Después de debatirlo mucho con Orsolina y tras acordarlo con Vittorio, habían preparado dos colecciones distintas: una con los colores pastel clásicos, que incluían el pistacho, el rosa palo, el azul grisáceo, el verde jade, el malva y el amarillo siena; y otra para clientes con ideas más modernas, con colores más luminosos como el rojo carmesí, el verde cobalto, el azul ultramarino, el amarillo brillante, el naranja y el negro, además de tres tonos distintos de dorado, a propuesta de Orsolina.

—¿La seda celeste es para él? —quiso saber Nola.

—Exacto —confirmó Angela—. Con esta tela demostraremos que podemos emular cualquier tipo de tejido de seda antigua. Ya habéis visto cómo se ha esmerado Orsolina para conseguir ese tono tan especial. Lo ha hecho tan bien que eso nos ayudará a conseguir grandes encargos en el área de la decoración.

Los elogios le levantaron el ánimo a Orsolina. De todos modos, Angela no envidiaba a la tintorera, pues Stefano seguía igual de mal, lo que preocupaba enormemente a su esposa.

—Pues que venga el señor interiorista —declaró Lidia con su habitual tono agresivo—. *Siamo pronte!*

Cuando por la tarde Angela entró acompañada de Vittorio en la sala de las tejedoras, no pudo evitar sonreír. Todas, incluso Lidia, se habían cambiado de ropa para la ocasión durante la pausa del mediodía. Encima de la gran mesa que tenían en el centro de la sala estaban las muestras extendidas cuidadosamente formando dos grandes abanicos. El sol de la tarde caía sobre las telas y hacía relucir los colores.

Vittorio saludó a cada una de las mujeres, que observaron con atención al interiorista mientras examinaba las muestras.

—Este género es extraordinario —dijo al fin—. A nuestros clientes les encantará.

Mientras le hacía alguna pregunta a Orsolina y les pedía al resto de las tejedoras que le enseñaran sus trabajos, Angela contempló con alegría cómo Vittorio se las arreglaba para ganarse a un hueso tan duro de roer como Lidia, y pensó que realmente nadie era capaz de resistirse a su encanto natural. Con las mejillas coloradas, Maddalena le mostró cómo tejía. El trabajo de Anna, que estaba tejiendo seda mezclada con alpaca fina, lo dejó claramente impresionado. Y aunque ya conocía la técnica de los cuadros de Nola de su última visita, escuchó con paciencia sus explicaciones acerca de cómo aparecían los motivos decorativos a medida que tejía.

Entonces Angela abrió la puerta de la sala contigua, el reino del *omaccio*. La seda azul refulgía sobre el telar como un mar bajo un cielo de verano. Había terminado esa misma mañana, y veinte metros de seda aguardaban en el rodillo que almacenaba el tejido terminado.

—*Favoloso!* —exclamó Vittorio—. ¿Esto es para Villa Castro?

—Así es —respondió Angela.

—Lo ha tejido todo la signora sola —explicó Maddalena con orgullo.

Angela miró a su alrededor asombrada. Todas sus empleadas estaban frente a la puerta alargando el cuello. Era evidente que ninguna de ellas quería perderse cómo reaccionaba al ver la «tela de rubí», que era como Maddalena la había bautizado. No quedaron decepcionadas. El asombro de Vittorio fue colosal.

—¿Esto lo has hecho tú sola? —preguntó con cierta preocupación cuando las tejedoras ya se hubieron marchado a sus casas y se quedaron ellos dos solos en la *tessitura*.

Nola había cortado la tela del telar, y la había enrollado alrededor de un tubo de cartón con sumo cuidado antes de envolverla en un paño de algodón, para que Vittorio pudiera llevársela sin que la seda se ensuciara.

Angela se echó a reír.

—No me quedó más remedio —explicó—. Las tejedoras le tienen miedo al *omaccio*.

—Sí, pero esto no puede ser —objetó Vittorio—. Este trabajo es demasiado duro para ti. Además... ¿Cómo piensas seguir con esto? Mis clientes vendrán en tropel; ¿piensas elaborar tú sola todos los encargos?

—Ya se me ocurrirá algo —dijo Angela para tranquilizarlo—. ¿De verdad te ha gustado el tejido?

—Es simplemente de ensueño. Casi me parece una lástima utilizarlo para los sillones de la villa. Preferiría envolverte a ti en ella y...

Vittorio la abrazó.

—¿Y qué? —preguntó Angela.

No obtuvo respuesta en forma de palabras, sino de ternura y pasión.

Un poco más tarde, frente al hotel Duse, en la Piazza della Libertà, se encontraron a Dario Monti tomando una cerveza después del trabajo con Davide, Raffaele y otros operarios más.

—¡Vittorio! —exclamó con sorpresa mientras alternaba una mirada interrogante entre él y Angela—. ¿Tú por aquí, en Asenza? ¿A qué se debe el honor?

—*Affari* —respondió su amigo riendo—. Negocios. Mi estudio colaborará en el futuro con la *tessitura*. Esas mujeres tejen unas telas fantásticas. ¡Me pregunto por qué no me habías hablado de ello, viejo amigo!

Mientras Dario y Vittorio conversaban sobre los problemas de estática de los cimientos de la villa, Angela descubrió a Tess entre el resto de la clientela. Estaba sentada a una mesa como una reina en su trono. Al verla, se levantó y se le acercó.

—¿Es el signor Fontarini? —preguntó, y Angela procedió a presentarlos—. ¡Denos una alegría y venga a cenar a Villa Serena!

—Muchas gracias, iré encantado —respondió Vittorio.

Tess le lanzó una mirada a Dario.

—Por supuesto, tú también estás invitado. *Come sempre.*

—Por desgracia, hoy no podré —explicó el arquitecto—. Pero te recomiendo encarecidamente que vayas a Villa Serena —le dijo a Vittorio, como si se tratara de un restaurante—. Emilia es una cocinera excepcional. Bueno, lo siento, pero tengo que marcharme. *Ci vediamo.*

—¿Qué le pasa hoy a este? —preguntó Tess desconcertada mientras seguía con la mirada cómo Dario se perdía entre la multitud—. Parece que se haya tragado un sapo. Bueno, da igual. ¿Puedo invitaros a tomar un aperitivo aquí mismo? Y luego ya será hora de ir tirando. A Emilia no le gusta que la gente no sea puntual.

La cena fue muy animada. Puesto que Benny y Nico apenas hablaban italiano, Vittorio estuvo charlando en inglés con ellos, y Tess estuvo encantada de poder explicar anécdotas sobre su vida en Estados Unidos. Nathalie fue la única que estuvo inusualmente callada. Ni siquiera la oferta de Vittorio de abrirle algunas puertas en Padua consiguió derribar sus reservas. Angela tuvo la impresión de que Nathalie estaba cansada, pero nada más entrar en su habitación, más tarde por la noche, descubrió el motivo del retraimiento de su hija.

—Tú tienes algo con ese Vittorio, ¿verdad?

La voz de Nathalie le pareció cargada de un cierto reproche, por lo que Angela la percibió como un largo alfiler que se le clavaba de lleno en el corazón. Tanto la pregunta como la manera de preguntárselo le sentaron muy mal.

—Nos hemos enamorado —respondió sin rodeos.

El rostro de Nathalie se torció en una mueca apenas perceptible, pero suficiente para que Angela detectara el dolor, la decepción y la ira contenida que encerraba.

—Papá no lleva ni medio año bajo tierra —le espetó—. ¿Y ya te has buscado a otro hombre?

—¡Nathalie!

Sonó como una súplica. Angela notó como si una fuerza invisible le oprimiera la garganta. Lo que su hija decía era cierto. Y aun así, ¿qué había de malo en lo que sentía por Vittorio?

—Siempre he pensado —intentó explicarse Angela— que te alegrarías de que me fueran bien las cosas...

—De que te vayan bien las cosas —la interrumpió Nathalie con la voz quebrada—. Por supuesto. Eso es lo único importante. El hecho de que puedas hacer daño a los demás es otra cosa. ¿No has pensado en eso?

Angela tuvo la sensación de que el corazón dejaba de latirle por un instante, pero duró tanto que incluso se llevó la mano al pecho. Un zumbido se apoderó de sus oídos hasta que volvió a notar que le palpitaba el corazón, con fuerza, con rabia, como un pequeño puño que le golpeaba la caja torácica desde dentro. Pestañeó. ¿Qué acababa de decir Nathalie? ¿Que solo pensaba en sí misma?

—Nathalie... yo... —balbuceó.

—¡Ay, olvídalo! —exclamó su hija, que de inmediato se levantó de un salto y corrió hacia la puerta. Estuvo a punto de chocar contra Tess, que estaba en el umbral, con la mano en el picaporte y envuelta en su bata.

—¿Qué está sucediendo aquí? —preguntó desconcertada y miró a Nathalie con severidad—. ¿Por qué le gritas a tu madre de esa manera?

Nathalie se echó a llorar, pasó junto a Tess como pudo y bajó la escalera. Poco después las dos mujeres oyeron un portazo en la planta baja.

—Eh, eh, cariño —exclamó Tess asustada mientras se acercaba rápidamente a Angela, que se había quedado sentada en la cama, pálida como la cera—. Ven aquí —dijo en voz baja mientras la abrazaba—. ¡No debes dejar que tu hija te abronque de ese modo! Ese Vittorio es una joya, encajáis a la perfección.

—Pero Peter...

—Peter está muerto —sentenció Tess sin tapujos—. Y no conseguirás revivirlo viviendo como una monja.

—Nathalie tiene razón. Es demasiado pronto...

—Es evidente que no. Te has enamorado, y eso no se elige. Si quieres saber lo que pienso yo: mejor pronto que nunca. Mírame, ¿crees que me gusta vivir sola? Por desgracia no he encontrado a otro compañero después de John. Porque no tenía que ser. Tú, en cambio, has tenido mucha suerte, Angela. Vittorio y tú formáis una pareja fantástica. A Nathalie se le pasará el berrinche, ya verás. Y ahora a dormir. Buenas noches.

Tess le dio un beso en la frente por primera vez desde que Angela era niña, se puso en pie y salió sin hacer ruido.

Ella seguía perpleja. ¿Debía bajar a ver a su hija? Sin embargo, no encontró el valor necesario para afrontar más reproches.

Se lanzó sobre la cama y se presionó los ojos con las palmas. Luego se obligó a respirar con calma, de forma regular. Intentó sentir la presencia de Peter. «En algún lugar debes de estar —pensó con desesperación—. ¿Estás enfadado conmigo porque ya amo a otro hombre?»

Pasó mucho rato intentando resolver aquellas dudas, hasta altas horas de la noche, pero sin encontrar respuesta. Lo único que oyó fue su corazón, que latía sin parar. O Peter se había perdido, o no tenía nada que decirle. Y con esa idea en la cabeza, en algún momento se acabó durmiendo.

18
LA TRAICIÓN

A la mañana siguiente Nathalie ya había partido hacia Padua cuando Angela bajó a desayunar. No estaba acostumbrada a dormir hasta tan tarde, pero ya había terminado el tejido para Vittorio y esa mañana no le apetecía en absoluto salir a correr.

En la oficina se encontró con un correo electrónico de Lucrezia, la ayudante de Vittorio, en el que le pedía presupuesto para veinticinco metros de tejido de seda de color dorado rojizo para un proyecto de Federico. Necesitaba la tela para revestir biombos y, por suerte, la anchura de los pañuelos bastaba para poder satisfacer aquella demanda en un plazo de tiempo razonable. A diferencia de lo que solía ocurrirle, a Angela le costó mucho concentrarse en el trabajo. No paraba de ver el rostro de dolor de su hija y de oír sus reproches. Tardó hasta mediodía en calcular los costes para la tela y en terminar otras pequeñas gestiones que solía hacer a diario. Por la tarde llegó el pedido oficial.

Hacia las cinco la llamó Vittorio, pero, al ver su número de teléfono en la pantalla, algo le impidió aceptar la llamada. Cuando la melodía del móvil dejó de sonar, se asombró al verse superada por las lágrimas, por lo que se alegró de estar sola en la tejeduría. Lo único que le faltaba era que las mujeres la encontraran llorando.

Recuperó el control sobre sí misma y se secó las lágrimas. Para serenarse, salió de la oficina y subió al ala en la que pronto acabaría viviendo. En la sala de la morera encontró a Benny encaramado a una escalera de mano, trabajando en el mural con una pequeña espátula. Entretanto, había despejado ya casi todo el árbol, y en esos momentos estaba en la parte superior de la copa. Llevaba los rizos dorados recogidos en un moño e iluminaba con un frontal el punto en el que estaba trabajando. En los oídos tenía unos pequeños auriculares blancos. Estaba escuchando música y todavía no había reparado en la presencia de Angela.

Ella observó durante unos instantes cómo Benny iba eliminando fragmentos de una de las capas de color para seguir revelando, milímetro a milímetro, el ramaje de la morera, y luego entró en la sala contigua, donde Nico estaba instalado con su ordenador en una mesa vieja que había encontrado en el almacén. Había cubierto las ventanas y estaba sentado frente a varias pantallas, en las que parpadeaban hileras interminables de código alfanumérico.

—Hola, Angela —la saludó antes de volverse de nuevo hacia sus cifras—. A un cliente le ha entrado un troyano —le explicó—. Pero se lo arreglo en un momento. ¿Puedo ayudarte en algo?

—No —respondió ella—. Solo he pasado a echar un vistazo. ¿Tienes todo lo que necesitas?

Nico asintió con aire ausente y Angela lo dejó solo de nuevo. Esos jóvenes sabían exactamente lo que querían. ¿Ella también había sido como ellos cuando era estudiante? ¿O había ido de un lado a otro dejándose llevar por los deseos y necesidades de los demás? ¿Acaso no era eso lo que seguía haciendo en el fondo?

Decidió regresar a casa y salir a correr para aprovechar el tiempo que faltaba hasta la cena. Eso siempre le sentaba bien, y además le serviría para ordenar sus pensamientos.

Como siempre que salía a correr, subió por la cuesta de la iglesia y rodeó el Palazzo Duse. Cuando llegó a los viñedos, llevada por un impulso, decidió no girar como siempre para bajar hasta la pista de tenis. En lugar de eso, siguió por el camino a pesar de que poco a poco se fue convirtiendo en un sendero trillado que la llevó hasta la parte posterior de la colina. Pasó de largo junto a un muro de piedra seca en ruinas en el que tomaban el sol unos lagartos de color esmeralda que corrieron a ocultarse entre las piedras, y luego continuó hasta que a lo lejos apareció la gasolinera y las primeras casas de la *città nuova*. Los viñedos dieron paso a los huertos, algunos realmente descuidados, llenos de cristales rotos, bolsas de plástico hechas jirones en los arbustos y pérgolas repletas de grafitis. En otros terrenos se alzaban higueras y limoneros silvestres rodeados de maleza, y Angela también divisó más de un huerto en el que crecían calabacines, judías y tomates.

Moderó el ritmo de carrera hasta terminar andando. ¿De verdad tenía que recorrer entera la parte nueva de la ciudad? Decidió que sería mejor dar media vuelta. Se detuvo, hizo unos cuantos estiramientos y entonces detectó un movimiento en el huerto que tenía al lado. Alguien estaba rastrillando el terreno, una figura masculina que le resultó familiar.

—*Buongiorno*, Stefano —exclamó Angela levantando la mano para saludarlo.

El marido de Orsolina levantó la mirada y se pasó la mano buena por la frente para secarse el sudor. Entornó los ojos para observarla y pareció como si estuviera intentando distinguir quién le llamaba. Luego levantó la mano sin mucha decisión y respondió al saludo.

—¿Qué está cultivando aquí? —preguntó Angela—. ¿Judías?

—*Sì* —respondió el hombre—, *fave.*

Ella se acercó a la verja y examinó los bancales. Junto a las judías crecían también alcachofas y berenjenas, además de grandes matas de hierbas aromáticas. Supo reconocer la salvia, diferentes variedades de albahaca y tomillo. Al contrario que en los terrenos que había alrededor, el huerto de Stefano parecía pulcro y bien cuidado. Sin embargo, a Angela no le pasó desapercibido el gesto de amargura en la boca del marido de Orsolina, así como sus ojos enrojecidos y las ojeras oscuras que indicaban con claridad la falta de sueño que debía de sufrir. Se había vendado el muñón, aunque el vendaje estaba sucio de sudor y de tierra. Stefano ni siquiera podía asir el rastrillo con la mano lisiada, por lo que utilizaba la zurda y se notaba lo mucho que le costaba manipular la herramienta. Con la sensación de estar dedicando demasiada atención a aquella mano, Angela levantó la vista de nuevo y lo miró a los ojos. Y entonces fue cuando se le ocurrió una idea.

—Su esposa me ha dicho que le gustaría volver a trabajar —dijo consciente de estar iniciando una conversación que podía llegar a ser muy delicada—. ¿Se imagina usted tejiendo para mí?

Stefano se la quedó mirando como si alguien le hubiera propuesto volar hasta la luna. O como si lo hubieran insultado. Angela empezó a sentir calor y frío al mismo tiempo. Había algo en los ojos de Stefano que de repente le dio miedo. ¿Era eso lo que tanto preocupaba a Orsolina?

No obstante, Stefano clavó la mirada en el suelo y torció la boca para esbozar una dolorosa sonrisa.

—Yo no soy tejedor —respondió con la voz ronca—. No sé hacerlo. Y, aunque supiera, ¿cómo podría con esto? —preguntó levantando la mano derecha.

—Podríamos intentarlo —explicó Angela—. Solo si usted quiere. Quizá podemos construir algo para su mano, un vendaje o algo parecido que le permita asir el látigo de la lanzadera. O una especie de guante. Yo creo que deberíamos probar. Pero, claro, solo si usted quiere.

Stefano tenía la frente arrugada y la mirada clavada en los bancales en los que empezaban a crecer las judías.

—¿Sabe una cosa? —dijo al fin con amargura—. No tiene que compadecerse de mí. La compasión no me ayudará en absoluto. Será mejor que me deje en paz, ¿de acuerdo? Ocúpese de sus asuntos, como el resto de la gente.

Por unos instantes Angela se quedó sin habla, pero se recompuso enseguida.

—Justo eso era lo que estaba haciendo —indicó con calma y en el tono más afable que fue capaz de impostar—. Me preocupo por *affari miei*, como dicen ustedes. Más concretamente, de la tejeduría. Necesito a un tejedor capaz de utilizar el telar grande. Pero, si le parece que eso no es para usted, discúlpeme. No pretendía ofenderlo. *Buonasera*, Stefano. Salude usted a Orsolina de mi parte.

El tipo asintió con impaciencia y, de mala gana, levantó el rastrillo de nuevo mientras Angela emprendía el camino de vuelta con el corazón acelerado, y no por la ligera pendiente del terreno. ¿Acaso de repente no hacía nada bien? Tan solo anhelaba ver otra vez a Vittorio para poder contarle todo lo que le pasaba por la cabeza. Pero ¿podía hablarle de las duras palabras que le había dirigido su propia hija? Imposible. Le sentarían muy mal, y era lo último que deseaba.

A la hora de cenar Angela descubrió que era la única que se había quedado en Villa Serena. Tess había aceptado la invitación de la esposa del alcalde, mientras que Benny y Nico habían querido salir a comer una pizza para luego acudir a un local que Fioretta les había recomendado. Nathalie todavía no había regresado, aunque también era posible que se hubiera unido a sus amigos.

Angela le pidió a Emilia que le subiera unos *antipasti* fríos y una botella de agua a la habitación. Después de darse una buena ducha y de tomar un bocado, decidió marcar el número de teléfono de Vittorio. Por unos momentos se planteó la posibilidad de coger el coche y plantarse en Venecia para sorprenderlo, pero se llamó enseguida al orden. Ni siquiera sabía si Vittorio estaría en casa. O si tenía una cita. En realidad, no sabía prácticamente nada acerca de su vida.

Al ver que saltaba el contestador automático, colgó sin dejar ningún mensaje. De todos modos vería que le había llamado. Si tenía tiempo, ya le devolvería la llamada. En esos momentos lamentó no haber aceptado su llamada por la tarde. ¿Qué se le había pasado por la cabeza? ¿Por qué estaba tan confusa?

Revisó la lista de correos electrónicos de la bandeja de

entrada para comprobar si le había escrito. Encontró dos pedidos más de Lucrezia: más de cincuenta metros de seda de la anchura del *omaccio* de color verde jade. ¡Cincuenta metros! ¡Era una noticia extraordinaria! Y, sin embargo, fue incapaz de alegrarse. Porque Vittorio no le enviaba ningún mensaje ni le devolvía la llamada.

Esa noche durmió como un tronco. Soñó una vez más con grandes salas, aunque en esa ocasión las paredes estaban recubiertas de grafitis odiosos. Sacudía las puertas, pero, al contrario de lo que ocurría en los sueños anteriores, las encontraba todas cerradas. Cuando quería volver atrás, ya no hallaba la puerta por la que había entrado. Estaba atrapada. Y de repente aparecía Stefano con su rastrillo, rascando los grafitis que tenía a su alrededor y gritando: «¡No necesito su compasión! ¡Ocúpese de sus asuntos!».

A la mañana siguiente Angela llegó temprano a la *tessitura*. Atravesó poco a poco la sala y se detuvo unos momentos frente a cada uno de los telares para contemplar con fascinación los trabajos que estaban en curso. El olor a seda era delicioso. Lidia ya había empezado con el pedido de tela dorada, tardaría como mucho dos días en terminarlo. Y, sin que Angela se lo hubiera pedido, Nola ya había empezado a preparar una urdimbre nueva para el *omaccio*.

Las cosas marchaban. Debería alegrarse. Angela abrió una ventana y aspiró una bocanada del fresco aire matinal. Al cabo de dos horas el sol empezaría a calentar las viejas piedras. Si realmente continuaban llegando pedidos para el estudio de Vittorio, no tendría que seguir preocupándose por el futuro de la *tessitura*.

Con determinación, se sentó en su lugar de trabajo y

encendió el ordenador. Calculó el pedido de Lucrezia de más de cincuenta metros de seda del *omaccio* y le envió el presupuesto. Necesitaría entre veinticinco y treinta días para tejer esa cantidad de tela, si todo iba bien. De todos modos, quería hablar con Nola y preguntarle si tal vez conocía a alguien capaz de tejer con el *omaccio*. Vittorio tenía razón. Ella no podía ocuparse de dirigir el negocio y de tejer al mismo tiempo.

Consultó el reloj. Faltaba poco para las ocho, por lo que decidió salir a tomar un café y un *cornetto* en el bar de Fausto. En la barra se encontró con Dario, que se estaba tomando un *espresso*.

—*Ciao*, Dario —lo saludó.

El arquitecto pareció sobresaltarse al verla, pero luego se la quedó mirando con detenimiento.

—*Buongiorno*, Angela —respondió él muy serio. ¿Estaba enfadado porque durante los últimos días le había dedicado poco tiempo?—. ¿Cómo estás? —le preguntó mientras dejaba unas monedas sobre la barra.

—Genial —respondió ella—. Esto, quería decirte... —añadió— que siento mucho...

—No pasa nada —la interrumpió Monti con un gesto magnánimo—. Me alegro de que te lo tomes así. Da igual lo que haya ocurrido, seguiré estando a tu lado cuando lo necesites, Angela. No lo olvides. Me esperan en una obra. ¿Nos vemos esta noche?

—Yo..., es que todavía no sé... —balbuceó ella, pero Dario se marchó sin esperar a que terminara de responder.

Angela se quedó demasiado desconcertada para retenerlo. ¿Qué le acababa de decir? Negando con la cabeza, lo siguió con la mirada. ¡Qué tío tan raro!

Fausto le sirvió el *cappuccino* que había pedido, y ella comprobó encantada que en la espuma de la leche le había dibujado una letra A con un corazón.

—Fausto, ¿cómo lo hace? —preguntó.

—*Il mio segreto* —respondió el barista con una sonrisa a la que Angela respondió con otra.

Esa mañana la pasó con las tejedoras. Entre unas cosas y otras, hasta mediodía no leyó el mensaje. Le había escrito Lucrezia:

> Vittorio Fontarini me ha pedido que cancele todos los pedidos de inmediato. Siento tener que comunicarle que en adelante tendremos que prescindir de la colaboración con la *tessitura di Asenza*.

Angela se quedó mirando las líneas de texto, incapaz de comprender lo que estaba leyendo. ¡No era posible! Cuando por fin se sobrepuso y fue capaz de moverse de nuevo, cogió el teléfono y marcó el número de Vittorio. Cada tono de llamada solo consiguió ponerla más de los nervios. Al final respondió una voz femenina grabada: «El usuario no responde al teléfono». ¿Qué significaba eso? ¿Por qué no saltaba el contestador automático como de costumbre?

Empezaron a temblarle las manos mientras marcaba el número de teléfono que encontró bajo la firma de Lucrezia en el correo electrónico. La ayudante respondió tras el segundo tono de llamada.

—Soy Angela. ¿Podría hablar con Vittorio, por favor?

El breve silencio que se hizo al otro lado de la línea fue de lo más elocuente.

—*Mi spiace* —respondió Lucrezia con una frialdad en la voz de lo más profesional—. El signor Fontarini no está aquí en estos momentos.

—¿Cuándo volverá?

—No sabría decírselo. Está de viaje.

«¿De viaje? ¿Adónde?», quiso preguntar Angela, pero en lugar de eso se mordió los labios.

—Los pedidos... —empezó a decir.

—Desgraciadamente nos vemos obligados a cancelarlos —la interrumpió Lucrezia—. Lo siento mucho. La decisión está tomada.

—¿Podría decirme el motivo? ¿El presupuesto era demasiado elevado?

Una vez más, silencio. A Angela le pareció detectar un atisbo de impaciencia cuando la ayudante por fin se decidió a responder la pregunta.

—Desconozco los motivos. Por favor, discúlpeme, pero tengo que atender otras llamadas. *Buongiorno*, Angela.

Y dicho esto, colgó el teléfono.

Ella ya no comprendía nada de nada. ¿Vittorio se había marchado de viaje? ¿Sin decirle nada ni dejar ningún mensaje? Tenía que haber sucedido algo, tal vez incluso una defunción. Seguro que era algo así. Pero ¿por qué le había cancelado todos los pedidos sin explicarle personalmente el motivo?

Fioretta asomó la cabeza por la puerta de la oficina.

—Ha llegado un mensajero —dijo—. ¿Podrías venir un momento?

Como sumida en un trance, Angela se puso en pie y

siguió a Fioretta hasta la tienda. Un joven esperaba con un dispositivo electrónico a que le firmaran la entrega.

—¿Qué ocurre? —preguntó intentando recordar en vano si había encargado algo.

—El paquete mide casi tres metros de longitud —respondió el mensajero en tono de reproche mientras señalaba con un codo hacia el suelo. Angela bajó la mirada y se encontró con un rollo envuelto en plástico de burbujas. Se agachó para leer quién era el remitente. El estudio de Vittorio.

—Esto no puede ser verdad —murmuró.

Bajo el embalaje de plástico reconoció la tela de algodón que Nola había utilizado para envolver la seda celeste que había tejido Angela.

Más tarde Angela se preguntaba cómo había conseguido mantener la compostura frente al mensajero mientras le firmaba la entrega, y cómo lo había hecho para responder a Fioretta sin echarse a llorar cuando la joven, desconcertada, le había preguntado adónde quería que llevara el paquete.

—Llévalo... al almacén —contestó como si fuera la cosa más normal del mundo que alguien devolviera sin explicaciones ni más ni menos que veinte metros de seda tejida a mano a precio de coste, con una anchura de dos metros ochenta y en un color especialmente caro.

Guardaron el rollo de tela con cuidado en un estante vacío, entre cajas de hilo. Una vez cerrada la puerta de su despacho, Angela notó cómo en su pecho empezaba a aparecer de nuevo algo que ardía como el fuego y al mismo tiempo era gélido como el hielo, algo que le robaba el aire y le provocaba un zumbido constante en los oídos. De repente la habitación le pareció opresiva. Abrió la puerta de par en par y salió corriendo al patio. La morera empezó a dar vueltas a su alrededor y el banco sobre el que la gata se estaba acicalando el pelaje se precipitó contra ella a una velocidad tremenda.

Angela evitó el golpe en el último momento. El animal saltó asustado y se paseó con la cola en alto mientras Angela se sentaba y se quedaba allí, presionándose el pecho con las dos manos, intentando pensar con claridad. Oyó el sonido regular y alegre de los telares en el primer piso y se preguntó qué harían con todo ese tejido dorado que Lidia estaba tejiendo para Federico. De repente tuvo claro que no tejería nunca más con el *omaccio*, que volverían a dedicarse a la producción de estolas de seda con la esperanza de que hubiera suficientes mujeres en el mundo capaces de permitirse la adquisición de esas piezas tan caras, y que tendría que asegurarse de que esas mujeres llegaran a conocer la existencia de la *tessitura*.

Aunque ese tampoco era el motivo de su desesperación. Ya se le ocurrirían maneras de conseguir que el negocio funcionara. Podía acudir a ferias de moda y ponerse en contacto con marcas de alta costura. No, lo que la inquietaba era la misteriosa y súbita desaparición de Vittorio. Y el amargo gesto de devolver la seda celeste que había tejido para Villa Castro: había roto con ella.

—Pero ¿por qué? —susurró en voz baja para sí misma.

Ni siquiera se dio cuenta del rato que pasó allí sentada. En algún momento, cuando se acercaba ya la pausa del mediodía, el sonido de los telares se fue apagando poco a poco. Angela se levantó para evitar encontrarse con las tejedoras cuando bajaran al patio. Sin embargo, antes de que tuviera tiempo de esconderse en su despacho, se abrió la puerta del callejón y entró Orsolina seguida de Stefano.

—¿Podemos hablar con usted un momento, signora? —preguntó Orsolina con una timidez poco habitual en ella.

Angela se pasó la mano por los ojos.

—Por supuesto —respondió—. ¿Qué ocurre?

Orsolina se volvió hacia su marido, asintió para animarlo a hablar y él se aclaró la garganta. Stefano iba vestido con traje, se había afeitado y tenía la mirada pura y brillante.

—Querría disculparme —dijo apocado—. Por lo del otro día. Fui muy antipático.

—No pasa nada —contestó Angela—. Lo comprendo.

—He estado pensando —prosiguió Stefano lanzándole una mirada a Orsolina— en eso de tejer. Bueno, si realmente lo decía usted en serio..., me gustaría intentarlo.

—Ha sido idea suya —se apresuró a matizar Orsolina—. No le he convencido yo de ello. Hasta esta mañana, durante el desayuno, no me había contado nada sobre lo que hablaron. Porque, además, tampoco es que me parezca bien, ¿sabe? Al fin y al cabo el *omaccio* trae *sfortuna*...

—*Macché* —la interrumpió Stefano—. Más desgracia que la que ya sufrí no será. Por eso quiero intentarlo. Si funciona y no me siento como un idiota, trabajaré encantado para usted.

Angela abrió la boca, pero no se le ocurrió ninguna respuesta. ¿Podía decirle que no tenían ningún encargo para el *omaccio*? De ninguna manera. Aunque estuviera al borde de la desesperación, no podía exigir a sus mujeres que ellas también sufrieran con ella.

—Muy bien, Stefano. Me alegro. Hoy no me encuentro especialmente bien, creo que tendré que acostarme un poco después de comer. Pero, si es tan amable de venir el lunes, podemos hablar de todo esto.

Acto seguido le tendió la mano a Stefano y este se la estrechó con la zurda.

—Gracias —dijo él mirándola directamente a los ojos—. Da igual si sale bien. No olvidaré jamás el gesto que ha tenido conmigo.

Le dijo a Emilia que no tenía hambre, se retiró a su habitación y se sentó en uno de los sillones de su salón. No le apetecía ver a nadie. Una tristeza infinita se apoderó de ella, de los pies a la cabeza. Tenía la sensación de que incluso el pelo, que se había cortado hacía poco y ya volvía a relucirle, le dolía, igual que la respiración, los latidos del corazón, la luz que se filtraba entre las cortinas... Le dolía todo. Soltó un leve gemido mientras intentaba no pensar, en vano. ¿Cómo había llegado a esa situación? No lo sabía. Cuando cerró los ojos visualizó de nuevo el rollo de tejido de seda, oyó la voz cargada de reservas de Lucrezia y se sintió herida por el rechazo. «*Il Signor Fontarini non c'è.*» ¿Había sido él mismo quien le había mandado decir que no estaba?

De repente se incorporó en el sillón y enderezó la espalda. En el pecho volvía a arderle aquel dolor casi insoportable. Las cosas no podían seguir de ese modo. Ella no era de las que se escondían, jamás lo había sido. Y tampoco era cuestión de empezar a serlo entonces. No le había hecho nada malo a Vittorio. ¿Era posible que, igual que Nathalie, él hubiera considerado que se había lanzado a sus brazos demasiado pronto? Tal vez Vittorio Fontarini simplemente no era como ella había querido verlo.

Una vez más se le abrió en el pecho una herida que parecía querer contradecir a su corazón con todas las fuerzas.

—¿Qué te ocurre, Angela?

Ni siquiera había oído que Tess había llamado a la puerta.

—Nada —respondió—. Estoy bien.

—Emilia me ha dicho que no querías comer nada.

—Solo quería un poco de calma.

Tess entró en la habitación y se sentó frente a Angela.

—Dario Monti ha venido hace un rato. Debo admitir que cada vez me pone más de los nervios. ¿Le has invitado tú? ¿No? Es que se presenta siempre que le da la gana. Ha preguntado por ti. Quería saber cómo estabas. Y si esta noche querías...

—Que me deje en paz —contestó Angela con tanta vehemencia que incluso ella misma se asustó de su propia reacción. Tess se la quedó mirando atentamente.

—Algo no va bien —concluyó—. ¿Está relacionado con Vittorio? Estás hecha polvo, Angela. Parece como si... como si hubieras visto un fantasma.

—Vittorio ha cancelado todos los pedidos —dijo Angela con la voz apagada—. Y la tela para Villa Castro que yo misma me encargué de tejer... la ha devuelto sin dar explicaciones. Cuando le he llamado por teléfono me han dicho que no está. Su ayudante me ha asegurado que está de viaje.

—Entonces llámalo a su teléfono privado. Tienes su número, ¿no?

—No me coge las llamadas.

Tess se la quedó mirando con incredulidad.

—¡No puede ser verdad! ¿Ha ocurrido algo entre vosotros dos? ¿Os habéis peleado?

Angela negó con la cabeza. Las lágrimas se le empezaron a acumular en los ojos y le oprimieron la garganta. La presión que notaba en el pecho comenzó a volverse insoportable, pero de todos modos no quería llorar.

—Por favor, Tess —le suplicó con la voz tomada—. Ya resulta lo suficientemente difícil para mí. Además, a Nathalie no le gustó nada.

—Si quieres saber lo que pienso, Nathalie está lamentando lo que te dijo —objetó Tess—. Solo que es demasiado orgullosa para reconocerlo. Aunque, en realidad, he venido porque quería contarte algo bueno. El consistorio ha decidido otorgarle una renta adicional al marido de Orsolina. Recibirá quinientos euros del fondo de invalidez. El alcalde me aseguró que no estaba al corriente por no sé qué tontería burocrática. Sin embargo, Graziella, su esposa, les ha cantado las cuarenta a un par de concejales que han decidido ser generosos.

—Eso son buenas noticias —dijo Angela—. ¿Lo sabe ya él?

Tess negó con la cabeza.

—No, me lo acaba de contar Graziella. Recibirá una notificación por correo en los próximos días.

—Y el lunes mismo empieza a trabajar para mí en la tejeduría —le explicó Angela—. Tenemos que pensar en algo para que pueda trabajar con esa mano. Se me ocurrió que podría tejer con el *omaccio*. Claro que ahora ya no tengo encargos...

—Vaya —dijo Tess—, pues tendrás que buscar otro cliente. Vamos, baja. Emilia te ha guardado *mezzelune*, sabe lo mucho que te gustan. Tienes que comer algo. Hay que comer, sobre todo cuando las cosas van mal, John siempre me lo decía. Ven conmigo a la cocina.

Angela se dejó convencer. Al instante todo pareció mejor de lo que imaginaba. Seguía notando aquella presión en el pecho. ¿Cuánto tiempo llevaba con aquella sensación? ¿Desde la muerte de Peter? ¿O mucho más tiempo? ¿Desde el diagnóstico?

Había habido épocas en las que había dejado de notar aquel dolor. Cuando había estado con Vittorio, por ejemplo. O cuando había hecho planes con las tejedoras. Pero solo había sido una forma de engañarse a sí misma. Fue consciente de ello en la cocina, al ver a Emilia calentar la pasta rellena de ricotta y parmesano, fingiendo que todo iba bien solo para que los demás no se preocuparan, para que la dejaran en paz. El dolor nunca la había abandonado de verdad desde que Peter había enfermado. Hasta ese día, al menos.

Y mientras Angela se comía las *mezzelune* sazonadas con salvia, elogiaba a Emilia por el cariño que había puesto en ello y casi llegaba a terminarse la media ración que le había servido, se dijo a sí misma que el breve tiempo que había compartido con Vittorio había sido una excepción, unos momentos de felicidad no merecida que habían supuesto una pausa respecto a ese dolor que tanto tiempo llevaba atormentándola. «Forma parte de mí», pensó mientras miraba por la puerta abierta que daba al patio, en cuyo límite exterior vio la pared de piedra del cobertizo en el que la familia Serena había llevado a cabo la cría de gusanos de seda.

—¿Qué hace aquí la tela de seda celeste?

En lugar de sentarse ante sus telares, las mujeres habían esperado a Angela en silencio junto a su mesa.

—¿Es que no le gustó al señorito? —preguntó Nola con los puños apretados. Todos los ojos se clavaron en Angela.

—No sé por qué la ha devuelto —explicó ella—. Todavía no he tenido la oportunidad de hablar con el signor Fontarini.

—Una tela tan bonita... —dijo Maddalena—. ¿Y no le ha gustado?

No sabía qué decirles.

—Y ¿qué pasa con los pedidos? —le oyó preguntar a Lidia—. ¿Qué ocurre con la tela dorada? Mañana estará terminada. ¿También piensa devolvérnosla?

—Han cancelado los pedidos —admitió Angela.

No tenía sentido ocultarles la verdad a las tejedoras. De golpe se hizo el silencio, aunque al instante quedó interrumpido por una verdadera oleada de indignación. Orsolina empezó a echar pestes, pero Nola las superó a todas recurriendo al dialecto local para que Angela no pudiera comprender sus palabrotas. Maddalena derramó lagrimones tras las gafas. Lidia se quedó lívida, apretando los dientes con fuerza. Anna no paraba de golpear con los puños la superficie de la mesa. Angela intentó encontrar alguna manera de calmar a las mujeres, pero no había consuelo posible, ni siquiera para ella.

—De momento volveremos a tejer los pañuelos que han hecho famosa a la *tessitura* —dijo al fin, cuando incluso Nola guardó silencio—. Haré lo posible por conseguir otros encargos. Vittorio Fontarini no es el único interiorista del mundo. Me pondré en contacto con otras empresas como la suya.

»Tenemos muchas posibilidades más, no lo dejemos solo porque... —Angela no pudo seguir hablando, de repente perdió el mundo de vista. Y solo ¿por qué? ¿Porque un hombre acababa de romperle el corazón? Con un último esfuerzo intentó recobrar la compostura, abrió los ojos de nuevo y vio los rostros asustados de las tejedoras—. Encontraremos la manera de seguir adelante —les aseguró, sorprendida de lo miserable que sonaba su voz—. Por favor, tómense la tarde libre. Con este humor no podrán tejer bien, de todos modos. Pero mañana por la mañana nos vemos aquí de nuevo a las nueve. Como siempre.

Dicho esto, se puso en pie con la esperanza de que no le fallaran las piernas al salir de la habitación. Tras ella, las mujeres guardaron un silencio sepulcral.

—¡Estamos acabadas! —le oyó decir a Lidia cuando hubo cerrado la puerta.

—¡Lidia! ¿Cómo puedes decir algo así? —objetó Fioretta.

Se tendió en la cama y no se vio capaz de levantarse de nuevo. Como si le hubieran arrebatado todas las fuerzas de golpe. También la alegría. ¿De qué servía hacerse la fuerte? No lo era en absoluto. Estaba acabada. Lidia tenía razón.

Esa noche durmió profundamente, pero a la mañana

siguiente seguía estando cansada. Quiso levantarse, aunque no lo consiguió. Como si la fuerza de la gravedad hubiera aumentado de la noche a la mañana, o como si tuviera el cuerpo de plomo macizo. Logró alzar la cabeza, pero se mareó enseguida y temió perder el sentido.

De todos modos, tampoco le pareció tan mal, porque todo le traía sin cuidado. Nathalie fue a verla y habló con ella, pero por algún motivo sus palabras no surtieron efecto alguno. Era como si salieran envueltas en burbujas que iban estallando antes de llegar a los oídos de Angela.

Cayó de nuevo en un estado intermedio entre el sueño y la vigilia, contemplando con asombro las imágenes que se le aparecían en el techo como si fueran películas revueltas, embrolladas. Vio a Vittorio al volante de su lancha motora, el viento apartándole el pelo de la frente; vio que volvía la cabeza hacia ella, sonreía y le señalaba algún punto en la orilla. El sol brillaba en sus ojos. Vio a Orsolina echando una pizca de colorante púrpura en la tina, el líquido azul adoptando primero un matiz verdoso y finalmente convirtiéndose en violeta. Vio a Benny encaramado a la escalera, a Nico tras sus pantallas y a Nathalie tan guapa como en la fiesta de graduación. Vio a Peter con un ramo de flores en alguna boda, flores de colores como las del día de su sepelio. Vio que bajaban su ataúd al foso; vio a su cuñada, llorando sin parar, y se vio a sí misma haciendo las maletas.

Había huido de su propio dolor. Había creído que sería capaz de esquivarlo, pero la había acabado atrapando. En esos momentos ya no tenía sentido protegerse, porque tenía que saldar cuentas con ese dolor.

Y por primera vez después de tantos años, desde que el

doctor había dicho que el tumor que Peter tenía en el hígado no se podía operar, que se había extendido ya a dos vértebras y, con toda probabilidad, también a su cerebro, por primera vez desde ese día tan horrible, Angela se rindió. No se resistió más ante su propia desesperación, y se dedicó a contemplar con indiferencia cómo esa gigantesca oleada se alzaba ante ella, la envolvía y se la llevaba. De un modo mucho más suave de lo que habría podido anticipar. Fue como un abrazo, como una danza en círculos, como un remolino suave como la seda hacia las profundidades.

La media luna se estrechó hasta adoptar la forma de hoz delgadísima, luego quedó cubierta del todo y empezó a crecer de nuevo hasta convertirse de nuevo en un disco redondo. Todo ese tiempo fue el que Angela tardó en emerger de nuevo de las profundidades de su dolor y su tristeza, y durante ese tiempo aprendió que el miedo al dolor era mucho más terrible que lo que el dolor mismo le deparaba. «En el centro de la tormenta reina la calma», había leído en una ocasión, y comprobó que realmente era cierto. El dolor era un amigo fiel que no fingía ni le pedía nada que ella no estuviera dispuesta a perder. «He sido tu acompañante fiel durante mucho tiempo —parecía decirle—. ¿Por qué no quieres ser mi amiga?»

Igual que en sus sueños, estuvo recorriendo estancias. En algunas se encontraba con Peter; en otras, solo consigo misma. Una vez se vio de nuevo en la sala de las esculturas de Vittorio. Iba pasando de una estatua a otra, y volvía a encontrarse con su abuela, con su padre, con su madre. Y esta le decía: «Lo más difícil, hija mía, es aceptar la verdad». Luego descubría un busto de sí misma, solo que todavía no estaba terminado. Era un bloque de mármol en bruto con su nombre en la base. Y ella era la única que sabía qué forma escondía el bloque de piedra.

Luego llegaron las lágrimas. Angela lloró por la vida que había perdido con Peter, por la pérdida de su madre y por su propia muerte en el futuro.

Durante esos días oyó que alguien decía:

—No, signora, el corazón lo tiene bien. El colapso debe de haber tenido alguna otra causa.

Entonces fue consciente de que el dolor había desaparecido de su corazón. Ya no latía a trompicones, ni titubeando, ni demasiado acelerado.

Ese fue el momento en el que volvió a sentir su propio cuerpo. Notó una sed tolerable. Notó un dolor punzante en el antebrazo izquierdo, pero también le pareció más que soportable. Lo más difícil fue volver a la vida. ¿Para qué molestarse? ¿Quién la estaba esperando? Todo le parecía inútil. No valía la pena esforzarse.

Le pareció mucho más tentador ese reino de sombras en el que se había instalado. Como si estuviera refugiada bajo una campana de cristal, o bajo el nivel del mar. Una enorme ola la arrastraba ahora con suavidad, ya sin hundirla en las profundidades, sino danzando con ella y meciéndola como si fuera un bebé. Y aun así en algún momento notó el germen de una inquietud, como si la ola se hubiera concentrado para luego catapultarla todavía con más fuerza hacia lo alto. Hacia la vida.

«¡No! —quiso gritar—. Todavía no.»

«Ha llegado el momento —respondió el dolor—. Aún no se ha terminado.»

19
UNA «VIDA DE FÁBULA»

A Angela le sonaba aquella habitación pintada de color verde claro, así como las vistas que ofrecía la ventana. En el brazo izquierdo tenía una vía. Estaba en el hospital, en el mismo hospital en el que había estado ingresada Tess.

Nathalie estaba sentada en una silla junto a la cama, con un libro sobre las rodillas. Angela quiso decir algo, pero tenía la boca seca como el papel de seda. En lugar de eso se quedó mirando a su hija, que seguía allí sentada con el pelo castaño recogido en una gruesa trenza.

«Parece italiana», pensó.

Nathalie levantó la cabeza de repente.

—Mamá —exclamó en voz baja apartando el libro de golpe—. ¿Estás despierta?

Con una rapidez felina se tendió en la cama junto a su madre, arrimándose cariñosamente a ella.

—Me daba mucho miedo lo que pudiera ocurrirte —susurró—. Lo siento muchísimo, mamá. Fui muy cruel contigo. Por favor, perdóname.

Angela acarició la cabeza de su hija como solía hacer cuando todavía era una niña pequeña.

—Ya te perdoné hace tiempo, cariño —graznó—. Por favor, tengo mucha sed... —dijo, y Nathalie enseguida le dio un poco de agua—. ¿Qué día es hoy? —quiso saber.

—Miércoles —respondió Nathalie—. Mamá, has pasado cuatro semanas inconsciente. Pero no sufras —se apresuró a añadir al ver la reacción sorprendida de su madre—. Tienes una salud de hierro. Los médicos dicen que no te han encontrado nada malo, que tiene que haber sido por culpa del estrés...

En ese momento entró una enfermera en la habitación y, poco después, un médico.

—Quiero volver a casa —dijo Angela intentando ponerse en pie.

—*Piano, piano!* —dijo el médico riendo—. ¿Acaba de volver en sí y ya quiere abandonarnos? Primero le haremos unas pruebas. Si los resultados son buenos, podrá marcharse.

Angela se sentía terriblemente débil, las piernas a duras penas la sostenían. Con la ayuda de Gianni la llevaron a Villa Serena, donde gracias al ascensor nuevo pudo subir a la habitación de la torre. Una vez recuperada la consciencia, se había repuesto enseguida. Obediente, se comió todo lo que Emilia le preparó y fue controlando su peso, alegrándose con cada gramo que ganaba. Durante la primera semana todavía tuvo que descansar mucho, y Gianni le puso una tumbona bajo el cedro, un buen lugar para sentarse y contemplar los pájaros que anidaban en las ramas.

—No ha preguntado en ningún momento por la tejeduría —le oyó decir en una ocasión a Nathalie en la cocina.

—Está muy callada —respondió Tess—, muy retraída.

Angela tuvo que reflexionar a fondo sobre el tema. Sí, estaba más retraída, pero tenía que asumir su situación como viuda, el hecho de haber perdido la vida que había compartido con Peter. Había intentado saltarse esa temporada de dolor ineludible lanzándose de cabeza a una vida nueva, y acababa de darse cuenta de que, simplemente, no era posible.

En la segunda semana consiguió subir los tres pisos hasta su habitación, muy despacio, pero sin la ayuda del ascensor. Luego llegó el día en el que quiso ver de nuevo la tejeduría. A decir verdad, temía ver a las tejedoras. No tenía ni idea de lo que podía encontrarse, seguramente la odiaban. Al fin y al cabo, las había dejado en la estacada desde hacía semanas.

Se sorprendió al oír la orquesta de telares ya desde la calle. La tienda estaba abierta y Fioretta, que estaba rematando una estola de color violeta azulado, se puso en pie de un salto y corrió a su encuentro rebosante de alegría.

—¡Angela! —exclamó lanzándose a sus brazos—. ¡Cómo me alegro de verte! Queríamos ir a verte, *tutte quante*, pero Tess nos dijo que todavía te estabas recuperando. Ven, vayamos a ver a las demás enseguida. ¡*Che gioia*, cómo se alegrarán! Tenemos que contarte un montón de cosas...

Fioretta cerró enseguida la puerta de la tienda con llave y se llevó a Angela hacia el patio. Allí estaba la vieja morera en todo su esplendor, con las ramas cargadas de hojas y de los frutos relucientes como farolillos blancos. ¡Qué lugar tan acogedor! Angela se había olvidado por completo de lo bien que se sentía siempre en ese patio.

«Ya va siendo hora de que me mude a la Villa de la

Seda», pensó mientras seguía a Fioretta por la escalera que subía hasta la sala de las tejedoras. La puerta se abrió y el traqueteo ensordecedor de los telares se fue acallando gradualmente. Solo siguió sonando un único telar, pero era el de la sala contigua...

—Mirad quién ha venido a veros —anunció Fioretta, y en un abrir y cerrar de ojos todas las tejedoras formaron un corro alrededor de Angela.

—¡Bienvenida!

—¿Se encuentra mejor?

—¡Mirad quién está aquí! ¡La *tedesca*! ¡Ha resucitado de entre los muertos!

Esa última, por supuesto, fue Lidia. Lo dijo mientras le estrechaba la mano a Angela con una amplia sonrisa en los labios.

—¿Qué ocurre ahí dentro? —preguntó esta señalando hacia la sala contigua, en la que seguía sonando el ritmo inconfundible del *omaccio*.

—Es Stefano —explicó Nola con orgullo—. Le he enseñado a tejer.

Angela pasó a la segunda sala. Efectivamente, Stefano estaba sentado en el banco del telar, accionando con movimientos regulares, tranquilos pero también enérgicos, aquella poderosa maquinaria. En la muñeca derecha vio que llevaba una especie de manguito de cuero que iba asido al látigo. Con un tirón brusco conseguía desplazar la lanzadera de un lado a otro, mientras con la mano intacta, la zurda, accionaba la batidora con el peine de rejilla para empujar la trama hacia la parte de la tela terminada. La seda del rodillo que recogía la manufactura relucía con una cantidad considerable de tejido de color rosa palo.

—Stefano —dijo Angela acercándose al *omaccio.*

Al verla, el marido de Orsolina esbozó una sonrisa radiante. Poco a poco, dejó de deslizar la lanzadera y detuvo la maquinaria.

—Signora Angela —respondió él—. ¿Ya se encuentra bien?

—En un gesto casi triunfal, levantó la mano derecha. El aspecto de las cicatrices había mejorado muchísimo, y el muñón ya no estaba inflamado. El manguito de cuero se le ajustaba a la muñeca con suavidad, pero también con firmeza. ¿Ha visto? Tenía usted razón, funciona.

»El zapatero y yo hemos tenido que hacer unas cuantas pruebas, pero ahora ya se ajusta a la perfección. —Soltó el látigo del ojete que lo asía al manguito y se separó del telar—. Me ha dado usted una vida nueva, signora Angela —le dijo de todo corazón—. Yo ya había tirado la toalla cuando usted llegó con esa idea absurda —constató riendo y recuperó la seriedad antes de proseguir—. Nadie se había parado siquiera a plantearse para qué podría servir todavía el viejo Stefano.

—Cierto —señaló Nola, que había seguido a Angela—. En mi vida habría llegado a ocurrírseme algo parecido. Y la verdad es que no se le da nada mal.

Todos rieron al unísono. Angela contempló conmovida la seda que estaba tejiendo el marido de Orsolina. Igual que cada una de las mujeres, Stefano tenía su propia marca personal, y su tejido era firme y regular, muy adecuado para la decoración. Sin embargo, ¿quién compraría esas telas?

—Y ¿para quién está tejiendo usted esto? —preguntó Angela después de aclararse la garganta.

Estaba sobrepasada por la manera como las tejedoras la habían recibido. Y después de ver lo bien que tejía Stefano, la verdad era que le costó un poco mantener la compostura. Se sentó en una silla que había junto a la pared, la misma silla en la que se había sentado Vittorio mientras ella le había explicado cómo se tejía con el *omaccio*. No obstante, se esforzó en descartar ese recuerdo al instante.

—Tenemos que explicarle muchas cosas —empezó a decir Fioretta, y los rostros de las demás tejedoras adoptaron una expresión solemne—. ¿Por qué no se sienta con nosotras abajo, a la mesa grande? Iré a buscar unos cafés al bar y luego se lo contamos todo.

—Mientras tanto le enseñaremos lo que estamos haciendo —propuso Nola—. Yo, por ejemplo, estoy tejiendo tela para chalecos. Sí, exacto, para los trajes elegantes de tres piezas que lleva la gente distinguida. Un pedido de Milán. Bueno, no está nada mal, viniendo de Milán, ¿verdad?

Angela contempló la tela de color coñac que, combinada con hilo marrón, formaba los característicos rombos.

—El cliente utiliza también el mismo tejido para elaborar corbatas y pajaritas, quedan muy elegantes —añadió Nola.

—Pero... —empezó a decir Angela mientras Anna se la llevaba hasta su telar.

—Seda de Cachemira —indicó la tejedora señalando su tejido—. Es el último grito en Estados Unidos. Ahora que pronto llegará el invierno, no hacen más que pedirnos mantones con esta combinación.

—Y yo estoy tejiendo pañuelos para los jeques —anunció Maddalena—. Se los regalan a sus mujeres.

—¿Qué jeques? —quiso saber Angela, pero Lidia ya la había obligado a proseguir hasta su telar.

—Yo soy la única que no está contenta, *signora tedesca* —declaró Lidia, aunque su sonrisa dejó claro que no decía la verdad—. Desde que estuvo aquí con ese interiorista, no hago más que tejer kilómetros y kilómetros de tela del mismo color, es de lo más pesado. ¡Y me pasaré haciendo lo mismo hasta Navidad! Es aburridísimo. ¡Si no puedo tejer alguna estola de vez en cuando me volveré loca de remate! ¡De verdad!

Angela no comprendía nada de nada. Al parecer las tejedoras estaban trabajando a pleno rendimiento. Pero ¿cómo diantre habían llegado todos esos encargos?

Fioretta volvió con una bandeja grande repleta de tacitas de café, seguida de Nathalie y de Nico.

—Hemos ido un poco apuradas —dijo Fioretta al ver la cara de desconcierto de Angela—. Por suerte, Nathalie y Nico nos han echado una mano. Empezamos subastando la tela celeste...

—¿Subastando?

—Sí —intervino Nico—. La pusimos a subasta en internet. La tela acabó en Arabia Saudita. Y ahora no paran de darnos la lata clientes de allí, hasta el punto de que el tiempo de espera para los pedidos es de casi un año. Pero eso solo ha conseguido que lo deseen todavía más.

—Y que suban más los precios —añadió Nathalie con satisfacción.

—Pero... ¿y esos clientes de Milán?

—Eso ha sido cosa mía —explicó Nathalie con humildad—. Nola y Orsolina me prepararon una maletita con muestras. Viajé a Milán con ella y fui a ver a unos cuantos diseñadores de moda. Al fin y al cabo, fue idea tuya, mamá...

—¿Mía?

—Sí —confirmó Fioretta—. Es lo que nos dijiste el último día. Que irías a ver a empresas que se dedicaran a la moda...

—... y a interioristas —añadió Nathalie—. También fui a ver a un par de ellos. Uno en Trieste y otro en Vicenza. Este último quedó maravillado con nuestra seda, por eso Lidia tiene tanto trabajo. Todavía estamos esperando que nos respondan de Trieste, porque al fin y al cabo tienen un muestrario nuestro —explicó, tras lo cual miró a su madre. Era evidente que todavía tenía mala conciencia. Las tejedoras también la miraron con expectación. Pero Angela se había quedado sin palabras, estaba completamente desbordada.

—Ya sé —dijo Fioretta— que solo es el principio. Seguro que todavía podemos hacerlo mejor. Pero, de todos modos, hay trabajo que hacer hasta bien entrado el año que viene. Y me parece que..., bueno, quiero decir que...

—¡Es fantástico! —exclamó Angela por fin. Las lágrimas empezaron a recorrerle las mejillas cuando se puso en pie para abrazar a Nathalie—. Sois fantásticas —añadió cuando hubo soltado a su hija, mirando a su alrededor—. Siento haberos dejado tanto tiempo solas —dijo—. Pero ahora vuelvo a estar al pie del cañón y...

—*Benissimo* —la cortó Lidia con su ironía habitual—. Se acabó la *dolce vita*. ¡A trabajar de nuevo!

Angela se fue recuperando con el paso de los días. La fascinación de las tejedoras al ver hasta qué punto se había identificado con el oficio, la incorporación de Nathalie y de Stefano, que había recuperado las ganas de vivir..., todo ello le dio fuerzas para salir a flote de nuevo. Fioretta la puso al día acerca de la solicitud de una boutique del Lido de Venecia que deseaba ofrecer a sus clientas elegantes accesorios como bolsos, mitones, cinturones, cojines de sofá y cosas por el estilo.

—Y bufandas estrechas para caballero, para que las puedan llevar con un abrigo en invierno, también sería buena idea —propuso Fioretta.

Para todo ello necesitaban nuevas ideas de diseño, y Angela se puso manos a la obra con mucha ilusión. El hecho de ver que podría contribuir al negocio la llenó de fuerzas una vez más.

El doloroso nudo que había tenido en el pecho había desaparecido, y el corazón también había dejado de ir a su aire. Solo le quedó una ligerísima tristeza, una melancolía que empañaba levemente todo lo que hacía y vivía. Era como un fino velo que la acompañaba a todas partes, pero era soportable. «Supongo que es el destino de toda viuda —pensó Angela—. Así es como debe ser.»

Intentó no pensar en Vittorio, pero no lo consiguió del todo. Mientras dibujaba esbozos para bolsos y elegía colores para una colección de otoño de bufandas de caballero, mientras terminaba los dibujos para elegantes chaquetillas de noche y capas forradas de terciopelo, además de concebir una línea completa de artículos para el hogar que iban desde cojines para el sofá hasta pantuflas de seda, mientras tanto no paraba de preguntarse qué diría Vittorio de todo ello.

Tal vez por eso no se alegraba cada vez que Dario Monti la invitaba, quizá le recordaba demasiado a Vittorio, puesto que al fin y al cabo había sido él quien los había presentado. Además, tampoco le apetecía tanto como antes ir a comer a sitios extraordinarios y emprender excursiones por los alrededores. Aquellos tiempos de despreocupación parecían relegados al pasado de una vez por todas.

—Lo siento, Dario. Pero, en lugar de que me invites, preferiría que siguiéramos con la reforma de la Villa de la Seda —le dijo un día con énfasis cuando él se presentó a comer sin haber sido invitado—. Me gustaría mudarme allí este mismo año. ¿Crees que lo conseguiremos?

Monti se la quedó mirando unos momentos, casi como si no hubiera contado con que ella conservara ese propósito. Luego asintió, se tomó el café y se despidió. Tess puso los ojos en blanco. Las visitas del arquitecto le fastidiaban desde hacía ya tiempo.

—¿Sabes una cosa? —le preguntó a Angela esa noche—. Creo que se hace ilusiones contigo.

—¿Monti? ¿Conmigo? —exclamó ella estupefacta—. ¡Ni hablar! Pero ¡si casi podría ser mi padre! Y además... nunca le he dado motivos para creerlo.

Tess arrugó la frente. Al parecer le pasaba algo por la cabeza.

—¿No me dijiste que Dario y Vittorio eran muy buenos amigos?

El rostro de Angela se cerró ante la pregunta.

—Preferiría no hablar más acerca de Vittorio —declaró—. Por favor. Eso ya pasó.

Su amiga le lanzó una de esas miradas que reservaba

para las ocasiones en las que no acababa de estar convencida de algo. Sin embargo, decidió dejarla en paz.

Ya había pasado, de eso no había duda. Y después de que el dolor por fin hubiera remitido, Angela fue consciente de algo más. La abrupta retirada de Vittorio la había afectado mucho, pero todavía le molestaba más que aquel hombre siguiera ocupando tanto sus pensamientos. Para distraerse, decidió regresar a Alemania y empezar a gestionar la venta de la casa. Sin embargo, antes tenía que revisar sus cosas para decidir qué se llevaría a Italia, qué guardaría en alguna parte y de qué cosas se desprendería. En el fondo le horrorizaba pensar en ese paso, sobre todo por la cantidad de recuerdos que la esperaban en casa. Pero tarde o temprano tendría que hacerlo. Entonces ¿por qué no hacerlo ya? Las tejedoras tenían trabajo de sobra, y todas sabían lo que tenían que hacer. El momento no podía ser más oportuno.

—Si la semana que viene vuelves a casa, podría acompañarte —le dijo Nathalie cuando Angela le contó lo que tenía previsto.

—Pero si acabas de empezar el curso —objetó su madre.

—Sí, pero los profesores están en huelga —le explicó Nathalie con un suspiro—. Además, ¡así te ayudaría! De todos modos no podrías hacerlo todo sola.

Angela agradeció que quisiera acompañarla, sobre todo porque así le resultaría mucho más soportable. Al fin y al cabo, muchas decisiones tendría que tomarlas junto con Nathalie.

La noche previa al viaje, Angela fue a visitar de nuevo a Lorenzo Rivalecca.

Se encontró al anciano ya ante la puerta de la verja esperándola. Estaba oteando el lugar como si quisiera asegurarse de que realmente acudiría a cenar con él. Las palabras que ella pensaba utilizar para disculparse por su larga ausencia las descartó él de inmediato agitando la mano con impaciencia.

—Estabas enferma —dijo sin miramientos—. Yo, en cambio, no sé ni lo que es eso desde hace cuarenta y cinco años.

Angela no pudo evitar ponerse a reír. Tuvo que admitir para sus adentros que casi lo había echado de menos. El anciano se apartó de ella bruscamente y echó a andar hacia la villa frente a ella. En lugar de instalarse enseguida en la gigantesca mesa del comedor, en esa ocasión Rivalecca la instó a entrar en su despacho. En un sillón, doblado con pulcritud, había un pañuelo de color violeta rojizo.

—Este debe de ser el trapo del que me hablaste la última vez —dijo pasando de largo hasta la mesita en la que guardaba las botellas de cristal tallado. Sin preguntarle qué quería, le sirvió una copa—. El pañuelo te lo puedes quedar, por cierto. Yo no haré nada con esas cosas de seda. Algún día puedes echarles un vistazo al resto de los chismes que mi esposa se dedicó a acumular como si no hubiera un mañana. Hay un arcón lleno —aseguró, y por unos momentos guardó silencio antes de lanzarle una mirada de reojo—. He oído que vuelves a Alemania.

Angela asintió, cogió el pesado vaso de cristal con un líquido marrón y tomó un sorbo.

—Sí —respondió—. Tengo que ocuparme de los «chismes» que tengo en casa. ¿Qué es esto? ¿Una *grappa* con hierbas?

Rivalecca asintió y en sus pequeños ojos verde oscuro relucía una expresión indescifrable. «A veces —pensó ella— parece un viejo lagarto.»

—Pero volverás, ¿verdad?

—Por supuesto —aseguró Angela—. Pronto me mudaré a la Villa de la Seda. Voy a vender la casa que tengo junto al lago Ammer.

El anciano se la quedó mirando con sus ojos de lagarto.

—Tengo que contarte algo —le advirtió con su rudeza habitual—. Y quiero quitármelo de encima antes de cenar.

Angela se lo quedó mirando sorprendida. ¿Qué sería? Sin embargo, Rivalecca no le habló enseguida. Se quedó allí, de pie, con el vaso en la mano, el cuerpo enjuto y ligeramente encorvado, con la mirada perdida más allá de donde estaba ella. Parecía estar luchando contra algo, o pensando a marchas forzadas.

—Tal vez —dijo rompiendo el silencio sin mucho convencimiento— me limitaré a contarte una historia. Sí. Eso será lo mejor —decidió, tras lo cual se acercó a su sillón y se dejó caer en él—. Que me dediqué a los vinos ya te lo expliqué —empezó a decir, y Angela asintió—. Y que nuestros terrenos de cultivo eran los más importantes del norte de Italia, también lo sabes.

»Cuando llegaba el tiempo de la cosecha, necesitábamos mano de obra de todas partes. Centenares de personas. Las colinas se llenaban de tiendas, porque no había camas para tantos jornaleros. Dormían incluso en los graneros, en las buhardillas... Por todas partes teníamos lugares para alojarlos. —Rivalecca tomó un sorbo de su vaso y se reclinó en su asiento antes de continuar—. Como es natural, había muchos romances entre extranjeros y locales, aunque nunca duraban más allá del otoño —prosiguió—. Tanta gente joven de diferentes países en tan poco espacio.

»Durante el día recolectaban las vides, y por las noches festejaban. Fueron tiempos bonitos. —Angela escuchaba con atención las palabras de Rivalecca, preguntándose adónde quería llegar—. También llegaba mucha gente joven procedente de Alemania —explicó el anciano—. Y un día llegaron dos amigas que no acababan de salir precisamente del cascarón. *Due bellezze, una bruna, una bionda*, una mayor, la otra más joven, y todos prendados de ellas. La mayor tenía la lengua afilada como el acero, y aún la tiene hoy en día —añadió con una sonrisa pícara—. La otra...

Lorenzo Rivalecca parecía sumergido en sus propios recuerdos. Había cerrado los ojos, había acomodado la cabeza en el respaldo de su butaca y en su rostro ya no se apreciaban tantas arrugas. Angela constató con asombro que de joven tenía que haber sido un hombre realmente atractivo. Y le recordó a alguien. Sí, esos rasgos relajados le resultaron muy familiares. Sin embargo, no acababa de ubicar dónde los había visto antes. O si los había visto antes. ¿Acaso Lorenzo Rivalecca estaba a punto de contarle una historia de amor que llevaba mucho tiempo en el olvido?

—Lo más difícil es aceptar la verdad —dijo él, y Angela sintió un calor inesperado al oír esas palabras. ¿No habían sido las mismas que creía haberle oído decir a su madre durante ese largo sueño en el que había estado sumida? Angela se las había aplicado a su propia historia, al final devastador que había tenido su relación con Vittorio, y las había percibido como un consejo, para que aceptara la verdad, que Vittorio casi con total seguridad no sentía por ella lo mismo que ella había sentido por él. Solo que.... ¿qué significaba aquella misma frase en el contexto de la historia de Rivalecca?—. Si hubiera confiado en mí por aquel entonces —prosiguió el viejo, perdido en sus cavilaciones—. Si me hubiera confesado la verdad, probablemente todo habría sido muy distinto. Pero ¿quién sabe? No sirve de nada especular, cuarenta y seis años después, sobre lo que podría haber sido. Sea como sea, yo no llegué a saberlo. No he dejado de esperarla en todos estos años. Esperaba que volviera. Y no vino jamás. Pero ahora ya sé por qué.

Angela se quedó mirando al anciano desconcertada.

—¿Quién no vino? —preguntó en voz baja, como si no quisiera asustarlo. Lorenzo levantó la cabeza y la miró directamente a los ojos.

—Rita —dijo—. Tu madre. Cinco años pasé esperándola. Pero no regresó. No tenía ni idea de que entretanto..., de que trajo al mundo a una hija mía. ¿Cómo podía saberlo? Como ya te he dicho, la esperé durante cinco años. Y luego me casé con Lela Sartori.

Fue como si a Angela le hubieran echado un jarro de agua fría por encima. Estaba desvelada por completo y, al mismo tiempo, se sentía aturdida. ¿Que era...? ¿Que Lorenzo Rivalecca y su madre...? ¿Cuarenta y seis años atrás? No podía significar más que una cosa: que Lorenzo Rivalecca era su padre.

—Es imposible —murmuró Angela.

—No lo es —objetó Lorenzo—. Es la verdad. Tess me lo contó. Es la única que estaba al corriente de todo. Ni siquiera el hombre que te hizo de padre lo sabía, según ella.

Tu madre quiso llevarse el secreto a la tumba. Pero Tessa pensó..., bueno, piensa que tú y yo..., que teníamos derecho a saberlo. Me negué a creerla cuando me lo dijo. Estuve a punto de darle de bastonazos cuando me vino con esa historia. Pero, bueno..., ya la conoces, los palos los habría acabado recibiendo yo. Además, Tessa nunca miente. Se le pueden reprochar muchas cosas, pero nunca que haya faltado a la verdad.

Se puso en pie y se acercó a la chimenea con la repisa repleta de fotografías enmarcadas. Cogió una de ellas y, sin mediar palabra, se la dejó sobre el regazo a Angela.

Esta era consciente de que tenía que controlarse, pero no sabía cómo. Cerró los ojos y pensó en su padre, que al parecer no había sido su verdadero padre. Apenas lo recordaba, solo pervivía en fotografías, puesto que había muerto cuando ella apenas tenía diez años. Había sido un buen padre, si bien Angela se había acostumbrado a su ausencia.

El marco plateado de la fotografía estaba frío al tacto. Abrió los ojos y allí estaba ella, Rita, su madre. Sonriendo. Sentada sobre el muro de piedra seca de un viñedo. Era evidente que el fotógrafo se había plantado delante de ella y le había hecho la foto desde arriba, de manera que Rita había alzado la cabeza con la sonrisa puesta. A su lado, también sentado, había un hombre atractivo, de unos treinta o treinta y cinco años, que le pasaba la mano por encima de los hombros con orgullo. Su pelo era de un reluciente color castaño, y sus ojos, de un verde oscuro muy profundo...

—Espero que esto no te haya impactado demasiado —dijo Lorenzo Rivalecca en voz baja—, pero parece ser que soy tu padre —concluyó con una sonrisa astuta que pareció transformarse en una expresión completamente distinta. De repente Angela vio a quién le recordaba. A Nathalie. Había salido calcada a su abuelo—. Si hubiera venido —añadió con un hilo de voz—, aunque hubiera sido después, cuando su marido ya había muerto, habría dejado a Lela por ella sin pensarlo. Pero no vino. Sabe Dios por qué. En lugar de eso fuiste tú quien se plantó en mi puerta. La viva imagen de Rita. Te aseguro que el primer día que viniste creía que me daba un ataque.

A Lorenzo Rivalecca se le humedecieron los ojos, y los labios empezaron a temblarle. Siguiendo un impulso, Angela extendió las manos hacia él y rodeó los dedos nudosos del anciano. Durante un buen rato se quedaron sentados de ese modo, cogidos de la mano.

—¿Por qué no me lo habías dicho? —preguntó Angela cuando encontró a Tess esperándola sentada en el invernadero, con una manta fina sobre las rodillas—. ¿Te parece correcto? —insistió—. ¿Lo supiste en todo momento y no me dijiste ni mu?

—Se lo había prometido —respondió esta en voz baja—. ¡Por favor, siéntate conmigo! —Una vela dentro de un farolillo era el único punto de luz que iluminaba toda la estancia y arrojaba sombras parpadeantes sobre el rostro de Tess. A regañadientes, Angela tomó asiento en el borde de un sillón de mimbre—. Tu madre no quería que lo supieras. Me hizo jurar que no te lo diría jamás.

—¿Por qué? —quiso saber—. ¿Por qué no quería que lo supiera?

Durante un buen rato, Tess no dijo nada.

—Creo —respondió al fin— que quería ser ella quien te lo contara algún día. Estaba esperando el momento más oportuno. Y luego..., bueno, de repente fue demasiado tarde.

Angela pensó en cómo había encontrado a su madre. Sentada en su sillón preferido, con un álbum de fotografías sobre el regazo.

—Por eso tenía ese álbum de fotografías de Italia —dijo ensimismada—. Cuando llegue a casa tengo que buscarlo.

—Yo tengo las mismas fotografías —comentó Tess—. Es posible que incluso el álbum sea igual. Al fin y al cabo, vinimos las dos juntas, ya te lo debe de haber contado Lorenzo. Ay, es que estaban tan enamorados...

—Y ¿por qué mamá no acudió a él cuando se dio cuenta de que... de que tenía que llegar yo?

Tess suspiró.

—Tu madre era una mujer muy orgullosa. Ella y Lorenzo tuvieron una fuerte discusión poco antes de que regresáramos a casa. A estas alturas ya sabes cómo puede llegar a ser ese hombre. Era, y es, un verdadero zopenco. Pero tiene buen corazón.

Angela se quedó callada. No tenía ninguna duda de que Rivalecca había amado muchísimo a Rita, ni de que todavía sintiera cariño por su difunta madre después de tantos años. ¿Y si hubiera superado ese orgullo? ¿Qué habría supuesto eso? «Me habría criado como italiana», pensó. Hasta qué punto una pequeña disputa o la determinación obstinada de una mujer podía cambiar el destino de una persona y las que la rodean...

—Yo cumplo lo que prometo —afirmó Tess arrancándola de sus cavilaciones—. Lo bueno es que Rita no me hizo prometer nada acerca de contárselo a Lorenzo. Seguramente no imaginó que pudiera llegar a tener la ocasión de hacerlo, ninguno de nosotros había planeado pasar la vejez en Asenza. Por tanto, podía contárselo a Rivalecca. Y cuando ese viejo chocho se negó a venderte la tejeduría a un precio razonable, pensé que había llegado el momento adecuado.

—Y ¿tú qué opinas? —preguntó Angela ensimismada—. ¿Habría sido más feliz si se hubiera casado con Rivalecca?

—¿Quién sabe? —respondió Tess—. Seguro que no habría sido fácil, con alguien como Lorenzo. En cualquier caso, fueron una pareja magnífica. Y estaban locamente enamorados...

—¿Crees que mi madre lo lamentó?

—Si fuera el caso, jamás lo habría admitido —dijo Tess. Angela todavía no podía verle la cara, pero estaba segura de que su amiga la estaba escrutando con intensidad—. ¿Qué harías tú si Vittorio apareciera de nuevo?

—Eso no sucederá —se apresuró a replicar.

—Pero ¿y si ocurriera? —insistió la anciana. Mil pensamientos atravesaron la cabeza de Angela. Rechazo y orgullo, anhelo y dolor. No quería sentir nada de eso. Quería mantenerse fría y distante ante lo que pudiera sentir Vittorio Fontarini—. Si llegara a suceder —dijo Tess en voz baja—, no cometas el mismo error que tu madre. «El orgullo quema, pero no calienta», me dijo alguien en una ocasión. Lo mejor es poder acabar diciendo lo mismo que Edith Piaf: «*Non, je ne regrette rien*». ¿No crees?

—¿Tú puedes decirlo? —preguntó Angela con tristeza—. ¿Tú no te arrepientes de nada?

—Sí, yo puedo decirlo —respondió Tess con pleno convencimiento—. Tal vez debería haberme soltado más el pelo cuando era joven, pero aun así ¡ha sido una vida de fábula!

«Una vida de fábula —pensaba Angela al día siguiente mientras, junto a una Nathalie especialmente animada, conducía por las carreteras alpinas en dirección norte—. ¿Quién puede afirmar algo semejante?» Y se puso a pensar si con lo que había vivido todavía tenía la ocasión de calificar su vida como «de fábula», sin arrepentirse de nada.

20
EL BAILE

—¡Estás preciosa!

Angela se contempló con aire crítico en el espejo para comprobar la caída del vestido también por detrás, mientras Fioretta marcaba la altura adecuada para el dobladillo.

Ya llevaba tres meses viviendo en la Villa de la Seda y se sentía increíblemente bien allí. La casa junto al lago Ammer ya había encontrado un nuevo propietario. Durante aquella semana de septiembre en la que había regresado a Alemania con su hija, Angela se había despedido definitivamente del lugar tras llenar unas cuantas cajas de mudanza con lo que creyó conveniente llevarse a su nueva vida en el Véneto.

La vivienda de la Villa de la Seda había acabado siendo un lugar muy especial. La sala de la morera se había convertido en el centro neurálgico de la vida de Angela, una generosa estancia dedicada a comer y pasar el tiempo que había amueblado solo con lo más imprescindible para no mermar el efecto de los frescos. Benny había tardado unas cuantas semanas en restaurar la pintura mural con el árbol bajo el que tres jóvenes trabajaban los hilos de seda con ruecas manuales. Justo al lado estaba la cocina, conectada por medio de una escalera de caracol a una cocina exterior que se hallaba en la planta baja, para que la pudieran utilizar también los invitados. La parte trasera de las dos plantas del ala lateral estaban equipadas con sendos dormitorios y baños.

Al final resultaron ser muy pocas cosas las que Angela decidió conservar de su antigua casa junto al Ammer. Sin embargo, en una habitación de la planta baja todavía quedaban un par de cajas llenas de cartas, fotografías y otros objetos. Entre ellas encontró enseguida el álbum de su madre, con las fotos del tiempo que había pasado en Italia. Las imágenes mostraban a una Rita joven y llena de vida junto a su amiga Tess, aunque por aquel entonces todavía se hacía llamar Teresa. Las dos amigas habían visitado Venecia antes de la cosecha, de manera que había algunas fotografías divertidas en una góndola y en la plaza San Marcos, rodeadas de las omnipresentes palomas. Tess le contó muchas historias relacionadas con cada una de las instantáneas, y Angela descubrió una dimensión aún desconocida de su madre. Al parecer, había sido mucho más despreocupada y atrevida de lo que ella hubiera podido imaginar.

Unas cuantas fotografías de la época de las cosechas que originalmente habían formado parte del álbum habían sido arrancadas de cualquier manera, de modo que no quedaba ni una sola imagen de Lorenzo.

Gracias a Tess pudo llenar esos huecos, puesto que poseía una copia exacta del álbum de Rita, y en él Angela pudo ver de nuevo la fotografía que Rivalecca tenía enmarcada encima de la repisa de la chimenea: Rita y Lorenzo sobre el muro bajo de un viñedo.

Una noche incluso se llevó a Nathalie al Palazzo Duse,

a uno de esos encuentros que a esas alturas ya se habían convertido en todo un acontecimiento. Fue después de revelarle el secreto de que allí, en Asenza, vivía uno de sus abuelos. Nathalie y Lorenzo se entendieron a las mil maravillas desde el primer momento. El anciano se derritió como un cubito de hielo al sol ante el encanto arrollador de su nieta. Los tres acordaron no revelar el parentesco que los unía para evitar la cháchara inevitable que eso produciría en el pueblo, y sobre todo también por respeto a los familiares vivos de Lela, la difunta esposa de Lorenzo.

—¿De verdad crees que el vestido me queda bien? ¿No me hace una arruga rara en la escápula izquierda?

Angela y Fioretta habían instalado dos grandes espejos de probador en la sala de la morera para que Angela pudiera verse desde todos los ángulos.

—No —le aseguró Fioretta—. Te da esa sensación porque te vuelves para verlo. El vestido te va perfecto. *Dio mio*, ¡este color te queda increíble!

Cada una de las tejedoras había aportado un detalle u otro para aquel vestido tan espléndido: Lidia, la tela de color aguamarina; Nola, la seda para las piezas estampadas del pliegue del escote y del corpiño; y Maddalena, el material más suave que envolvía la parte del cuello a modo de chal, que reproducía el color más oscuro del estampado de Nola y contribuía a destacar los bonitos hombros de Angela. Se había diseñado el sofisticado patrón ella misma, en el taller que había improvisado en uno de los cuartos que había utilizado provisionalmente para almacenar trastos, sobre una mesa de trabajo enorme que había sido de su difunto marido.

—¿Cuándo os marcháis? —quiso saber Fioretta poniéndose en pie para comprobar que el dobladillo hubiera quedado a la misma altura por todas partes.

—Mañana —respondió Nathalie, que justo en ese momento entró en el salón—. Mirad, ¿qué os parece?

Nathalie llevaba un atrevido vestido de cóctel corto, de rayas horizontales de color amarillo siena y verde esmeralda. Otra creación de Angela.

—Supersexy —exclamó Fioretta con los pulgares hacia arriba.

—Tommaso ha dicho que parezco un regalo de Navidad... —dijo Nathalie riendo.

—Entonces es adecuado, teniendo en cuenta que vas a un baile de Navidad.

—Sí, bueno, es una velada de beneficencia. Mira, mamá me ha prestado esta cadena de oro —le explicó Nathalie a Fioretta—. Había sido de mi abuela. Y ¿sabes quién se la dio? No lo dirías nunca...

—Nathalie —le advirtió Angela con cariño—. Ya sabes que es un secreto.

—Cierto —admitió Nathalie apocada—. Es un secreto. Ya te lo contaré algún día. Pero solo te diré una cosa, Fioretta: lo conoces. Mamá, estás guapísima. Toda esa gente de Roma se va a enterar de lo que vale un peine...

—... y dónde tienen que encargar las telas a partir de ahora —añadió Fioretta con una sonrisa.

Al instante Nathalie sacó una tarjeta de visita de la tejeduría de su bolso de mano, que también iba a juego con el vestido, y le guiñó un ojo.

—Puedes estar segura de ello —anunció.

Había sido idea de Tess. Todos los años, un poco antes de Navidad, su amiga, la marquesa Colonari, ofrecía junto con su amiga la duquesa Pamfeli un baile de beneficencia que se había convertido en toda una institución en los círculos más selectos de la sociedad romana. Tess no acudía desde hacía unos años por motivos de salud, pero en esa ocasión no solo había aceptado la invitación, sino que además había pedido dos más: una para Angela y otra para Nathalie.

—Ahora que tengo la rodilla nueva, por fin podré volver a salir —había afirmado, aunque Angela en realidad sospechaba que su amiga se había decidido a acudir solo para poder presentarlas en ese círculo distinguido de la sociedad y promocionar así el negocio de la *tessitura*.

La subasta era en beneficio de una causa social. Angela había olvidado de qué se trataba con exactitud, pero le había encargado a Stefano que tejiera una colcha de cama muy lujosa que estaba segura de que no se olvidaría fácilmente en Roma. Esa idea, como la de confeccionar los vestidos con seda de Asenza, también había sido de Tess. Angela había puesto algún reparo, porque la fecha era muy próxima a la Navidad, pero Nathalie se había emocionado mucho con el viaje, puesto que todavía no había tenido la ocasión de visitar Roma. Pasarían una semana entera en la capital eterna. Nathalie ya había redactado una larga lista de monumentos y lugares de interés que pensaba visitar a cualquier precio.

—El Panteón —enumeró durante la cena—. ¡No entiendo cómo he podido vivir tanto tiempo sin haberlo visto! Sirvió de modelo para un montón de edificios más. Y, por supuesto, el Foro Romano, aunque Tommaso me ha dicho que solo para eso ya necesitaré un día entero. Y también...

—Bueno, así nosotras tendremos tiempo para ir de compras, ¿verdad? —dijo Tess guiñándole un ojo a Angela.

Nathalie reaccionó enseguida.

—¿De compras? —preguntó—. ¿Sin mí?

—Bueno, es que no te quedará tiempo para todo —se burló Tess.

—¿Se puede saber quién es ese tal Tommaso? —quiso saber Angela. Sin embargo, no recibió ninguna respuesta.

—Espero que en Roma encuentren algún lugar decente para comer —comentó Emilia mientras recogía los platos—. *La cucina romana è malissima!* Mi hermano tuvo que vivir allí durante un año ¡y me dijo que era horrible! Sobre todo, vigilen que no les sirvan menudillos. Y tampoco judías ni lentejas, que son muy indigestas...

—Así volver nos hará más ilusión —le aseguró Tess a su ama de llaves.

La mañana previa al viaje, Angela pasó a ver a las tejedoras para cerciorarse de que no tendrían ningún problema sin ella. Había algunos encargos que debían enviarse antes de Navidad, pero Fioretta ya se había asegurado de tenerlo todo controlado.

—*In bocca al lupo* —les deseó cuando se despidieron—. ¡Buen viaje! ¡Pasadlo bien!

La ciudad eterna recibió a las tres mujeres con un esplendor navideño y una actividad que superaron un poco a Angela. Ella conocía Roma de sus tiempos como estudiante, cuando había viajado a la metrópolis italiana desde Florencia junto con unos compañeros de clase. El tráfico por el centro era una verdadera locura y, a pesar del sistema de navegación, necesitó tres intentos hasta que encontró la entrada correcta al aparcamiento del hotel, que estaba cerca de Piazza Navona, comprobando constantemente con preocupación si algún escúter se le acercaba por algún ángulo ciego.

Apenas se hubo sentado en su habitación, Nathalie entró como un vendaval, blandiendo el mapa de la ciudad.

—No te preocupes por mí si quieres ir a tu ritmo —le propuso Tess a Angela—. Tú, a tu aire. Yo tengo toda la tarde antes de encontrarme con mis amigas. Quieren discutir no sé qué sobre el baile de beneficencia y será muy aburrido. ¿Qué piensas hacer tú?

Esta constató que disponía de un tiempo libre con el que no había contado. Dejó que transcurriera con calma, se dio una ducha y se relajó un poco antes de salir también ella a recorrer las animadas calles de la ciudad.

Deambuló hasta la famosa Piazza Navona, que durante los tiempos del Imperio romano había alojado competiciones atléticas, aunque ese día estaba repleto de tiovivos navideños. Teniendo en cuenta la época del año, el tiempo era excepcionalmente bueno, por lo que Angela se quitó el abrigo y se lo puso sobre los hombros. Frente a la famosa fuente de Bernini, la Fontana dei Quattro Fiumi, había una estatua de mármol de un comandante romano, y se llevó un sobresalto al comprobar que se movía a cámara lenta. Resultó ser un artista callejero que parecía una estatua auténtica. Angela se detuvo a contemplar cómo se detenía de nuevo como si estuviera realmente hecho de mármol y no fuera una persona de carne y hueso. Sin proponérselo, pensó una vez más en su sueño febril, en ese bloque de piedra que llevaba su nombre como si quisiera decirle: «Depende de ti la forma que llegue a tener algún día».

Continuó andando sin rumbo por una callejuela para alejarse de la *piazza*, en algún lugar dobló la esquina y se encontró frente a un portal de iglesia abierto de par en par.

Le sorprendió la penumbra que reinaba en el interior. El único punto realmente iluminado era un belén casi a tamaño natural que habían colocado en la nave lateral, pero, cuando Angela se disponía a acercarse más para apreciarlo mejor, un grupo de turistas japoneses se le adelantó. Ella resistió el impulso de volver a salir enseguida y avanzó poco a poco por la nave central.

De forma inesperada se acabó plantando frente a una pintura inmensa: cinco hombres sentados alrededor de una mesa en la que estaban contando monedas. Sorprendidos, se quedaban mirando a un recién llegado, un joven de aspecto decidido que extendía una mano para señalar con el índice a un hombre barbudo de la mesa.

—*Il dito di dio* —susurró una anciana al lado de Angela. El dedo de Dios. Allí había ocurrido algo excepcional, algo capaz de cambiar una vida.

Conocía la pintura a partir de reproducciones. Representaba la vocación de san Mateo: el codicioso funcionario de aduanas que contaba las monedas se levantaría al instante y lo dejaría todo atrás para seguir a aquel joven tan seguro de sí mismo al que llamaban el «rey de los judíos».

—Déjalo todo y abre tu corazón al amor...

Angela se hizo a un lado y otra oleada de visitantes dedicó cinco minutos a la obra de Caravaggio. Cuando se dio la vuelta para marcharse, durante una fracción de segundo le pareció ver el rostro de Vittorio. Sin embargo, no debió de ser más que una ilusión, porque después de cerrar los ojos un instante y de volverlos a abrir ya no encontró a nadie.

Decidida, salió de la iglesia y siguió vagabundeando sin rumbo, tan solo dejándose llevar. Plazas decoradas con adornos navideños, fuentes frente a las que se erigían abetos suntuosamente decorados, estatuas, obeliscos y más portales de iglesia. Por muy caótica que fuera la ciudad, su caos parecía seguir un plan secreto, más elevado. Todos esos elementos tan dispares constituían en su conjunto un todo armónico, por mucho que pudieran separarlos varios siglos y solo la casualidad hubiera decidido qué permanecía y qué se borraba en el tiempo.

Cuando cayó el anochecer, Angela buscó un local y cenó sola de nuevo después de mucho tiempo. Disfrutó de la comida ignorando las miradas de los demás clientes, sobre todo las de los hombres, sentada con aire ensimismado en un rincón del comedor, dejando que los pensamientos vagaran por su cabeza sin rumbo.

¡Menudo año acababa de dejar atrás! Angela lo repasó en retrospectiva sin poder creer todo lo que había sucedido. Los años anteriores habían transcurrido de un modo tan parecido, uno tras otro, y en cambio ese había dado un vuelco radical a su vida. Cosas que había dado por olvidadas mucho tiempo atrás habían reaparecido, como su pasión por los tejidos nobles y la satisfacción que le proporcionaba el hecho de darles forma. Había encontrado un nuevo hogar y lo más inesperado de todo: había encontrado a su padre.

Había perdido a su marido, el centro alrededor del cual

había girado su vida durante mucho tiempo. Pero en esos instantes había recuperado su propio centro de gravedad. ¿Acaso no podía sentirse satisfecha con eso?

El camarero le preguntó si deseaba algo más. Angela le respondió que no y aprovechó para pedir la cuenta. Ya había caído la noche. Cuando dobló la esquina, dejó espacio para que pasara una pareja. Él rodeaba con el brazo los hombros de ella, y se reían como si no hubiera nadie más en el mundo.

Angela se detuvo y los siguió con la mirada unos instantes. Luego aprovechó las infinitas luces de la ciudad para volver al hotel poco a poco.

Disfrutó de los días siguientes visitando junto a Tess las elegantes tiendas de Via Condotti en busca de las últimas tendencias de moda, y por casualidad encontró los zapatos perfectos para su nuevo vestido de seda. Aprovechó para charlar con las propietarias de varias boutiques y repartió unas cuantas tarjetas de visita. A su regreso pensaba enviar a cada una de esas damas un pequeño obsequio: a una, un bolsito de mano; a la otra, un pañuelo o un elegante cinturón, según lo que hubiera anotado en su cuaderno de notas.

Con Nathalie se dedicó a visitar iglesias y colecciones de arte, dejando que su hija le fuese contando lo que iban viendo. Con ella bajó también a las profundidades de la suntuosa basílica de San Clemente, que había sido erigida sobre una capilla paleocristiana y por consiguiente conservaba los restos de una reliquia de Mitra. Aquello supuso un impresionante viaje bajo tierra y atrás en el tiempo.

Hasta que llegó el día del baile.

Tess había concertado citas para todas con la peluquera del hotel, una idea que a Angela no se le habría ocurrido jamás, básicamente porque el gasto le parecía excesivo. No obstante, al ver lo fascinada que quedó Nathalie, ella también se sumó y se limitó a disfrutarlo. «¿Por qué no?», se preguntó mientras contemplaba a través del espejo cómo la joven le recogía el pelo en un sofisticado peinado.

Un taxi las llevó hasta el Palazzo Colonari, y al ver la fachada renacentista iluminada con antorchas, Angela se sintió como una actriz en una película histórica. Lacayos con uniforme las ayudaron a salir del coche y las acompañaron por la escalera recubierta con una alfombra roja. Se fijó en los demás invitados y sintió un gran alivio al comprobar que sus vestidos eran de lo más adecuados para la ocasión. La flor y la nata de la sociedad romana había sacado sus mejores galas. Además, no le pasó por alto que su atuendo causaba verdadera sensación entre los asistentes.

—Eres la más guapa de todas —le susurró Nathalie al oído.

Tess la guio hasta una señora rolliza que se encontraba en el centro de la sala, ataviada con un vestido negro de encaje.

—¡Donatella, estás fabulosa! ¿Puedo presentarte a mi sobrina, *mia carissima* Angela, y a su hija Nathalie? —le dijo Tess.

La anfitriona las saludó con mucha amabilidad.

—He oído decir que le salvó usted la vida —le comentó a Angela.

—De ninguna manera —respondió esta—. Solo la ayudé un poco a levantarse de nuevo.

—Tratándose de nuestra Tess, eso vendría a ser lo mismo, ¿no es cierto? Lleva un vestido realmente increíble, querida Angela. ¿El tejido procede de ese taller tan maravilloso del que nuestra amiga nos ha hablado tanto? ¿La Villa de la Seda? Tiene usted que crear algo para mí, porque el modelo lo ha diseñado usted, ¿verdad? Quédese cerca. Le presentaré a un montón de gente que sé que adoraría vestirse como usted.

Y así transcurrió la velada. Angela apenas pudo tomar algún sorbo de su copa de champán. No hizo más que responder preguntas, explicar el proyecto de la *tessitura*, escuchar quejas sobre lo difícil que resulta encontrar el vestido perfecto y sobre todo de una calidad tan extraordinaria hoy en día. Intentó retener todos aquellos nombres mientras Nathalie se dedicaba a repartir tarjetas de visita y se ocupaba de guardar las que les entregaban a ellas. En algún momento empezó a celebrarse la subasta benéfica para la infancia y los asistentes entraron en tropel en la sala en la que se pujaba por los artículos donados.

Angela se quedó atrás para poder gozar de unos instantes de tranquilidad. Buscando un vaso de agua, cruzó varias estancias hasta que llegó a una sala con una fuente en el centro, en la que refulgía un diminuto arcoíris. Cuando levantó la mirada hacia las vidrieras del techo, se dio cuenta de que se encontraba bajo una cúpula enmarcada por murales, algo que no era la primera vez que veía.

Reconoció a Júpiter con el rayo en la mano; a su lado, Juno con un haz de espigas, y también la diosa de la caza, Diana, con un ciervo. Aunque había otras figuras mitológicas, esas le recordaron a los techos de Villa Castro, concretamente a las pinturas de la sala central de planta redonda, con las representaciones del sol. Tal vez eran obra del mismo autor.

El recuerdo la cogió tan desprevenida que casi perdió el mundo de vista. Había dado por superada la decepción que se había llevado con Vittorio, pero en ese momento se dio cuenta de que no había pasado página del todo.

—Creo que se ha perdido usted —dijo una voz masculina bien conocida tras ella—. La subasta tiene lugar en otra parte del *palazzo*...

Angela se quedó de piedra. ¡No era posible! Cuando se dio la vuelta, por unos instantes creyó estar siendo víctima de su propia imaginación. Y es que en el umbral de la puerta por la que había entrado estaba Vittorio, mirándola con la misma expresión de desconcierto que ella le dedicó a él. Tardaron unos segundos en reaccionar.

—*Ciao*, Angela —dijo con una actitud cerrada—. ¿Dario también ha venido?

Ella creyó no haberlo oído bien.

—¿Cómo dices? ¿A qué viene que me preguntes por Dario?

—Bueno, es tu prometido, ¿no? ¿O ya os habéis casado?

Angela tuvo la sensación de que el suelo de mármol que tenía bajo los pies empezaba a temblar de repente. Negó con la cabeza, incapaz de pronunciar una sola palabra.

—No sé de qué me hablas —consiguió articular al fin, y echó a correr hacia la puerta—. Por favor, déjame tranquila.

—Por supuesto —respondió Vittorio en tono afable mientras se apartaba hacia un lado—. Dime, ¿al menos eres feliz con él?

Angela se detuvo en seco. Profundamente herida, miró a Vittorio a los ojos.

—Si encima quieres burlarte de mí, Vittorio Fontarini, después de que cortaras de raíz lo que había entre nosotros sin dar explicaciones, tendrás que pensar en otra cosa. No tengo ni idea de lo que te ha sucedido, pero respecto a Dario Monti: fue mi arquitecto. El resto de las cosas que has insinuado me parecen simplemente de mal gusto y no creo que sea una actitud digna de ti.

Dicho esto, desvió la mirada. Nada le habría gustado más que salir corriendo tan rápido como fuera posible, pero, entre los tacones que llevaba y el vestido elegante, que de repente le pareció ridículo y completamente fuera de lugar, no le fue posible. Consiguió llegar hasta la siguiente sala, pero él la alcanzó sin dificultad.

—Repite eso —le pidió él con voz apagada—. ¿De verdad que no...? ¿No estabas...?

—¿Que no estaba qué? —le espetó ella furiosa—. Si tenías alguna pregunta, ¿por qué no me la hiciste este verano? ¿Por qué desapareciste de ese modo y devolviste la seda...?

Angela no podía seguir hablando sin echarse a llorar, de eso estaba segura. De pronto todo volvía a acuciarla: la consternación que la había asaltado cuando Vittorio se esfumó, la incertidumbre que la siguió y luego el dolor indecible que llegó cuando constató que la había dejado sin reparos ni explicaciones.

—Me lo dijo él —le oyó decir a Vittorio a través de una densa niebla de confusión—. Que llevabais un tiempo comprometidos y pronto os casaríais. Y que solo estabas conmigo por... por la tejeduría... por los encargos...

Angela se volvió hacia él con los ojos llenos de lágrimas.

—¿Y le creíste? —preguntó ella. Vittorio clavó la mirada en el suelo—. Después de todo lo que llegamos a compartir, ¿le creíste? ¿Sin concederme la oportunidad de...?

—¡Mamá! —gritó una voz clara—. ¿Estás aquí? Pronto nos tocará a nosotras. Ah, estás ahí —dijo Nathalie. Sin embargo, al ver a Vittorio se detuvo en seco y se llevó la mano a la boca—. Oh, vaya —murmuró—. Perdonadme, no quería molestar —aclaró alejándose de nuevo.

Angela soltó una carcajada triste y negó con la cabeza. O sea, que esa coincidencia estaba más que planeada. Seguro que Tess estaba detrás de todo eso.

—¿Con qué excusa te han metido aquí? —le preguntó a Vittorio.

—Donatella es mi tía —respondió él.

«Claro, eso lo explica todo», pensó Angela antes de tomar una buena bocanada de aire.

—Bueno, pues qué bien que hayamos podido aclarar ese pequeño malentendido, Vittorio Fontarini —dijo ella intentando controlarse—. Que te vaya bien la vida.

Dicho esto, dio media vuelta y se marchó. El mundo volvía a tener sentido, pero el corazón le latía con fuerza, como si quisiera decirle algo. Pero ¿qué sabía ese estúpido corazón sobre todas las canalladas que era capaz de cometer la gente? O sea, que había sido Dario Monti. Había mentido. ¿Qué se había creído ese idiota? ¿Que permitiría que él la consolara? Era simplemente ridículo.

Pero lo peor de todo era que Vittorio le había creído. Quizá esa constatación la ayudaría por fin a superar el desengaño de una vez por todas, ahora que conocía el motivo de ese comportamiento tan absurdo. Un motivo ridículo, ofensivo e infame.

Fue directamente al vestíbulo y pidió su abrigo. Tras ella apareció Nathalie, sin aliento y con la cara colorada.

—Mamá, ¿adónde vas?

—Al hotel —respondió Angela—. Estoy cansada. Tranquila, podéis quedaros tanto rato como queráis. Nos vemos mañana por la mañana.

Nathalie parecía desesperada. Entonces fue cuando se lanzó a los brazos de su madre.

—Ay, mamá —sollozó—. La he fastidiado de nuevo.

—No, hija mía —dijo Angela en voz baja—. Es otra persona quien la ha fastidiado. Y mucho, además. No tienes que sentirte culpable de nada. Buenas noches.

Nada más salir del suntuoso palacio, la sorprendió el olor a ponche navideño y a limón, a hojas de pino y romero, canela y almizcle. No era la única que esperaba a un taxi, frente a ella había una pareja mayor. Una dama envuelta en piel de marta cibelina y un caballero ataviado con un elegante abrigo de cachemira.

Justo cuando llegó el coche, la mujer se volvió hacia ella.

—¡Oh, querida, si está usted aquí! Me gustaría volver a oír la historia de su *tessitura,* desde el principio. ¿Por qué no viene el domingo a tomar café a casa?

Dicho esto, subieron al coche y se marcharon. Angela no tenía ni la más mínima idea de quién se lo había dicho. Y también era lo último que le importaba realmente en esos instantes.

21
LA SEGUNDA OPORTUNIDAD

Angela colocó el último candelabro en el abeto de Navidad, que llegaba casi hasta el techo de la sala de la morera. Sin mediar palabra, Stefano se lo había llevado a casa, otra muestra de afecto más, y ella se había alegrado muchísimo. Era un árbol de Navidad de verdad, lo que en el Véneto era cualquier cosa menos habitual.

Lo que sí se había llevado de Alemania era la caja de decoraciones navideñas, en la que había alguna pieza que había sido de su madre; ella se encargaba de añadir todos los años alguna más: pajaritos plateados, una estrella de paja con filigranas o bolas hechas a mano. Por supuesto, en el árbol de Navidad de Angela solo había velas auténticas, de color miel y fabricadas con cera de abeja, de esas que huelen de maravilla al arder.

Ni siquiera se había planteado la posibilidad de no celebrar la Navidad a la manera alemana. Y aunque Emilia no se mostró especialmente encantada con la decisión, Tess le dio el día libre y aceptó la invitación de Angela.

Las tejedoras también estaban de vacaciones, y la *tessitura* permanecería cerrada hasta el día de Reyes. «Es lo menos que puedo hacer», pensó esta. Las mujeres habían estado trabajando duro antes de las fiestas navideñas para poder cumplir con todos los encargos, por lo que se habían ganado un poco de tiempo libre. «Vacaciones pagadas —había dicho Maddalena con una sonrisa y la mirada perdida—. Es la primera vez que tengo vacaciones pagadas.»

—¿Te gustaría ayudarme con la decoración? —le preguntó Angela a su hija al ver que entraba en la sala.

Nathalie aceptó encantada. Aquella se fijó en ella con discreción, en cómo desembrollaba los finos hilos de la estrella de paja y colgaba adornos en las ramas, los más grandes en las inferiores y los más pequeños en las superiores, para que el árbol pareciera todavía mayor de lo que era. Desde que Nathalie había crecido lo suficiente, cada año la ayudaba a decorar el árbol de Navidad, y a esas alturas aún se le sonrojaban las mejillas de emoción, como siempre.

Por unos instantes asomó el recuerdo de las Navidades pasadas, cuando Peter había regresado a casa con un dispositivo intravenoso y un enfermero que transformaron el salón en una habitación de hospital. Angela todavía no sabía si aquello había sido una alegría o una tortura para Peter. Tal vez las dos cosas al mismo tiempo.

Decidió dejar a Nathalie con el árbol y entró en la cocina para preparar el menú de Navidad. Desde hacía algún tiempo Nathalie se había hecho vegetariana, por lo que preparó el ganso a la naranja junto a una mezcla de verduras con tahina que Tess describió como «osada». La anciana miró la cazuela de barro cocido norteafricana con desconfianza. Para su alivio, Angela también había cocinado las tradicionales albóndigas de pan caseras, y mientras esta empapaba el pan blanco con leche y preparaba el ganso para el horno, no paró de preguntarse qué habría opinado

Emilia de esa mezcolanza de manjares. Bastantes cosas, seguramente, y la palabra *schifo* sin duda habría surgido en más de una ocasión.

Comprobó en un momento si todavía quedaban botellas de *prosecco* en el frigorífico. Tess había mencionado algo sobre una visita sorpresa después de comer y, aunque él no se había «mojado», en sus propias palabras, Angela tenía la esperanza de que Lorenzo también acudiera a la celebración. El día anterior había preparado menestra especialmente para él, puesto que parecía ser que su padre, una palabra a la que todavía tenía que acostumbrarse, no comía más que sopa. Pero, al fin y al cabo, había manías peores que esa.

A las siete en punto todo estaba ya listo. Nathalie se había encargado de poner la mesa. Con las servilletas de damasco de seda con ribete de color verde abeto, dorado y plata que Anna había tejido para la ocasión, con la vajilla y la cristalería alemanas, la mesa tenía un aspecto soberbio. En el último momento, cuando Angela ya había servido la sopa como entrante, se presentó Lorenzo. Devoró la menestra con apetito, como si hubiera echado de menos el plato, aunque Angela sabía bien que no era el caso, puesto que su cocinera apenas le preparaba otra cosa.

Las diferentes costumbres acerca de la comida despertaron muchas risas, y cuando se hubieron zampado el *panettone*, Nathalie ya prácticamente había convencido a su abuelo de las virtudes del estilo de vida vegetariano.

—Qué bien que solo coma sopa de verduras —dijo él—. Aunque me pongan un poco de *pancetta* dentro, pero eso también es verdura, ¿no?

A continuación abrieron los regalos. Angela recibió de

su hija un vale para viajar juntas a Atenas, puesto que Tommaso, el nuevo amigo de Nathalie, ayudante de su profesor de Historia del Arte en Padua, afirmaba que, después de todo, los romanos se lo habían plagiado todo a los griegos y quería comprobar personalmente si era cierto.

—Mamá —la asaltó Nathalie—, tienes que venir conmigo y punto. ¡Seguro que el viaje te inspira un montón de cosas para tu trabajo!

Angela le había comprado a Nathalie unas botas de piel que sabía que quería desde hacía mucho tiempo. Eso desencadenó gritos de entusiasmo y grandes arrebatos en forma de abrazos que motivaron a Lorenzo a regresar a su casa, donde reinaba la calma. De todos modos, el anciano aceptó encantado los puros y la chaqueta de alpaca que Angela le había comprado.

—Por cierto, mi regalo lo tienes abajo, en el patio —le dijo justo antes de marcharse.

Nathalie, demasiado curiosa para dejar pasar la ocasión de descubrir qué era, volvió a subir del patio casi sin aliento.

—No te lo vas a creer, mamá —anunció—. ¡Ahí abajo hay un arcón de madera antiguo repleto de tejidos de seda! ¿De dónde ha sacado Lorenzo todo eso?

—Debía de ser el cofre de tesoros de Lela —constató Angela conmovida—. Ya me habló de él.

Bajaron todas juntas al patio para poder contemplar el increíble regalo de Navidad.

Tess había prohibido que se le hicieran regalos caros. Consideraba que el obsequio más preciado que podía recibir era volver a caminar sin dolor, y al final obtuvo algo que no se podía pagar con dinero: un kimono que Angela le había cosido a mano con seda que había tejido ella misma. Había sido la primera vez que se sentaba frente al telar después de la decepción de Vittorio. El kimono era reversible, de manera que podía llevarlo por cualquiera de los dos lados: uno era gris plateado, y el otro era una mezcla de varios tonos violeta.

—Orsolina utilizó el resto del colorante púrpura para teñir este hilo, le explicó Angela con alegría al ver la ilusión que le había hecho a su amiga ese regalo tan especial.

—Es digno de una reina —exclamó Tess encantada, aunque su rostro enseguida recuperó la seriedad—. Seguro que te estás preguntando qué regalo tengo yo para ti —dijo.

—En absoluto —replicó Angela—. Ya soy totalmente feliz ahora.

Tess se rio, pero de repente se puso también algo nerviosa.

—Me parece que te conozco mejor de lo que crees, y hay algo que deseas y mucho —dijo, y justo en ese instante llamaron a la puerta—. Ah, creo que mi visita sorpresa ya está aquí —constató Tess—. ¿Serías tan amable de abrirle la puerta, Nathalie?

Esta se levantó y Angela aprovechó para ir a la cocina a buscar el *prosecco*. ¿Acaso Tess había invitado a sus viejas amigas? Quizá incluso sería Graziella con su esposo, el alcalde. «Qué lástima —pensó— que Lorenzo ya se haya marchado...»

Cuando volvió a entrar en la sala de la morera con la bandeja cargada de copas, le faltó poco para que se le cayera de las manos. Vittorio estaba junto al árbol de Navidad, contemplándolo como si jamás hubiera visto nada más interesante. Nathalie se plantó junto a su madre en un instante y le quitó la bandeja de las manos.

—Nathalie y yo —le oyó decir a Tess— acabamos de decidir que iremos a la misa del gallo —anunció justo antes de marcharse.

—Disculpa que me haya presentado de este modo —le dijo Vittorio acercándose a ella con grandes pasos—. Pero tenía que verte como fuera. Lo siento muchísimo, Angela. Tenías toda la razón cuando me reprochaste todo aquello en Roma. Todo lo que me dijiste era cierto. Debería haber hablado contigo en verano. No debería habérmelo creído sin más, pero... Dario y yo nos conocemos desde hace muchísimo tiempo. Siempre había sido como un hermano mayor para mí. Jamás habría pensado que fuera capaz de mentirme de ese modo... Es que no era capaz de imaginar algo semejante. Por favor, Angela, ¿puedes perdonarme?

¿Perdonarle? El orgullo de Angela se rebeló ante esa posibilidad, gritándole que no, que de ninguna manera. Sin embargo, su corazón hablaba otro idioma. Y su cuerpo también, y deseaba con todas y cada una de sus fibras acercarse a ese hombre.

Vittorio estaba pálido y tenía ojeras oscuras. «Si tienes que perdonarlo —pensó obstinada—, al menos que sufra un rato.» ¿Acaso no había tenido que sufrir ella durante semanas y semanas?

El orgullo de Angela lidió una dura batalla contra sus sentimientos. Y luego fue cuando le vino a la mente lo que Tess le había dicho en una ocasión: «No cometas el mismo error que tu madre. El orgullo quema, pero no calienta». ¿Y acaso no era amor lo que sentía por ese hombre?

La obstinación se esfumó de repente. Sin proponérselo,

posó una mano en la mejilla de Vittorio, él cerró los ojos, respiró hondo y acomodó la cara en la palma de ella.

—Te echo mucho de menos —murmuró él—. Todo el tiempo. Es como una fiebre, Angela.

—Yo también me puse enferma —se oyó decir ella—. Pero ¿sabes una cosa? De algún modo tenía que ser así. Después de la muerte de Peter me lancé de cabeza a la vida con demasiado ímpetu, ni siquiera me permití sentir tristeza, despedirme como era debido. Tal vez simplemente nos conocimos demasiado pronto —añadió—. Tal vez simplemente necesitábamos esta temporada sombría.

Vittorio la atrajo hacia él y Angela se lo permitió. Se abrazaron y de inmediato perdieron la noción del tiempo, derramando lágrimas de vez en cuando, sintiendo los cuerpos tan próximos como si se tratara de uno solo.

En algún momento se apartaron de nuevo y ella abrió la botella de *prosecco*.

—Entonces ¿me concederás una segunda oportunidad? —preguntó Vittorio en voz baja cuando ella le tendió una copa llena.

—A ti no —respondió Angela con una sonrisa—. A nosotros.

Fin

AGRADECIMIENTOS

La idea de escribir una novela sobre una tejeduría de seda en el Véneto se me ocurrió hace dieciocho años. Durante unas vacaciones, en la pequeña ciudad de Asolo descubrí una tienda en la que vendían fabulosas telas de seda tejidas a mano y, más o menos como Angela, quedé absolutamente fascinada. Yo no adquirí la tejeduría, pero sí mantuve muchas conversaciones con la propietaria. Tuvo la amabilidad de mostrarme el taller y todo el tedioso y complejo proceso que tiene lugar desde el tinte del hilo natural hasta la obtención de la pieza de tela final. Conocí a sus tejedoras, que me inspiraron para los personajes de esta novela, y regresé a casa decidida a hacer algo con el material recopilado.

Por cosas de la vida, pasaron muchos años hasta que llegó el momento adecuado para ello. Por desgracia, entretanto la tejeduría de seda de Asolo ya no existe, pero espero que de algún modo perviva gracias a esta trilogía.

Puesto que he cambiado muchas cosas, incluida la ubicación de la tejeduría dentro de la ciudad, al final decidí trasladar los hechos a un lugar ficticio. Asenza solamente existe en estas tres novelas, aunque en muchos sentidos puede recordar a la población de Asolo. El único paralelismo que he decidido mantener intacto es el hecho de que Eleonore Duse hubiera vivido en mi ciudad ficticia, y también que hubiera terminado enterrada allí. Con el hotel Duse también he querido expresar el respeto y la veneración personal que siento por esa gran artista.

Agradezco de todo corazón a Marta P. que en su momento tuviera la generosidad de abrirme las puertas de la Tessoria Asolana, como también a todas las empleadas que trabajaban para ella.

Además, me gustaría mencionar a mi agente, Petra Hermanns, a mi revisora, Melanie Blank-Schröder y a mi redactora, Margit von Cossart: ¡gracias por vuestra colaboración!

Y como siempre, gracias a mi marido, por todo lo que hace por mí, y sobre todo porque hace dieciocho años no dudó ni un momento en prolongar nuestra estancia en Asolo para que pudiera seguir recopilando información.

booket